亲爱的，二进制

唐墨 —— 著

重庆出版集团　重庆出版社

图书在版编目（CIP）数据

亲爱的，二进制 / 唐墨著 . — 重庆：重庆出版社，
2024.4
ISBN 978-7-229-18181-9

Ⅰ . ①亲… Ⅱ . ①唐… Ⅲ . ①长篇小说—中国—当代
Ⅳ . ① I247.5

中国国家版本馆 CIP 数据核字（2023）第 221818 号

亲爱的，二进制
QIN'AI DE, ERJINZHI
唐 墨 著

责任编辑：李 子　彭昭智
责任校对：廖应碧
封面设计：费 且
版式设计：冰糖珠子
内文排版：重庆琢字文化传播有限公司

重庆出版集团
重庆出版社　出版

重庆市南岸区南滨路 162 号 1 幢　邮政编码：400061　http://www.cqph.com
重庆市国丰印务有限责任公司印刷
重庆出版集团图书发行有限公司发行
E-MAIL:fxchu@cqph.com　邮购电话：023-61520656
全国新华书店经销

开本：890 mm×1240 mm　1/32　印张：9.75　字数：358 千
2024 年 6 月第 1 版　2024 年 6 月第 1 次印刷
ISBN 978-7-229-18181-9
定价：49.80 元

如有印装质量问题，请向本集团图书发行有限公司调换：023-61520678

目 录

第一章
大 Guru[1] 群

我将起身，

前往茵尼斯弗里岛，

在那儿盖一座小屋，

用泥土和树枝建造。

我要耕种九垄豆子，

再养一个蜂巢，

独居在林中空地，

静听群蜂鸣叫。

——叶芝《茵尼斯弗里岛》

互联网时代，微信好友圈可真是花团锦簇。

一个个微信群像一根根生机勃勃的藤。藤上缠绕着数不清的花，清丽娇艳。而男士们，都像极了花丛中的蜜蜂，追逐着心仪的花朵儿，甜蜜地从

1　Guru：精通某一领域并给出专业建议的专家或大师。

东飞到西，永不知疲倦地飞旋在花蕊间。

而胥姝，自带磁场和魔力，一定就是万花丛中最娇嫩欲滴的那个花骨朵了。

修过绘画和艺术设计的她，有着浑然天成的审美领悟。她还会给自己取一个温柔浪漫的网名，叫花语。而后又别具匠心设计着吸引眼球的微信头像。搜索了百千张图片，她精选了一张让人遐思无限的美人图。只见头像中，一位典雅的美人仅露一抹米白光洁的后背，天鹅般修长的脖颈勾勒着唯美的弧度，喷涌着澎湃张力般激发人们的想象。而后脑勺上那个古时新娘才会戴上的缀花银簪子，更是画龙点睛之笔，让人联想起"玲珑云髻生花样，飘飘风袖蔷薇香"的诗句来。丝绸般顺滑的发髻盘着，让人禁不住萌生守护一生的冲动。

网络的魅力就在于神秘与想象交织的迷人过程。后来，只要胥姝那张有着优美弧度的洁白脖颈和神秘发髻的头像出现时，群里便蛙声一片。平时看起来很是高冷、喜欢潜水的许多男士顾不得矜持，倏地像青蛙王子一样蹦出来，掀起白花花的水泡。男士们都迫不及待地提示着群主，是不是可以组织线下聚会啊？这样是不是更有利于网友合作和交流？于是群主心领神会地采纳了建议，说以后群里可以每季度组织个沙龙，每个月组织个线上视频会，科学、经济、文艺、美食，巧立名目的沙龙主题自然是顺手拈来。

每当胥姝闲时露面了，她的同学玛雅也会立马浮出来蹭流量。玛雅假装顶礼膜拜赞美着，渲染胥姝沉静淡定女神般的静美。一直以来，胥姝无论进哪个群，玛雅都会要求她把自己这个只会添光增彩、毫无公害的粉丝带进去，让她虔诚地捧场，随胥姝一起鼓掌、献花、放礼炮，迎接着微信年代的新朋和旧友们。

胥姝总是答应着。从英国留学回来后，她无论在哪个群，都会顺手把玛雅拉进去。以前留学时相依为命，只要谁家有好菜好酒聚会了，她都会带着玛雅一起去打秋风、吃大户。

这一天，在全球人工智能峰会上打过照面的朋友又把胥姝拉进了新的群。群的名字似乎好霸气，叫全球投资牛牛群。听拉她的朋友说，这是一个非常生猛的老总群。群主本科是清华，硕士是麻省理工，博士是哥伦比亚大学，据说以前在高盛和彭博都做过，在挪威、瑞士银行界也曾是华人圈里赫赫有名的首席大 Guru。他还说，群里其他"牛牛"也很牛，有的在澳大利亚投资矿产，有的去了越南开发房地产，有的趁希腊金融危机后，买下了一幢幢凭海临风的旅游房。

听上去确实"牛牛"扎堆啊。然而胥姝依然像往常一般，出于礼貌进了这个群，然后屏蔽着消息和声音。微信年代里，微信群就像是路边缤纷的野花，她有点审美疲劳了。此起彼伏的群消息蚕食着时间和精力，打扰着日常生活的节奏，她努力抗拒着微信这妖姬，只想潜心学习 Python 代码编写和人工智能的知识。

不过，这个群好像还真的不同凡响。有人满怀激情谈着比特币和区块链，说这将是中国占据全球金融话语权的一个新领域；有的人马上发了几张挖矿的图片，说图片上放在车辆后备箱里电线缠绕的那机器，就是挖矿机，据说搞量子研究的人也在尝试研究量子和挖矿的关系，或许量子纠缠可以加速挖矿的速度。还有的人说大摩分析师认为，比特币 2018 年的用电量就等于电动车 2025 年才有的用电量，今年全球数字货币的用电总和将超过阿根廷全国用电量，并成为中美等国可再生能源厂业绩增长的主要驱动因素。

有的人在谈 AI+ 药物，谈论 ChatGPT；还有的人在谈其他的趣事。有人说自己去白宫做客了，介绍着美轮美奂的白宫和寻常人遥不可及的做客情景；有的在担忧各地人工智能、集成电路产业一窝蜂而上，到底会不会像当年的光伏产业？还有的朋友在谈纽约大学资本市场大会的观点，其他人则你一言我一语猜测着英国脱欧是否能成功、美国大选将会产生怎样的"黑天鹅"事件。

一个个群友都是性情中人，在自由自在的网络里海阔天空、信马由缰地闲聊着。好像很有趣，胥姝对博学多才的"牛牛"们充满好奇。她开始关注着群里的新名词、新动向，遇到以前没见过的名词，就在网上一个个查询，查看着内涵和外延。

　　她也顺便看了看网上出现的群友名，看完后很惊讶，仿佛全世界著名华人经济学家和投资家、网络年代的大人物，都如梦如幻荟萃在这里。有几个人的名字，还出现在前不久举办的众人瞩目的陆家嘴金融论坛和全球市长咨询会议上。她把这个发现告诉了玛雅。

　　"不会是穿着马甲的替身吧？"玛雅忍不住扑哧笑出声。

　　"也有可能。"胥姝说，因为以前在好多群，经常会出现邓紫棋、刘亦菲等名字，其实都是假冒的，或者是广告推广小秘书。

　　"不过也可能是真的。或许有一天，你会发现我们群里的邓紫棋就是邓紫棋，刘亦菲就是刘亦菲呢。"玛雅在网络那头涂着深蓝的指甲油说。

　　胥姝继续潜水仔细观察着。群友们仿佛一个个都风轻云淡、闲庭信步，对国内国际形势侃侃而谈。看样子，他们货真价实，就是陆家嘴论坛、福布斯论坛上那些指点江山、笑看风云的人物了。

　　"数字货币到底是怎样的啊？挖矿到底怎么挖？"见牛牛们都在聊着比特币，胥姝忍不住问。这一段时间她潜心学习人工智能，几乎两耳不闻窗外事了。

　　群里马上有人发了个哈哈大笑的表情，画面很是鲜活生动了。一个绿青蛙头像的群友打趣着："数字货币，就是天上的货币，虚无缥缈的货币。"其他几个人也乐呵呵地笑起来。胥姝不好意思地傻笑着。

　　这时，微信上忽然有个添加好友的显示，是这个群的群友。胥姝马上添加了。

　　"我叫叶通，是群友。"这人说。

　　胥姝看到，他的头像是秋天的布拉格风景，金黄和橘色的玉树勾勒着深秋的静谧和美好，宁静超然的城堡安然矗立于一隅。

　　"你的头像真好看，我喜欢布拉格和海德堡，喜欢秋天超凡脱俗沉静的美。"胥姝忍不住赞美着。

　　"我也是，喜欢查理大桥和黄金巷，尤其是在秋天阳光照耀下。我还喜欢海德堡和新天鹅堡，喜欢那里宁静的清晨。"叶通说。

"我也是。听说只要沿着查理大桥默默行走，用心抚摸着神的雕塑，就能被赐予一生的幸福和吉祥。"胥姝说。

"是啊，圣洁的大桥和灵犀。"叶通说着，发了三朵玫瑰花的表情过来。胥姝嫣然地笑了。

"对了，刚才大家议论的比特币，是这些年冒出来的，就是英文 Bitcoin。不过，现在已经在暴跌了。"叶通说。

"它是什么啊？"胥姝问。

"数字货币的一种，虚拟货币。"叶通说。

"这种货币传说是一个叫中本聪的大神发明的。比特币活跃江湖后，大神就瞬间消失了。"见胥姝似乎不明白，他又补充着。

"怎么像是武侠小说里的传奇高人啊？"胥姝说。

"以前比特币几块钱就能买到，现在要几万美金一个了，以后不知道。它可以拆开来卖，你可以买十分之一、百分之一。"叶通不厌其烦解释着。

胥姝惊讶地吐了个舌头，说："金融和科技太需要想象力了！没从事人工智能工作前，我完全不理解，一根头发的几千分之一粗细的线路还能光刻在元件里边，世间其他的能工巧匠都做不到！"

"是啊，金融家和科学家其实都是顶级艺术家，都需要超凡的洞察力和想象力。"叶通说。

"我明白，很多人都说，科学家其实是极致的诗人和哲学家，他们的维度是常人无法企及和理解的。"胥姝若有所思地说。

"是的，深有同感！"见胥姝没回复，他又说起了数字货币，"现在比特币还没有合法地位，很多人用它来贩卖军火，还有的人要逃离外汇监管，也可能采用比特币。以后它或许会成为主流的货币工具，或者会被取缔。"叶通说。

"你真是人如其名，无所不通、无所不晓啊！"胥姝越听越糊涂，干脆发了几个金黄饱满的大拇指赞美着。

"对了，你不是做金融的？我以为群友都做投资和金融。"叶通问。

"不做金融，我是混进来的。"胥姝说。

"是混进来的女神啊，一个群里总要有女神和天使，这个群才有灵性和神韵。"叶通说。

"各有所长，每个人的审美或许都不一样。"胥姝谦逊地说。

"对了，你学什么专业？"他又问。

"我是文科女，在英国读的本科和硕士。"胥姝说。

"那你现在从事什么行业啊？"他饶有兴趣的样子。

"受一个朋友的影响，我混进了人工智能机器人产业。"胥姝发了几个吐舌头的表情。

"这个朋友肯定不一般，能让一个文科女混进了机器人行业里，不可想象啊！还真是缘分，我们是同行，我也是做机器人产业的！"叶通兴奋地说。

"这两年到处都是机器人企业、人工智能企业啊。"胥姝说。

"有的是蹭热度蹭流量呗，但后面的发展都不知会怎样。每一个产业发展都是漏斗形，适者生存，淘汰大部分，就像当年的光伏产业。"叶通说。还没等胥姝回复，他又说："对了，我主要负责研发。你呢？"

"我主要做综合服务工作，不过最近老大要我们交叉轮岗了解全链条的情况，我有时也去研发部潜水！"胥姝说。

"太好啦！以后我们可以通力合作了！"叶通说。

"对了，你学计算机，为什么对比特币和金融那么熟悉啊？"胥姝对叶通的专业还是很好奇，她忽然又想起了什么，刨根究底地问。

"我也是客串江湖打酱油，选修过好几个专业。"叶通笑谑着。

"哇！原来都是跨界融合大牛啊，是 Guru！"胥姝把大牛群主今天一直说的"Guru"活学活用了。

"群里的'牛牛'们都是文理通识的大学者。到了这个高度了，做金融的一定懂科学，搞科研的一定懂金融，金字塔顶端的这些群友很多都是当年各省市状元和学霸，都是智商巅峰的天才。"叶通说。

"下辈子我也要当学霸，也一定要当个理工科研男。"胥姝很是幼稚地表达着敬佩和感慨，因为她的父亲也是理工男，荣获过诸多科技进步和发明奖项。

"文科也有巅峰大师啊！文理都一样！"叶通说，"对了，我也写过诗，大学时还做过一个诗社的社长！"他补充说。

"天啦，你也写诗？太神奇了，不可思议啊！我也写诗，几个同学还一起出版过诗集！"胥姝惊讶得咋舌了。

叶通献上了五个夸张的大拇指，表达理工男由衷的赞美。

"我只是小粉丝，你才是大 Guru ！"胥姝脸都映红了屏幕。

"对了，你在哪儿？北京、杭州还是深圳？"叶通问。

"为什么不是上海呢？"胥姝说。

"上海！原来近在咫尺啊，以后可以一起参加群友聚会了。"叶通说。

"好啊，以后偶遇啊！"胥姝说。

"对了，MIT 校友会过几天有个沙龙，要不友情客串一下？"叶通试探着发出了邀请。

"好啊，MIT ！我欣然接受！"胥姝被热烈的情绪激荡着，她大大方方接受了。

和叶通聚会的日期一晃就到了。

那一日，胥姝穿着鹅黄的连衣裙，踩着平日里难得一穿的鹅黄高跟鞋。她姗姗地走着，沿着羊脂玉般温润的小河边，看着波斯菊随风梦幻般飞舞。穿越青草地，终于来到了导航定位中的码头。

小心翼翼地，她登上了 MIT 校友聚会的游轮。

"你到了吗？我在。"这时，叶通的微信来了。

"马上到了。"胥姝回复说。她心跳如鹿，努力平静地回复着。她不知自己怎么这样紧张，忍不住在心里傻笑着。妙不可言的微信磁场吸引着自己，不可思议地朝着一个陌生男人叶通的方向走去。

"慢慢来，我等你。"那个陌生的男人叶通用微信传递着巨大的能量。

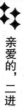

胥姝感觉自己越来越紧张了，她好像是在做什么见不得人的事情。她想起了玛雅的论述，说微信是男女间真情爱恋或暧昧出墙优雅的媒介，QQ或陌陌太幼稚或太滥俗，没有文明人的安全感和欲说还休的诗意。

游轮上音响喧闹、人声鼎沸。胥姝看到，江边陈列了七八艘游艇，乍一看像是在巴塞罗那的海边。沿着涂抹了红色防锈漆的游轮铁楼梯，眼看就可以抵达船舱、融入人群了。

胥姝有点越来越喘不过气来了。她停下了脚步，拐进了门口的洗手间。偷偷在镜子里看了看自己，好像在做贼似的。她舔舔嘴唇，唇间有点干，起了很多皮。她从龙头里沾了一点水，抹在嘴唇上。那些褶皱的白皮打湿后，瞬间润泽了。细致剥落了它们，她用指尖在嘴唇上按摩了片刻，然后描上了一层裸色唇膏和粉红的唇彩。

"我在红色沙发前。"刚走到船舱里，叶通的信息又弹跳出来了。

抬眼向游艇落地窗望去，和煦的阳光穿越薄如蝉翼的窗帘，一览无余泻在红沙发前的地板上。朱红的沙发前，站着一位玉树临风的男士，他身着藏青色西装、身高大约一米八五。他带着阳春三月般的气场，有着清风般干净高贵的气质。他的脸上流淌着如蜜的阳光，专注地捧着黑色的手机，眼眸里闪烁着星光，晕散着星空的音韵。在他的身边，麻省理工校友会的同学们端着盛有白葡萄酒或鸡尾酒的酒杯，在阳光里忘情谈笑着。

"看到你了。"胥姝的脸忽然在阳光里绯红了。红沙发边的叶通正满怀期盼地望过来。澄澈的眼眸里，瞬间抹上了一缕热情和惊喜的光泽。

"您是胥姝？"他迎了过来。

"是的，您是叶通？"胥姝也礼貌文雅地用着"您"，但没好意思再加"先生"这个后缀。

"Nice to see you！"叶通满心欢喜地伸出手去。

胥姝抑制不住欢喜地回应着，握着他指尖，出神地看了他一眼。没想到，正遇到他的眼，胥姝的目光慌忙逃匿了。

"太好了，就是想象中的那份清新。"叶通紧张地溢美着。

"你也是，是我想象中的老朋友啦！"胥姝故作轻松地打趣着，让自己和他的紧张、羞涩一点点隐退。聊了这些天，其实已经对彼此的衣食住行、兴趣爱好都如数家珍了。

"是啊，就是老朋友啦！微信时代真是太神奇，身边有各种校友群、行业群和兴趣群，手机里多了许多的粉丝！很多失联了许久的小学、幼儿园同学，也都忽然从时光隧道里再现了！"叶通长吁了一口气，找了个话题。

"是的是的！后来发现群友们都很熟，大家都是可以追根溯源的群友，或是群友的群友。"胥姝说着，心头的紧张忽然消失了。她发现，叶通一直静静注视着自己。

"今天天气真好啊，本以为会下雨，没想到春和景明、晴空万里啊！"叶通假装豪迈地谈天气了。

"是啊，我一般出来都会阳光明媚、晴空万里！"胥姝恢复了网聊时的浪漫和率性。叶通也明显自在多了。

"那当然，站在我面前的是人见人爱的小仙女啊！她一定美好而善良，她的灵魂深处一定有着许多熠熠生辉的能量！"叶通很是热烈地说。

"是啊，只要她心情好，阳光总是明媚的，天空总是蓝得像宝石！"胥姝说。

"太好啦，年后一直下着雨，连绵阴雨持续了两个月，许多人都在微信里集体刷屏晒被子，那是因为他们没遇到小仙女啊，所以天空不够蓝！"叶通明显拍马屁了，胥姝的脸红红的、热热的。

两人终于一前一后地来到了校友会的人群中。眼前，一个个身着西装、旗袍的身影迎面掠过。他们一只手端着彩色的果汁或鸡尾酒，另一只手像燕翅般灵动地朝叶通打招呼。招呼间，来往的校友都不忘特意凝视着胥姝。

胥姝提着长长的裙裾，公主一样微笑着，回应着眼前云朵般流连的美女帅哥们。互联网共享经济时代，每个美女身上都穿着以往遥不可及的礼服。这些盛典礼服都通过海淘，通过快递小哥从万里外的巴黎、米兰运过来，让一个个女人令人惊艳得如同戛纳走红毯的明星们。

穿越光影烁映的鸡尾酒和裹着春叶的西班牙煎饼、帕尼尼，微笑问候的人们仿佛愈来愈集中了。一枚枚眼眸像银河系的小星球，萦绕在叶通的周围。叶通淡然自若地回应着四周的目光和手势，在众目睽睽里带着胥姝款款走向第一排。

胥姝这才恍然大悟，叶通原来是 MIT 校友会的领头羊，也是这次校友会沙龙的主讲者之一。前方晶莹变幻的大屏幕上，正滚动播放着本次沙龙的主题——"AI 璀璨放光芒"。

这时，主持人出现了。

"朱迪好美！朱迪好美！"大家齐声大喊着。

胥姝发现，叫朱迪的女孩穿着白色 V 字领紧身连衣裙，佩着绿叶红花的花饰，她妩媚地延请着各位嘉宾，请大家入场。这时，她看到了叶通和胥姝，嘴角的笑容忽然消失了。她侧着眼，不经意地斜睨着胥姝。"很久不见啊，叶通先生！"终于，她扬起下巴，带着一种居高临下的女王气场来到了胥姝和叶通的身边。

"很久不见，朱迪小姐。"叶通礼貌而淡漠地打招呼。

"咦，你以前不是不喜欢酒吗？看样子变化很大啊。"望着叶通和胥姝手中的彩色鸡尾酒，她高扬着声音说，V 领衬托着深深的曲线。

"时间会改变一切。"叶通说。

"是吗？时间真的会改变一切哦！看样子你身边的女生一定是来自一所好学校啦？"朱迪有点挑衅地看了看胥姝，然后冷冷地抓起一杯酒，在手中把玩着。

叶通淡漠地注视着她，护着身旁的胥姝。

"你知道吗，我后来调嗨棒鸡尾酒的技术长进更快了！后来我还学着做过余市 10 年的鸡尾酒加荷叶和青柠。当然啦，这些酒被中国人越炒越高啦，为了节约成本，我连白头余市也不放了，凑合着用山崎 1923 吧。"她仿佛在自言自语。

"是啊，是被我们中国人炒的，日本人都害怕自己喝不到好酒啦。现在格兰菲迪和麦卡伦 18 年都暴涨——"胥姝主动插话了。

朱迪戛然而止，一副话不投机半句多的样子。她用手指点了一下叶通的肩膀说："等会儿看你的啦！"说完，花枝摇曳地走向了另一位校友。

"原来，站在我面前的还真是才华横溢的大 Guru 啊！"胥姝很是崇拜地望着叶通的眼。

"哪有啦，我就是这么真实而普通的一个人。"叶通真诚地说。

"看样子追求你的人不计其数啦！一看刚才朱迪的眼神就知道啦。"胥姝忽然有点酸酸的。

"年轻时没人追求还行吗？"叶通拍拍胥姝的肩膀说。胥姝笑而不语。

"其实，大 Guru 很多时候是被逼上梁山捧出来的。当舞台需要你扮演大 Guru，你就得弄假成真，让自己仿佛就是舞台上那个大 Guru。"说完，他做了个憨态可掬的大狗熊的动作。

"偶遇的是你曾经的女朋友吧？"女人的直觉总是长满了触角。

"在美国时接触过。"叶通含糊地说。

"异国他乡总有传奇故事啊，思乡会拉近两个人的距离。"胥姝闪烁其词地说。

"这两个人也许完全不合适。"叶通朝她做了个大鬼脸。

这时，嘉宾致辞开始了，两人连忙在座位上坐好。只见天天在群里见的大牛群主登台了。他从 MIT 毕业后，就成了"三栖大明星"，不断穿梭在中国和美国的金融界、科技界。这会儿，作为金融大咖的他在校友会上竟然神闲气静地谈着科学进化史：

"众所周知，科学推动着城市的进化和发展，正如《清明上河图》展示了中国当年繁华的城市图景。城市联系着经济社会生活的各方面，甚至是军事。欧洲无数城堡的崛起，当初就是为了军事用途。工业时代的城市，首先是制造业的中心。

"公元 476 年，西罗马帝国灭亡，希腊人开始研究自然哲学，后来东罗马帝国灭亡，文艺复兴、牛顿力学都开始涌现，西班牙人、维京人开始觊觎世界版图上的其他地区。工匠们也在实际生产中发明了蒸汽机。

"真正的又一次变革是 1850 年之后，电气革命发生，德国西门子等公司迅速出现，改变了原有的科学版图。如今，互联网、人工智能又掀起了新浪潮。

"科学技术与产业协同推进。科学便是这样不断地打破藩篱、创新突破，也就是新一代冲破老一代束缚的过程，我们可以多一点思考，少一点束缚；多一些创造，少一些沿袭。或许，人工智能的时代，一切都将发生变化……"

当众人崇敬的群主在繁星般闪耀的灯光里谈科学，谈人工智能，每一个校友都安静了。

学长的致辞在掌声里画上了圆满的句号。这时，朱迪在镁光灯下百般优雅地走到叶通旁，面对全场侧着身子轻拍玉掌说："下面，欢迎我们的学长、麻省理工学院、哥伦比亚大学赫赫有名的人工智能王子——叶通先生为大家带来精彩的演讲！"

叶通闪耀地出现在舞台焦点里，带着男主角常有的迷人的笑靥。胥姝愣愣地看着他，思绪有些飘忽和游走。

"女士们，先生们，正如刚才学长所说的，世界每天都在不断地创新与进化，科学每天都在日新月异向前发展。凭借科学，我们才不会生活在铁锈地带，科学能把时光擦亮——当人工智能在各个领域四面开花，那将是人类历史上最猛烈最彻底的一次革命，它会改变所有人，改变地球，改变人类历史。"

叶通向着人群侃侃论道，眼眸闪耀着清澈明亮如星星的光芒。

胥姝眼前忽然凝滞了，她穿梭在记忆的时光隧道里。她仿佛回到了过去某一个时候，那个人、那些曾经蛰伏的记忆，忽然鲜活了。叶通无数次地把那些熟悉得不能再熟悉的人工智能新名词送到她的耳鼓边，她的耳蜗里有两个声音在重叠着，跳荡着。

她的心恍惚游离着，像是沉入了梦境。直到叶通翩然、儒雅地重回座位上，她仿佛才从时空隧道中回来。

"太棒了！原来微信群里真的有青蛙王子！感谢微信，把大海里美好的珠贝——生活中最有才的大牛都会聚在我身边了。"胥姝忍不住将眼里莹润的崇拜化为热烈的语言，赞美着叶通。

在胥姝热烈直白的赞美里，叶通眼眸里浮现了闪亮的喜悦和激情。

"原来你有 AI 专业背景，又有华尔街金融背景，还是 MIT 和哥伦比亚大学的学长！当硅谷 AI 专家遇到华尔街金融大鳄，那将产生怎样惊天动地的裂变啊！"胥姝继续浓烈抒发澎湃于内心的感慨。

叶通终于不好意思了。他转身去倒了一杯苏打水，给胥姝端来了一杯樱桃汁。胥姝也有点不好意思了。母亲一再叮嘱她要矜持，说不能过于赞美男孩子，免得他们翘尾巴。她也起身走到餐台前，拿起一个德国产的精致小瓷碟，装了墨西哥卷饼、玫瑰覆盆子蛋糕和叶通一起分享。

远远地，朱迪像花蝴蝶一般穿梭在各个男人的身边。有时候，男人们还会伸出胳膊拥抱她，或者亲昵地贴个面，她都妖媚地笑着来者不拒。然而，她眼角的余光似乎始终缠绕着叶通。胥姝预感到，朱迪等会儿一定会过来找叶通。

果然，校友会演讲和酒会结束后，朱迪径直从台上走到叶通的身边，插在了胥姝和叶通两人的中间。胥姝这才发现，她真是有着前凸后翘女王般的身材，轻松吸引着男人的视线。

"我的车坏了，你送我回家吧。"朱迪很是袅娜地扭着腰，耸着胸，楚楚动人地望着叶通的眼。

"很不巧啊，我答应送胥姝回家呢，你和她回家方向不一样。"叶通回避她的眼，静静地望着胥姝说。胥姝心领神会地点点头，把杯里剩下的樱桃汁优雅地喝完了。

"哦，是吗？那算了，我去找其他人吧！"朱迪撇撇红艳的嘴唇，似乎满不在乎地说。

"美丽的朱迪小姐，我可否有足够的荣幸，能送您回家？"正在这时，一位西装革履的学长过来了，用着西式的句式说。

"当然可以，宋总！"朱迪马上转身，脸上灰暗生硬的线条重新灵活

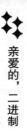

起伏了，闪现出得意扬扬的笑容。

朱迪晃动着身姿，转眼间消失了。叶通望着朱迪消失的身影，似乎在思考着什么。

"你喜欢她？"胥姝说。

"怎么会？她是个交际花，认识无数人，会出现在各种沙龙上。刚才送她的，是一个船舶企业的老总，军民融合领域赫赫有名的人物，掌握着许多资源和秘密。"叶通说。

"真是魅力无限啦！"胥姝望着叶通说。叶通没吭声。

"看事情不能看表面，有时候，人和事物都不是它本来的样子。"沉默了好一会儿，叶通寓意深刻地说了句。胥姝沉思了很久，没明白含义。

"真的准备送我啦？君子无戏言哦！"胥姝用银铃般的笑声搅动了生硬的沉默。

"好啊，我的车尾随你，护送你的车到家！"叶通大声说。

于是，两个人一路欢声笑语，朝着车库里走去。没想到，叶通的特斯拉正好停在胥姝的宝马旁。

"到底是人工智能男，都喜欢开特斯拉。"胥姝大大咧咧说。

"是啊！在硅谷时特别崇拜硅谷钢铁侠马斯克，所以第一批特斯拉刚上市，就买了马斯克的车啦！"叶通说着，替胥姝先打开了她的车门。

"以后特斯拉便宜啦，在中国已经大张旗鼓生产了！"叶通上了自己的车。

"是啊！"胥姝大声说。

"你往哪儿？"叶通摇下了车窗玻璃。

"花木路！"胥姝大声喊。

"太好啦！我在芳甸路！"叶通兴奋地说，于是自告奋勇地带路了。

两人一前一后驱车出了车库，行驶在宽阔幽静的马路上。叶通的车青烟一般地向前，胥姝也毫不示弱，飞速地跟着他。

"你知道吗，我喜欢飙车，尤其喜欢去德国飙车，开赛车！那车最高时速能开到 400 多码，那有多酣畅啊！"叶通说。

"是吗？你也喜欢德国？你也太野了吧！"胥姝大声说，紧紧咬住他的车尾。

"我以前闯红灯、抢车道，什么都干过！"叶通说。

"是吗？看不出啊，看起来挺儒雅绅士的呢！"胥姝大笑着。

"我是理工男，我也是诗人啊！无狂野，不诗人！"叶通狂放不羁地说。

"好吧好吧，我真是服了你了！"胥姝说。

一路上说说笑笑，不知不觉地就护送胥姝到小区了。到了门口时，叶通停车五秒钟，然后飞速掉头离去。在红绿灯路口时，他忍不住又给胥姝发了个信息：

"今天好开心！下回再见面我就不放二十一响礼炮迎接了！"

欢乐像升腾的蒸汽，萦绕在时空里。回到家，泡了杯法国玫瑰花茶，胥姝伸展着肢体，练习着前些天刚学到的瑜伽动作。没想到这时，诗意的场景骤然被搅乱，胥姝被拉回了现实生活的片段里。

房间门口的视频电话不停地叫嚷着。镜头里，一张胥姝不愿多看一眼的脸再次摇晃着。那张脸是一个变形的三角形，覆盖着脸的头发三七开，刘海在镜头里油光锃亮，像极了战斗片里的汉奸走狗样。

"姝姝，我在你门口。你让我进来，好吗？"一只手捧着鲜红玫瑰、一只手提着鼓鼓包袋的常言站在房门口，给胥姝发着信息。

"让我进来，我们聊聊好吗？"常言喊着，不断拨打着视频电话。胥姝还是不开门。"姝姝，开门，我们聊聊！"他像条癞皮狗。

胥姝懒得理他，拿起手机准备刷关注的视频博主在印度和黎巴嫩旅行的视频。没想到这时，门口响起了敲门声。

"有什么需要帮忙吗？隔壁的女孩大概不在吧。"敲门声此起彼伏，惊扰了对面的邻居。邻居是在互联网企业工作的男孩。

"她在里面，我听见电话声了。"常言故意大声说。胥姝没办法，只好出来开门了，很是抱歉地朝对面男孩绽放着笑靥。

"春天容易感冒，还是记得要美丽也要温度哦！"常言一进门，便径直脱了鞋进了厨房，熟门熟路地给自己泡了杯台湾乌龙茶。胥姝翻看着时尚杂志，看也不看他。

"怎么样，这些天都好吗？"常言像是培训过的推销员，反反复复就是那几句话。

"你不要总是刷存在感好吗？"胥姝白了他一眼，把他拿进来的玫瑰花扔进了垃圾桶。

"每天早中晚，定时给我亲爱的姝姝请安和问候，这个环节肯定不能省。"常言很是厚脸皮，他把玫瑰花又从垃圾桶里拾起来，插在了矿泉水瓶子里。

胥姝完全没办法，他是一个做推销的顶尖人才，无论胥姝是否回复他、搭理他，他就是会在那里，占据着一隅，看起来很痴情、很暖心的样子。

"你不会又想拉黑了我吧？千万别，别——"他依然涎着脸说。好多次，胥姝真的想拉黑了他。

"你怎么知道我住的地方？"胥姝问。

"我们合租过，你啥事我不知道啊？"常言说。

"说吧，怎么知道的？"胥姝皱着眉头说。

"问你群里的同学了。"

"同学？你到底想干什么？"胥姝很是纳闷。

"我们之间有误会，我还是想谈一谈。"

"你是不是经常在网上找女朋友，干吗缠着我不放？"

"我哪有什么女朋友啊！你才是我女朋友！"汉奸头涎着脸。

"其实，你真的该做点其他有意义的事，不要浪费时间了。"胥姝沉默了一会儿说。她很后悔那次在科学松鼠会认识了常言，自己没有当机立断拒绝他看似殷勤温暖的问候，没有拒绝他短期合租的请求，而有了一点点不该发生的故事。回想起来时，心里就觉得潮湿黏腻不舒服。

"你就是我认定的有意义的事情。"常言回复说。他可真是甩不掉的口香糖渣。明明你在冷落他，完全不搭理他，他却依然不屈不挠地黏附在你袖口和裙摆上。

"怎么像狗皮膏药一样？"胥姝不明白还会有这样的男人。

常言依然一副讨好的模样，笑嘻嘻的。

"你只要认定的，是利大于弊、做加法的事，哪怕是热脸贴着别人的冷屁股，你都涎着脸，对吗？"胥姝很不留情地想把他击退。

"我就是这样的，认准了就一定会坚持。"常言丝毫不生气。

"你到底想干什么啊？想要我帮你什么？"胥姝实在忍不住了。

"我们晚上一起撸串吧？你的老同学玛雅也说去！"常言说。

"玛雅？你还联系了玛雅？"胥姝很是奇怪了。说者无意，听者有心，第一次见面海阔天空胡扯时，胥姝就说了自己在英国的日子，提到了好朋友玛雅，说玛雅现在在做投资。

"我在一个投资群里看到了玛雅，然后就和她闲聊了几句。"常言淡淡地说。

"实在是佩服你，竟然认识了玛雅，还处心积虑地想见玛雅。"胥姝确实很惊讶。

"那今晚就定了，不见不散哦！"常言说。

"你先去排队找地方吧，我收拾好再来。"胥姝说。她想着多日不见玛雅了，还是给了常言一个面子。

"遵命！"常言于是又屁颠屁颠地出了门。

在家里胡乱地又看了会儿剧，过了一个小时，常言的短信又来催了。胥姝无可奈何地叹叹气，起身出门了。凭借导航地图，她找到了深藏在南京东路里的一条小马路。这条路散发着如今在浦东无处寻觅的油盐酱醋的人间烟火味。低矮的房屋不惊不乍伫立着，潮湿的屋檐下仍然住着居民。借着半掩的门缝，可以望见简陋的二十世纪八十年代时兴的家具。马路上兰州牛肉面、意大利披萨、土耳其皮塔饼、正宗湘菜、天府麻辣烫的店铺鳞次栉比，渲染着如今上海文化的多元。有的招牌还真是引人入胜，叫"肚子里有货""包一切吉祥"，等等。

推开油腻腻的布帘子，胥姝找到了常言说的座位。他已经坐在里边，桌上摆着牛肉和羊肉串。这时胥姝才发现，常言那个汉奸头的长刘海剪短了，梳成了企业界时髦的刘海上翘的发型了。

"原来发型变了，人模狗样的了。"胥姝嘲讽说。

"就怕你认不出，所以乖乖地送上门来了。"常言又是嬉皮笑脸。胥姝看着窗外不语。"对了，那个总是给我发信息的女人不会再打扰我们了。"常言说。

"谁啊？"胥姝说。

"就是那一回我们在一起，她发了信息过来的。"常言吞吞吐吐地说。

"不记得了。"胥姝拿着几根羊肉串在炉子上烤着。和他试着相处的那两个月里，他的手机里、邮箱里总是会有不同女生的信息，而这些女生往往都有着当企业家的父亲。

"她不会再联系我了。"常言强调着。

"和我有关吗？"胥姝看着他。

"你不是嫌我和她有联系，后来不理我了吗？"常言说。

"放弃一个人有这么容易吗？是我们不合适，我们灵魂的高度、广度、深度和纯粹度不合适，你懂吗？"胥姝说。

"说得那么严肃、那么高深干吗啊？她只是我高中女同学，她喜欢我，想来上海做生意，一厢情愿罢了。"常言继续解释着。

"看样子都是富婆啊，你的事我不关注。我是说，我觉得我们不合适。"胥姝很认真地说。

"再试试好吗？我们相处过，就这样放弃吗？"常言说。

"我们没有相爱过，是你耍了阴谋诡计让我迷失了一小会儿，我们的美好人生怎么可以再浪费？断舍离。"胥姝毫不犹豫说。

常言不吭声了。

"你今天想求助什么呢?"胥姝说。常言轻易舍不得请人吃饭,他以小气而闻名。有一回他买回来一袋酸橘子,自己剥了三个酸得皱眉头,然后殷勤地给胥姝剥,要她多吃点,说是维生素丰富能滋养容颜。他对自己也很抠,胥姝的草稿纸如果只用了一面就扔进垃圾桶,他一定舍不得丢弃,转身顺手捡回来。

"我有个创业计划,我想让你们支持我。"常言说着,给胥姝盘子里放了一串烤羊肉。

"你的创业计划一会儿冒一个啊,原先不是说要做共享单车吗?现在共享单车呢?荒郊野外连一堆废铁都看不见啦。"胥姝说。

"这回我想做一个宠物网计划。"常言说。

"哦,说说看。"胥姝说。

常言正想说,这时,玛雅花枝招展地过来了。玛雅穿着一条紧身的短旗袍,若隐若现的花纹让人目光不忍离去。她的脸大概用了新款的粉底液和散粉,比以往要洁白了许多。在粉白的底色上,她的小嘴涂上了艳丽的唇彩,看起来愈发娇俏撩人了。

"你俩聊啥呢?这么亲密啊!"玛雅迅速瞥了常言一眼,故意戳他说。

"常言在聊他宏大的创业计划呢。"胥姝"呵呵"笑着。

常言"嘿嘿"地傻笑,马上帮玛雅调整着椅子,为她斟上大麦茶,就像初见胥姝时那般殷勤。

"你就是常言啊!这种地方,不是妹妹的调调哦!"玛雅盯着常言抛了个媚眼,环顾着四周说。

"也不是你的调调啊。"胥姝说着,把玛雅拉到了座位上。

"我嘛,是能屈能伸的女子,上得厅堂、下得厨房、进得卧房!"玛雅斜着眼又扫了常言一眼。

"来吧,说说你的创业计划吧,也许玛雅能帮你融资落地呢。"胥姝看着他俩说。

"我想运作一个宠物网,为宠物提供全生命周期的服务。"常言说。

19

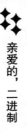

"噢，不错啊，说说看！"玛雅似乎很感兴趣。

"我已经联系了几个在联发科和展讯做过的兄弟，他们负责技术支撑，来帮我一起做宠物网的技术支撑和方案设计。"常言说。

"哟，很不错啊，具体怎么弄？"玛雅说。

"我需要融资，需要宣传，需要媒体的关注，需要房租和税收的支持等等。最近拆违，要找到一个价廉物美的门面不容易。"常言踌躇满志地说。

"那是，创业艰难啊！你没听今年大家都在说，好不容易凭运气赚来的钱，现在全部靠能力都输了。"玛雅哈哈大笑说，露出她诱人朱唇里洁白的牙齿。

"所以我需要找到有补贴的孵化器和创客空间，我还要找到融资，你知道，初创企业都是靠大把大把烧钱搭平台做流量。"常言一直看着玛雅说。

"那有什么具体的规划和方案吗？对这个行业的发展有怎样的预测？"玛雅把椅子搬过来靠近了常言。

"我研究了一个月，感觉宠物市场以后会越来越庞大。你看看，现在剩女越来越多，同居不要孩子的人越来越多，信任感越来越跌落。大家宁可相信狗，也不愿去相信身边的人。即使是有孩子的家庭，如果一家养狗，大家都觉得很拉风，就会想办法创造条件去养狗。"常言说。

"看不出，你还很有思想、很有远见啊。"胥姝半认真半嘲讽地说。

"如果你帮了我，也许我就是明天的马云和马化腾。我要实现宠物门店大数据的开发和管理，实现一条龙的供货与服务，让国内国外宠物市场互联互结。我还要开发一系列的产品，我想好了，我要开发宠物智能水杯、智能饮水机、益智玩具、智能深睡床垫等，让猫儿狗儿过得比人还幸福！"在玛雅的鼓励下，常言创意喷涌了。

"好啊，你可以让宠物店五公里一家，开得比人的美容美发店还多，让它们星星之火可以燎原，让宠物店遍布全上海全中国！你可以给狗狗美容，给猫猫做指甲……"玛雅居然推波助澜了。

常言在玛雅的鼓励下，脸蛋涨得通红。他的手势此起彼伏地在房间里摇晃，仿佛他就是未来的巴菲特和比尔·盖茨。他马上拉了一个和胥姝、玛雅的微信群，一口气发了几十张照片。

"你知道这是什么吗？这是狗的发声树、磨牙树、漏食树，狗的发声树可以训练狗发六个音阶，是不是像是宠物的声乐陪练师啊？我已经研究好久了。"常言乐此不疲地翻着手机图片，一一展示给胥姝和玛雅看。

胥姝带着笑意瞥了几眼，打了三个大大的哈欠。然而玛雅却很是认真，连声赞叹说："真是不错耶！我去和朋友商量下，看看能不能帮上你。"

"我其实还有好多创业计划，我还想做一个人工智能系统，做一些模仿明星的机器人，供永远热爱明星热爱十八岁少女的男人们挑拣，帮他们找到心生欢喜的那一位机器人陪伴终身！现实中的女人嘛，总是无法变成自己不断想尝试的那一个，而且有脾气有个性，不好伺候。"常言无限憧憬地说。

"说出自己的心声啦！男人们，总希望能找到自己不断想尝试的下一个，看到一个女人长得美，想要去拥有；听到一个女人说话很温暖，想要揽入怀；看到另外的女人运动时健美又壮硕，也想占有和体验——"胥姝说。

"常言是个创业大师啊，以后我们好好再沟通。"玛雅当着胥姝的面，意味深长地说。

"好啊，以后我们多沟通。如果真的能创业，我给你百分之二十的股份。"常言说着，忽然想到胥姝也在旁边。"胥姝嘛，就跟着我一起享福啦，我的就是胥姝的！"说完，他伸出手去，想要摸摸胥姝的脑袋。胥姝机灵地躲了过去。

第二章
海豚岛和脸谱

还没有发生的美好，一定在路上。从来没有轻而易举的美丽人生。在时光里宠辱不惊，才能有华裳加身时的云淡风轻。

——胥姝写给自己的话

天空晴朗通透，明澈干净得像是少女梳妆的镜子。海豚岛掩映在春天的嫩枝中。远远望去，这座新建的人工智能岛还真像一头有着蓝色背脊和银白肚皮的海豚。春天的风温柔吹拂着，鹅黄的树叶映衬着流线型的岛。一簇簇鲜嫩的枝叶像极了豆蔻年华的女孩，青葱娇嫩的肌肤弹指欲破。

海豚岛是国内人工智能产业的名片，也是人工智能独角兽企业汉科公司的名片。该公司这两年吸引眼球的产品，都在海豚岛里集中模拟了应用的场景。无数对机器人产业充满好奇的人都想到此一游，全世界从事机器人研发的人们也慕名而来，渴盼能在这个神秘的展厅里驻足停留一瞬间，发现无处不在的商机，看到企业踏破铁鞋无觅处的元件。

胥姝婀娜的身影出现在海豚岛门口的红地毯上了。春天里的她身体里仿佛充满了阳光和朝气，像四月里娇嫩的反射着金色阳光的树叶。阳光在她的脸上画着一道道光影，她春天般恬静美好的笑容优雅地浮现在象牙色的面庞上。平时喜欢夹克、休闲裤、运动鞋这类互联网、人工智能女标配装的她，今天很正式地穿了件蓝套装，散发着春日融融的意蕴和色泽。领口一个行云流水般的丝绸蝴蝶结，在粉色的樱花树下随风飘拂着。

"欢迎远道而来的嘉宾们！"胥姝上前几步，笑容可掬地出现在大家围拢的圆圈里，"我是汉科公司综合部负责人胥姝，今天由我来给大家做一个简洁的介绍。

"众所周知，集成电路、生物医药、人工智能是目前最重要的产业，也是参与全球科技合作与竞争最重要的产业。我们汉科公司在人工智能领域取得了突飞猛进的发展。正如《西部世界》所说，人工智能机器人认为它们都是拥有自主意识的。要了解量子纠缠的世界，我们要从薛定谔的猫开始说起，去感知日常世界的猫和量子世界的猫的不同。而要了解汉科公司的人工智能神奇世界，就从眼前熠熠生辉的海豚岛开始，我们会进入时而鲜花烂漫、时而水流湍急的科学世界。

"首先映入大家眼帘的，是我们公司近年来在语音识别和人脸识别方面的成果。大家请注意，这就是我们公司新开发的机器人，它有良好的语言识别系统，收集了迎来送往各种常用的对话，可以作为宾馆、展览场馆、银行、商场等各类公共场所的接待机器人。下面，请大家移步上前，来和我们的语音机器人美美说说话吧。"

胥姝说着，敏捷地启动了机器人按钮，然后机灵地闪到了一旁，把参观的最佳位置留给了来自苏州的客人。

"小天使美美，你和大家说几句话好吗？"胥姝笑靥荡漾地低下头，凑近了小小的机器人。

"好的，非常荣幸和大家见面！我是小小机器人美美，欢迎各位远道而来的哥哥姐姐！"机器人美美说着，手臂怀抱张开了，像是迎接远道而来的嘉宾们。

像一颗俏皮的小石子击打着湖面，原本安静凝滞的展厅忽然热闹了。

参观者都乐了，大家潮水般向美美围过去。

"美美，你几岁了啊？"一位稍微带着江苏口音的老总问。

"我一岁，但我已经和哥哥姐姐们一样，都被爸爸妈妈逼着读书识字了。我也要学本领，也要当学霸。"美美很是诙谐逗趣地说。

大家哄堂大笑了，后面更多的人围拢了过来，伸长脖子饶有兴趣围观着。

"美美，你知道我在说什么吗？"另一位参观者故意用苏州方言逗乐着。

"对不起，英俊的哥哥，我还没有学会听方言。"机器人美美说。

"那你会说英文吗？"大家继续问，像哄着一个可爱的孩子。

"我还是一个孩子啊，等我长大了，我就学英文，学方言！"美美似乎看透了大家的心理，也洞悉了大家的性别，它随机应变地回复着。

"美美，我想喝咖啡，你能帮我倒一杯咖啡吗？"一个老总考验美美的智商了。

"等您下次来，我一定给您倒咖啡。下回只要哥哥一进来，我就知道这位哥哥想喝什么咖啡啦！我们的脑机接口研究正在进行中！"美美的应对程序让人拍案叫绝了。展馆里成了欢笑的海洋，大家久久地围着小美美舍不得离去。

这时，美美又主动说话了："亲爱的哥哥姐姐们，你们参观辛苦了，让我来送送你们吧，欢迎下次光临哦！"没想到她下逐客令了，领着大家往大门方向走去。

众人又是一阵欢笑。胥姝也忍不住灿烂地笑了，原来每个人心底都潜藏着稚嫩的童真，这么轻易就被美美牵着鼻子走。难怪说在人工智能时代只有两类人，一类是掌控机器的天才，另一类是被机器掌控的众生。

来接参观者一行的考斯特面包车停靠在门口。站在车门前，苏州一个创业园的老总转过身来，紧握着胥姝瓷白的手说："胥总，上个月我和林总提到了合作的事项，他也同意了。我们希望您这边能尽快来，建设汉科公司分支机构或研发中心。同时，悦永行长也希望林总和您能够帮助她尽快启动恒业银行的项目，您看好吗？"

"好的，我会马上向林总汇报，非常感谢您的支持和鼓励！"胥姝得体地回复说。

"我在苏州翘首盼望啊！只要你们来，无论是给地还是给钱，我们都可以商量！我相信，你们鲲鹏展翅、指日可待了！三年后，就一定能打造成估值百亿级的头部企业！"创业园老总描绘着汉科公司未来发展的鸿图。

胥姝不断致意感谢，阳光在春意盎然的脸庞上洒下碎银般的光影。待车开动时，她频频挥手道别，老总们也打开窗不断挥手。

从海豚岛回到办公室，已是午餐时分了。办公室里咖啡的馨香每天从七点开始悠缓地升腾，到晚上九点才会逐渐袅袅地消散。

"老算，怎么这么香啊？你又有什么好咖啡藏着啊？不能吃独食啊，不要忘了给我这个学生留一口！"胥姝一进办公室，就朝着窝在角落里的算法大师陈辉大喊着。

"忘不了你啊，徒弟！有福同享，同甘共苦！咱们这群人，都是靠咖啡续命啦！"穿着优衣库夹克和阿迪达斯球鞋的陈辉原本正捧着咖啡呆坐在电脑前，一边冥思苦想一边敲打着电脑的键盘。见到美女徒弟胥姝回来了，他就兴奋，话就多了。

"等我的脑机连接算法成功了，每天只要你一思考，我就知道你想干什么！我立马献上拿铁、澳白或卡布奇诺！"陈辉在角落里扯着嗓子继续说，光亮的脑袋因为激动也更加闪亮了。

"师父头发好像越来越少啦！看样子要升职啦！"胥姝望着陈辉的大灯泡脑袋说。

"托你吉言啊，头发越少段位越高！那我宁可马上成为标准的 M 形发型！"陈辉说着，故意晃漾着所剩无几的头发。智慧的头发飞舞在两鬓，像极了黄土高原上贫瘠的植被。

"好啊好啊，我的好师父，等你模型训练大功告成了，我们去江边一醉方休到天明！"胥姝说。她知道，爱吃辣椒的老算就爱说着笑话喝两口。

25

自从挂职到研发部当副总，胥姝就顶礼膜拜尊他为导师，和王硕他们一起称呼着导师为"老算"。

"必须的！绝对的！"不善言辞的老算情绪高涨了。每天只要胥姝出现在房间里，再苦再累的日子他都觉得是漫天阳光。他不嫌啰唆地说胥姝是稳定军心的定海神针，是振奋士气的兴奋剂，是枯燥空间里七彩的霓虹。

"一言为定啊！我的博导！"胥姝说着，走进了自己的办公室。她朝长长通道那头的办公室遥望了一眼，好像研发部老总孙露的门还关着。

胥姝也磨了杯咖啡，打开邮箱看了看，没什么新邮件。她又去逛了一圈 CSDN，浏览着最近人工智能行业的新动态和新进展。浏览完邮箱和网络后，她拿出了抽屉里的照相机和笔记本电脑。

"王硕，陪我采风去怎么样？"胥姝在办公室门口吆喝着，要几个小同事一起去外面采风。她想在人潮涌动的大街上，随意再多拍几张自由流浪的猫和狗的照片，用于她的图像识别与测试。

这时，黑色电话机鸣叫了。"你和孙露过来，我找你们。"平日里儒雅谦和的林总的声音忽然严厉而僵硬。胥姝正在诧异着，研发部的老大孙露进来了。

"孙总，林总急匆匆地找我们，不知什么事？"胥姝说。

"那就去一趟呗。"孙露不以为意地说，小眼睛瞄了胥姝一眼。胥姝假装没发现。神情淡然地跟着他，一起去了七楼林总办公室。

林总在电脑前有点狂躁地演示着算法。算法世界在网络系统中意识流般闪烁着。一束束蓝色的光影旋转着，算法里的人物轮廓不停扭动着，绽放出幽幽的蓝光。那些光影忽明忽暗，他揉了揉眼睛，叹叹气坐在椅子上。

"孙露你和我解释一下，为什么桂林的一个项目，人家的研发人员利用一个塑胶的脸谱，竟然会把我们的人脸识别系统破坏掉？"见胥姝他们过来了，他"腾"地从椅子上站起来，气呼呼地在房间里走过来走过去。

"发生什么了？"见孙露不敢吭声，胥姝轻柔地问。

"发生什么了？你们不看看媒体，今天的报纸上、网络上到处都是我们的负面消息！"林总把他从英国买回来的咖啡杯重重地放在桌子上，让胥姝吸了口冷气。

"现在好了！有的企业趁机别有用心去炒作，说我们帮桂林企业开发的人脸识别系统失控了！一个刚进单位的研发人员竟然用一个脸谱，直接登堂入室了！我们还是全国人脸识别领域的龙头企业吗？"林总很是愤怒地说，衣襟掀起的风浪简直要把窗帘都撼动了。

胥姝惊讶地瞪大了杏眼。她看了看林总手中的报纸，正是针对自己公司这一新闻的炒作。而在同一版面的其他采访中，却出现了人工智能企业苏比特浓墨重彩的通讯稿。它借汉科公司的纰漏，大张旗鼓炒作自己的产品，说识别率、准确率可以达到99.9%！

"99.9%，这不是吹牛吗？"孙露低着头，偷偷地瞥着林总说。

"这不是天大的笑话吗？苏比特，它算什么企业，它能和我们比吗？我们在人脸识别领域是全国遥遥领先的佼佼者。我们做过无数示范工程的项目，今后我们还要做银行系统的支付、机场和公安系统的安防，现在怎么可以出现这么个低级错误呢？"林总对苏比特嗤之以鼻。

"我一直强调又强调，我们每做一个项目，都要确保准确率，要树立一方的口碑，拓展一方的市场，交天下的好友，现在竟然发生这样的事情！"

"很抱歉，但实际上，行业内的准确率能达到95%，就已经很不错了，所以出一两个小纰漏，都是正常的。再说，这段时间我们在准备银行系统和安防系统其他方案的设计，大家夜以继日地加班，所以忽略了这家企业的系统。"孙露解释说。

"你的意思是，出这样的低级笑话是正常的？"林总瞪着眼看着孙露说。胥姝示意孙露别吭声。然而他不听，还是为自己辩解着。

"其实，为了这个系统的操作，我们都努力去考虑在不同的地点、不同的光照程度下、不同的表情状态时人脸照片的差异，也去努力考虑了陈年照片和真实人像之间的差别。"孙露仍然试图解释说。

"考虑这些就够了吗？我们要尽善尽美、杜绝一切纰漏，才能做好自己的产品！无人驾驶的汽车难道只要输入上百种情况，就能在高架上无人驾驶了吗？没有精益求精的钻研奋斗精神，怎能做好硬科技？没有核心竞争力，哪能办好创新的企业？"林总继续批判说。

"我们马上去修复，再试试。"见说服不了林总，孙露的情绪变得很消极、很不开心，他脚底抹油想溜走。

"你不要走，我还没说完！我和你说过多少次，说过硬的技术研发、海量的数据获取和严格的保密意识，都是我们企业的命门，你都记得吗？你一点创新意识和精益求精意识都没有，还怎么做研发部老总？"林总声音很高亢，他看起来有点愤怒了。

"做研发这种态度可不行！我们企业的研发部怎么可以是这样的水准？AI 行业日新月异，每个企业就领先其他企业几天、十几天，最多领先几个月。人工智能企业风起云涌，几秒钟就会颠覆一个模式，产生一个新理念。代码和数据，是我们的生命线，如果代码和数据被超越了，或者被人家窃取了，我们就是失败者！"林总激动地说着，额头上冒出了晶亮的汗珠来。

"我们的工作日复一日很是反复枯燥，你们和普通程序员一样，都要挑灯夜战、披星戴月。我们除了研发和拓展市场，还要处理各种各样的关系，和各种各样的人打交道；我们或许还不被家人所理解，被他们嘲笑为不解风情、不谙世事的'程序猿'。我们很多时候也会困惑和迷惘，但是我们是为了事业，为了情怀，那我们就要坚守住理想和情怀！"林总走到窗户边开了窗，让一丝丝清凉的风吹进来。

胥姝知道，林总在抒发着自己内心的感慨，他谢绝美国好几家公司的邀请回国来创业，就是为了做点有意义的事情。

"林总您放心，我和孙总回去再仔细研究和讨论，看看怎样更好地采集信息调整参数，争取尽快修改好 Bug。媒体方面我也会去跟进，降低负面的影响。这几天我会组织新闻发布会，请中央媒体和上海媒体正向报道我们的技术和产品，报道我们在全球比赛中获得的弥足珍贵的殊荣。

"我也会和研发部孙总及同仁们一起，今后尽量杜绝纰漏，精益求精，力求完美，努力做到百密而无一疏。您放心，舆论都只有一两天的影响，各类热点会迅速淹没这些负面的新闻！"胥姝继续说。她没想到自己刚从综合统筹部到研发部挂职副总，就碰到这样的 Bug。

"等会儿马上去行动！"林总说，他的脸依然涨得通红。停顿了一会儿，他的声音稍微缓和了，"你们一定要记住，码农只是你们青涩的起点。你们不仅仅是码农，你们不是无所追求、毫无思想的小人物。你们每天用相同的工具，写着整整齐齐似乎相同的代码，然而这些代码可能颠覆旧世界，重新布局世界和时代。你们是大咖，你们是大师，你们不是无所追求混日子的'程序员'！"林总语重心长地说，眼睛始终盯着孙露的眼睛。孙露低着头，双手放在口袋里不敢拿出来。

"我马上联系桂林的企业，召回我们的产品。等修复完善好，马上帮他们去调试和安装，确保以后不出现任何类似的问题！"胥姝说完，示意孙露返回自己办公室。

"和他老婆离婚了，把气发在我们头上啊？"返回办公室一路上，孙露抱怨发泄着。胥姝没接话，低着头走到了办公室门口。

"喔唷，挨批了吧？"老算从座位上站起来发话了。他故意拉长了话尾，高扬着声音。孙露"啪"的一下甩上了自己办公室的门。

"技术水平不行，能力不行，脾气倒不小啊！我说了吧，再小的项目，我们也要尽力去研究去投入，在江湖上我们的船说翻就翻，哪能那么随意糊弄呢！"老算端着咖啡杯走来走去地说。

"是啊，现在苏比特公司竟然跳出来搞事情，好像他们是老大！苏比特怎么能和我们比？"王硕甩开了手中的键盘，也很气愤地过来帮腔了。

"那你来负责这个项目啊！出了问题不是你的错，还是我的错？你不能去做吗？"孙露突然打开门，翻着小眼睛过来怼老算。

"我还觉得奇怪了！这个项目是你自己说由你担当的，我们都没有参与！我现在还怀疑，你是不是故意弄砸桂林的项目，和苏比特穿同一条裤衩

呢!"老算快人快语毫不留情地说。

"你不要血口喷人啊,否则老子去起诉你!"孙露怒不可遏地指着老算说。

王硕和杨复马上挡住了老算,要他少说几句。胥姝也拉着孙露的衣襟,把他拖回了房间。

"奇怪了,老子就是最看不起你这种人!你这种人还留在研发部,真是笑话啊!要不是林总看在你和前老板娘关系的分儿上,他怎会提拔你!"

老算心里很不服气,"腾"的一下坐在椅子上。一向清高的他只服大牛人,逢人就会津津乐道互联网领域他的老乡,如微信的张小龙、陌陌的唐岩、"58"的姚劲波。

"那你去和林总说啊,老子不干了,你来干好吗?"孙露又气冲冲地出来了,叉着腰吼叫着。胥姝示意他别再说话了,他气呼呼提着包出门了。

"什么能力都没有,凭着老板娘的裙带关系这么得过且过,你还能当研发部老总?"老算依然在他背后大喊着。

胥姝长叹了一口气,要老算也消消气。

"他就这德行,这点水平还想来我们研发部?我们这里哪一个不是清北复交名牌大学博士、硕士毕业生?林总要不是念在前妻的情分上,怎会用她的亲戚,至今把她的股份保留着?我们伙计几个早就看不下去了!我们天天白加黑、五加二地干,他就像个小混混一样晃一圈就走,邀功请赏的时候才出现,算什么事啊?"老算还是不解气。

"打住,打住!"胥姝做了个暂停的手势,"伙计们,我虽然是综合统筹部的,但我挂职在这边。孙总现在出去了,我想我们当务之急是要解决桂林企业的问题。大家看这样好不好,我马上去联系桂林的企业,了解具体问题和需求。老算你们马上把当时的方案找出来,看看哪些地方有 Bug 可以修复和完善!"胥姝开始排兵布阵了。

"好,听美女老大的!"老算立马从情绪中挣脱,眼睛一眨不眨望着温柔的胥姝。

"咱们再好好思考一下参数，去帮这家企业的系统重新完善一下，考虑不同的背景、光照、表情和心理状态下人脸的呈现。"胥姝说。

"好！你吩咐，我们马上办！大不了再少几根头发，晚上再多喝几杯咖啡续命啰！"老算很听胥姝的话，在美丽柔和的女人面前，他总是乖得像一只波斯猫。每天下班前给老婆打电话，也是百转千回的柔情。

看着他猫一般温顺地对胥姝，其他人忍不住捂着嘴偷笑了。

"为了胥总我们怎么都愿意！只要有姝姝在，那些枯燥的代码都变得温柔而富有人性了！"王硕说出了这群"程序猿"的心声。

胥姝幸福地笑了。待在理工男窝窝里的文科女，真是集万千宠爱于一身。"这就是过去秀才说的书中自有黄金屋，书中自有颜如玉吧？"她娇俏地一笑，变魔术一般给每个男生桌上放了个橙子。

"美女老大说了算！那个臭老大，算了吧！什么老大，是个戆大！"老算还是忍不住唠叨着，模仿上海话说了个词，惹得大家哈哈大笑起来了。

"'程序猿'们，我们开工啦！记得张弛有度哦！记得累了站起来走几圈，肩膀酸了做做我教你们的肩颈部动作哦！"胥姝又柔情如水叮嘱着，眉目间真有回眸一笑百媚生的韵致。

"好呢！牢记叮嘱！"几个男人乖乖地应着。老算马上埋下头，在电脑公共数据库里翻出了尘封已久的方案，要王硕他们几个凑过来商量。

于是，每个人又像往常一样，都紧盯着电脑屏幕，不断敲击着键盘，像武当山高人一般逐渐入定了。

胥姝回到了自己的办公室。她要综合部同事下周组织一个大型记者招待会，邀请媒体记者报道汉科公司的硕果。马不停蹄地，又到了披星戴月的深夜了。

早安。

一个普通的工作日，一声声中英文缩写的问候从耳边掠过，一头头黑色或金发的秀发拂动在晨曦里。这是国际化科技园的早晨。晨曦中，科技园依然玉树掩映，清晨的花香草香沁人心脾。如云般的芦苇一丛丛随风摇曳，充满了力量和激情。在城市的园子里，芦苇丛是弥足珍贵的。

"烟雨入江南，山水如墨染，宛若丹青未干。提笔然，点欲穿。行舟临秀川，画鹬推清澜。缱绻怡然，天色沉靛蓝。波光似锦缎，缀着零星白帆……"戴着耳机听着歌，胥姝神采焕发地来到了办公室。

一天、两天、三天，已经奋斗了五个凌晨三点，胥姝还是看不出有丝毫疲倦的样子。她坐在自己椅子上，按响了电话，把综合部副总江琳叫了过来。

"下午新闻发布会时间、地点你要再通知一遍参会人员，重要的事情说三遍。新闻稿和背景材料仔细看三遍，再准备两份给林总和叶总，我这边不用。展厅现场的灯光、音响、话筒预先再调试一遍。"胥姝望着江琳言简意赅吩咐说。从小弹钢琴、拉小提琴的她记忆力超好，从不需要新闻稿和素材稿，所有材料她几乎过目不忘。

"新闻发布会是两点，记者、新闻稿、实地场景等各项准备工作都已安排好，也都已说三遍，演练了三遍。"江琳幽默诙谐地说。

"太棒了，你就是又贴心又能干，真是老天赐给我的好伙伴！这段时间你要辛苦了，综合部由你全权负责，我还要兼顾研发部的工作。"胥姝望着江琳说，帮她把衣服上的发丝轻轻拭去了。

江琳返回自己办公室了。胥姝终于风轻云淡地坐下来，没想到这时电话铃又响了。

"胥总，林总召集各部门老总去开会，宣布重要的人事安排。"行政秘书言简意赅地通知说。

"我马上到。"胥姝放下盛着玫瑰花茶的杯子，捧着果绿色笔记本来到了会议室。

不一会儿，林总过来了。他似乎全然忘记了前几天的不开心，一如既往的意气风发重新浮现在他脸上。在他的身后，跟着人力资源李总和一个高个子男人。那男人的背影胥姝感觉很熟悉，一时却想不起是谁。当那个身影坐下来和自己面对面时，她简直惊呆了。

"各位，为了让汉科公司的研发力量更加雄厚，让我们核心技术的研发工作进一步突飞猛进，保持我们在行业内遥遥领先的水平，我们几经波折，终于把叶通先生从美国硅谷挖了回来。叶通先生是硅谷华人圈中鼎鼎大名的算法师，以后研发部工作就由叶通负责。研发部原来的老总孙露先生转到战略研究部，从事理论研究和文稿撰写。"林总清晰宣布说。

"初来乍到，大家多多关照！"叶通从座位上轻轻站起来，朝大家微笑着致意。熟悉的玉树临风的身影带着富有感染力的亲切的气场，久久弥散在空气里。房间里似乎瞬间荡漾起草绿蛙鸣的波纹。

办公室的女老总们忍不住放下手机抬抬眼，欣赏着新来的叶总。只有孙露眼睛鼻孔朝着天，一动不动望着天花板。偶尔，还全然不顾形象地掏掏自己的鼻孔。

"各位，叶通先生刚从美国回来，请诸位多多关心和帮助。我再隆重介绍一下，叶通先生是我以前在哥伦比亚大学的学生，后来在麻省理工大学念博士，是人工智能领域的天才。他的到来，一定能让汉科公司再上新台阶，再创新辉煌。"林总对叶通宠爱有加，毫不讳言两人之间师生的关系。

仿佛在时空隧道里穿梭，一切都那么如诗如幻地不真实。胥姝有点发愣地望着叶通，想起了量子科学家说的量子纠缠的偈语："你在这里，你又同时在那里。"第一次听量子科学家说起这句话时，她无论怎样都无法明白科学里蕴蓄的哲学。此时她恍然大悟了，人生就是如此神秘和玄妙，你在这里，你又同时在那里，网络世界里时空交织，蒙太奇般光怪陆离。网络世界里曾经那么恣意妄为、无话不说的两个人，现实工作中却突然毫无心理准备和遮掩地要直面了。

会议室里洋溢着春潮起伏般浓烈的氛围。李总热烈鼓着掌，其他部门负责人也跟着用劲地鼓着掌，而孙露依然鼻孔朝上地呼着气。

胥姝凝视着江湖大神一般仰望着叶通，叶通也不时凝视着胥姝。他翩然自若地笑着，自带阳光和能量，渲染着令人震撼的气场，汉科公司生硬枯燥的代码世界仿佛瞬间灵动了起来。"颜值就是真理，男人长得帅就是有优势。"胥姝在心里下了这么个结论，嘴角也忍不住泄露了内心的欢乐。

散会后，林总陪着叶通到各个部门和实验室转了转，然后又把大神送到了办公室门前。胥姝提前站在门口迎接着。

"初来乍到，请大家多多关照！"叶通假装初次见面地客套。

"大才子您别那么客气，哈哈。"胥姝差点"扑哧"一声笑出来了，惹得林总有点惊奇地望着她。送好了叶通，林总转身出去了。胥姝马上敞开嗓门唤着王硕说："王硕，你和杨复把叶总的房间收拾下。"

"好呢！"王硕和杨复总是又听话又机灵，他俩探头探脑偷看了叶通好几眼。

"要改朝换代啰！时代进步啰！"老算从电脑前探出半个光溜溜的脑袋来，侧着眼睛看了胥姝身边的叶通一眼。

"老算你好！以后我叶通还需要陈辉兄弟和其他兄弟多多支持，多多指教啦！"叶通径直走到老算的座位前，情真意切地说。

"哈哈哈，你怎么知道我叫陈辉啊？看样子老子陈辉闻名江湖啦！"老算环绕头顶的发丝一激动就飞扬成了蒲公英。

"哈哈哈，我肯定知道啦！算法大师陈辉在业内谁人不晓，哪个不知！"叶通声如洪钟说。

"哈哈哈，看样子老子也是江湖上大名鼎鼎的人物了！那我甘愿为叶总卖命啰！以后做牛做马，叶总尽管吩咐，大不了我的头发再少几根，哪怕成为一百瓦的大灯泡也在所不惜了！"老算很是激动地挠着光溜溜的头顶说。

"好啊！有老算助我一臂之力，汉科公司一定所向披靡！今天我先和妹妹准备一下下午的新闻发布会，明天早晨十点开研发部会议，和大家一起聊聊接下来的工作。"叶通握着陈辉的手说完，然后进了自己办公室。

胥姝跟着叶通来到了他的办公室，手里捧着新闻发布会统发稿。叶通温柔儒雅一笑，接过她手中的稿件。

胥姝环顾了叶通办公室四周，忽然想起缺一样东西。她吩咐着杨复去领一个智慧音箱给叶通，说万一叶总今后想骂人，就先把音箱骂一通，再和音箱说说话消消气再来见大家。听胥姝这样说，杨复、老算和王硕捂着嘴偷笑了好一会儿。

下午的发布会很具有感染力。林总在台上侃侃而谈，介绍了公司的情况，颇有哥伦比亚大学教授的风范。记者们边听边点头，在公司页面弹幕上不断点赞着。

"各位美女帅哥各位朋友们，我们的新闻主管胥姝女士告诉我大家在网上不断为我们好评和点赞，我对大家一直以来的支持和鼓励表示由衷的感谢！汉科公司未来的每一步，都需要媒体朋友的鼓励、支持和理解！"林总说完，就朝着大家鞠了个深深的躬。

"我们汉科公司创建于 2014 年。五年来，我们从最初专注于计算机视觉和人工智能的研发，到如今深耕人工智能全领域，我们的技术已经广泛运用于金融、安防和交通方面。我们在全球瞩目的 ERA 国际表情识别分析挑战赛、NeurIPS 大赛中，都获得殊荣。

"人才是核心竞争力，我们这几年广聚人才，从英国、美国、德国吸引了人工智能领域众多的巅峰人才，来构建我们的人工智能人才珠穆朗玛峰。在这里，我也要向大家介绍刚从硅谷回来的人工智能专家叶通先生，他就在今天加入了我们的团队！等会儿记者朋友们如果有具体的问题，叶通先生都会逐一给大家满意的回复。"

林总介绍完，便把被采访的位置让给叶通了。美女记者们一见叶通过来了，马上又一窝蜂地围住了他。

一个有着粉嘟嘟小嘴的九零后记者举着长话筒对准了叶通："请问叶总，人脸识别会有诸多的技术难点和问题，请问您认为有哪些？您是怎么解决的？"贴着猪猪侠图标的话筒贴近了叶通的下颌。

"这位朋友的问题很专业。比如人脸识别产品需要解决光照的问题，这是机器视觉众所周知的老问题。由于人脸的 3D 结构，光照投射出的阴影会强化，从而增强或减弱原有的特征。对于这一个问题，我们可以通过对光照强度和方向、人脸反射属性的量化，进行面部阴影和照度分析，通过建立数学模型，将固有的人脸属性和光源、遮挡、高光等非人脸属性分离开。"叶通把科学原理深入浅出向大家解释着。

"那人脸上时常会有不同的表情，你们怎么解决呢？"另一个美女记者凑过来，像小学生一样崇拜地问。

"对于这一个问题，我们也早有处理的方案。比如，通过多姿态采集人脸数据就可以解决。当然，这样的解决方案对存储的需求比较大。"叶通回答说。美女记者估计也是文科生，点点头提不出更专业的问题了。

这时，罕见的男记者提问了："我提一个女生都很关注的问题，也是现在很广泛存在的问题。现在很多女生都化妆，她们也喜欢用美颜相机将自己塑造得更加美丽和迷人。然而银行、安防和社交征婚网站都要求人脸输入、照片输入的真实性，针对这一情况你们怎么办？过度的美图和化妆，会不会影响识别率和准确率？"

他的问题一提出，台下许多美女记者都捂住嘴偷笑，注视着彼此的假睫毛和假指甲。

"这个问题问得好！女生们也一定想知道，对不对？女孩子们总希望自己在镜头前更美，也不希望人家知道自己真实的年龄，这是女孩子爱美的天性嘛！

"针对这一个问题，我们也设计了相关的方案。比如女孩子一般都希望自拍时，年龄判别得越小越好，我们就可以通过适当降低算法参照度来实现。如果是社交媒体、婚恋网站上需要真实的配对，我们可以通过人脸年龄识别来分析双方的年龄，更加科学真实地去匹配，实现每个人心理的满足感。"叶通轻松提出了解决的方案。

台下一片赞叹声。胥姝脸上也浮现出轻松喜悦的笑容。她明白，今晚的主流媒体和自媒体一定会大篇幅报道现在的新闻发布会。经过今天的报道，上回外地企业人脸识别误差的事件，只会成为时间长河里微不足道的偶然事件了。只要汉科公司这辆人工智能高铁风驰电掣飞向前，奋斗中所有曾经的过往和波折，都将消失在时间的那头。

新闻发布会结束了，几个男记者朝胥姝走过来，要求添加微信。胥姝很礼貌地打开自己的二维码，让帅哥记者们添加。而叶通那边更是人头攒动，美女记者们围着玉树临风的他，不停问这问那，很多问题已不是采访的问题了。半小时后，叶通好不容易才终于从她们恋恋不舍的目光中抽身了。

"一起去喝咖啡？"望着一直站在座位上等自己的胥姝，叶通笑盈盈地说。

"白马王子众星捧月啊！"胥姝俏皮地说，眼睛里流光溢彩，仿佛映照着彩虹。

"你就别笑我了哈哈哈，刚才男士们不也围着你吗？"叶通大笑说。

"走吧，和二进制王子一起喝咖啡去！"胥姝抬头仰望着天空说。

"好啊，走！"叶通满脸笑容，两人一起朝着思南公馆附近的咖啡馆走去。

咖啡馆露台上，阳光如金粉一般明媚。橘黄色的龙沙宝石玫瑰含苞待放。一株碧绿的豆瓣绿叶片如宝石般澄澈，几弯长长的豆荚般的花瓣勾勒着青葱、娇柔和朴实的美。

"豆瓣绿，很独特的植物啊。"叶通说。

"是啊，豆瓣绿，它的花语是：公正、雅致、少女的娇柔。"胥姝坐在叶通旁的椅子上。在现实中再一次直面，她还是有一点羞涩。

"真是人生何处不相逢啊。"叶通触摸着豆瓣绿饱满的叶片，不由自主地感慨。

"某年某月某日，你会遇到谁，仿佛一切都是事先注定的。"胥姝偷偷看了他一眼。

"是啊，才刚相逢，却发现以后要朝夕相处了。"叶通说。胥姝忽然脸红了，她觉得"朝夕相处"这个词似乎有点歧义，用词不当。

"其实，还是做网友更好，保持神秘的距离更习惯啊。"胥姝说。

"习惯是可以改变的嘛！做网友神秘而美好，但做同事真实而贴心。一起上班，一起创造奇迹，不是更有意义啦？"叶通凝视着她的眼睛说。

"好吧好吧，说不过你啦！"胥姝不好意思地回避着他迷人的眼光。

"人家都说百年修得同船渡啦，我们这缘分得有多深厚才行啊。"叶通情不自禁说。

胥姝忽然脸又红了，她想起了后半句。叶通温柔专注的目光，总是让胥姝有点儿小鹿乱撞。"以后要很真实地直面了，配合彼此的工作，不容易啊！"胥姝有点语无伦次地说，词与词间的搭配凌乱了，手掌紧张得有点冒汗。

"想想昨晚彼此还在网上毫无顾忌地吹牛，可以吹得天花乱坠都没有后果。然而，今天便要朝夕相处做同事，这种距离好神奇啊！"叶通还在感慨着。

胥姝没说话，眼睛故意望着咖啡馆对面的石库门公寓。一群灰色的鸽子从蓝天上掠过，拂过轻灵的音符。胥姝总觉得很微妙，自己就像一个羞答答还没做好恋爱准备的豆蔻少女，忽然被推到赤身相对的洞房花烛夜了。

叶通坐在胥姝身旁，很是沉醉地欣赏着咖啡馆书橱里的摆件。店主可能喜欢欧洲，环游过世界。书橱里放的有挪威的山妖，头发蓬松着如魔术师或外星人；有意大利的水晶花瓶，让人回忆起彩色岛和玻璃岛的绚烂和浪漫。还有布谷鸟时钟，巴洛克的小木屋上缀着精雕细琢的花朵儿。

"布谷鸟钟！"胥姝看见了布谷鸟钟，忍不住尖叫。她仿佛穿越回了多年前。在慕尼黑的小镇上，在天鹅堡和海德堡的街巷里，一个个布谷鸟钟陈列在秋天金黄树叶掩映的小木屋里。她出神地抚摸着慕尼黑布谷鸟钟，神情恍惚遥想着。这时，布谷鸟钟发出了森林里才有的美妙的天籁声。

"报时了，下午五点整。"叶通轻轻地说。

"是啊，报时了。"胥姝恍惚应着声。她静静聆听着，咖啡馆狭小的空间忽然变得无垠和空旷，她仿佛飞翔在绿草如茵、静水缓流的恬静时空里。

"一起工作，互相支撑，或许真的更好？"叶通暖暖的声音浮现在时空里，在布谷鸟的清鸣声里。他仿佛是在自言自语。

"或许吧。人生最孤独的时候不是独处，而是面对纷纭复杂的工作，还要处理一地鸡毛的人际关系。能在工作的空间里互相聆听、互相陪伴和鼓励，那样的工作时空瞬间温柔生动了。"胥姝穿越回现实中的咖啡馆，和叶通共鸣着。她眼睛弯弯地笑着，眼眸里流转着一泓清澈的春泉。

叶通很认真地点点头，说一切就是这么美好和神奇。

"对了，你帮我介绍一下公司的情况吧，免得我自己去搜索了。"叶通戏谑着说。

"你是林总的得意门生，还用得着去搜索公司纸面上的情况吗？"胥姝很是意味深长地笑了。

叶通心有灵犀地笑了，嘴角的笑靥形成了一个迷人的漩涡。那个迷人漩涡飞转时，胥姝忽然感觉他像极了遥远的彼得。一种突如其来的温暖让胥姝的灵魂飘漾起来。她仿佛回到了过去，望见了那个森林之风一般清新的男子。

彼得仿佛回来了。他沿着一条透明炫亮的时光隧道，挥洒着他独有的月桂般的清新和纯澈，朝自己缓缓走来了——

第三章

田总的沙龙

　　沈媚的手指不时触摸着口袋里的和田玉。润润的，透亮的，让她想起了童年时惦念的水晶糖，有着沁人心脾的甜蜜滋味。

　　小区门口不时有车子进来，一辆辆车的玻璃都能照出外面摇曳的人影和枝丫。

　　江 A07888，她踮起脚尖，默念着车牌号，不时朝大门口张望。网络和大数据真是神奇，竟然百度出了田园的车牌号和小区名。

　　"妈妈，我饿。"女儿的小手暖暖地在沈媚手指间游弋着。沈媚的中指戴着一个从淘宝上买来的高仿宝石戒指，她努力不让戒指的棱角碰到女儿娇嫩的肌肤。

　　"宝贝乖，妈妈在做一件很大很大的事情。"沈媚说。

　　"什么很大的事啊？"女儿睁着水汪汪的大眼睛问。

　　"很大很大的事。"沈媚抚了抚女儿的秀发。

　　"那做完后怎样呢？"茉莉萌萌地问。

　　"做完后，爸爸就会有很多很多钱，不用卖鲍鱼了。我们也许有一天就不需要租房子，也能买这样的高楼。"沈媚按住那只暖热粉嫩的小手，仰望着黄昏中竹笋般的大楼。

　　孩子的两只脚来回单立着，她很累了，但为了梦想仍和妈妈一起坚持着。

沈媚揉着孩子娇嫩的手，眼睛直直地向着前方。

这时，眼前忽然亮了，她的眉眼一瞬间也灵动起来。江 A07888！就是眼前这辆熟悉的奔驰，三天的等候没有白费。牵着女儿，她朝那辆擦得锃亮的黑色轿车飞奔过去。

车停了，穿着香槟色高跟鞋的两只脚一前一后着地了，裹着红色呢裙的美人鱼身子接着也出现了。风驰电掣地跑过去，沈媚拉扯着大口喘着粗气的孩子。"田夫人，我是录为的老婆，您先生的老乡。"沈媚上气不接下气地说。

"谁呀？"男人矮胖的身体也从轿车里钻出来，腆着肚子仰视着天空，目光很是旁若无人。

"我是您的老乡，录为的老婆。我还和您在同一个老乡群里。"沈媚急忙又重复了一遍。

"老乡？"男人很是狐疑地望着她。当听到同在一个老乡群里，又看到她妩媚的带有家乡特点的眉眼和家乡女人特有的壮实胳膊和饱满胸脯时，他眼睛扑闪了，眼光亮晶晶地停留在山峦起伏处。

"我是在您创业园企业工作的录为的老婆。过年了，想给您送一点儿小米和西班牙鲍鱼。"她很会察言观色。

"小米？"田园漫不经心地念叨着这几个字，眼睛依然直愣愣盯着女人的动人别致处。

男人的眼显然被她的一颦一笑牵引着，从她弯弯上翘的眼，滑向她的脸庞。她的脸略施粉黛，虽然没有时髦的衣装，却也很是生动妩媚。

"干什么呀，快走呀！"紧裹着红色呢料裙、一扭一扭走着一字步的女人不开心了。尽管"西班牙鲍鱼"的字眼让她眉毛不经意地跳动了一下，然而看到她身边的男人直勾勾地站着，为旁边这个萍水相逢的女人眉眼间的顾盼生辉所吸引，心里很是不开心。

"别误会，我和录为就住隔壁小区，我们又是您的老乡，才会这么冒昧地过来找您二位优秀老乡。"牵着孩子的沈媚很会察言观色。

说话间，她上前一步，机灵地把装着鲍鱼、小米、核桃和红枣的袋子扣进了红裙子美人鱼手指间，又趁机从兜里掏出玉吊坠，塞进了红裙子的手掌心。

"您二位知道吗？像您二位这样的优秀人才寥若晨星，不知多少老乡都默默崇拜着！能为您二位端茶送水、洗衣做饭，我们都愿意。"沈媚说。说完，她的眼睛一动，继续抓住时机说，"您二位想吃家乡饺子吗？我会烧一手拿手的家乡好菜。烩面、面疙瘩、饺子，我都在行！如果哪天您二位想吃家乡菜了，需要我打个下手洗个碗什么，随时打电话找我啊。"说完，她把事先写好的电话号码塞进了田园手心里。

"谢谢啊，老乡。"田园这时收回了直愣愣的目光，尽量仰着头回复着，让语气里没有波澜和温情。

"那不打扰您二位了，我回家做饭给孩子吃了。"沈媚拉着孩子往回走，挥手和奔驰男、红裙子美人鱼道别着。小女孩一路上不时回头看，说刚才的红裙子阿姨可真漂亮，她以前从来没见过这样漂亮的美阿姨。

沿着尾气弥漫的车库地道，母女俩上了坡，回到了出口处。出来后，沈媚很是疯癫地抱起女儿旋转了三圈，笑得喘不过气来。"中，中，妈妈觉得自己在做一件很大的事情。"沈媚说，她抱着女儿啃了一大口。

"一件多大的事情啊？"女儿的眼睛晶莹透亮。

"很大很大的事情，跟当年愚公移山一样伟大——"说着，她开怀大笑，抱着女儿旋转了十几圈。她知道，自己这辈子谋划的事情，往往都会顺着时针的方向渐渐滑行，没有什么猎物不会落网。

说着说着，她忽然有点心酸和怨恨了。

如果不是录为说得花团锦簇，要她来到上海，她仍然酣醉在家乡飘泛的酒色财气里，那是多么纸醉金迷的美好生活啊！凭着她浸泡在蜜糖里的三寸不烂之舌，家乡的男人们都会被她哄得团团转。然而，她后来却被录为哄得团团转。

录为曾经是家乡家喻户晓的学习榜样，只要谁希望孩子金榜题名、光宗耀祖，就会拿着录为来说事。录为回到乡下时，每天都会有一群群的孩子过来学习取经，随着他讲述自己在欧洲各地的经历，孩子们的眼睛鼓得老大。

　　然而没想到在挪威留过学的博士，混迹过希腊、塞浦路斯、葡萄牙等地的录为，却带着自己屈居在上海的贫民窟里边。每天站在低矮破旧的民居前，沈媚都会充满幽怨地艳羡着隔壁鸟语花香的翡翠别墅和玉柱般耸立的翡翠豪园。

　　"你来我家帮忙包个饺子，我按时间付给你费用。"四天后，那位紧裹着红裙子的美人鱼给自己发来了信息。

　　"好啊，我来！费用就不用啦！"尽管猎物在预料中出现，沈媚在收到短信后还是不敢相信自己的眼睛。她的内心掀起了一阵狂喜的惊涛骇浪。

　　"洗衣、做饭、烧菜，只要我能做的，您尽管吩咐。"她反复用谦卑的态度表达着自己的诚恳，尽管内心有点怨恨和酸涩。

　　"你半小时后到吧。"红裙子美人鱼似乎懒得和她啰唆。沈媚放下了手机，紧捂着剧烈跳动的胸口。这是来上海五年来，她头一次精心设计的一件事。如果不是录为那个死鬼呆头呆脑太无能，她也不至于亲自出马，送上门去。

　　半小时后就要到。沈媚站在镜子前，不停地抓挠着自己的长卷发，心想设计个怎样的发型才好。她"啪啪啪"把衣橱开了又关了，不知选一件怎样的衣服，才能把那家的男人和女人的好感兼容并蓄了。想了大约五分钟，她果断地脱下了领口和袖口缀有假毛的大衣，换上了一件半新的素色羽绒衫。深谙人性的她知道，逛商店时要虚张声势，把一套套装备披上假扮贵妇，才不会遭受白眼。而初次到红裙子美人鱼的家，还是越老实巴交，越润物细无声。

　　再次来到翡翠豪园，保安不再像上回一样问这问那了。她也轻浅地朝保安笑了笑，径直进了小区。这时候，她才感受到富人区住宅的奢侈，小区安保重重机关，配以奢华的装潢。一道道欧式的拱门划分了一幢幢别墅和其他高层之间的距离和等第。

来到别墅前，她被阻隔在玻璃门前了。按响门铃进了楼，却发现四层楼的别墅竟然还装着两部电梯。一部是主人家自己用的，一部是客人用的。连客人用的电梯里，都设有监控和密码。面对设计不同往常的别墅，她心里还是直打鼓。

忐忑地进了门，眼前的大厅像一间金碧辉煌的酒店大堂。那天的红裙子美人鱼傲娇地矗立在她面前。她穿着一条紫色丝绒旗袍，衣襟上绣着几朵粉色牡丹，像极了大剧院海报上的女明星。

"进来吧。"红裙子美人鱼打量着她，扔过来一双棉质绣花拖鞋。她的个子其实和沈媚一样高，但脊梁骨、额头和目光总是抬得高高的。

沈媚有点不敢对视她高贵的眼，只是低头慌慌张张地换拖鞋，耳边传来了客厅里乐不可支的喧哗声。她偷偷地扫了几眼，只见沙发上坐着的四五人头发乌黑发亮，皮肤很是白嫩。虽然还是春寒料峭的季节，房间里的他们却都穿着无袖旗袍和短袖衬衫了。还有一个身材婀娜的女孩，身上挂着一条欧式吊带连衣裙。

"你过来，这是厨房。"红裙子美人鱼用手指着客厅旁的一个玻璃房，示意她进去。然后，她依然把额头和目光抬得高高的，用不容置疑的口气介绍着烤箱、消毒柜、灶具、搅拌器等的位置，一一安排着虾仁、鲍鱼等食材和做法。她还特意指着沈媚在朋友圈里看到过的一万块一个的神奇锅子，叮嘱她不要去乱动。

"你以后就叫我兰朵吧。"红裙子美人鱼犹豫了一会儿。

"好的，田夫人，兰朵小姐。"沈媚冰雪聪明，马上就听出了称呼中的奥秘。

"对了，你会包饺子对吧？"兰朵说。

"是啊，您要吃什么馅的？白菜、韭菜、虾仁，我都会！"

"除了包饺子，你说你还会做菜对吧？你用这些食材，做几个精致小菜。老总们生活讲究，尽量清淡点。"

"放心，做菜我也拿手。我老公录为以前在挪威留学时，在西餐厅打工当厨师帮手，他教了我很多西式菜肴和点心。"

"你老公？留学过？"兰朵有点不相信自己的耳朵。

"是啊，他只是混了个留学的名号而已，哪像您和田总，都是上流社会的高层人物。"沈媚很是伶牙俐齿。

兰朵总算放心了，马上扭着身子回到了欢笑的漩涡。屋里的人赞美着兰朵的身材和笛子，说什么时候还想听听她的演奏会。兰朵很是喜悦和骄傲，朝几位老总连抛了几个笑靥，说是过一个月她在地中海有一场巡回音乐会，届时会与世界上很有名的钢琴家一起合奏。

"笛子？笛子有什么好听？"沈媚在心里嘀咕着，想起了她父亲那时候也会吹笛子。那时候笛子声一响起，母亲就唠叨抱怨得很，逼着他洗衣服做饭去，说吹笛子是游手好闲、不务正业。

她一边听着客厅里的对话，一边麻溜地和面剁馅、调麻油加十三香。半小时不到，案台上便出现了一个个圆滚滚的胖饺子。饺子整齐均一，像是机器包出来的一样。

饺子在案板上安顿妥当，她又胸有成竹地调制希腊沙拉了。只见她挥舞着小刀，秋风卷落叶一般把地中海有名的菲达奶酪切成咖啡糖般的小方块。橄榄油、香醋、橄榄一股脑倒进了沙拉碗，顺时针方向搅拌着。

想起地中海的美食，她还告诉又进来检查的兰朵，说她准备用剩下的肉末和茄子，做一道奶油穆萨卡，这是希腊的传统美食。兰朵有点吃惊了。田园似乎也在客厅里听到了，探着头朝这边看。那位穿着吊带长裙叫什么朱迪的也从沙发上站起来，朝厨房张望了。

不到一小时，沈媚便从厨房里端出了热腾腾的饺子和芝士沙拉，还有穆萨卡、清蒸银鳕鱼、黄油芝士焗土豆、小番茄塞肉等。

那天中午，有着白白嫩嫩胳膊的男女们大快朵颐，吃着地中海美食，聊着芯片、光刻机和基因检测等沈媚似懂非懂的名词。眼看着，桌上的饺子、沙拉、穆萨卡就见底了。

这时，只听见老总们和兰朵说："兰朵啊，你和田总什么时候结婚啊？

你也不能总是当空中飞人在全世界举办演奏会啊，要照顾照顾我们田总啊！"

兰朵深情地望着田园的面庞说："我也想停下脚步，不再流浪了。女人嘛，都希望钻进男人的套子里，被一个男人束缚着。不过这个呀，也要田总同意才行啊！"

田园夹起一个小番茄塞进她嘴里，笑嘻嘻地说："其实我们已经是老夫老妻啦，有没有那个形式都一样啦。"

"那还是不一样！女人嘛，总希望男人有那份心，有那个仪式感。"兰朵紧追不舍了。

"我们兰朵这么才华横溢，才看不上你这个老总呢。"一个离婚三次又新婚的老总马上打圆场。

"就是就是，兰朵儿马上在地中海地区有场中西合璧的巡演会，你可不能影响了她，让你的套子约束了她的视野和天地。"比这个老总小三十岁的新夫人马上附和着。

"是啊是啊，其实不结婚更好，身体里幸福的多巴胺才会不停地跳荡。我们分离一段，再热恋一段，身体里积蓄的那些多巴胺一跳荡，幸福人生就全有了！"田园金丝眼镜里的小眼睛眯成了一条缝。

大家马上转移话题了，聊着前些年上海的维密内衣秀，还有股市、电子货币市场和集成电路、人工智能和生物医药产业基金的事。

"现在不得了，每个省都有上千亿的集成电路和人工智能产业基金啊。基因测序也是，一家家企业都争先恐后希望能得到支持。田总啊，我也想自己出来搞，你扶持扶持我啊，现在什么产业都不如生物医药、集成电路和人工智能！"一个头发、胡子都有点白的老总说。他的面孔太年轻，以至于让人感觉头发、胡子是为了时尚而挑染的。

"您还是在国有企业好啊，掌握着资源和技术。出来创业艰难啊。现在不是说在这个充满幻觉的浮华的时代，除非你发现了一片亟待燃烧的大荒原，你有叮咚作响的烧不完的热钱，你有年轻人燃烧不尽的热情，你才能飞蛾扑火去创业啊。"那个叫什么朱迪的女孩说。

"朱迪这个外交家还是见多识广啦,那就继续窝在那儿,不动了。"白胡子老总嘿嘿笑笑说,触摸了一下朱迪光滑的手臂。

"不过现在人工智能企业真是气势如虹啊,说是人工智能算法师、老总们的腰包鼓起来了,离婚率随之节节攀升啊。"另一个老总说。

"是啊,最近市里对人工智能产业的支持力度非常大,我们创业园最近也要帮这三大产业的企业申请这些基金了。"田园放出消息说。

"你们最近在机器人、人工智能领域有什么大动作啊?有了扶持不要忘了苏比特啊。"一个叫苏比特的企业的老总说。

"老苏你们要加油啦,现在机器人、人工智能企业如雨后春笋,什么行业都要加个人工智能,否则就不应景、不时髦啦。"田园打趣说。

"汉科、卡特等都进驻你们园区了,这些可都是这两年人工智能领域的独角兽!"新婚老总说着,不停抚摸着自己九零后太太的手。

田园点点头,用牙签喂了一块水果到兰朵小嘴里,当着众人也很是深情地望着她。兰朵再一次很是骄傲地望着大家,恢复了女主人的模样。她热情洋溢地招呼男宾们吃水果,和女宾们谈英国的红茶、瑞士的玻尿酸和捷克、意大利的玻璃器皿等等。

客厅里传来的每一个字,对沈媚来说都像珍珠般珍贵。五年来,她一直蜷缩在录为用有限的能力打造的小小空间里。她没有工作,什么都听不到,什么都看不到,每天微信里不过就是几个补课的妈妈群,大家传递着幼升小、小升初的捷径和焦虑。曾经喜欢的新消息、新事物,都被柴米油盐酱醋茶和幼升小的担忧所淹没。

此刻,兰朵的厨房像是她的崭新视窗,她从这里眺望着新世界,闻着新鲜的花香,聆听着鸟雀的脆鸣。有许多不理解的词语,她都记在心里,准备回去后好好在网上搜索学习。她相信在网络时代里,只要肯学习,初中生都能成博士,麻雀一定能变凤凰。

"我先回去了,聚会快乐啊!"她眼睛谦卑地眯着,给了兰朵一个月牙儿般的微笑。

她坐在门口古典圆凳上换鞋子了。远远地，感觉田园的目光在追随自己的侧影。隐隐地，好像还有苏比特公司老总的目光。

"大家再见哦，聚会快乐哦！"她拖长了尾音，让银铃般的声音糅合一些软糯。接着，她没有回头，便一阵风一般出了这幢别墅。出来后，她深呼吸了几口。兴奋之余，心里又浮现了淡淡的不甘和屈辱。

加油，为了孩子，为了自己！她给自己鼓着劲。

田总家的沙龙后，沈媚一直在等待。她知道，该发生的，时光都在慢慢酝酿着，总有破土喷涌而出的时刻。

然而，等待的日子是那么漫长，四周总是那么寂静。阳光斜斜地从窗户里照过来，照在地板上。租住的房子仍然是几十年前的水曲柳地板。陈年油漆不经岁月的磨蚀，处处是斑驳的痕迹。阳光里，有纤细的灰尘在飞舞。一只绿头苍蝇从隔壁的生煎、大饼摊子上飞过来，在无色迷蒙的灰尘里盘旋着。

她像等待戈多一般，等待着田园。一天、两天、三天，能读懂男人这类生物天性的沈媚知道，田园一定会来找自己。

"我想吃，你的饺子。"

果然，第四天刚接好女儿回家时，沈媚便收到了田园的信息，说他在郊外一个别墅里。她抱着女儿，捧着手机坐在床沿上，待了好一会儿。真的狼来了时，她陷入了矛盾中。

内心里，她还是觉得有点对不起录为和女儿。和第一个打打杀杀的男人闹离婚几乎要崩溃时，是录为从花天酒地的风尘漩涡里把她捞出来，让她过上了尽管寒碜却还是能挺直腰杆的日子。渐渐地她几乎忘了自己涂脂抹粉的过去，而安分做一位相夫教子的糟糠主妇了。

然而这一回，田园的短信像深藏海底的妖姬，时时召唤她，诱发她潜意识里蛰伏已久的物欲和不甘，让她回忆起那些深夜里醉酒欢歌的气息。她想迎着漩涡去。想着那么多家乡女人来了上海后，都能锦衣玉食穿行于街市，想着女儿幼升小需要择校需要开销，想着她在上海看中了杨浦一套小居室房屋，她就愿意奋不顾身地朝那个漩涡里跳去，在漩涡里获得世俗的圆满和快慰。

她决定了，自己去撑起这个家。不仅为了自己，更为了孩子，为了录为。悲悯着家里这个天天只会蜗居在咸涩的海参、鲍鱼气味里的男人，她有一种舍身取义的崇高感，心里的羞耻和愧疚在阳光里消失得无影无踪了。

她要在灯红酒绿的上海再孤注一掷赌一把，像当年离开那个烂仔，跟着老同学录为时勃发的激情。当年孤注一掷的选择，不就是为了此刻田园赐予自己的豪赌机会吗？她要理直气壮地生活在大上海，而不是成为永远低人一等的边缘人。她要谱写属于自己的华丽篇章。

这样想着，沈媚觉得自己的人生忽然变得非比寻常地富有意义了。她精心设计着见面时的每一句话，每一个细节，她要捕获田园这只稍纵即逝的猎物。她把女儿托了楼下打扫卫生的阿姨，就匆忙回家来换衣服。

然而录为冷冷的狐疑的眼神始终晃漾在眼前。她做贼一般换好旗袍后，外面套了件大衣掩盖。她冲出了家门，在阴沉的光线里掏出镜子看了看自己的妆容。眼圈有点黑，她连忙用手机当镜子又涂抹了一遍。

眼前还是晃动着录为敏感犀利的目光。看到她花枝摇曳地出去，他黝黑的眼眸会吃了她，然后他的眼神传导出的冰冷足以冻结整个家庭的气氛。她联系好了初中的好朋友，串通一气想好了晚上回来后的措辞。

提着装了羊毛衫和长裤的袋子，她在小区里找了个僻静的角落，把袋子藏好了。

上海的别墅都浸润在城市里少有的田园牧歌氛围中。和田园家的别墅区一样，眼前的别墅又在城市的角落里画出一个圈，从外地搬来几百棵参天葳蕤的大树，打造成一片大森林，阻隔着城市的油盐酱醋和人声鼎沸。

滴滴出行的车在门口停下了。沈媚问了问门口的保安，保安"遥指杏花村"。沈媚朝着大致的那个方向，行走在这一片都市的森林里。大门外那些快递员的摩托车、黄鱼车和晚归小轿车的喧嚣声忽然逃匿了，归巢的鸟儿时而扑簌而出，花草间不时有小动物跃跃欲试。沈媚心头有些敬畏和惊慌。

夜色似乎越来越深不可测，树木丛林里掩映着无尽的神秘和未知，还有可能袭来的惊悚。几乎找不到一盏明灯，路边的灯光都散发着萤火虫般微弱的光，暗得分辨不出路面和楼号。沈媚深一脚浅一脚地往前走，保护着自己的高跟鞋和紧身长裙。不知走了多少弯路绕了多少圈子，才找到了西南角落里的那幢楼。

田园坐在他说的榻榻米上。所谓的榻榻米，是日式和中式古典座椅的结合，上面铺着典雅镂花的坐垫和丝绸靠垫。田园还戴着那副熟悉的金丝眼镜，眯缝着的小眼睛静静地看了沈媚几眼。他的眼似乎比上回圆了一些，也大一些了。

"来一杯吧？"他递给了沈媚一杯粉红的酒，手有点抖。

沈媚接过来，手也有点晃动。此时无声胜有声，一切语言都是多余的。狐狸般机灵的沈媚这会儿也不知找什么话题来聊，只是直勾勾地看着田园。

田园斜睨着她，那目光越来越真实。"你的饺子很好吃。"田园的眼里忽然有了更加晶亮的光点。

"嗯。"沈媚望着他，什么都没说，自己的高脚酒杯紧紧贴着他的杯沿。田园冲动地揽住了她，捉住了她的手。他原本米白的肌肤摇曳着温柔的粉红。他像剥花生一般，去除沈媚的外壳。房间里浸润着夜的氛围。房间很雅致，布置得仿佛很有国学底蕴，昏暗的灯光却晕染着令人遐思的氛围。两张太师椅盘龙雕凤，一张休息床方方正正，丝质的床帏和枕头让人有着贴近的冲动。

沈媚再一次释放了自己，在香艳的浮华和真真假假的沉醉中。"你需要什么？"田园说，他系皮带的声音很特别，像是年糕在油锅里发出的"嗞嗞嗞"声。

"我不要什么，只是喜欢你。"沈媚说着，自己都觉得虚伪。

"说吧。"

田园的脸望着她，眼里的光变得严肃和陌生了。

"我只想有个自己的舞台，我想去你那上班。"沈媚轻轻地说，身子又贴近了。男人看了她一眼，推开了她暖热的身体去盥洗室了。

"我想上班，我想有自己的舞台。"沈媚在房间里反复说。田园还是不吭声。

沈媚也不吭声了。她摊开腿躺在柔滑的缎子锦被上，静静地歇息了会儿。拿出手机来翻了翻，发现录为发了十几条微信，问她在哪里。

"走吧，你自己打车。"从盥洗室出来，田园焕然一新，一副看不出任何破绽的样子。他扔过来一叠钱，径直出去了。

沈媚终于从床上起来了，出了别墅的门。回头遥望着别墅，她忽然觉得很孤单、很委屈。身边的男女都钻进了锃亮的轿车，呼啸而去。她站在寒风中，捧着手机打滴滴，和黑灯瞎火里辨不清方向的司机联络着。

泪珠和着凛冽的寒风，挥洒在漆黑的夜色里。到自己家小区时，她做贼一般躲藏着。四顾没人，她走到配电箱后面的树荫里，敏捷地脱下了紧裹在身上的旗袍，换上了先前放在树丛中的宽松羊毛衫。

深呼吸了好几口，终于鼓起勇气上了楼，用钥匙开了自家的门。录为熟睡了，电脑还开着，屏幕一闪一闪的，屏保里写着什么马丁·瓦尔泽的名言：

柏拉图失去了美，所以发明了记忆。

我将失去记忆，因为我找到了美。

沈媚不能理解地摇摇头，在屏幕蓝色的幽光里睡下了。

和录为结婚以来，她就觉得特别不可思议，录为一定要开着电视机或电脑，在电视和电脑若隐若无的声音里、忽闪忽闪的蓝光里，他才能渐渐地进入睡梦中。后来问了微信朋友圈一个心理咨询师才明白，这是没有安全感的表现和抑郁症的征兆。在录为的床头，总是放着一些蓝色的抑郁症药片。那一粒粒雕刻着花纹的药片，像是一枚枚女孩子清新的耳坠。

第四章
布里斯托尔的彼得

我将获得安宁，在那里宁静缓缓而降。

从晨间的薄雾中，落入蟋蟀鸣唱的角落里。

夜晚繁星闪闪，正午紫光灼灼，

黄昏的穹宇遍布着红雀的翅膀。

——彼得的情书

英国布里斯托尔的清晨。薄薄的雾霭弥散着，树林间浅浅的清香弥漫着。大学的房屋掩映在薄雾里，看不清，却有着一种超越俗世的纯粹和清澈。

一个风一样的男子骑着自行车跟在她身后。胥姝快步走着，拉开距离，他又跟了上来。她干脆站在他面前，很是戒备地瞪着他。

"哦，不是你想象的那样。不是的。"骑车的男孩有点羞涩地说。

胥姝还是睁大眼睛瞪着他，仿佛用尽了力量。

"是你的背影太美了，那么美。"男孩说着，眼睛里闪烁着明亮的星光，像水晶般剔透。

胥姝还是不吭声。

"你是菲律宾人吗？我刚从菲律宾回来，你就和菲律宾女孩一样美！"男孩情不自禁地说。

"我是中国人。"胥姝没有表情地甩了一句话。

"哦！我明白了，我只去过菲律宾，原来中国人也是这么美！"男孩的眼眸闪烁着诗一般的光芒。

"是更加美，不是也这样美。"胥姝扭过头来甩了一句话，然后向着薄雾晕染的树林里跑去。没想到男孩骑着车又跟了过去，胥姝停住脚步再次瞪着他。"你还有什么需要帮助吗？"胥姝很礼貌地问。

"没有没有，我只是想，我们可不可以留一个邮箱，以后可以分享学校的信息。"男孩有点慌乱地说。

胥姝从包里拿出一支笔和一张纸，鬼画符一样胡乱写了个邮箱给男孩，然后朝着森林雾霭处奔跑而去了。

那一天上午，胥姝就收到了男孩的邮件。男孩告诉她，他叫彼得，他被胥姝的东方神韵深深吸引着。

胥姝和彼得就这样相识了。后来胥姝才知道，彼得原来是学机器人专业的博士，据说他有自己单独的实验室。在实验室里，陈列着许多他想要试验的作品。

时光就这么白驹过隙飞逝着。忙碌的学习生涯中，胥姝很多晚上都挑灯夜战到凌晨。彼得试图再发邮件问候她，胥姝也没有再回复。令胥姝意外的是，彼得告诉她，他们住在同一幢宿舍。然而各国留学生像春天里的蚱蜢一般多，胥姝每次都是从楼梯直接上二楼，也就没有机会偶遇或许在电梯口呆立的他。

生命中神奇的邂逅总是无处不在。命运的触角缠绕着两个身在异国他乡的年轻人。胥姝没想到，他们第二次又相逢在雨中。

那一天，胥姝节约了一个月的生活费，买了一张演出票去看了一场歌剧。这也是几年来，胥姝首次鼓足勇气前往异国他乡的剧场，坐在朱红帷幕外满眼金发碧眼之中。

英国的天气说变马上变，像极了女人的脾气。出门时还星空通透的，没想到看完演出时，天空下起了蒙蒙细雨。胥姝站在马路上犹豫了好一会儿，不知该静候还是该狂奔。四周看了看，马路两旁仅有的一家便利店也早就打烊了，无边黑夜中几乎看不到光亮。只有剧院里出来的一群人，大家各自朝着自己的方向，悄无声息渐渐走散了。

扣好羽绒服，戴上羽绒服上的帽子，胥姝往宿舍方向一路奔跑着过去。渐渐，四周黑压压的，一盏灯也见不到，黑夜里马路两旁的树林中，似乎不时传来小动物的窸窣声。胥姝有点害怕了，她加快脚步往前走，任凭鞋上飞溅而上的雨水打湿她的裤脚管。然而没想到这时雨哗啦啦越下越大了，离宿舍大概还有十分钟，羽绒帽已经珠帘般滴水了。

"是胥姝吗？我是彼得。"黑暗中一个声音出现了，头顶上的雨水似乎瞬间也被罩住了。

胥姝看见一个黑影站在自己的身边，举着一把黑色的雨伞。她本能地拿起包里的手机和运动保温杯，准备倏地挥舞过去。

她逃出了那把特大的雨伞，在异国他乡黑夜的惊慌让她再一次奔跑在无边无际的雨幕下。

"我是彼得！别害怕，我是彼得。"伞下的人发出她似曾相识的嗓音，"你会淋湿的，我是彼得，别害怕。"彼得说着，奔跑着追上了一路狂奔的胥姝。

胥姝这时才认清楚，他就是前些天骑车的那个男孩子。

"我是彼得，相信我，吓着你了我很抱歉。"那个黑影很是恳切地说，举起雨伞又为胥姝遮风挡雨了。

温柔的声音飘荡在夜空里，胥姝忽然觉得浑身放松了，手臂不由自主颤抖了起来。然而她还是没回答，只是身子没再逃开了。

"离学校还有八分钟，你会淋湿，会感冒的，相信我。"彼得再一次十分诚挚地说。

胥姝终于放松了警惕，行走在他的雨伞下。然而一路上，她的手指还是紧紧握着口袋里的运动保温杯。每次出门时，她都会带着这个解渴又防身的不锈钢保温杯神器。

"别害怕，我喜欢音乐，我会弹钢琴，所以我也买了票，去观摩了钢琴演出音乐会。"彼得再次解释着，打消着胥姝的顾虑。

"我刚看到前面好像是你，于是就过来了。"一路上，胥姝都没声音。彼得举着宽大的雨伞遮挡着雨雾，反复解释着自己出现的原因，磁性的嗓音交织在雨滴的喧哗里。

雨雾中，一缕淡淡的月桂香飘散了过来。在安神宁静的月桂香氛里，胥姝终于真正舒缓了起来。她在黑夜中默默地放松行走着，聆听着鞋跟淌水的清脆声，听着彼得轻轻的耳语声。

到宿舍门口了。温暖的橘色灯光下，胥姝看清了彼得的脸，一阵暖暖的感觉朝自己袭来。她看见，他的左胳膊全湿了。

"你的脸都湿了。"彼得却不顾自己，只是温柔而专注地望着胥姝的脸。他从黑色双肩包里取出一张纸巾，递给胥姝要她擦擦脸。胥姝顺从地接过纸，轻轻地拭去了脸上的雨珠。彼得的眼一直温柔凝视着她，雨中那一丝丝月桂香又若有若无飘来了。两人一起进了电梯间，到了二楼，胥姝先下了。

"谢谢，晚安。"胥姝说。

"好，晚安。"彼得的眼仍然凝视着她。胥姝走出去了，没有回头。"照顾好自己。"电梯关门那瞬间，彼得在电梯里喊了一声。

彼得终于知道胥姝住在二楼了。公共厨房和阅览室就在二楼楼梯口。在那里，有着明亮的吊灯，几张洁白的桌子，配上水果绿的小椅子，不啻为学习和聚会的好场所。在阅览桌的旁边，放着七八个电磁炉，电磁炉的下面是小冰箱和碗橱，非洲同学的牛油果、亚洲孩子的小米粥、欧洲同学的山羊芝士，都混杂在一起。

和胥姝认识后，彼得经常从十四楼下来，到公共厨房里学做菜。从没做过菜的他怯生生地洗菜和切菜。好几次，要切的菜都滚落到地上，惹得胥姝的同学玛雅一阵阵大笑。

玛雅悄悄对胥姝说，这男孩傻乎乎的怪可爱，要不收了他当粉丝，还能帮我们去超市提个包打打杂的？胥姝不忍心，却也没有阻止玛雅促狭的想法。玛雅终于行动了。

"你可不可以帮我们一个忙？"有一天阳光漫天，玛雅骄傲地走到彼得面前，扬起下巴直接问。

"当然，很荣幸！我能为你们做什么呢？"彼得喜出望外，果然心甘情愿自投罗网了。

玛雅笑而不语，眼睛盈盈地朝着宿舍门口看。只见胥姝和其他女孩像一群欢乐的小鸟，叽叽喳喳笑语着，从电梯口雀跃着出来了。

"我们要去超市买东西！"玛雅这时开口了。

"那我能怎样效劳呢？"彼得很是迫切地问。

"你能不能和我们一起去，帮我们把东西拿回来啊？"玛雅朝胥姝眨着眼，戏弄着他说。胥姝拍了下她的肩，想要阻止她。

"哦，是吗？那当然可以，太好不过了！我很愿意啊！"彼得简直兴奋得欢腾了。

玛雅笑成了一朵花，胥姝无可奈何地摇摇头。于是，在玛雅公主般骄傲的命令下，彼得屁颠屁颠地跟着胥姝和玛雅几个女孩子，来到了电车拐弯处。

在这里，一个蜚声远近的廉价超市开门了。门口不时晃动着稍微肥胖有着粉红色肌肤的老头和老太太的身影，他们提着大包小包气喘吁吁地往外走。到达门口了，彼得跟随着她们，想一起进去。

"站住，你不可以进去。"玛雅当机立断命令着。

"啊？"彼得很是迷惑了。

"你只是站在门口等我们，等我们出来了，你再帮我们拿东西。"玛雅张开手臂挡住了他。

彼得看起来很迷惑，不知为什么。然而他很温柔和绅士，乖乖地点点头，就站在门外了。"这是秘密，女孩子的秘密，男孩子不方便知道的。"玛雅回过头来俏皮地解释说。

"好吧，我明白，这是美丽机灵的女孩子的秘密！我正好可以在门口创作我的歌词。"英国的男孩都很是绅士，对女孩子关怀备至。彼得很是理解地打趣着。

于是，彼得就站在超市大门口，一会儿沉思着，一会儿吹着嘹亮上云霄的口哨，等候着姑娘们的归来。

没有彼得在旁边，以胥姝和玛雅为首的这一群小鸟又像往常一般毫无顾虑了，她们来来回回徜徉在超市里。

玛雅站在粮油货柜前，反复比较着，是一斤装的大米还是两斤装的大米更便宜？是中国大米好吃还是泰国细长的大米好吃？是买意大利面更便宜还是日本面更便宜？绕了三四圈，她还是忍住了对日本面的垂涎，买了更加便宜的意大利面和中国大米等。

胥姝站在促销的牛奶和鸡蛋前反复比较着。看起来，鸡蛋和牛奶好像比往常几乎便宜百分之五十了，于是她选了盒乡野的鸡蛋，拿了瓶牛奶，塞进了购物篮。

在她左手边，还陈列着鲜艳的草莓、蔓越莓和覆盆子，三盒扎在一起才三磅。胥姝犹豫了好一会儿，终于拿着三盒红艳艳的鲜浆果，也放进了篮筐里。

想着门口有个马仔可助一臂之力，姑娘们在超市里整整逗留了一小时，把平日里不敢买的重物也塞进了购物篮。满载而归的女孩们出来时，彼得双脚站得接近麻木了。看到手里提着大包小包的姑娘们，他不顾自己的疲劳，热烈地迎接着她们。

他想帮胥姝提着购物袋，胥姝不让他帮忙，示意后面的女孩的购物袋更沉。于是，玛雅和其他鬼灵精怪的女孩子的购物袋纷至沓来，都塞进了彼得的手指间。彼得憨憨地笑着，有点手忙脚乱了。

"喔，买了这么多好东西啊！"尽管手指间的负重让他的手指已经由红变青了，他还是赞美着女孩子们。

没想到这时，玛雅又毫不客气地把自己本可以提的两个大包递了过来，径直挂到他手腕上。那分量几乎要让他耗尽全身力气，他瞠目结舌了。

"你帮我拿！我来帮姊妹！"玛雅又是毫不客气命令着。彼得愣了好一会儿，木讷地拿着玛雅递过来的两大包，羞涩地笑着朝前走。见到他呆头呆脑的傻模样，玛雅、胥姝几个女孩子硬是笑得流眼泪了。

接下来的一个周末，为了再一次偶遇心中的女神，彼得又来到和胥姝偶遇概率较大的公共厨房里，笨手笨脚搅拌着奶油奶酪和玉米粉做甜点。"你过来，我们还要去超市！"玛雅又揪住了他，女神般不容置疑地命令他。

等的就是这一刻。彼得在阳光里咧开嘴生动地一笑，唇红齿白宋玉般明媚。

"很乐意，很愿意为你们几个水精灵效劳。"彼得说着，由衷地选了个"水精灵"的名词。然而这回，他叮嘱胥姝和玛雅，一定要在宿舍门口等他。

十五分钟后，彼得依然吹着明亮的口哨，站在宿舍楼门口，望着胥姝和玛雅笑。

在咖啡馆外的马路上，停着一辆果绿色的奔驰车。这辆奔驰是那么引人注目，无论是造型还是颜色都是平日里少见的。与其说是车，不如说是呈现于眼前的精湛的艺术品。

几个女孩惊讶地望着果绿色奔驰车，彼得晃了晃手中的车钥匙，要大家一起上车。

"你的车？"玛雅瞪大了灯笼般的眼睛，她只知道羞涩儒雅的彼得是来自埃及的，并不了解他其他的背景。

"借来的，我想帮你们多拉一点食物回来，满满的一星期的。"他仍旧是那样低调谦逊。

"乖乖，大富豪啊！还能借车来搭载我们，真够朋友的！"玛雅大大咧咧地在彼得的胸口上拍了重重的一掌。

"这车真是漂亮啊，还是水果绿的！"胥姝看到罕见的果绿色，忍不住赞美着。

"是在奔驰公司特别定制的。"彼得说。

玛雅还想好奇地问什么，终于还是忍住了。奔驰车让她终于学会含蓄了。

车驶到了超市门口，彼得下车后，仍旧靠墙站在大门口。

"要不你也一起进去？"胥姝说。

"女孩子的秘密，我就不进去了！"彼得哈哈大笑着。胥姝也不好意思地笑了。她知道，彼得早就看出了她们的小心思，不愿她们难堪。

那天从超市出来，大家都比往常多买了一倍的食物和日用品，全是超市最便宜最合算的促销品。这回玛雅完全没有顾忌了，直接讨论起货品的价格来。她在纠结着德国产的一英镑的护肤精华胶囊和瑞士产的稍贵的玻尿酸哪一款更好。

"你们想直接回宿舍，还是我先带你们去春游？要不我捎着你们先去兜兜风？"彼得热情邀请说。

"还可以春游？那当然是春游兜风啦！"玛雅尖叫着，兴奋得手舞足蹈了。

"当然！"彼得甩甩额前金色的刘海说。

"好啊好啊！"三个女孩于是高呼万岁，甩着头巾和帽子上了车。

彼得也很是兴奋。他加快了车速，在盘旋的公路上疾驰。他告诉姑娘们，他要带她们到艾文峡谷的悬崖桥上去。水果绿的奔驰驶出了市区，疾驰在山野和树林间。春天的阳光像丝绸般光滑和流畅，温柔地抚摸着他们的面颊，每双眼眸、每张面庞上都映照着如春水一般洁净透明的阳光，朝着草木更加葳蕤的峡谷方向去。

"对了，你那天说的歌词和歌曲呢？你真的会创作词曲吗？"胥姝问。

"当然！我哼给你听听，你看怎么样？"于是彼得很是沉醉地吟唱着自己新作的歌曲：

以梦为马，自由流浪，
当你敞开心灵，和世界恬静地对话，

当你打开心扉，和自然温柔地对话，

心灵和自然在一起，

心灵和世界在一起，

赋予你无穷的灵犀，

赐予你无限的爱与希望——

　　胥姝和玛雅惊呆了，一路上都沉浸在彼得的歌声里。眼前的阳光是那么地生动和灵秀，为每一株青草勾勒了巴洛克的金丝边。一株株的春树矗立在远方，仿佛美玉般晶莹。不一会儿，雄伟险峻的艾文大峡谷就呈现在胥姝和玛雅几个女孩子眼前。

　　"这座桥横跨布里斯托尔艾文大峡谷，叫克里夫顿悬索桥，它是世界上最早的大跨径悬索桥之一。它由天才的设计师、维多利亚时代工程师布鲁内尔设计于19世纪30年代，在他去世后的1864年才建成通车，当时只通行人和马车，而现在把它作为四车道桥梁。"彼得非常博学地介绍说。胥姝和玛雅很是崇拜地点点头。

　　"这座桥有214米的主跨，而当时能够用作主缆的铁链的强度和密度之比，只有现代高强钢丝的1/5，因此这是一个很了不起的大跨径。"眼前的彼得像是一位资深建筑家。

　　"你是学工程、学建筑的吧？"和胥姝一样学文科的玛雅分不清学科的区别，只好含糊地问。

　　"我是学计算机、机器人一类的专业，也涉猎过量子和数字孪生什么的。"彼得专注地望着她和胥姝的眼睛说。

　　胥姝和玛雅有点听呆了。

　　"大家知道蹦极吗？知道蹦极源于哪里吗？"彼得问。

　　"我蹦极过，在中国。"玛雅说。其他女孩都惊讶地咧了咧嘴巴。

　　"那蹦极源于哪里？"彼得问。

　　"难道源于艾文大峡谷？"胥姝马上领悟到。

"是的，太聪明了！艾文大峡谷上这座克里夫顿悬索桥就是现代蹦极的发源地！1979年4月1日，英国牛津大学'危险运动俱乐部'的四名成员，在这座悬索桥上表演了世界上最早的蹦极跳。成员们从245英尺高的克里夫顿桥上利用一根弹性绳索飞身跳下，拉开了现代蹦极运动的帷幕！"博学的彼得侃侃介绍说。

大家有点震撼了，从桥缝向下俯瞰着。微寒的山风从桥的缝隙里呼啸着钻出来。在疾速的风声中，三个女孩想象着蹦极的情形，连胆大包天的玛雅都不敢说尝试了。

"在这个世界上，有太多东西都是从英国那个地方传出的。除了工业上的蒸汽机、火车、铁路等之外，今天世界上新娘穿的白婚纱、美味的下午茶、城市道路两旁的路灯等，都是在维多利亚时代就传到全世界了。"在回学校的路上，大英百科全书彼得一路上不厌其烦介绍着。胥姝灿烂地笑着，回头看看身边的玛雅，早就打着鼾熟睡了。

慢慢地，彼得和玛雅、胥姝一群中国女孩子渐渐熟悉起来了。

玛雅经常很促狭，用中国的方言俚语嘲笑着彼得。那些上海老弄堂的方言，连那时候没来过上海的胥姝也听不懂，比如她会说彼得木知木觉、呆头呆脑，经常会莫名其妙发呆……胥姝每听到这些话，努力咀嚼着，最后还是要请教，让古灵精怪的玛雅点着她的脑门子教。

然而，无论玛雅这个上海女孩子怎样地戏弄他，无论他能听懂还是听不懂，彼得都憨厚地一笑，不纠结，不激越，总是那般优雅知性。

玛雅这个古灵精怪的女孩总是一肚子的鬼主意。又一个周末到来了，爱好大城市繁华喧嚣的玛雅又是坐卧不宁了。她早上做了一桌子蛋糕，结果不是糖多了，就是烤焦了。下午时分，她就折腾着胥姝，先要给胥姝化个鬼魅烟熏妆，然后自己捧着有几十款赤橙黄绿青蓝紫颜色的化妆盒发了许久。到了深夜，她还不肯回自己房间去睡觉，说她好想找点乐子，好想生活不是日复一日地安静和平淡。她想融入英国的生活，她想去丽思卡尔顿那些淑女经常喝下午茶的厅堂去喝咖啡、喝东印度公司红茶。

忽然间，她计上心头，一个鬼点子又蹦出来了。

"对了，那个彼得不是屁颠屁颠地整天跟着你吗？"她鬼鬼祟祟地朝胥姝眨着眼。

"人家不是跟着我们大家吗？"胥姝不动声色否认说。

"别装了，谁不知道啊！要是你不要，我去收了他？"她狡猾地观察着胥姝的眼神。

"你这个小坏蛋，真是一肚子坏水啊！那么美好的一个人，都会被你玷污啊！"胥姝说。

"他既然喜欢你，那闺蜜我呢，就要帮你去考察考察他家庭的情况，深入了解了解他的生活处境、素养和个性。"她从皱成一张豆腐皮般的米色沙发上跳下来，老谋深算地踱着步。

"你想干啥呢，你可别乱来啊，是想跟踪还是卧底呢？"胥姝有点着急了。

"我又不是女特务，也不会去骚扰你的菜，你那么慌张干啥呀？我肯定和你商量着搞明战，不会瞒着你搞暗战，放心吧！"玛雅嬉皮笑脸说，扔了一颗蔓越莓在嘴里。

"这样吧，我让彼得约我们去他家吃饭，你说怎么样？"玛雅说。

"不合适，我们去他家干啥呢？"胥姝说。

"不入虎穴，焉得虎子！以前花衣服媒婆不是都要登门拜访看条件吗？我这个媒婆也要看清楚他家里的家当啊，怎么可以让你跟着他受罪呢！"玛雅说。

"不合适，不合适，老外是不会轻易邀请人进家门的。"胥姝一边做着仰卧起坐，一边摇着头，脑袋像拨浪鼓一样。

没想到第二天一早，玛雅就冲到楼上彼得的房间，说她和胥姝想融入本土生活和英国文化，她们想去英国庄园和别墅看一看，真正进入英国的家庭。说话间，她不时朝彼得看几眼，看看他脸颊上神情的变化。

"好啊，真是好主意啊！我家有个空置的房子在伦敦，下周末去伦敦我家里！"彼得很是厚道而热情。

"那就说定了！"玛雅和他击着掌，确定具体时间了。

门口两只喜鹊一日日绕着春树飞翔着，原本稚嫩的掠影，渐渐成熟矫健了。

在胥姝和玛雅的盼望中，星期六终于再次来到了。胥姝、玛雅还有经常一起去超市的媛媛站在宿舍门口咖啡吧等彼得。彼得一出现，她们就像往常一般叽叽喳喳上了他的水果绿奔驰车。

车里放着节奏欢快的钢琴曲，胥姝和玛雅觉得很好听，就问彼得播放的是什么曲子。彼得回过头来灿烂地一笑，说是他自己作曲和演奏的钢琴曲。胥姝和玛雅简直惊呆了，一时间不知怎么来赞美。

一路上，彼得的话比往常多了很多。他开车的姿势也变得飞扬了，完全沉浸在从布里斯托尔去往伦敦的田园风光里。英格兰米白色敦实的乡间别墅一幢幢在身后一晃而过。

"你知道吗？这首曲子的名字叫《叮咚》。我在春天里创作和演奏录音而成的。我想和门德尔松、格里格一样，用《春之歌》和《春之舞》这样溪水潺流、歌谣般的音符，表现春的流水般跳荡的旋律，表现浪漫主义、理想主义飞扬的色彩。"彼得很是认真地叙述着，眼睛入神地凝望着远方。

"你学过钢琴，真的还会谱曲？"玛雅呆了一会儿，弱弱地问彼得。上车前张扬的气场忽然不见了。

"是啊，我在埃及时学习过钢琴。后来为了更好地研习音乐和艺术，六七岁时父亲就带着我来英国，跟随俄罗斯著名的钢琴家学钢琴。"他随口说出了俄罗斯钢琴家的名字。胥姝悄悄谷歌了一下，没想到是俄罗斯首席钢琴家。玛雅也惊讶得吐舌头，不敢再随意说什么，生怕高雅的彼得觉得她粗俗和浅薄。

"你知道吗，音乐和二进制算法都是上帝的语言，天才的语言。没有

了音乐，也许人生就没有了快乐和意义。"彼得很是专注认真地说。

"音乐和二进制算法都是神秘的密码，一般人都听不懂。"玛雅弱弱地评论着。

"音乐确实需要超然的天赋和灵性，然而哪怕对平凡人而言，音乐也能把一个个平庸的灵魂变生动，把它们带往更加超脱高远的世界，超越日常生活的繁琐和喧嚣。在音乐世界里，那里有春日的融融，有夏日的热烈，有秋天的深沉和冬天的感伤。"彼得沉浸在自己的世界里。

"那你以后帮妹妹作个曲，帮我们作个曲，好吗？"玛雅总是善于朝实际的方向提要求。

"好啊，当然很乐意！"彼得快乐地答应着。

终于抵达了伦敦西北角，这是伦敦豪宅云集的区域。一幢幢古朴厚重米白色的建筑伫立着，像一位位有着宽阔怀抱的绅士。它的外表极其简朴和随意，虽然主人家可能像罗斯柴尔德家族一样蓄着厚重的财富和历史底蕴。它如英格兰的绅士们，默默低调地呈现于春风里。

"这里的房子价格吓死人！"玛雅查了一下定位，忍不住用中文说出了自己难以忍受的惊讶。

"你的父母是干啥的？"在快到别墅门口时，玛雅忍不住刨根问底了。

"埃及人，后来来了英国。"彼得轻轻地淡然地说。

玛雅还有一肚子的疑问。然而静谧从容的庄园给她一种威严感，她没敢把心里的疑惑全部说出来。

眼前的庄园满目苍翠，让人仿佛置身于芳草如茵、佳木葱茏的园林中。胥姝和玛雅也不记得是怎样进入了彼得家的豪宅，迎面而来的情景让胥姝和玛雅几个人震惊了。

只见厅堂由一盏在法国凡尔赛宫和奥地利霍夫堡皇宫曾经出现过的水晶大吊灯装点着。水晶吊灯下面，两盏庄严的有着巴洛克精雕细琢花纹的烛台摆放在桌上，展现着主人家的气场和威严。白墙上悬挂着挂毯和油画，演绎着这个家族精湛的艺术修养和品味。而四周可见的彩色玻璃的大窗户，又映射着埃及文化的元素。

"彼得回来了，辛苦了！"几个仆人站立在一旁，殷勤而有章法地帮彼得和胥姝几个人拿包袋和鞋子。他们很是优雅和热情，看起来也很是见多识广、训练有素，不会多看胥姝和玛雅几个陌生人一眼。

"多准备一些零食，还有水果，家里有什么好吃的，都拿过来。"彼得让女孩们都坐在松软的沙发上，自己也坐进了沙发里，吩咐着佣人们。

不一会儿，蓝莓、覆盆子和各种叫不出名字的新鲜水果呈现于众人眼前。琳琅满目的彩色水果挞、蔓越莓蛋糕、酥盒鹅肝酱、奶酪牛角包、英式松饼等摆满了一桌子，一套套考究的洋溢着宫廷风范的英式茶具放在每个人面前，洁净骨瓷和银质茶匙让人忍不住有些拘谨。伯爵茶、大吉岭红茶、锡兰红茶和其他不知名的红茶和奶罐、糖罐都放在了触手可及处。

大家呆呆地互相对视着，不敢轻易用手去触碰。彼得呵呵地笑了。他让佣人们都站在了门口，自己站起来给胥姝和玛雅她们仨倒着茶。看到胥姝和玛雅她们还是很拘谨，他干脆就把一个个甜点放进她们精美的瓷碟里，然后带头不拘小节地吃起来。

胥姝和玛雅她们终于恢复了往常的自在。她们争先恐后选甜点，品尝着以前闻名却未曾品味过的小茶点。彼得见大家吃得很沉醉，于是悄悄招呼佣人再上了一份。

肚子终于鼓鼓的了，大家心满意足地用精巧的餐巾擦着嘴，这时，玛雅又鼓起勇气了。

"哎，你家到底是干啥的，排场这么大？"玛雅问。

"就是一个普通的商人，从埃及来。"彼得笑容可掬回复着，依然是同样的说法。

"神秘，简直神秘莫测啊！"玛雅双眼狐疑地看着胥姝，用中文感慨着。胥姝美丽地笑了，酒窝里仿佛镶嵌着春花和秋月。

没想到，缘分循序渐进地制造着偶遇和巧合。

如同妙手巧匠在灵动地编织着中国结，原本孤单陌生的两根丝线独具匠心地缠绕在一起。没想到巴黎这个充满邂逅和艳遇的城市果然名不虚传，再一次描摹了动人而传奇的扉页。

巴黎的地铁站总是轰隆隆地响着，弹奏着工业时代的旋律。黝黑的水门汀地面、楼梯上随时可见破损的痕迹和黑色污渍，印证着时光的流逝。各色人种零零散散地随意等候在站台上。几天突如其来的暴雨后，大家看上去都有点落魄和憔悴。

胥姝想起吉普赛人的传说，于是很是警惕地望着眼前包裹着头巾、扎了十几条麻花辫的女孩。女孩皮肤黝黑而润泽，胥姝忍不住被她吸引住，悄然多看了好几眼。不一会，人似乎越来越多了。前几天始料未及的暴雨，让许多原本准备匆匆踏上归途的人们都滞留在这座典雅的城市里。胥姝比原先预计的多待了两天。她去巴黎歌剧院看了场演出，坐在卢浮宫地上涂鸦了好几张素描。

车来了。胥姝背着粉色的双肩包，毫不犹豫上了车。她看了看红色皮带的手表，四点半，时间还足够。飞往希思罗机场的航班八点半。她拉着陈旧车厢里的吊环，眼睛意识流一般浮游在不断上车、下车的陌生人脸上。空气似乎有点黏，这是巴黎地铁里寻常的特征。

地铁一站站停靠着，胥姝漫不经心地翻手机。出发前，她查了一下戴高乐机场的位置，只要乘坐巴黎大区快铁 B 线就能直抵机场。也不知地铁开了多少站，终于停下了，扎着十几条麻花辫的女孩也提着行李下车了。胥姝跟随着人群，朝着戴高乐机场的方向走。

世界上的每一个机场都是那样拥挤。退税、盖章、寄信封的人们上上下下奔波着。胥姝再一次看了看手表，五点半，法航飞机柜台好像值机了。她和往常自己一个人穿梭欧洲时一样，静静地等候着，托运的队伍蠕虫般移动。终于，轮到自己了，她微笑着递过暗红色的护照，把箱子搬上了行李传送带。

"No, No！"窗口里系着彩条丝巾的工作人员摇摇头，用带着法国口音的英文告诉她，错了，错了。

"怎么错了？为什么错了？"胥姝有点紧张了。

"你的票是奥利机场，不是戴高乐机场。你是在廉价航空网站上买的，对吧？"一位会说中文的工作人员过来了，很是热情解说着。

胥姝点点头，自己是从廉航网站上买的票，从巴黎回伦敦票价只有七十元人民币。

"你来不及了，需要重新买票，廉价航空的机票一般都不能改签。"工作人员说。

胥姝惊呆了。工作人员朝她摇摇头、耸耸肩微笑，她也只好无可奈何地摇摇头，傻笑着离开了人头攒动的窗口。

她四处张望着，终于在角落处找到了个椅子。她茫然地坐在椅子上，有点担忧和焦虑。环游了几十个国家，她从没像这一次这样掉链子。万一买不到当天的机票，她的申根签证就过期了，算是非法滞留的黑户了。然而这一回却就是这样折腾，几个航空公司当晚的机票都一售而空了。她心里升腾起身在异国他乡的未知和无助，不知如何是好了。

在手机上飞快地搜索着，她查看着签证过期该怎么办。网友们一个个都措辞严厉，说非法滞留要罚款，还会影响下一次的签证，以后就别想再来法国了。突如其来的情况让一向沉静淡定的胥姝有点茫然了。她拉着银色的拉杆箱，背着方格子背包，一阵风一般往移民局的方向赶。

移民局里挤满了人。都是同样的原因，各色人种对着移民官员倾诉着，说前几天的暴雨导致许多航班延误了，让世界各地的人们滞留在此地。许多亚洲人面孔朝胥姝友好地微笑点头着，阿拉伯的女子如蒙娜丽莎般宁静地定格在一旁……

"你需要什么帮助吗？"眼前面庞微胖、头发秃顶的移民官对东方的女孩好像有着发自灵魂深处的柔情。

"前几天因为暴雨，我多停留了两天。"胥姝也诉说着相同的困惑，她还是有点担心了。

"然后，然后，我今天准备回伦敦，买的是奥利机场的飞机票，结果，结果我来了戴高乐机场。"胥姝结结巴巴说。

"哦，戴高乐机场可真是一个充满偶遇和传说的地方。你停留在这里，也许此时此刻就是注定的，会发生神奇的故事。"眼前有着饱满面庞的移民官很是幽默和温情，他仿佛喃喃细说着胥姝人生的偈语。

"充满偶遇和传说？"胥姝很是好奇地问，神情一下子轻松许多了。

"是啊，这里流传着许多动人的故事，美好善良的人就一定会遇到神奇的天使。对了，你需要什么帮助吗？"让人很有安全感的移民官望着她的眼，说着诗意温暖的句子。

"我，我需要顺利地回伦敦。"胥姝不好意思地笑了，眼睛里星光闪烁着。

"哦，没问题。"移民官大叔说着，递给她一叠表格，然后很是耐心地指导着她填写。胥姝低着头，按照他说的，一笔一画很是专心地填满了格子。

移民大叔仔细看了看，然后晃晃脑袋说："OK！没问题啦！"接着，一个紫色的大印章敲在了胥姝的暗红护照上。那一瞬，胥姝很想在众目睽睽下拥抱大叔，给他来一个法国常见的贴面礼。然而她没有，只是默默感恩着。

"你，好美，你有美好的笑容和优雅的举止。"胥姝临走前，移民局的大叔一字一顿朝她大声赞美着。

胥姝满怀感激地回眸一笑，离开了移民局的透明玻璃房。沿着长长的扶梯回一楼，时钟已经指向八点整。胥姝有点疲倦地仰望着星空和夜色，她想起关于巴黎抢劫和枪击的传说，打消了重回市区找酒店的打算。

无所事事地在机场里晃悠，胥姝不停地吃马卡龙喝咖啡，喝红茶吃甜点。她想就这样消耗时光，慢慢地就在机场里蜷缩一夜了。然而倦意浮上了眼皮，她的眼睛就像有胶水在黏合。她努力睁大眼，抗拒着瞌睡。就在这时，她发现了熟悉的希尔顿酒店的标志。酒店的大门居然就和机场出口紧挨着！她心头一阵狂喜，飞快地拉着行李朝酒店前台走去。一进入舒适的房间，抱着松软的鸭绒大枕头，她就沉沉地睡着了。

第二天清晨，胥姝面貌焕然一新地去酒店用简餐。肚子填满后，她再一次拖着行李来到机场大厅里。托运行李、领登机牌、安检、过移民局窗口，所有的程序都再一次来过。她微笑礼让着后面带着三个孩子的印度人，差点把自己的围巾和外套遗忘在安检篮筐里。

终于登机了，胥姝特意向工作人员要了个靠窗的座位，她想从空中一路俯瞰着从法兰西到英格兰版图上的蓝天、大海和田野。机舱外飞机引擎轰鸣着，机舱内却静谧得丝毫声响都没有。飞机前舱偶尔传来微弱的咳嗽声，一声声都清晰可闻。胥姝用手机朝窗外拍了张照片，随手发在微信里。然后她戴着耳机，听着手机里泰勒·斯威夫特的歌曲。

然而这时候，一个又高又瘦的身影急匆匆地冲进来，朝着胥姝坐着的方向。男生飘荡着清新的气息，他一边把耳机挂在脖子上，一边朝经过的人们反复说着"Excuse me"。胥姝忍不住抬头张望了一眼，她惊呆了，这个人的声音和背影竟是如此地熟悉。

原来是彼得！！缘分和灵犀仿佛天注定，一生将遇见谁，在哪里会与怎样的人和事纠葛，仿佛都是前生注定的。神灵仿佛早就画了一个圆，标注了路径，让不知情的人们兴致勃勃着人生未知的下一站进发。

彼得径直朝胥姝走过来，就坐在了她身边，他的肩膀紧紧地靠着她肩膀。胥姝的身体很是紧张和兴奋，她努力地朝机舱内壁移动着，给彼得留出更多的空间。彼得似乎也很紧张，他努力朝过道移动着，尽量让胥姝坐得宽松点。两个人都紧张着，在心里含着笑。好几次飞机摇晃着，两个人的肩膀交错着。彼得仿佛有靠近和保护的冲动，想用有力的臂膀支撑着胥姝娇弱的肩头。然而良好的修养让他很羞涩，他努力克制着自己，肩膀始终硬硬地直挺着，生怕触碰到胥姝，惊吓到胥姝，让她产生疑问和反感。

胥姝感知了彼得的紧张。她也很紧张，心脏几乎跳跃欲出了。"戴高乐机场总是流传着美好的传奇和偶遇。"她想起了笑容可掬的移民官大叔的那句话。

春天的种子萌芽了，又在初夏的阳光和暖风中舒展开翡翠般的嫩叶。在澄澈的天宇下，它们试图枝繁叶茂了。

　　"我想和你去艾文大峡谷望星空，好吗？"终于在一个初夏的周末，彼得用邮件给胥姝鸿雁传书了。他想单独约胥姝。从搭乘同一架航班回伦敦那一刻开始，胥姝紧张的肩头便始终萦绕着彼得的热度、彼得的力量。一周来，她都心跳如鹿，预感会发生点什么。她知道，她和彼得的磁场慢慢接近了，融合了，他月桂般清新的气息无数次在梦中让她迷离和沉湎。

　　"好。"她压抑着内心的澎湃，简洁回复着。

　　那一天，胥姝还是胥姝，彼得还是彼得，他们仍然站在宿舍楼门口，然而时光却赋予了让人激荡的意味深长的含义。胥姝波斯菊一般微笑着在初夏的风中，迎着从此不一样的彼得。彼得很是紧张地沉默，羞涩地邀请她上了车。

　　一路上，果绿色的奔驰行驶在风中。空气里弥漫着树叶的芳香，还有薰衣草和马鞭草怡人的气息。彼得打开了车里的音乐，两人静静聆听着。车穿越了草地，穿越了树林，然后疾驰上了一个坡，来到了艾文大峡谷链子桥旁。

　　默默地，两人顺着链子桥走着，天地万物宁静恬然。他们俯瞰着大峡谷的险峻恢宏，感受着建造大桥的精湛技艺给人带来的震撼。一前一后沿着左边的人行道，胥姝和彼得跨越了整个大桥，一路上情愫的音符在彼此心里静静地激荡。

　　远远地看到桥头变魔法般出现了一间神奇书店。荒野中书店的出现，为空旷寂静的艾文大峡谷点缀了欢快的氛围。像哈利波特电影里的孩子们，胥姝和彼得蹦跳着进了魔法书店的门廊。只见书店白墙上贴满了关于大桥历史的黑白简介，几百张照片悬挂着。

　　"你们好！"忽然间，书店里出现了一位慈祥的老人。他声如洪钟，魁伟的身躯、金色的卷发、粉红的面庞，无一不彰显着他丰富的人生历程与安宁静谧的内心世界。

　　见到胥姝和彼得，神仙般的老人十分兴奋地打招呼，不断地朝彼得赞美着胥姝，说胥姝像一位飘逸的天使，像仙境里的精灵。胥姝羞红了整张脸，不敢抬头看他们。彼得的情绪越来越高涨了，他很是热烈地望着胥姝和老人。

"年轻人，你们从哪里来啊？"老人爽朗的声音回荡在桥头的书店里。

"我父亲从埃及来，然后我就来到英国了。"彼得说起了自己的家世。

"埃及！那是多神圣的地方啊，你去过大英博物馆吗？开启文化之门，就从大英博物馆的埃及方尖碑开始！""魔法老人"很是博古通今的样子。

"是啊，有机会您一定去看看金字塔！"彼得说。

"那你呢，美丽的小天使？"老人转过头来慈爱地看着胥姝说。

"我从中国来。"胥姝说。

"中国，多么遥远而神奇的地方！如果可以，我希望自己能飞往中国一次，感受中国古老的文明和魅力。"老人嘹亮的声音回旋在大桥上。

胥姝连忙致谢着。老人还是全神贯注注视着胥姝，一字一顿赞叹着胥姝源自东方的美丽。姝姝很是难为情，连忙把彼得推到了他面前。

"这里是不是有一个神奇的天文台？我们想去天文台！"彼得敞开了喉咙大声问。

"有的！你们从这里出门向左转，然后再左转，再上坡，然后沿着山路再左转，就可以看到天文台咖啡馆了！"老人用几乎让人跟不上的语速，介绍着远处那个神奇的天文台。

"左转，左转，再左转？"胥姝和彼得都有点跟不上老人的节奏。

魔法老人感觉到两位年轻人的迷惘，他飞速地从抽屉里拿出一张地图来，手脚麻利地削好了铅笔。

"明白吗？这是路线，你们从这里上山，这样走，然后就能抵达神奇的天文台！"老人用铅笔在天文台的位置上画了个浑圆的圈，把抵达天文台的河边小路，还有需要从山上盘旋而上的小路，都细心地标注了。

沿着老人耐心勾勒的路线，两人从悬崖上的链子桥攀缘而上。

"你知道吗，你真的好美，从树林里那一次见到你，我就深深地迷上了你！"一路上，彼得有点痴迷地凝视着胥姝。

"真的吗？其实在中国，比我美的人太多了！"胥姝脸有点热。

"你很美，那是天使一般超然神性的美！你知道美是什么吗？美是神韵，不是美丽，不是五官。美是灵魂和心灵在外表上的表现，是灵魂、仪容、谈吐的美，是上苍和神灵恩赐的美！"彼得热烈抒发着自己的情感。

胥姝回避着他炙热的眼眸，一路小跑着上了山，从山坡上俯瞰着桥下，感动于自然界的鬼斧神工和建筑师的伟大妙笔。大桥四周悬崖峭壁笔直挺立，夏日热烈盛开的花朵给刚毅坚硬的巨石描摹出温柔灵性的色彩，天地间是那般平衡与和谐。

彼得眼里蕴蓄的一抹抹激情与冲动再一次燃烧了。他勇敢地伸出白皙的手拉住了胥姝的手。胥姝没有拒绝他，手在他掌心里有点颤抖。

沿着林间向上的小路，手挽手上到了山巅，一座圆形的米白建筑呈现在眼前。咖啡的馨香扑鼻而来，混合着山间枝叶清新的芬芳。顺着圆形建筑进了天文台，两人继续慢慢向上走。情愫在时光里发酵着，沉淀着，寻找着突破口。

在通向顶楼的转弯处，胥姝忽然发现了一间小屋子。环着小黑屋绕了一大圈，只见黑屋头顶上安放着一块透明的大玻璃。通过大玻璃，自然界的阳光微弱地渗漏下一点点。看不到星星和月亮，记不起是白天还是黑夜，胥姝和彼得忘了自己在哪里，忘了昼与夜的分界线。

一个白色大理石磨盘摆放在屋中央。喜欢研究的彼得和喜欢冒险的胥姝对此爱不释手了。他们探寻着，执着不懈地握着一根小铁杆旋转着。他们发现，小铁杆连接着屋顶上方的望远镜。

忽然间，奇迹出现了，白色大理石磨盘上忽然反射出一棵风中摇摆的花草！胥姝和彼得简直不敢相信自己的眼睛！为了确信这真的是头顶上的天文望远镜折射下来的花草，彼得把密室的门紧闭了，不让一丝光线漏进来。两人继续摇晃着小铁杆，按照小铁杆旋转的方向绕着圈。奇迹真的来临了！

胥姝和彼得确信那就是艾文大峡谷的花草！两人还看到了山下的大桥吊索，险峻巨石林立的悬崖——

72

兴奋和激动冲上了巅峰，激情在小黑屋里摇晃着。胥姝和彼得惊呼着，欣喜叫喊着，仿佛回到了少年时代那个灵魂酣畅淋漓、尽情释放的自己，用孩子般童真的双眼去探寻着生命，解密着世界——

　　在黝黑的小屋里，在悄无人声的山坡上、在接近苍穹的平顶上，彼得忽然紧紧地拥抱住胥姝，两人纯真深邃的灵魂融合在一起，晶亮的眼眸仰望着远方辽阔的天空，仰望着澄澈的至善至美的苍穹。世间最终极的浪漫，是在时光深处仰望星空。

　　彼得喃喃絮语着："纤云弄巧，飞星传恨，银河迢迢暗渡。我本是一颗暗淡无光的星辰，直到遇见了你，从此竭尽全力发光，只为了你。"

第五章
老算和老大

远远的，算法像位天使一般伫立在那里。数据结构是一块块磊石，为它建筑着根基和舞台。在这个宽阔而结实的舞台上，算法这位芭蕾舞精灵正用娇美的双足，翩然灵动地起舞着。

——叶遄语录

一路追随科学女神的波光去上班。

沿着潺潺而流的小河，胥姝忘情于春夏秋冬微醺的时光，缱绻于春的金盏菊、夏的大丽花，沉醉于秋的迷迭香、冬之风信子。进到办公室时，在巴拿马咖啡剔透的清香里，穿越一个个灵动的金色卷发或黑色直发的脑袋，一个又一个AI工程师的日常情景再次呈现在眼前。

"老标，老审，老算，等会儿十点整，老大召集我们去会议室开会！"

大家还在路途中用软件打卡，显示自己目前的定位，王硕就在群里大喊了。老标就是标注师的简称，老审就是审核师的戏称。

"收到。"一个个的"收到"像天空中的鸽子阵，飞到了王硕的手机上。

开会了，开会了，会务秘书在企业群里发消息了。

胥姝和老标、老审、老算迅速会聚到会议室，大家众星捧月环绕着老大。新老大叶通像硅谷钢铁侠马斯克一样，穿了件银灰色的休闲西装，里面衬着件熨烫服帖的蓝衬衫，西装袖口露出一寸洁净的衬衫袖。

　　"伙计们，我今天召集大家一起来开会，今后还请大家多多支持我，帮助我！我们精诚团结，精益求精，努力探索，争取把汉科公司的技术研发和产品设计推上新高度！"叶通扫视了大家一眼，气势如虹地说。

　　"下面，我想请胥姝来介绍一下我们接下来的新任务。"叶通说着，迅捷地打开了随时携带的笔记本电脑，飞速记录着会议相关的情况。

　　王硕和杨复很惊讶，新老大竟然亲自操刀，随身携带笔记本电脑做记录。

　　"好的，我来介绍一下部门下阶段的新任务，这也是一个有特殊意义的招投标新任务。"胥姝说着，打开了边角处缀有牡丹花的PPT，"我简要介绍一下即将开展的招投标项目由头和情况。前不久苏州创业园老总带队来参观，希望能尽快启动长三角一体化代表性项目。来访者当中，就有恒业银行的负责人悦永女士。悦永女士提出，希望恒业银行能做长三角一体化合作的先行者，充分运用汉科公司的人脸识别新技术，去构建恒业银行刷脸支付的新系统。

　　"恒业银行的支行和网点比较多，我们商量过，希望先行先试开展刷脸支付的试点与启动。以上就是项目的介绍。当然，参与竞标的企业有好几家，我们要做好竞标的准备。"胥姝说完，麻利地关闭了牡丹花扉页的PPT。

　　"好的，刚才胥姝介绍了项目的由来。接下来，我想先请胥姝的综合统筹部和市场部协助我们研发部，全面深入了解网点客户需求和特点，收集客户照片和身份证件等第一手资料。请老算统领着算法师、标注师、测试师、审核师等，在数据和信息汇总前提下，设计相应的模型和算法，提出恒业银行刷脸支付具体支撑的方案。"叶通说。

　　接着，他看了看正在写什么提纲的老算说："老算，刷脸支付的项目虽然技术含量并不高，但它有意义。我希望，我们能全力以赴、抓紧时间去完成。"

"好的，听老大的！我们会按照用户的需求，结合业务流程的调研、自身项目的经验，形成项目方案和需求性分析的文件。"老算立马放下笔，抬起头来说。接着，他又望着胥姝说："你有什么技术层面的问题，我随时支撑！"

"在技术层面，应该没有问题的。目前人脸识别主要基于深度学习来实现，利用卷积神经网络对海量的人脸图片进行学习，卷积出包括表征人脸的脸型、鼻子、眼睛、嘴唇、眉毛等的特征模型。"胥姝望着老算莞尔一笑。

"当然，我们会尽量结合行业风险的存在，尽可能多地考虑黑客攻击等方面情况，进行相应的防御和设计。我现在先提出几个技术的难点，大家一起去研究，争取一周内能把所有的技术难点消灭掉，两周内拿出具体可行的新方案。大家没问题吧？"老算抬起头问大家。

大家摇摇头，都说没问题。

"好的，既然没问题，我们现在开始进入项目的研讨。大家看看，在针对银行系统的人脸识别、刷脸支付过程中，有哪些问题哪些环节要考虑？我们一起来思想火花、头脑风暴。"叶通说着，充满鼓励和赞许地朝王硕和杨复他们几个人望去。

王硕和杨复被叶通的眼神所鼓舞，他们跃跃欲试了。

"其实在刷脸支付方面，老算和姝带着我们，已经进行了较长时间的全面研究了。我们首先考虑了信息保护等方面的问题，人脸特征采集明确获得客户授权，严控数据使用范围，采用支付标记化、多方安全计算、分散存储等技术，严防信息泄露、篡改与滥用。

"在交易方式方面，我们想充分利用人工智能、大数据等先进技术，通过刷脸实现交易路由，不改变客户使用、商户受理的交易习惯，使支付业务更加高效和便捷。

"在支付体验方面，我们也做了充分的考虑，用户只需在手机银行或云闪付 APP 注册开通并绑定银联卡，在商超、餐饮、药店、酒店、自助售货机等场所的特约商户结算时，无须拿出手机、银行卡等物理介质，只要根据提示完成刷脸操作并输入支付口令，即可成功付款，极大提升客户支付体验感。"胥姝胸有成竹地说。

"太棒了，强将手下无弱兵！老算耳濡目染，引领了一个不寻常的研发团队啊，以后我们就一起披星戴月，朝九晚九地搭积木、爬格子、建模型。针对刷脸支付，我想接下去大家还是要攻克人脸识别技术层面的几个难点。"叶通说。

"老大，我明白，你放心。"大家欢呼着，各就各位坐在自己座位上了。

"要不老算，你正好向老大说一下上回那个企业门禁卡的事情。"胥姝说。

"你来说吧！你在老大面前要好好表现表现呢！"老算在胥姝面前格外地顺从，像温顺的泰迪狗一般。他马上打开电脑，把他做的分析和方案投影在旁边的白墙上。

"好啊，那我，老算的徒弟胥姝，代表老算和团队全体人员，来向老大介绍一下我们的工作方案。"胥姝一本正经地站在叶通面前，用笔点着墙上投影的页面。

"首先是电子锁的问题，其实上回的电子门锁之所以出问题，就是因为没有充分考虑人类的生物活体特征。人是动态的，千变万化的，在各种灯光、各种情绪、各种季节里，都会呈现不同的面部特征。"胥姝说着，干练地打开了许多人脸的图谱。

"那解决方案呢？"叶通问。

"我和老算他们完善了模型算法。鉴于这个企业人员不是太多，我们去采集更多的样本，包括这些人走路的样子，从他们的特征中总结出规律，缩小容差，提高识别精度。有三维的数据导入，以后我们的方案就能把差错率降到无限接近零。老大，你看这样行不行？"胥姝望着叶通的眼很是认真地说。

"Good job！"叶通竖起了大拇指。

农历十五的黄昏，正是风儿轻拂、凉意习习的时分。天空中的云朵一朵朵像棉花，像仙女，轻灵飘舞。

和无数个熟悉的黄昏一样，园区里的人们都朝着园外停车点走去。上了车的人们乘坐着车窗玻璃洁净得能照出人影的班车，从沃克创业园摆渡到地铁口。车上来自德国或美国的男女生们杂糅在黑头发的中国人里，带着下班的轻松和惬意，打打闹闹，开着玩笑，恣意青春。

不少写字楼开始华灯初上了。挑灯夜战的年轻人一前一后地去附近餐厅买山东煎饼果子和小馄饨，去全家超市买关东煮和红糖馒头、茶叶蛋，或者去旁边的星巴克和猫屎咖啡小坐一会儿，捎上一块芝士蛋糕和拿铁咖啡，能量满满地开始第三个时段的工作了。

又去机器上倒了一杯咖啡，这是今天的第三杯了。胥姝很爱咖啡暖暖的、充实的气息，只要这种气息萦绕在时空里，她就会觉得很热乎，像是婴儿依偎在母亲的怀抱里，春叶低吟在树的怀抱中。灯光下，她捧着杯子在手中感受了很久的温度，才把咖啡放回大象雕塑旁边的柜子里。她拿出块炼乳，把手中的炼乳细致地涂抹在米黄面包上。

"成功啦！我们的模型终于开花结果啦！"老算"腾"地从电脑前跳起来，很是兴奋地抱着王硕转了几个圈。

"真的吗？我们成功了？太好了！我们真的可以通过人工智能去火星了！"王硕和杨复从椅子上站立了起来，十分夸张地大喊着。

"我们有 3D 结构光人脸识别技术，有商用跨境追踪技术，我们还有人体 3D 重建技术能加快算法速度 20 倍，准确率就将大大提高了！难怪人家说这是哲学让位于科学、文学落后于科学的时代！科学万岁！"老算忍不住兴奋地大叫着。

大家正在欢呼时，叶通从办公室里走出来，对伙计们说："伙计们，大家准备一下。林总从波士顿来电说，等会儿他要开个视频会议。恒业银行项目我们中标了，江苏方面很重视，悦永行长很重视，半夜里把在波士顿酣睡的林总吵醒，说希望下周能在长三角创业园合作联盟大会上签约，打响长三角创业园合作第一炮！"

王硕麻溜地去了会议室，把视频装置安顿好，马上又对接了林总波士顿的信号。

踌躇满志的林总和在波士顿筹建实验室的同事们出现在视频上。大家忍不住欢呼鼓掌着。

"伙计们，刚才恒业银行老总打电话过来，希望这周能正式商谈网点支付的项目。大家看，有没有问题？"林总很是兴奋地说。

"林总，没问题！"叶通和胥姝、老算等都朝视频里的林总挥挥手，大声回应着。林总酒店的被褥桌椅都出现在镜头里，真是全景式出差的画面。

"尽管招标工作刚完成，我们团队早已在夜以继日地进行方案设计和研究，这周商谈时，我们就可以开始演练。所以时间紧任务重，但无论如何我们都能克服困难，保证完成好任务。"叶通说。

"我这边会马上去和恒业银行对接好，掌握恒业银行的需求，结合我们自身的经验，按照相关标准和规范，形成项目方案和系统需求分析的文件。我们综合部会和研发部一起，统筹考虑系统要求、业务流程、对内对外数据交换之间的关系以及各项功能和流程之间的关系，确保系统设计的满意度。"胥姝也靠近了镜头，望着摄像头里的林总莞尔一笑说。

"老算，你向林总汇报一下前期技术难点攻克的情况。"叶通转头提示老算说。

"好的，向亲爱的林总汇报一下技术层面的进展。针对项目启动时梳理的一些技术攻关点，我们都已有解决思路和方案。如针对公众在刷脸支付安全方面潜在的担忧，我们不把人脸特征作为唯一的交易验证的因素，而是根据风险等级，结合用户口令等，进行多因素认证。我想采用'人脸识别+支付口令'这一方式来支付，就能兼顾安全和方便，杜绝纰漏和网络攻击。"老算说。

"好的，那针对其他的问题，你们有什么考虑？"林总的形象摇晃在屏幕上。

"为了防止用照片或面具进行盗刷，我们在设计时，充分考虑人脸活体识别的特征，在头像识别时，运用张嘴、向左扭头、向右扭头、读一段文字等多重复合的识别检验模式。我们会吸取经验和教训，力求准确和先进。"老算说。

"好的。我们今后要进行动态人体识别的训练。从最基本的刷脸技术开始运算，全方位提升三维、四维动态人体识别准确率。从一个班级几十号人的考试刷脸确认，到一个单位、一个学校几千人的考勤，再到一个社区、一个城市几万、几百万、几千万人的动态识别，我们做好产品设计的准备，提升技术和产品的稳定性、准确率，为城市智能化管理做支撑。"林总坚韧有力地说。

"好，您放心！我们在语音、安防、扫地机器人技术方案设计方面都已经做了安排。我们也已经同步开展针对城市精细化管理安防系统的研究和开发，为大型及特大型城市管理提出更加先进可靠的新技术方案。"叶通说。

"好的，很好，你们在做好研究的同时，也要保护好自己，现在技术竞争明战、暗战风云莫测，用过的计算机不能带回家，不和局外任何人提及自己的研究！"林总说。

"好的，一定！其他如大多数客户提到的人像光照姿态等问题，这些都是最初级的问题。我们考虑了多种解决的方案。除了像孩子学识字、认图片一样的机械反复记忆外，我们考虑了基于单张视图生成多角度视图的方法，在获取用户单张照片情况下，合成用户多个学习的样本，解决训练样本较少情况下人脸识别的困难。"老算补充说。

"此外还可以通过寻求不随姿态变化而变化的特征，采用基于统计的视觉模型，去寻找更好的解决方案。"叶通说。

"针对叼烟、戴耳环、戴鼻环、脸上化妆等特殊头像的识别，我们也在制订解决的方案：一方面是在 ATM 机器或手机 APP 摄像机前，提醒用户去除阻碍物，摆正人脸的位置；另一方面我们用算法对人脸关键区域进行分割并定位，从而达到人脸精准定位的效果。"胥姝说。

"太好了！你们从今天开始倒计时。下周三要去创业园参加大会并签约，这周三你们要去网点对接和模拟。务求准确，确保完成任务。"林总说。

"好的，您放心。"叶通说。

又是一个挑灯夜战的日子。大家按照进度表的要求，代码写完后上线做测试，做好功能测试后，再做压力的测试。

每个小时过去，老算、叶通和胥姝几个都会从座位上站起来，说着笑话，锻炼锻炼身体。老算的高论总是一套一套的，这会儿他又在高谈阔论说："我们搞科研的就是要苦中作乐啊，要对人生充满幽默感，我们要用艺术的热情去搞科研。"

"你真的可以去火星了，以后万一人工智能失控，你这个机器人就带着我们一起去火星！"王硕苦中作乐说。

"大家确实很辛苦，一个接一个的流程，接下去还要测试环境、做准生产环境测试……每个模块都要没问题，要统一和集成。"叶通也端着咖啡杯出来了。

"老算又要说他的高论啦，热力学是手拉手要拉一下，动力学是手拉手一直要拉下去，我们人工智能是一双无形的手要拥抱着全世界啦。"王硕大声地说。

"老算说得对啊！我们要让人工智能无形的手无处不在地影响全世界。今后我们要在图像和人脸的模糊识别，噪声环境下声音的模糊识别，人工智能与脑科学、生物技术的结合方面多多跟进。现在我们还依靠摄像头红外线，以后我们的算法二进制要从不见光的地方去产生。全世界在你追我赶，我们要紧跟技术前沿，突破卡脖子的技术瓶颈。"叶通的声音浮荡在黎明前的光晕里。

一朵朵的白云像新西兰草原上自由嬉戏的羊驼，绵软灵动地滑向另一个方向。窗外的月光穿过春天的枝头，温柔地滑向东面，期盼着与晨曦中的太阳会合。

累了、疲倦了，胥姝朝窗外望去，已是黎明时分了。晨曦飘在窗棂上，那轮清新婉转的月亮却还在。她忽然想起了在英国时，无数次和彼得望见日月同辉的喜悦。耳边，仿佛有春风在耳语了，像是彼得的声音："Hi，亲爱的，你是我的二进制女孩！"

她偷偷望了眼叶通。没想到叶通也正悄悄看着她。她低着头，脸忽地红了，像极了天边的红云。她假装矜持而认真地在看电脑，情愫却野马般开始荡漾了。

几盏灯亮了一晚上，晨曦终于把天际都照亮了。米色的阳光挥洒着，轻拂着每张年轻的象牙色的脸庞。胥姝起身去茶水间，想掬把水洗洗脸，用洗牙器刷刷牙。这时，她好像看到了一个黑影，在黎明的幽光里飘过。

没想到接踵而来的，又是一个不眠之夜。考斯特面包车疾驰在上海通往苏州的高速公路上，伙计们前俯后仰，在车上哈欠连天。

"这林总也是，这么大半夜了，还要伙计们连夜赶往苏州。"陈辉一边瞌睡着，一边咕哝着。

"是去帮悦永行长调试人工智能操作系统啊，那是个美女行长。"王硕促狭地话中带话。

胥姝笑了。她往自己嘴里塞了颗酸甜的话梅糖，让自己清醒而振奋。"醒一醒，我来当考官啦！"她坐在最前排，扭过头来望着伙计们，用她常用的招数——科学冷知识抢答来唤醒他们的精神，舒缓大家的疲倦。

"来来来，大家来抢答，答对了奖励话梅糖！"胥姝故意在车里大叫着。伙计们都被吵醒了，揉着眼睛望着胥姝。

"抢答开始！一条长颈鹿的舌头有几尺？"胥姝点着老算的肩膀问。

"一条长颈鹿的舌头有两尺。"老算硬是被她弄醒了。

"牡蛎的性别是男还是女？"胥姝问。

"女！"老算又抢着说。

"错，一只牡蛎的性别会由男变为女，此后一生中还会变几次。"王硕似乎很兴奋，抢着纠正道。

"一朵云的重量是多少？"胥姝问。

"49.9万千克。"江琳挺着胸脯说。

"牙齿最多的动物是什么？"

"牙齿最多的动物是蜗牛，有2.5万颗牙齿藏在它们嘴里，堪称粉碎机。"叶通飞快地抢着说。

"不和你们玩了，抢不过你们！"老算干脆扯起卫衣上的帽子，盖住光溜的脑袋说要再眯一会儿。然而刚把帽子盖住大灯泡，他忽然又开始尖叫了。"你看，你看！看到大裤衩了！"老算大喊着。

"什么大裤衩呀，你也太不风雅了！那叫苏州中心，人家有个多时尚多国际化的名字啊，被你这一叫，都成什么啦，不文明。"胥姝忍不住笑出声来了。

"我这人就是土啦，做菜只要好吃就可以，老婆只要抱着舒服就可以，说事情能够接地气好理解，那就可以啦！要那么曲径通幽、洋里洋气干啥呢！"老算自我解嘲说，学着优雅地用了个成语。

"哈哈哈，老算说啥就是啥，以后要做一本老算语录才行啊！"叶通也忍不住笑了。在这个湖南骡子的面前，大家都可以随口开玩笑，他总是大大咧咧不生气。只有涉及技术的问题，他才会脸红脖子粗，大公鸡般和人吵。

天气好得很。夜空里，还可以清晰望见朵朵洁白如轻纱的云朵，飘散在烟灰色的天空。抬头仰望着城市的天际线，一幢幢竹笋般的楼宇在花灯里错落有致林立着，勾勒着有着厚重古典文化的老城新篇章。诚品书店的门口，依然晃漾着无数少男少女自由浪漫的身影，流转在春天的华卷里。

到恒业银行约定的网点了。远远地，看见了一个女子等候在门口。她穿着藏青色的套装、系着红蓝相间的丝巾。

司机停了车，叶通侧身下车了，老算和胥姝一行七人微笑着跟在他身后。

"悦永行长好！有劳您亲自过来迎接，十分感谢！"叶通伸出手有力地握着她的手。

"感谢叶总一行，非常不好意思让大家连夜赶过来。林总也一直非常关心我们的项目，说要把汉科和恒业银行的合作项目打造成合作的典范。大家不辞辛苦，从上海驱车而来，我们真是感动！"悦永说着，白皙的手指握着叶通的手致意着。

"这是我们共同的事业。我们的人工智能就像一盏灯，需要在应用场景里点亮，才能照亮全世界，体现它的价值。"叶通说。

悦永行长把大家迎进了网点，她手下的小姑娘端着 iPad，礼貌准确地向大家介绍着银行里各项日常的业务。小姑娘在介绍的同时，网点配合模拟试验的工作人员已经就绪了。

"我们银行有五十个支行，有三百多个网点，业务包括个人业务、企业业务、同业金融、跨境银行等几大板块。我们希望通过刷脸支付系统、智能化转账系统，让大家抛却一切的负担，一脸走天下。"悦永行长说。

"好的！我们会帮您实现尊贵的一脸走天下的计划。前不久胥总也和您这边对接过，了解了系统的各项需求和流程以及各项流程与系统之间的指标和关系。我和胥总今天会按照您这边认可的方案，进行模拟实施和评审确认。"叶通望了一眼胥姝说。

"是的！我们会让每一个人都能简单明了地使用整个系统，让整个系统互联互通，与世界无缝连接。从最基本的人脸识别、刷脸支付，到网上信贷系统，都可以在线上成熟地运用；并且，我们还拥有丰富成熟的风控体系，为您的银行固若金汤保驾护航。"胥姝朝叶通心有灵犀地一笑，富有感染力地说。

悦永行长赞许地点点头。于是胥姝和叶通忙碌起来了。汉科公司的团队和银行信息管理团队会合在一起，大家按照方案和需求，一一安排着硬件配置、软件设计、开发和测试的工作。老算站在叶通的身旁，像一位老谋深算的军师立于将军旁。他指点江山，调兵遣将，指导着大家链接起所有设备和端口，运用模拟数据测试着运营的环境。胥姝则和银行管理人员一起，扮演顾客模拟演练。

"接下来，要进行案例的测试，做小额交易的验证。无论是手机 APP

还是取款机和柜面刷脸识别的系统，我们都要一一调试运营好，看看是否都畅通和准确。"叶通说着，就和恒业银行老总一起，进入了银行网点系统所在的房间，检查了一下设备和网络，准备从各个方面检测辨析度和准确度。

"请眨眼。"

"请张嘴。"

"请说话。"

"向左转头。"

小小的网点内华灯闪烁着，有着巨大玻璃窗的银行玲珑剔透得像一座水晶宫。叶通和胥姝带领着团队，进行了各种背景、各种神态下的人脸识别，从开卡、自由转账到系统互联等，整个链条全方位开展了测试。

"叶总，这边出现了一个问题，银行一位柜员在模拟中，发现系统识别不了她的脸。"胥姝说。

"什么原因呢？"叶通说。

"可能是她以前输入的照片和实际人脸不相符。"胥姝说。

"具体怎样了？"老算问。

"照片上的她可能是素颜，而人脸识别时真实的脸，上了妆或者打了肉毒素、干细胞掩盖了许多的瑕疵，也掩盖了真实的年龄。因此在人脸识别系统上，需要做相应的调试和完善。"胥姝说。

"你们女人啦，真是给技术添麻烦，没事找事啦！"老算唠叨着。

"又对女生不尊重了，掌嘴！"泼辣的江琳批判老算。

"刚才还出现了一个情况，第一个人刷脸后，后面的人都用了前面这个人的账号，这是个大 Bug。"杨复补充说。

"好的，这些大问题今晚我们都要解决掉，另外产品经理可能随时要变化一些产品的种类，需要我们的研发团队随时更改刷脸的方式。我们的技术团队晚上就留在这儿，把现场出现的技术问题以及潜在的技术问题一并考虑和解决。我们不吹牛说确保 100% 或者 99.9% 的准确率，但是我们要竭尽所能，为所有能考虑到的场景都提供相应的设计方案。"叶通看看手表说。

"看样子又是一个不眠之夜啦，已经是第十天加班了！我的眼睛都睁不开啦，老算！"王硕站在老算前边大声喊。

"我也是，老算！你是大好人，就恩赐你典藏的咖啡豆，来唤醒我的神经精灵吧！"杨复做出祈祷的样子。

"走过路过不能错过，我也要！"胥姝也大喊，从老算的书包里去搜随身带着的咖啡豆。

"求求你们别喊了，喝吧，我舍得！这是我朋友刚从巴拿马带回来的咖啡豆，救命一定有用！"老算豪爽而慷慨，直接把一大包咖啡豆就扔银行咖啡机旁边了。

"老算这骡子除了脾气倔强了点，遇到看不上的人说话猛了点，其他方面真的很暖心。在他不修边幅的外壳里，藏着一颗火热温暖的心。"叶通说着，胥姝"扑哧"一声大笑了。

胥姝看着他，心里暖暖的。她舀出了一勺豆子，闭着眼闻着远方来的咖啡香，想象着生产地的土壤、温度和湿度。悦永行长拿来了珍藏的燕麦奶，添加在他们的咖啡里。有了这一杯醇郁芳香的褐色咖啡，伙计们整个晚上又能精神抖擞地应对了。

凌晨三点，叶通和老算一起终于把方案再次完善了。针对二十至五十岁年龄段的女性，他们做了相应的图片补充和完善，对化妆和不化妆的人脸图片也进行了再一次分析，从正例和负例两方面，都对参数进行了调整。他们沉思和讨论的那场景，就像是当年乔布斯和库克在创客空间里饶有兴趣地探讨。

在恒业银行悦永行长推动下，长三角创业园合作论坛也开幕在即。处处张灯结彩，像是元旦、春节一般缤纷多彩和喜庆祥和。

在论坛开幕式议程上，临时增加了一项新内容，那就是上海创业园和江浙创业园的合作签约仪式。其中，汉科公司还会和苏州创业园签署合作框架协议，在苏州建立企业的分支机构和联合实验室。

"来我们这儿吧！我们的企业要多多合作和交流，你需要我，我需要你；你中有我，我中有你；你出得来，我进得去。只要你们来，我们什么都好商量。给你们的人才公寓只要拎包就可入住，林总、叶总这些高层次海归人才、在国内外荣获过重要荣誉的人才，我们都可以奖励人才两百万，给予团队一千万，还可以参照粤港澳大湾区的待遇，给予人才所得税超15%部分的补贴。"

论坛开幕在即，长三角、珠三角创业园的老总们、领导们这些天都纷纷打电话给胥姝，递来合作交流的橄榄枝。胥姝明白，在人工智能、互联网经济的时代，谁能抢到一流团队和人才，谁就占据了金字塔的最顶端。

对于这些热情洋溢的邀请，胥姝总是很有礼貌地回复着，婉拒着。叶通曾说过，只有执着于某一个地方扎根，也许才能结出沉甸甸的果实。在胥姝看来，多处布点，广告宣传效应固然很明显，然而却分散了资金和人才。专注才是引领成功的真理。

每天一路狂飙，奔波于上海和苏州两地，胥姝继续了解着银行网点运营的情况，也同时和苏州创业园商量着汉科公司开设分支机构的选址和优惠政策等事宜。

长三角创业园论坛很是盛况空前。那一天，叶通陪同着林总出席了。叶通依然像白马王子一般，微笑着致意，吸引了灯光和众多眼球。

林总作为上海创业园代表企业的老总，在聚光灯下的花束旁站着演讲，阐述着人工智能企业的远大抱负和人文担当、道德约束、伦理关怀。他说科技就是一枚硬币的两面，是一把双刃剑。无论是生物医药、基因研究，还是人工智能研究，只有用严格的伦理和道德去约束去自律，才会让世界更美好、让人类更幸福，否则便是黑夜，是颠覆，是毁灭。

苏州创业园作为论坛主办方，也在会上致辞了。创业园老总说："苏州毗邻大上海，是长三角的腹地，无论是地域优势、便捷程度还是人才集聚优势，苏州都应该是汉科公司的首选地。尽管创业园企业纷至沓来，地盘紧张，然而，为了吸引更多的金凤凰、花喜鹊筑巢安家，我们会继续推动筑巢

引凤工程建设，通过内涵提升，通过腾笼换鸟、立体使用、调整容积率等方式，更好地弹性利用现有的空间！"

说着，老总在讲坛上用激光笔亮起了创业园的模型。他告诉来宾们，在创业园西面的老厂房里，他们会启动二次改造的工程，给入驻的企业最好的办公空间和研发用地。他们将给汉科公司改造一个敞亮的新空间，用上海审批特斯拉的速度，在一天内帮企业把所有的事项全部办妥当。至于土地、规划方面所需的许多证件和材料，都可以容缺受理，后续补齐就可以了。创业园老总刚讲完，台下掌声雷动了。

和恒业银行的合作仪式随即举行了。林总和恒业银行的美女行长悦永站在了灯光下，在他们的身旁，放着两个金色透明球。主持人宣读了两家企业合作的协议书。当签约的时刻到来，林总和美女行长各自触摸着身旁的金球。马上，金色球体不断旋转着，忽然焕发出惊艳的霓虹的色彩，缤纷光束映照着舞台和观众。

林总和悦永行长很是投缘，悦永行长在论坛结束时，特意走过来向林总告别说："林总，您的企业蒸蒸日上，一定会有鲲鹏展翅大展宏图之时。我认识一些创业投资、风险投资的老总，他们就想到您公司这样的好企业去投资，不知您有没有融资的需求？"

林总说："太好啦，我们这个行业需要大量的资金扶持，才能更好地开展研究采集数据，扩大国内外的市场。如果可以的话，您帮我牵线搭桥。"

"好的，我过一阵让他们来您的企业调研，先了解熟悉您企业的情况，再看看有没有合作的机会。"悦永行长说。

"谢谢大美女行长，对了，我们有一笔政府支持的资金，需要代管的银行，我想我们以后就把这些经费放在恒业银行了。"林总说。

胥妹笑了。林总的情商确实高，在美女面前杀伤力强，难怪他的前妻会因爱生恨，和他离婚，不断地制造麻烦，还在他们以前的家里、办公室里安装摄像头，时时跟踪林总的行踪。

论坛结束后，企业办理的注册等各项工作一天天推动着。正如创业园老总承诺的，他们采用了上海临港的速度，迅速办好了所有的手续。

恒业银行的网点里，一切的程序也都自如地运转。银行和往常一般，只有大宗的企业客户坐在沙发上排队。而更多的年轻客户们，则手捧着手机，随着手机机器人的提醒刷脸、微笑、眨眼、张嘴，验证着各自独一无二的生物特征。整个流程运行的过程中，叶通的团队和银行的技术团队紧密合作着，密切关注着线上一丝一缕的变化，那一只只无形的手，让世界更便捷，更丰富，更广阔。

"阳光如金粉，映照青葱枇杷，盈盈缀枝头。逐梦的人们行走在世界版图上，一个个清晨的袅袅晨曦中，诺贝尔奖科学家身影自由徜徉。"

那天结束后，没想到叶通即兴写出了美文，吟诵给胥姝听。胥姝放声大笑着，然后活蹦乱跳地和叶通一起，去了金鸡湖畔她最爱的咖啡馆。

咖啡馆周围，鲜花和绿植萦绕。无数的酢浆草绽放着稚嫩的笑脸，迎接着春天的灿烂。胥姝面对着叶通，满心欢喜和喜悦。慢慢地品着咖啡，望着彼此的笑脸，时光和阳光如蜜般甜。

走出咖啡馆的时候，胥姝和叶通并肩站在金鸡湖边上，遥望着远处的诚品书店和隐约可见的苏州中心建筑。凝视着远处波光粼粼的湖面，胥姝忽然间有种穿越感。人生总是从一个城市转换到另一个城市，从听到一个人的声音到聆听许多人的声音，从体验一件事到不断的场景切换和帷幕揭开。

也许在历史发展的许多大事上，将会有自己和这群人的影子。自己和这群人见证过时代，创造过时代。在这个互联网微信时代里，一个点，汇聚成一条线，凝成一个面，构架着无垠的宇宙和太空。

第六章

蓝色的抑郁症药片

别露怯，果蝇不是苍蝇。果蝇属于果蝇科，苍蝇属于蝇科。果蝇广泛存在于全球温带及热带气候区，它的主食是酵母菌。而腐烂的水果最容易滋生酵母菌。

——胥姝随手摘录

"那天晚上去哪儿了？"没想到过了好多天的一个半夜里，录为忽然起来了，打开了黑夜里那盏昏黄的灯光。在混杂着海鲜咸腥味的光晕下，他板着脸坐在床沿边。卧室凹凸不平的烫衣板上，黑褐色的干鲍鱼散落了一地。

沈媚躲在被子里不吭声，假装熟睡了。

"你去哪儿了？"录为的言语和眼神如尖冰，他掀开了沈媚的被子。

"有朋友来了。"沈媚弱弱地说。她害怕录为的冰冷和愤怒，他的情绪总是失控，在极地和赤道两端反复。

"什么同学？"录为在暗淡的灯光里盯着她的眼睛问。

"初中同学，去外滩逛了，后来打不到车回来。"沈媚闭着眼，努力轻描淡写地说。

"你不可以叫滴滴吗？"录为狐疑而尖锐地盯着她，看她脸上是否有撒谎的神情。

"滴滴？你半夜里去外滩叫叫看！"沈媚忽然从床上跳起来，以攻为守，"现在是春天，大家都来上海旅游，你去叫叫滴滴试试看！"沈媚把音量提高了八度，装作很是气愤地说。她想起微信家长群里，一个家长抱怨过，在外滩叫车叫了一小时，最后只好步行回家了。

"哪个同学来了？"录为穷追不舍问。

"自己看记录吧！"沈媚把手机"啪"地甩过去，事先和初中同学串通好的微信聊天记录出现在了录为眼皮下。

录为翻了翻，没看出什么破绽来。他不太了解她初中的同学，也不敢贸然发消息去询问。然而，他依旧冷冷地盯着她，查找着她的破绽和痕迹。

"你有毛病啊！忽然大半夜里，你来问陈芝麻烂谷子的事情！你看看你，你倒好，在家里不知干什么了！你看你，头发油光光耷拉着，看起来就是一个老头样！每天要你泡的鲍鱼没有泡，也没洗！要你洗的碗呢？洗好后也不消毒，就直接放在水龙头下面吗？"沈媚怕录为继续盘问，她放连珠炮一样质问他。

录为果然被她忽然发飙弄晕了。他坐进了被窝里，拿起了床头上的手机刷着朋友圈。

"老是对着电脑、对着手机东看看西看看，也没见你研究出什么成果来！你还学什么计算机，干脆收垃圾算了！"沈媚继续刻薄地批判着。

录为不吭声，双手交叉环抱着。

"我每次让你把鲍鱼泡着，你不泡；让你把阳台上的衣服收进来，你不收；让你把孩子的新裙子洗一洗再收进抽屉里，你倒好，直接就揉成咸菜一样收了进去，也不知道衣服上有苯有甲醛有细菌啊——"忽然，她真的入戏了，和田园在一起那一丝丝屈辱在心底里，像肉虫般蠢蠢欲动了。

"你每天不在家，反而抱怨我了。"录为轻轻反驳了。

"我不抱怨你，你算老几啊？以为自己真的是个什么留洋博士就了不起？现在哪个男人开淘宝店、送外卖、开滴滴的不比你赚得多？你一个月赚多少？"沈媚心底的情绪泛滥了，她讽刺地挖苦道。

"那你去找个卖淘宝、开滴滴的啊，我看你正合适，你就是那样的素质。"录为压抑着怒气，反讽道。

"你以为你个傻博士就高人一等吗？开淘宝的博士、硕士一大堆，哪个比你差？我跟着你亏死了！你在上海连个房子都没有，回到老家还人模狗样摆什么谱呢？"沈媚说着，开始一把眼泪一把鼻涕了。

录为的手紧紧地压着手机，努力控制着他自己。

"不是你哭着吵着要和我在一起，说和我在一起有幸福感、归宿感，我怎会和你一起来上海？我在老家多滋润，城里哪个哥哥不认识我？我晚上几乎就没在家里吃过饭！你又不是不知道！"沈媚淌着眼泪大吼着。

录为满脸涨得通红了，太阳穴的青筋像要爆裂了。他的脸硬生生的像块铁板，下巴因为激动有点歪斜了，眼睛也忽然无精打采了。

沈媚害怕了，连忙坐在他身边握着他的脉搏，看看是否跳动得过快。握了一会儿，她慌忙从卧室里找出一把挪威产的蓝色药片，让他就着水"咕噜咕噜"吞下去了。这些药片他在挪威时开始吃，后来让那边的中国同学带回来的。据说吃过这些药片后，他的记忆力忽然变得特别好，而且数字和数字之间的关联，他也如天才般能一眼窥透了。

录为吃了药，情绪安静了下来。然而他的太阳穴，仍然是一鼓一鼓的。

"对了，有个同学家长正好是沃克创业园的负责人，他认识很多人工智能企业。我让他帮你换个收入高的公司好吗？"沈媚问。

"我的事不用你管。"录为又沉下了脸说。

沈媚没吭声了。她知道，录为像头笨驴一般倔，他不会接受谁的帮助和施舍。

第二天等录为上班后，沈媚给自己做了份简历，按照网上公共关系职位的要求，她胡编了一份天衣无缝的履历。编好后，她得意洋洋朗读了几遍，然后拿起手机亲了口，就发给了田园。

"我想上班。我想有人生的舞台。"她再次提醒他。

田园没回信。沈媚又发了几个烈焰红嘴唇，说只要能为他鞍前马后去效力，她怎样都愿意。

田园还是没回信。沈媚又发了几条消息，说她实在是太崇拜他了，她为了他，可以赴汤蹈火、在所不惜。

"收到。"田园终于发了两个字。

沈媚心头一阵激荡的狂喜，捧着手机坐在电脑前乐不停。她终于有心思翻看家长群里的入学攻略了。

幼升小无数个微信群里，公立名校和私立名校的妈妈们都骄傲地欲言又止地传授着经验。有的说可以去中介那里挂个号，一个面试 offer 大概一万块。有的说两三年前就在学校旁，花了十五万一平米的价格，买了没有电梯只有楼梯、地面已经凹凸不平的老房子。有的没招了，说是干脆每天蹲在校门口，跟在校长小车后，央求校长开恩招了自己的孩子。没想到个别仁慈的校长竟然停了车，答应了家长的恳请。

沈媚对孩子的入学还是没有招，然而她对这件事似乎一点都不慌。她也不想和录为说。录为知道了，只是会担忧，不停地搓着手在房子里困兽般暴走。她相信，黄色的森林里总有一条路。只要自己好，孩子就一定好。只要田园答应给自己阳光雨露了，自己的孩子就一定会在阳光雨露滋养下苗壮地成长。

这一年的雨季来得特别早，温度也似乎比往年高。空气里潮潮的，皮肤上似乎都能挤出水珠来，黏黏地附在汗毛根上。

沈媚的命运在潮湿的空气中翻开了崭新的一页。朝九晚五的人群里终于有了她。她换乘了两辆熙攘嘈杂的地铁，在玻璃幕墙大厦岿然林立的城市里，寻找着田园给她留下的那个地址。

这年头，雨后春笋般冒出来了许多建筑新名词，涌现了许多旧貌换新颜的新建筑，让不太有机会钻进市中心写字楼的她眼花缭乱。原先水管虬龙般横卧的工厂仓库忽然涂抹上了红红绿绿后现代的色彩；破旧得似乎有幽灵出没的车间，将错就错设计成了错落有致的公共空间。许多废弃的火车皮和集装箱，都设计成为咖啡馆，埃塞俄比亚和巴拿马的咖啡豆在这里散发着醇厚的芳香。这些独特的咖啡馆都是创客空间免房租打造的，熟悉了咖啡馨香的人们从世界各地涌到这里，寻找着异国他乡熟悉的芬芳。

终于在拥挤的高楼大厦中，找到了田园的沃克创业园。怯生生地按开玻璃门进入了，沈媚想抬起头找个人面如春风地打招呼，却发现，办公室里的人们都在低着头看电脑，或是看手机。她不知该去找谁说话。

这时，远处的咖啡机旁几个老外朝她遥望着，用她听不太懂的英文朝她说着什么。有一个老外身材侧影很像个名模，披散着金发的她正和旁边一个腰围圆滚滚的外国男生在说话。

"请问这是沃克创业园创客空间吗？"沈媚很是胆怯地说着这个英文名称，生怕自己发音不准。

前台接待处，一个将近四十岁、描着眉毛戴着蓝色镜框眼镜的女人看了看她，淡淡地问："请问找哪位？"眼前女人的气场与架势，一看就是阅历赋予了她的淡定和定力。

沈媚缓缓神镇定下来了，她马上笑呵呵地说："我找田总。"

蓝眼镜的女人睁开双眼看了看她，淡淡地说了声："你找他什么事？"

"他要我来上班的。"沈媚小声说。她这才发现，眼前这个女人鼻梁上的蓝色眼镜，其实只是一副没有镜片的眼镜架，为了搭配身上的蓝格子旗袍。

"我没接到过通知有人要来上班啊？组织人事工作老大谭总说了算，谭总在波士顿挂职啊。"眼前的女人站在她面前，锐利的眼光仿佛要揭了她的外壳。

"我叫沈媚，是田总让我过来的，要不，您帮我叫一下田园？"她干脆装作很是亲近，随便地直呼大名了。

"你是沈媚？哦，我好像想起来了，田园上周末和我提过这件事。"眼前的女人不动声色，洞悉一切的眼神仍旧在剥蚀着沈媚。

沈媚很是谦恭地笑着，用崇拜的眼神仰望着眼前的女人。看上去，这女人年轻时也是个大美人，她有着笔挺的欧式鼻子，深陷的欧式双眼皮。随着时光的流失，她的双眼皮有点耷拉了。下眼睑处，隐约浮现出浮肿的眼袋。

"跟我来吧，我去和田园说一声。"老资格的她依然不紧不慢地说话，她的眼在圆溜溜的蓝镜框里转着圈，迅速又回归到远处。在她的话语中，"田总"始终是"田园"两个字。

"谢谢您，请问怎么称呼您？"在老家曾见过各路神仙的沈媚对女人的神情丝毫不在意，她依然假装憨厚地看着她。

"我叫王兰，人力资源部的。"她说。

"王总好！请多多关照！"沈媚马上殷勤地伸出手，要和她握手问候。没想到眼前的女人毫不理会她，蓝色眼镜框里的褐眼珠仍旧一动不动望着前面，涂着肉色指甲油的指尖紧紧抓着黑色的手机。

沈媚在心里一笑，也不再表达多余的谦恭，踩着高跟鞋镇定自若地跟在她后面。

田园的办公室到了。一走到门口，似乎就闻到了沉香和紫檀木的气息。见沈媚进来了，他头抬也不抬。

"沈媚来了，说是你让她来的。"王兰大声说。

"知道了，你先出去吧。"田园依旧头也不抬，专注把玩着他桌上的一块羊脂玉。王兰斜着眼看看沈媚，然后出去了。

见王兰走了，田园似乎忽然复活了。他起身来揽住了沈媚的身子，抱到门边把门关上了。

"你以后负责综合部这一块，主要是政府关系和项目申报的工作，我安排好了。"酣畅淋漓后，田园擦拭着沈媚传给他嘴角的口红印。

"那你总得给我安个头衔啊，以后跟着你出去有面子，也有借口啊！"沈媚千娇百媚说。

"嗯，少不了你的。"田园捏着她的小手指说。沈媚心里乐了。她跟在田园的身后，一颠一颠去了公关部。

公关部伙计们一见田园亲自护送沈媚过来了，马上站起来很是郑重的样子。

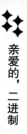

"这位就是新来的沈总。她以前是项目运作和公共关系方面的专家，以后就在你们这个部门运筹帷幄了。"田园轻描淡写宣布着，像是很看重沈媚的样子。

年轻人都很会察言观色，马上"啪啪啪"鼓起掌来了。偷偷地，他们都用眼角余光悄悄观察着沈媚，猜测着新来的主儿是个什么人。有的人则马上很是热情地巴结，观察着沈媚的反应。沈媚都看在眼里，记在心里。她板着脸，斜着眼睛，身子纹丝不动站在田园的身边。

"来，你的办公室在这里。"众目睽睽下，田园又领着神情很是冷峻的沈媚往她的办公室走去。听说自己还有单独的办公室，沈媚眼角一热，差点淌出热泪来。

来上海这些年，她努力习惯着和录为在一起的卑微和憋屈。然而此时此刻，忽然间这些卑微和失落都消失了。她和上海有了血脉相连的亲近、知根知底的默契。等办好了七年居转户的手续，她就是顶天立地的上海市民了。

迎面而来一堵白墙，墙上正好描绘着一只昂首翘尾的炫目孔雀。

"你是麻雀还是孔雀？破茧成蝶，变成那只孔雀？"

白墙上写的这句话触目惊心。沈媚忽然觉得，这只孔雀是为自己而画的。她的心有点激动，努力抑制了一下，她尽量让自己的脚步变得更加平缓而有力。

办公室到了。推开门，一张紫红的靠背椅、一张洁白的桌子映入了眼帘。尽管仅仅是创客空间办公楼统一的标配，但已经足够让沈媚心潮澎湃，激动好一会儿了。能在上海有一间自己的独立办公室，这是沈媚连想都不敢想的事情。

她胆怯，有点感觉不真实。等田园走之后，她百感交集地去触摸着房间里的物什，小心翼翼去坐那张紫红的靠背椅。

她渐渐确信，眼前的办公室确实属于自己了。她终于明白人家所说的，为什么博士女往往都嫁不过美丽的前台女，为什么优雅善良的白领女斗不过善用一切手段的心机女，这些女人走向成功的捷径居然远远胜过了十几年寒窗苦读那条路。

坐在椅子上，她开始胡思乱想了。眼前忽然又晃漾着田园的身影，仿佛又望见了那些烛光摇曳的场景。曾经那一丝丝对录为和孩子的愧疚，在无厘头的骄傲和虚荣中渐渐烟消云散了。

正在思绪游离时，综合部一个小女孩过来了。

"沈总好！我自我介绍一下，我叫小茵。我负责公关部的内勤工作，以后您有什么需求都告诉我，我会竭诚为您服务的。"小茵像在背诵台词，听起来她有点紧张，不时结巴卡壳。

"嗯，知道了。"沈媚突然抬起眼望着眼前的小女孩。

"这，这是给您的资料。"小女孩看着沈媚冷冷的目光，她的手哆嗦着，把一叠创客空间资料和门卡放在了沈媚台子上。

沈媚没吭声。她知道，沉默有着意味深长的力量。要征服自己的手下，就需要用延宕的沉默。

"那，那我先走了，您有什么事情再吩咐。"小茵说着，急忙退着步往门口走。

"小茵啊，你坐下，帮我介绍介绍创业园的情况吧。"沈媚的声音忽然柔和而缓慢了。

小茵马上像听了军令一般停住脚，又毕恭毕敬走到了沈媚的跟前。

"你和我说说创业园的人员构成和机构构成吧。"沈媚说。在老家工作时，她在歌舞厅除了偶尔会上台唱歌外，主要是负责日常运营的工作。

"好的，沈总。"女孩声音还是有点颤巍巍，不敢坐沈媚拉过来的椅子。她一直生硬地站在沈媚座位前。

"沃克创业园是弗朗科技园下属的创业园，主要是为服务科技型中小企业创新创业而设立的机构。沃克创业园的日常工作分为政策扶植、政策对接和政策培训几个板块，你打开沃克创业园的网站，都可以看得到介绍。"小茵熟练地介绍说。

"那我们部门的工作主要是什么？"沈媚的声音开始平静柔和了起来。望着眼前扎着马尾巴、老实朴素的小茵，她有了安全感。

"我们部门的工作主要是去市里各相关部门争取政策，然后做好政策落地和推广的工作。"小茵终于敢抬起头看看她，怯生生地说。

"慢慢说，慢慢说。"沈媚看出了小茵的紧张和老实，于是朝她嫣然一笑说。

"嗯，嗯。"小茵认真地点着头。

"还有呢？"沈媚问。

"我们创业园分为创客森林、莘莘玉树和参天大树三个空间。创客森林一听就知道，是众多的小树苗、蘑菇初生的地方；等到小树苗中有初具雏形的，便搬迁到莘莘玉树空间，进行阳光雨露的呵护；再等到这些玉树变成参天大树了，就移居到参天大树空间，去别的区域舒展枝丫了。"小茵舒展了眉头，详细解说道。

"你说得很好啊，我都明白了。"沈媚赞许地点点头。

"其实，创客森林就是创业苗圃，里面是需要重点关注的苗子。莘莘玉树是孵化器里已经有了主业方向的企业，可以着手培育壮大了。通过孵化器培育一段时间，就可以毕业离开创业园的园区了。而参天大树就是加速器，是精心遴选的优质小企业，帮助他们朝科技小巨人、独角兽的方向去努力。"小茵又加以解释说。

"工作很熟悉啊，不错不错。"沈媚又是莞尔一笑说。小茵也终于笑了。

"沈总，您看还有什么事，要不我先出去了？"小茵说。

"你通知一下大家，下午一起开个会，说说各自手上的工作。"沈媚说。在排兵布阵之前，她需要全方位地了解这里的工作。

"好的。"小茵出去了。

"感觉很好吧？"中午时分，田园发了微信消息过来。

"感觉很不错，你是我的大恩人，让我凤凰涅槃，麻雀变孔雀了。"沈媚很是会甜言蜜语。她知道，男人都喜欢被恭维、被感恩，让他们感觉有恩惠于自己，他便很有英雄感、安全感和成就感。再加上暧昧的打情骂俏，那便会有着一辈子说不清道不明的瓜葛和根基了。

"哈哈。"田园果然很受用。

"吃水不忘挖井人，以后你让我干啥就干啥。"沈媚说。她心里希望那些瓜葛如蛛丝一般，把这个男人五花大绑，成为她一辈子的猎物。她喜欢田园那种世俗气，那种野性和幽默。那些野性和幽默会激发女人生命的活力。活在录为打造的沉默冷淡的空间里，她无数次渴望着自己的生命能够有浓墨重彩的表现，无论用怎样戏剧化的方式。

田园没回信了。沈媚摊开双手拥抱着自己紫红的椅子，忍不住亲吻起来了。她再一次想起了进门时那只绚烂骄傲的孔雀。哪怕自己曾经只是一只无名的麻雀或者鸡，只要她有骄傲的姿态，有飞上蓝天的理想和羽翼，她就可以率性涂抹着自己，让麻雀的羽毛瞬间如霓虹般焕彩。

她就是要做那只孔雀。她要做一只彩色的母鸡，骄傲地站在这个城市的红毯上，用顽强坚韧的羽翼护卫着她的女儿。

自媒体时代，你说你是谁，你就是谁。

从进来那一天开始，沈媚就想好了自己的角色和定位。她必须以冷血铁面的神情示人，让手下畏惧，让手下不敢撒谎、议论和捣鬼。她还要不停地使唤他们，不能给他们留片刻偷闲的时光。她要给每一个人头顶上戴着一顶紧箍咒，让他们知道工作的不易、生活的不易，就像自己这些年感同身受的一样。好不容易逮着一个舞台，她要把积蓄了五六年的能量全部释放出去，把这些年遭遇的鄙视和压抑也要全部挥洒出去。她要竭尽全力去奋斗，去护卫难得的机遇和地位，去争取更多的利益和虚荣。

她斜着眼不苟言笑地观察，观察女人们的小心机。她发现，公司里许多人都在偷偷垂涎着田园。权力和财富如甘甜的蜜汁，诱着一群群的女人朝田园扑过去。

她太懂女人了，女人们的小心思小动作无处不在，她们好像天生就喜欢用一些体态、语言和小伎俩。有的女人会借出去泡咖啡的几分钟，"倏"地脱了外套露出紧身蕾丝衫，朝对面正在讲话的田园抛媚眼。等有人来，她们马上披上罩衫，眼睛低垂严肃地看着自己的笔记本，仿佛若有所思的模样。有的会伺机在电梯前，制造和田园偶遇的假象，前倾地为他按电梯，展露出身体的曲线，挨着他陪他乘电梯到楼上。

沈媚发现了所有的蛛丝马迹，她必须斩钉截铁打击扼杀这样的苗头。她一定要想办法捍卫自己的果实，霸占自己的果实，绝不能让田园再掉进他人的怀抱。

观察几天后，她就发现喜欢耍心机、抛媚眼的主儿其实都弱弱的不堪一击。于是，她开始没事找事故意折磨她们，损耗她们的耐心。她随心所欲指挥着最妖娆的那几个女子，想着法子把她们搞得团团转。

"小李，你去帮我买三个电风扇，买好后马上帮我送过来。"沈媚指手画脚说。

"夏天还没到，就去买风扇干啥？"小李望着自己的指甲不愿搭理她。

"我命令你，你敢不去吗？那我去找田园说说看！"她马上摆开架势"腾腾腾"就要去找田园。

小李吓坏了，找了田园肯定没有自己的好事。没想到新来的女人像巫婆，她马上不顾尊严挡住了沈媚，说自己马上去，以后都听美丽能干的沈总的！

反复折腾几个来回，小姑娘们都怕了她。遇到谁穿得暴露的、透明的，她就会直接当着大家说，你看看你，到底有没有穿衣服啊，肉都看见了！这样犀利刻薄的话一说出，女孩子都在侮辱中低下了头，再也不敢嘚瑟和张扬了。开会时，她不苟言笑，望见谁看手机，就会用剑一般锋利的眼盯着他，直到他胆战心惊把手机扔一边。布置工作时，她板着脸决不允许讨价还价。在商量怎么做工作时，她也不允许人家挑战她的权威，不按她的路径和方法出牌。

沈媚俨然就是个部门老总的派头了。曾经在夜总会做过领班的她深知见菩萨打卦，对什么人说什么话，在什么情境下该怎么做。只对上、不对下，想尽办法攀附着田总和一切有用的人，那就是世俗人生如鱼得水之妙招。

王兰自然耳闻了沈媚到来后的轶事。作为老总去波士顿挂职前的大管家，她很想继续替头儿管好这个家。从沈媚这个一摇一袅的女人第一回进门时，她就很看不惯这个创业园里少见的奇葩一样的女人。在鲜花烂漫、马尾草摇曳的院子里，只要闻到了刺鼻的香水味，那一定是这个有着狐狸眼的女人身上散发的。

王兰明显地表达着自己的不满，被沈媚折磨过的女人们也偷偷过来倒苦水。在每周一次的部门会议上，当沈媚扭动着身子发言时，她会和创业园其他的与会者使眼色，斜着眼睛看沈媚，看这个一肚子坏水的女人又想出什么阴招。沈媚看在眼里，记在心里，却依然不理睬不在意，继续用娇嗲嗲的声音在会上向田园汇报着。

王兰的目光几乎愤怒了。田园似乎也发现了王兰带刺的目光，他故意笑眯眯充满赞许地看着沈媚的脸，不断表扬着沈媚的工作思路和成效，全然不在乎王兰冒火的眼神。当王兰忽然提出，要把小李调到自己部门来发挥更好的作用时，田园又侧过脸去看沈媚。只见沈媚柳眉倒竖、眉头紧锁，板着粉脸、嘟着小嘴表达着不满。

田园马上看懂了，笑眯眯地看着王兰说："王总啊，您是老员工啊，老员工应该支持新员工开展工作啊。您看综合部沈总刚过来，她这边人手非常缺，您看调人的事就从长计议了，怎样啊？"

王兰没办法，田园是战时的统帅，他容不得别人的建议。她像太阳暴晒下的一片枯叶，耷拉着干涸的面颊。

沈媚赢了，她的粉脸悄悄地乐了，她朝田园飞了个只有他懂的媚眼。然而开完会一出办公室，她脸上的笑容瞬间冻结了。她像往常一样铁青着脸，返回了自己的办公室，带着让人胆战心惊的神情。

接下来的几个星期里，公关部的年轻人都像霜打的茄子，无精打采蔫着脸。他们很是怀念沈媚来之前，他们小鸟般"叽叽喳喳"自由放飞的日子。好几个年轻人茶饭不思、夜不能寐，每次一听到沈媚叫自己，就会神经质地从座椅上蹦起来，竖起耳朵听，看是不是自己又有什么地方做得不好了。

"小茵啊，你帮我去安排一下下周的调研活动好吗？我想去两家人工智能的企业，还要去两家生物医药的企业。"

　　唯有对小茵，沈媚才会露出罕见的温柔和笑容。她仿佛用鼻翼能嗅到，小茵是一个出身农村、懂得感恩珍惜的孩子。她似乎有点舍不得对她大声，生怕吓着时刻紧张的她。

　　小茵连忙拿过来生物医药企业的名单，标注了全球前二十的生药企业地区总部。沈媚仔细看了看，随手在纸上勾画了两家。

　　"对了，你再去联系一下苏比特公司，它在人工智能行业也是鼎鼎大名。"沈媚说出了录为所在公司的名字。

　　"好的，我这就去联系。"小茵拿着名单回到自己的座位。

　　"对了，回来。你再去联系一下信息部，让他们把我们已有的政策和活动的全部链接在网上，让企业申请更方便。你再把这回各条线企业补贴的政策都挂在网上。"沈媚把重要的事情都交给了这个可靠的女孩。

　　"好的。"小茵很是老实地低着头。

　　沈媚终于消停了，她经过那堵励志的白墙，回到了自己的办公室。每次走到白墙边，她都会静静伫立着，凝视着麻雀和孔雀的那句话。她时时叮嘱着自己，要朝着孔雀、凤凰的方向去努力去飞翔。她也时常想起赵传的歌《我是一只小小鸟》，她要在钢筋水泥的城市里振翅飞，用尽全力飞，飞得更高和更远。

　　尽管，她曾经是一只鸡，或是一只沧海桑田、浩瀚宇宙中的小麻雀。

第七章
"程序猿"群像

记着 在那青山和绿林间

在那山谷和田野中

如果没有那串布谷鸟迷人的音节

纵使清新的春天

披着满身的绿装悄然而至

也不是完美

——胥姝的摘录

"程序猿"、算法师的世界似乎永远都有一堆密码和模型。有时候，它们是《哈利·波特》里的神奇密码，忽然让人进入一个豁然开朗的境界；有时候，它们像魔方一般枯燥而单调，无数的演算最终还是没能开花和结果。一天一天地，实验室里这些电脑上的算式跳荡着，积木堆砌着，叶通和老算静静等候着时光的发酵和升华。

"伙计们，我们要为下一步的领先未雨绸缪了。按照林总的要求，今后我们要在人脸识别、语音识别、安防方案、无人驾驶等方面全面地集成，无论是我们自己独立自主地研发，还是充分运用同行已有的技术和产品，我们都要抢占制高点，突破最关键的技术壁垒和关键。"叶通总是像拿摩温，每天给伙计们布置一项又一项的任务。这会儿，他又把老算和胥姝叫过去，低着头谋划着。

"老算啊，我和林总不久后要去印度或以色列创建联合实验室，实验室的方向是把脑与类脑研究和人工智能相结合，进一步抢占人工智能神秘未知的领域。马斯克早在 2017 年就成立了 Neuralink 公司，设想未来给人脑植入神经的电极，读取并刺激大脑电波网的神经织网。

"国外许多机构已经在着手研究脑机接口的工作，你帮我做一些前期基础的工作，看看实验室该如何自由独立地运作，研究方向怎样由同行专家去策划，下阶段研究重点该如何去布局。"叶通望着老算说，眼睛的余光则温柔地落在胥姝的身上。

胥姝和老算认真点点头。胥姝心头又被唤起了一丝丝浓烈的开始新项目的激情。人生便是从一个巅峰向另一个巅峰攀缘，她觉得，哪怕是天天挑灯夜战写数据，她也很愿意，生活也是像诗一般美好，尤其是，有叶通这样睿智美好的领航者在身边。

自从叶通到来了，上班忽然就变得更加令人渴望了，办公室里也更加充满了生机和活力。两个人在东西遥对的两间办公室工作，时空里忽然晕染出大片绚丽的色彩。原先综合部繁琐的联系客户、政府关系、联系律师等工作，也都忽然像有序的代码，像一个个整齐的琴键，瞬间弹奏出行云流水的旋律来。

夜深了。办公室里每个座位上都鸦雀无声。大家都静静地守候着自己的那盏灯，守候着自己的研究嫩芽和花朵。米白的灯光勾勒着年轻的鼻翼和额头，描绘着生动传神的侧影和偶尔飞舞的发丝。

在每个人各自的电脑旁，都放着塑料袋或便当盒装着的外卖。外卖哥熟门熟路地给他们带来眷村的粢饭团、麦当劳的板烧汉堡和避风塘的猪肚鸡。有的女孩在罗森或全家买牛奶和薯片，顺便帮几个懒惰的家伙带上一小盒。

在叶通的桌上，放了一碗方便面，一杯快冷掉的美式咖啡。

园区里的灯都静悄悄地亮着，照着晚归的人们。这时，盒马鲜生的快递员像仙子一般又上门了，给叶通的办公室送去一盒金黄的橙子。

叶通正在寻思着，是不是快递员送错了。这时，对面阳台上出现了胥姝的身影。胥姝朝他招招手，要他看手机。

"我看你窝着没出去，就替你代劳啰。"胥姝说。

"感激涕零啰，我让伙计们一起分享吧。"说着，叶通和胥姝几乎同时走出了东西两头对望的办公室，和伙计们打成一片了。

"太好了！我头昏眼花了，急需补充地球人的能量了！"老算大声嚷嚷着，手脚麻利地抢了个又大又闪亮的黄橙子。王硕则俯身到了办公室正中央，做着俯卧撑和波比跳。他说每天还是要少吃饭多运动，少睡觉多运动。

"不对，你要多睡觉少锻炼，睡觉消耗的卡路里多得多！"胥姝当机立断反驳他，又开始说着自己的科普小知识。

王硕点点头，说女神总是对的。他仍旧喘着气，做着波比跳。

"你小子该找女朋友啦！'五一'带一个回家吧，人家的孩子都会打酱油啦！"老算半真半假对王硕说。

"你怎么像我妈的口气啦？我妈也总是催着我，要我找对象。我说老妈，我天天在找对象，天天被对象包围着去编程！"王硕说。

"我们天天都在做着鬼画符的工作。人家不是说，有三种语言看不懂，一是医生的药方，二是法师的驱鬼符，三是——"杨复还没说完，大家就心领神会地大笑了。

"三是老算的算法符！锄禾日当午，不如Coding苦！"胥姝抢着插话说。

"是啊哈哈哈，调了一下午，Bug还要补！"没想到，叶通也忽然说出了行内都知道的顺口溜。大家前俯后仰忘情大笑起来了。

"今晚一起吃饭吗？"下班时，叶通发信息给胥姝。

"可以啊，老同事、老乡总要照顾新同事嘛！"胥姝嫣然一笑，神速回应着。

"去哪里呢？意大利、法式还是希腊餐？牛排还是其他什么？"叶通给了胥姝好几个不确定的选择。

"去喝三坑两涧的武夷岩茶，还有好久没吃到的肉燕、鱼丸、鸡汤氽蚌，怎样啊？"胥姝说。

"肉燕、鱼丸、鸡汤氽蚌？我要垂涎三尺了！"叶通恨不得马上就能吃到。

"是啊，我把餐厅定位发给你，等会儿见！"说着，她在大众点评里找到了餐厅的地址，发给了叶通。

"好啊，我们等会儿见！"叶通说。

胥姝风驰电掣地驱车往前冲，等叶通赶到时，胥姝已经坐在餐厅里了。她宛若百合仙子一般盈盈一笑，为他斟上了一盏醇郁的大红袍，自己则泡了壶清新的陈年白牡丹。

香喷喷的点心和汤羹端了上来。胥姝和叶通仿佛都听见了自己肚皮"咕噜咕噜"地叫。两人大大咧咧地拿起筷子，狼吞虎咽地吃起来。胥姝和叶通在彼此面前，仿佛毫不在乎吃相和形象，就像是青梅竹马、两小无猜的发小。

"过一阵，穆阳镇的水蜜桃在这里也能吃到了。"胥姝终于有点饱了，停下了筷子说。

"你简直比大众点评和小红书还灵啊，以后干脆也做个什么姝姝米其林大全，吃什么找姝姝就行啦！"叶通也心满意足放下了筷子说。

"那是当然啦！我姝姝是无所不通、无所不晓的小仙女，自带阳光、自带光芒啦！"胥姝骄傲地自夸着，帮叶通加了一盏茶。

"最近林总很是开心啊，像是有喜事谈恋爱的感觉。会不会是因为你来了？你是他骄傲的弟子啦！"胥姝说。

"是啊，那肯定因为二进制白马王子我啦！"叶通又塞了一大颗鱼丸进去。

"林总其实是一个很好的人，想干一些有情怀的事情，而不仅仅是挣钱。

这年头，有情怀的人太少了，哪个企业家不是看着短期利益就追过去？林总不是这样的，听说他做了很多慈善，支持了一些企业家沙龙和自媒体，那些沙龙和自媒体都很积极、很美好。"胥姝一说起林总，忍不住发自内心地赞美。

"那当然。当年在哥伦比亚大学时，林总就是一个非常有才华和有情怀的人。他会从望星空关注人类发展的角度去选择项目，去参与国际大科学计划，那时我们把这些星际大科学计划就叫望星空计划。"叶通眼睛熠熠发光说。

"望星空？"胥姝眼里忽然有一丝迷离，思绪滑向了遥远的过去，滑向了布里斯托尔那个悬崖链子桥。

"是的，望星空计划。他一直就这样，忽然会有思想的火花。在哥伦比亚大学时，他如果遇到知己总是话很多，遇到不懂专业或者不能理解他思想的人，他就会突然沉默不语了。"叶通说。他仿佛发现了胥姝眼里忽生的那一丝迷离。

"难怪他的前妻不信任他，他们像曾经交叉却渐行渐远的轨道，可能就是她不能理解他思想的高度和深度吧。"胥姝感慨道。

"应该是，专注于科学研究的人，身后一定要有一位胸怀宽广、善解人意、无私奉献的水精灵才行啊。"叶通俏皮地说着，偷偷地看了胥姝好几眼。

胥姝报以墨兰般的笑容，眼眸间很是顾盼生辉。她的脸丝绸般润泽，下巴灵动而饱满，勾勒着健康朴实的轮廓。在白牡丹茶的浸润中，红扑扑的脸颊更散发着水灵灵的神韵和光泽了。

"对了，说说孙露吧。前几天看到孙露在和战略研究部的人喝黑啤，好像很不开心的样子。"叶通说。

"孙露嘛，肯定不高兴啦！战略研究部没资源没项目，就是个写写报告的空架子！他是林总前妻的表弟，本来研发部老总的位置应该是老算担任才合适，但林总前妻天天干涉公司的内务，逼着林总在核心位置安排好孙露。"胥姝告诉叶通说。

叶通摇摇头，很是替林总惋惜。

"她以前还来公司找林总，逼着林总带她出席各种谈判和酒会。你知道，很多时候林太是不适合出现的。"胥姝说。

"是的，以前在哥伦比亚大学，她也经常跟踪林总，充满狐疑和自卑。"叶通点点头。

"林总后来受不了她的跟踪和盯梢，终于离婚了。然而公司的财务、股份都没有分割，林太就安插了孙露来公司，生怕公司落入了别的女人之手。"胥姝无可奈何地说。

"不容易啊，有着望星空情怀的导师竟然一直上演着世俗感情的剧目。其实林太当年也是哥伦比亚大学的硕士，美丽又聪明，何必这样糟蹋了自己？"叶通感叹着说。

"一个女人如果没有足够的自信，就会自卑和沦落。一旦骄傲和自信消失了，她怎敢放手让一个才高八斗、财富不止八斗，而且又帅又有才的老公在这个社会大染缸里呢？再说，一般优秀男人的身边，总有一群女孩子排着队去逢迎、去攻关。"胥姝说。

"那不是感情，那是利益，是逢场作戏。"叶通笑了。

"所以啊，你们男人要学会挡桃花。一旦功成名就啦，就应该更加严格要求自己，否则麻烦和美女就会一起找上门来啦！"胥姝笑盈盈的。

"那是当然啦。"叶通望着胥姝灿烂无邪的笑脸说。他托着茶杯底，无限温柔地靠近胥姝的茶杯。他和胥姝间，仿佛有一种命中注定的亲近和默契。因为这种亲切和默契，几乎不用开口说什么，彼此都能用心感知和聆听。

沉默了好一会儿，静静感受着时空。叶通好几次想冲动地站起来，然而看到胥姝矜持高贵的脸庞，又压抑着冲动理性地继续坐着了。

晚上快到家时，胥姝收到了叶通的微信：

像琴弓从两根弦拉出同一个声音

我们缠绕在怎样的琴上？

哪个奏琴者把我们握在手中？

哦，甜美的歌！

胥姝笑了，她知道这是奥地利诗人里尔克的诗歌，叶通选择了最含蓄内敛的几句发给了她。她给他发了三个灿烂的太阳，虽然日光已经没有了，整座城市进入静谧的黑夜了。

叶通又给她发了三朵红玫瑰，胥姝明白三朵红玫瑰的含义。她没回信，捧着手机坐在沙发上。想看书，心里却忽然有只羚羊在扑腾。十点半该准备睡觉了，叶通的诗歌又来了，是茨维塔耶娃的《我想和你生活在一起》：

古老时钟敲出的

微弱的声响

像时光轻轻地滴落

有时候 在黄昏

来自顶楼的某个房间里 笛声传来

吹笛者倚着窗牖

窗口大朵大朵的郁金香

胥姝想回信，却心跳得慌，最后还是没回应，只是发了个小兔子熄灯睡觉的表情包。

她明白，在自己的心灵深处，时常还会盘旋着彼得的笑容。笑靥悠远绵长，挥之不去。此时此刻，彼得一定在远方欧洲圣洁的山巅上，遥望着她，爱着她，祝福她。量子时代、元宇宙时代天地物质永恒，万物平行延伸，过去即是现在，虚拟就是真实。叶通，也许就是平行世界、遥远时光里的那个深情的彼得。你在这里，你又在那里。量子世界如是说。

胥姝仿佛闻到巴黎地铁和戴高乐机场那一丝丝工业化时代铁锈的气息了。

生活在日常中自然地流转。忙碌的时节里，也会有着惬意的闲暇。清晨来到办公楼时，又看见了门前台阶上的那只猫。它洁白如雪，高贵地昂首挺立在那里，迎接着朝霞里的伙计们。听同事说，这就是珍贵的波斯猫，不知是科技园谁家的。它一只眼睛湛蓝澄澈，像初夏蔚蓝的天空，另一只眼则碧绿澄澈，像湖水般如梦如幻。

清晨阳光里，胥姝打开窗，坐在椅子上整理着融资所需的材料。投资过脸书、推特、Skype（即时通讯软件）的硅谷顶级投资人、创业导师本·霍洛维茨和黑石联合创始人苏世民的典籍散落在桌上。窗户外，远方点缀着红顶白墙的房屋，小河潺潺流淌着，田园风光般脱俗，天地万物都那般静寂和安然。

这时，红色的电话机清脆地响起来。

"喂，请问哪位？"胥姝夹着电话，搅拌着大吉岭红茶里的牛奶。

"我是红林公司融资部柳叶。"对方也有着清脆的声音。

"柳总好，久仰您大名，请吩咐！"胥姝很惊喜。

"胥总，是这样的，上回恒业银行悦永行长亲自打电话过来，向我们老总力荐汉科公司。我们也正在全国、全球物色值得投资的项目。我想我们什么时候具体谈一下，红林公司非常重视汉科公司融资的事项。"柳总说。

"好啊，太感谢了！人工智能企业每天在烧钱，我们正准备启动一个宏大的海陆空研究计划，需要海量的投入。林总也叮嘱我们尽快和您这边对接，我们会第一时间把商业计划书和公司情况呈送您这边。"胥姝说。她没想到悦永行长办事效率这么高，给汉科公司雪中送炭来了。

"好的，我们静候。"柳总轻轻挂上了电话。

胥姝马上跑过去向林总汇报。林总很是激动，忍不住鼓起掌来。他当即给悦永行长打了个电话温柔地致谢，胥姝则飞奔回自己的办公室。

"江琳，你马上去吩咐几个小女孩，整理好公司的基本信息、商业计划书。其中要重点突出上回林总开会时提出的四大计划，我们要尽快准备好材料，希望尽早获得红林公司的支持！"胥姝气喘吁吁地说。

"好的，您放心！天空计划、星空计划、太空计划和陆地计划自从上回开会林总明确后，战略研究部就把任务拆解到了各部门。各部门已经会同产业链相关的上下游公司，去集成最新的技术，研发最新方案和技术支撑。"江琳的动作如汉子般干脆和利落。当天晚上八点钟，她就把林总盖章认可后的材料发送出去了。

然而，融资的主动权不在汉科公司的手里。这个等待融资的过程是那般漫长和静谧，就像在等待着醋厂、酒厂堆积如山的稻谷、玉米、小麦发酵的过程。微生物慢慢地在时光里积蓄，悠缓地酝酿着量变和质变。

尽职调查、投资报告撰写、呈送投决会表决，一个接一个的流程串联在时光里。也许因为这些年市场上各种灰犀牛、黑天鹅事件接踵而至，曾经勇于决断的红林公司投资决策委员会也变得犹豫和小心起来了。大家紧紧捂住自己的钱包，不见兔子不撒鹰。

来来回回地对接了好多趟，材料像工艺品一般精雕细琢了好几遍。胥姝也带着他们不厌其烦地深入研究和分析，陪他们参观公司在全国各地的分支机构和实验室。最后，他们看上去还是有点犹豫不决，说是投决会观点有分歧，有人希望投资人工智能行业的其他公司。

"要不这样吧，贵公司一定在全国各地看了许多的项目，包括人工智能方面的同行企业。是不是可以举办一场路演会，大家一起上台来PK？我们在赛马场上跑马，在沙场上论英雄，您看这样公平吗？"姝姝给难以决断的红林公司出了个主意，推动它投资决策的进程。

"好主意！我们干脆摆擂台，选英雄，是骡子是马，拉出来遛遛就行了！"举棋不定的柳总采纳了胥姝的建议，决定在赛马场上跑马，谁是赢家就投谁。

路演迅速举行了。锦带花大酒店里人声沸腾，这是创业园里唯一的五星级酒店，无论是重要的科学家论坛还是全球前沿创新科技的沙龙，有着美国、英国、印度、以色列口音的人们往往都会下榻在这里，和中国科学家、研究人员畅聊未来技术预见和科学研究新趋势。也许因为科学家时常出没，锦带花酒店自带洁净而高雅的气场。简单的花草一枝独秀点缀着大堂。

林总坐在地毯花团锦簇的贵宾厅里，变魔术一般从口袋里抽出了纯蓝桑蚕丝领带，优雅地起身系在脖颈上。胥姝和叶通几个人跟在他身后，等他领带打好华丽转身时，便第一时间竖起大拇指，大声叫喊说："太帅了！加油！必胜！"杨复这小男生很机灵，立马拍下了历史性的瞬间，准备融资成功后发到公司网站和微信公众号上。

旁边几间贵宾厅的大门紧闭着，其他公司的老总们也在耐心地等候。一听见工作人员唤名字，马上甩甩头、整整领子进去了。

"汉科公司请入场。"三十分钟后，工作人员终于来到汉科公司贵宾室门口，呼唤着公司的名号。

林总站起来，一丝不苟地整理着领口和袖口，带着君临天下的风范入场了。叶通、胥姝、江琳和老算也很是严肃地鱼贯而入了。

"欢迎汉科公司，欢迎林总。"红林公司负责人方总向林总点头致意着。方总六十多岁了，也许因为脂溢性皮炎秃顶了，他索性学着业内年轻人，理了个时尚的大光头。

"方总行走江湖，威名如雷贯耳，今天终于见到大神本人了！"林总走到方总的对面，热情洋溢地握着他的手。方总是全球科技园赫赫有名的风投大人物。世界园区组织的地盘里，只要是他看重的项目，孵化三年后，都能实现几何级增长。

"哪里，哪里，我今天也非常荣幸见到人工智能大咖林总和叶总！"方总紧握着林总的手说。在他的身边，还坐着几位不苟言笑的老总，都是投决会的成员。林总和叶通朝所有人一笑，然后慢慢地走回到对面中央的座位。叶通和胥姝一行分列在林总两侧。

"林总，我就开门见山了，想请您谈谈您汉科公司的情况以及未来的打算。"方总言简意赅开场了。

"非常感谢红林公司一行，非常荣幸方总一行能指导、关注我们的企业。下面我先简要介绍汉科公司的情况，等会儿研发部叶通总经理再补充汇报我们公司今后的设想。"林总双手有力地放在桌子上。

说话间，胥姝早已把缀有牡丹花 LOGO 的纸质版 PPT 送到了各位专家的桌上。叶通启动了投影仪，为林总翻动着 PPT。婉约唯美的 PPT 扉页，让红林公司老总们的神态变得专注而舒缓了。

"我先来介绍公司的情况。作为中国本土的人工智能企业，汉科公司在人工智能领域当之无愧地居于行业领导者地位，是国内少有的拥有人工智能原创技术研发能力的企业，尤其是在安防识别、语音识别、自动驾驶、零售机器人等领域都占据着行业重要的地位。我们一直努力巩固各大领域的应用和落地的优势，加速智慧交通、教育、金融、医疗、生物智能、军工领域 AI 产品的研发、技术的升级以及海内外市场的布局和拓展。"林总充满磁性的嗓音回旋在会场里。

"下面，由我来向大家作补充介绍和说明。众所周知，汉科公司在世界级的比赛中都曾获过殊荣。我们还拥有自己的研究院，有超过九十人的研发核心团队，拥有超过三十项人工智能核心算法和原创技术。团队荣获多项世界大赛和国内大赛的大奖。"叶通神情淡定而自豪地说，目光炯炯有神地凝视着对方。

专家们也目不转睛注视着他，不断点头和赞许。"你能说说你们目前已有的融资情况吗？"一个穿着小香风格子西装的女士发问了。

"好的，我来介绍一下已有的融资情况。目前我们已经获得了两轮融资，总额达到五亿元。接下来，我们本轮希望能申请到您这边的第三轮融资，届时企业估值可以达八十亿元人民币。我们还计划在明年的年底提交科创板申请。"叶通说。

对面的女士没吭声。"我听你们同行企业说，汉科公司目前的营收数据都只是账面的数据，实际到账金额远远低于账面的数据，有没有这回事？"小香风女士看起来很是咄咄逼人的样子，有点说不出由头的排斥。

"这个问题由我来解释。大家都知道，无论是集成电路还是人工智能，它都需要一整条产业链的互动和培育，需要国内、国外同行的支撑和帮助。无论是集成电路还是人工智能产品和方案，里面都包含同行无数的元件和技术集成。我们需要买同行的产品和技术，同行需要买我们的产品和技术，业内都是交织渗透互相影响着。

"而按照行业内部的惯例，我们出售了技术和产品给同行，只要签署了合同，大家就会互信、互相严守着承诺。我们是这样，全球企业也都是这样。大家也知道，近年来无论国家还是本市，都对人工智能产业和企业倾注了极大的支持和关心，尤其像我们这一类领头羊企业。因此我们的账面数据一定是确凿、严谨、客观的。"林总充满力量地回应着。

"我们参与过全国近三十个省市的项目建设，为以色列、印度、德国、越南等十五个国家的重要项目提供过人工智能项目的服务。下阶段，我们会进一步启动安防机器人研究方面的天空计划、语音机器人研究方面的星空计划、无人驾驶研究方面的太空计划和扫地机器人研究方面的陆地计划等，在全球布局我们的研发中心和实验室。"叶通介绍的同时，屏幕上出现了花花绿绿项目的名称和全球知名企业的标识。

没想到，叶通这一段的介绍刚结束，方总和小香风女士几个人忽然间面面相觑、充满疑惑了。

"暂停！我想请问林总，为什么你们刚才提出的天空计划、太空计划、星空计划等，和另一家公司的介绍如出一辙，连涉及的研究内容和名称都一模一样呢？是你们抄袭了人家的商业计划吗？"小香风女士再次犀利发问了。

"我们抄袭人家的？所有的计划和名称，是我们上个月在公司内部会议上讨论通过的。所有的计划名称和方案撰写，都由我们综合部胥姝和江琳两位才女主笔，她们可是妙笔生花、能做锦绣文章的大才女，其他企业怎么可能会有惊人的雷同？"林总很是吃惊了。方总马上笑脸打圆场。

"是哪一家公司？"叶通冷峻询问着。

"哪一家公司我们不会说，这是对我们所有客户的隐私的保护。"小香风格子西装女士说。方总示意她少说几句，说里面一定有误会。

"这里面一定有误会，或者是我们内部管理的疏漏。我想应该是别的企业剽窃我们的，而不是我们剽窃了他们的。"林总自信而大气地说。

"当然，我们理解您对企业隐私的保护。作为人工智能领域的企业，操守和诚信是至关重要的。我们在产品研发和技术设计中，都严格遵循科学伦理和道德，绝不允许逾越雷池和禁区。我们十分尊重同行企业的知识产权和研发结晶，凡是在工作中涉及的信息与数据，我们都承诺绝不会向同行泄露，更不会用于不正当商业的目的。我想，今天我们的介绍也以此作为结束语！"林总的神情从微笑变为严峻了。

"看来行业内的良性竞争和不光彩的暗战无处不在啊！不过大家都知道，我们在某些领域的研发能力是业内其他企业难以企及的，无论别的公司怎样借用我们的研发方案和口号，他们无法剽窃我们的能力。我们是我们，我们是独一无二的风景。"说完后，他骄傲地站起来，朝对面的老总们笑了笑，宽厚的下巴沉稳而迷人。

他挥挥手，朝方总道别了。

回到公司，已是午餐时分，许多企业一楼大堂里都飘荡着咖啡香。人工智能和算法时代工作节奏快，合作伙伴和老总们现在都习惯了在公司约早餐、约午餐。穿着运动鞋的伙计们随意拉个椅子坐在咖啡馆，在华夫饼和帕尼尼的香气里谈合作。偶尔，也能看到路边摊上有人在卖鸡蛋饼，或是美团外卖员风驰电掣地送过来生煎、粢饭糕。传统和现代、西式和中式、工业文明与农耕文化完美糅合在这里。

午后时分好不容易可以坐下来，胥姝打开了叶通送给她的专业书。据说这些书都是由他撰写的。翻开了两三页，只见书上写着自己似懂非懂的理论："数据结构的二叉树，树上盘旋着两节点，像是花开两朵、各表一枝的双胞胎节点。一个称左孩子节点，一个称右孩子节点。如果一个二叉树的所有非叶子节点都挂满了双胞胎左右孩，那这棵树便是儿孙满堂的满二叉树。"

她笑了，阅读着，咀嚼着。她发现，科学家、科研工作者和诗人、哲学家是一类人。他们是魔术师、是艺术家，他们在自己的世界里狂草，用自己的维度和思维方式在时空里淋漓尽致地纵横捭阖，常人往往望尘莫及。难怪米开朗基罗、达·芬奇这些大师不仅是艺术家，同时又是顶尖科学家。荣获过图灵奖的姚期智和芯片之父张忠谋也曾狂热地喜欢戏剧和文学，甚至为了文学和艺术愿意倾尽其一生。

没想到这时，好多天没联系的玛雅忽然给自己发来了信息。

"我好无聊啊，姝姝！"玛雅说。

"江湖再现啦？"胥姝回着信息，合上了书本。

"就是无所事事嘛！和以前在英国一样寂寞无聊又无趣啦！"玛雅给她回了个卡通的笑脸。

"你不是忙着在群里找金龟婿吗？找了金龟婿，就不亦乐乎啦！"胥姝停下鼠标了，戏谑着回复玛雅。她忽然想起林总说的要注意保密的事情，于是一边查看电脑文件的储存和设置。

"哪有啊，别提了！现在好男人都不知去哪里了，剩下一群好女人都单着！我在网上看中的那些个金龟婿，一个个都名花有主了。你想想啊，一个八零后的男生，都四十岁了，稍微出类拔萃、才华横溢一点儿的，早被女生围攻和哄抢啦。"玛雅无可奈何地说。

"你好像总是很有道理啊！网上那么多，耐心地去守株待兔吧！要不，你找一个九零后的弟弟也可以啊！"胥姝促狭地笑着说。

"网上多是多啊，但都对不上眼啊！一个市场看起来那么大，其实人家早就有客户进行利益瓜分了。要重新进入圈子里不容易啦，别人想开开玩笑、暧昧一下肯定没问题，真的要谈婚论嫁谁会肯？另外，他们哪怕肯，家里的那些母夜叉怎会肯？自己的蛋糕肯定要拼死捍卫着，对吧？"玛雅接着说。

"好吧，别的女人的奶酪那肯定不能动。那找个九零后就算了！"胥姝说着，还列举了好几个女星找弟弟恋人的八卦。

"算啦，别嗑人家的CP啦！比我小的我不喜欢，还是同龄人有共同语言啦！"玛雅说。

"那就过几天再去报个什么MBA或者什么诺丁汉、悉尼大学在国内的培训班，那里面一定有你想要的金龟婿！人家不是说，现在的MBA班都成了谈恋爱、找外遇的地方啦？"胥姝还是想逗逗她。

"知道啦知道啦，原来你也好烦啦。"玛雅说。

"那你想怎么办呀？对了，你今天找我有何贵干呀？"胥姝问。

"我想让你，让你把，你那个不想要的男朋友借给我去看电影好吗？"玛雅吞吞吐吐地说。

"我的男朋友？"胥姝问，心里还是倒吸了一口气。没想到玛雅还真的打她的主意了。她隐约间记得，当年在英国读大二时，玛雅就提出过，想借彼得一起去爬山。胥姝大大咧咧地同意了，而彼得却摇摇头不同意。

"你说的是哪个男朋友啊？这些年我也是一个人啊！"胥姝故意说。

"不就是屁颠屁颠一天报幕三次、请安三次的常言吗？"玛雅说。

"哦，常言不是我男朋友啊。"胥姝说。

"你们不是同居过，有过吗？"玛雅说。

"那不叫同居，那是合租，明白吗？我后来没和他一起租了。"胥姝说。那时科学松鼠会见面后，常言就借着合租的方式，蠢蠢欲动地接近胥姝。

"好吧好吧，你们就像特工一样，假扮夫妻日夜相守，谁知道有没有故事啊？"玛雅嬉笑说。

"我用我的人格担保，哈哈。"胥姝敷衍着，她也懒得认真和玛雅解释了。

"好啊，没故事那更好啦！那就借给我看电影了？"玛雅说。

"他还能借给你？看电影？"胥姝说，发了几个哈哈大笑的图标。

"是啊，想借，这不是需要你同意嘛。"玛雅说，给胥姝发了几个亲亲的图标。

"那我要想想哦，我的男朋友预备役，还能借给你看电影？无论怎样都是我的人啊！"胥姝继续逗着她。

"别那么小气嘛，我都快要抑郁了，天天一个人在家里，夜深人静还捧着手机在聊天，好孤独啊！你就借给我去看场电影，马上我就开心了！"玛雅说。

"好啊！你们正好都孤独，去好好聊聊吧！"胥姝诡异地说。

　　玛雅回复了若干个红唇。胥姝想笑了，她忽然有种如释重负的轻松感。趁着这会儿没什么事，也想惹一下常言了。

　　"你很长时间没声音了啊？每天在干啥呢？"胥姝问。

　　"我还能干啥啊，你又总是不理我。"常言见胥姝主动搭讪了，马上又发了几个拥抱表情。

　　"有人要你陪她去看场电影啊。"胥姝说。

　　"看电影？哪会有人请我看电影？"常言似乎有点躲闪地说。

　　"玛雅啊，去看场电影聊聊吧，也许有共同的事业可以一起做。"胥姝说。

　　"你就这么愿意我和玛雅看电影？"常言似乎很失落。

　　"看电影不是挺好的吗？"胥姝说。

　　"看电影，你真的同意啊？"常言说。

　　"我为啥不同意？"胥姝反问他。

　　常言可能觉得无趣了，于是没回信了。

　　胥姝回到了叶通这边的办公室，发现叶通他们都不在，大概都去了附近的另一个实验室做研究了。打开微信群看了看。正好微信群里那位仿佛全世界资讯尽在手机里的群主分享了好多的信息。有关于中美贸易战的，大家谈谈笑笑，在时间里打着太极。不少群友也发了各种沙龙和活动的二维码，其中有人工智能方面的沙龙，说是各类大咖都可能参加，Unity大中华区负责人、谷歌云工程师和Founder@500Tech负责人等业内知名人物届时都会出席。

　　胥姝犹豫了一会儿，报名了。对于文科生而言，要缩短和理工科之间不可逾越的鸿沟，只能珍惜一切机会去学习去研究。这时，她的邮箱里出现了一封新邮件，是创业园公关部发来的。新来的公关部经理沈媚给各企业综合部发送了邮件：

亲爱的胥总：

　　您好！

我是创业园综合部沈媚。很高兴和您联系。如果企业发展有任何需求，请和我联系，我将竭诚为您服务。各委、办、局近期会推出一些专项资金支持办法，敬请您关注。

如果有时间，我们可以一起喝下午茶，相识相知。

祝您快乐幸福！

沈媚敬上

正想去找创业园聊聊，胥姝想起林总交代自己的，说是市里新建了九十万平方米的公租房，给了创业园几十套，要自己去帮单位的小伙子、姑娘们争取一些。听说创业园还准备在国外举办人才引进对接会，公司也想一起去参加，在世界各地再多觅几个叶通这样的大咖来。

想到这儿，她马上给沈媚回了一封信，说汉科公司非常感谢沈总关心，公司正好有人才公寓房、人才引进和专项资金等相关事宜想请教，等沈总哪天有时间，便择良辰吉日好好一聚！

没想到沈媚动作飞快。她马上又回信了，说择日不如撞日，要不干脆此时此刻去创业园的咖啡馆见个面？胥姝见她这般爽快，于是答应了，两人在散发着法式巧克力慕斯蛋糕馨香的咖啡馆里见面了。沈媚很是自来熟。两人一边吃着巧克力慕斯蛋糕，一边闲聊着。

"胥总啊，你看看你的手，饱满光洁，这是非同寻常的手，是大富大贵的手，我以前都没见过呢。"沈媚望着胥姝的手指尽情赞美着，仿佛情不自禁想去抚摸胥姝的手。

胥姝本能地缩回了手，没让她触碰到自己的肌肤。她醉心于对方的赞美和恭维，却不愿意陌生人触摸自己的手。

"对了胥总，你结婚了吗？有男朋友了么？像你这样优秀的女孩子，又有着这样有福气的一双手，一定要找个好老公才是啊！找老公是事半功倍的事情，你看看园区里的女老总、女董事长，看起来气定神闲、自信满满的一个个女人背后，哪一个没有非富即贵的老公或情人在撑着？"沈媚很是直白接地气地说。

"是啊，找老公是女人的二次革命啊，但这个不容易哦。"胥姝说。

"不容易你也要去找啊。你看看现在创业园里很多女孩子，都是个子高、学历高、品位高的三高人才，好多都是什么英国、德国、美国回来的高材生，但忙于工作，过于骄傲，青春年华都被耽误了。女孩子单兵作战很辛苦。"沈媚动之以情、晓之以理地劝说胥姝。

"美好的缘分可遇不可求，没遇到，我变戏法变出来一个？"胥姝俏皮地说。

"创业园每年都有各种老总沙龙、信息交流会和政策培训会，我也在筹划着下个月搞一个鹊桥会，到时候会有很多优质的理工男参加，我悄悄留给你几位钻石王老五啊。"沈媚贴着胥姝的耳朵说。胥姝笑而不语。

"你知道吗，现在的相亲会，都是十个女生抢一个男生啦，上回竟然还出现两个老太太为了一个老头子在宜家家居打架的事情，真是世界之大无奇不有啦。"沈媚说。

"暂时不用啊，现在这样也挺好的，想吃饭就叫外卖，想逛街就上网店，想陪伴就有语音机器人。"胥姝开着玩笑说。她如果要接受人家的介绍，至少也有三百个媒婆凑上来了。

"你们怎么都这样？现在好像都不是迫切地想去找男朋友。我懂了，你们都要找梦想中的男神呢，梦想中的二进制王子啦！但女人不能太执着，不能爱得太纯粹。眼睛里如果容不下一粒沙子，不愿意忍耐和等待，最终肯定是一拍两散，受伤的还是女人。当女人伤痕还没愈合，男人便已对着新欢重复着誓言和蜜语。"沈媚继续给胥姝喂鸡汤。

"您真是爱情导师啊！我明白啦，这个年代的女人都要学会自己成长，自己独立，自己温暖自己，做一缕温暖自己、照亮自己的阳光！"胥姝说。

"好呢，以后有时间我们多聚聚多聊聊。"沈媚很懂得进退分寸，让胥姝顿时有了好感和亲近。

"对了，你们最近在研究什么啊？有什么好项目我这里可以帮你支持一下，各种基金、创投都想找猎物啊。"沈媚说。

"我们正有此意啊，集成电路的基金我们想申报，其他关于创业企业的税收、人才、空间补贴政策等，如果有能支持我们的，那都是再好不过了！"

"汉科是我们的头部企业，理所应当啊！支持好你们，创业园人工智能、集成电路才能全链条带动，卡脖子技术才能自主研发啊。你们有什么困难都和我说，但今后不能凤凰展翅、远走高飞啦。"沈媚说着，很娴熟地用了个田园口中经常说的关键词"卡脖子工程"。

胥姝明白她话里有话，大概听说了最近企业分支机构在苏州创业园落地的事情，于是说："我们这回在苏州落地了一个分支机构，也是为了支持国家的长三角一体化战略，推动长三角联动。苏州和上海这么近，理应互通有无、互相支撑。"

"太好了！你这边有什么需求，都可以和我说。公租房的事情，我会和田总说，争取能多给你们几套。我把这些可以申报的各路项目发给你，你好好选择一两个。我帮你去争取。"

"人才居转户进上海的事情，公司也想拜托您去申请。我们的研究人员自己去试过，如果不是高新技术企业，不是创业园或单位出面去办理，哪怕符合积分条件了，也要排队一到两年才能解决啊。"胥姝说着，把她整理好的居转户名单交给了沈媚。

简单的下午茶结束了。临走时，沈媚拿起一个纸包装的咖啡袋，很是神秘地眨眨眼睛说，咖啡是一个著名国画家从国外带回的，那个画家是一位著名的国画大师的第六代传人，富有国学底蕴。这大师加持过的咖啡，自然有着不同寻常的艺术灵性和吉祥意蕴。

沈媚绘声绘色的每一个音韵，都可能在听者心里激起一朵朵憧憬的浪花。她拿起那一包琥珀色的咖啡，塞进胥姝的小包里。临走时，她还恳请胥姝，能否帮忙去做一个科普课堂的活动，为孩子们介绍人工智能方面的知识。胥姝满口答应了。从咖啡馆回到办公室，胥姝忽然惦记起看电影的常言和玛雅了。已经五个小时过去了。

"怎么样啊？电影看好了吗？"她分别发送信息给了常言和玛雅。一向回复超快的玛雅和常言都没回复。

下班后快到家时，她又惦记着玛雅了："电影看完了吧？"没想到还是没回复。

胥姝知道她大概又去哪里鬼混狂欢了，于是无可奈何地笑笑，然后背着包去瑜伽馆和印度人一起练瑜伽了。胥姝喜欢运动，更喜欢尝试不同的运动，也有一群喜爱运动的挚友们。来到公司后，她跟随过创业园的游泳队学游泳，跟随过舞蹈队学探戈和街舞，随着合唱团一起练声乐练合唱，还憧憬着去慕尼黑、维也纳举办音乐会。她居然还拜师研习过太极，在院子里那一簇高贵纤细的竹林前闻鸡起舞了几十天。

在胥姝看来，这都是丰富无垠的人生体验。自从到英国留学后，广阔的世界为她打开了一扇博大宽阔的视窗，她对未知世界和时空里的一切都充满着求知和好奇。她像牙牙学语的孩子，兴致勃勃地尝试着不同形式和内容的知识，孜孜不倦地试图去探索，无限接近神秘旷远的星球和宇宙。

第二天早晨，玛雅淡淡地回了条信息，说她后来有事，没和常言看电影了。而常言，后来也没消息了。他以前每天早中晚三次请安报幕的信息，仿佛瞬间都消失了。

第八章
保加利亚的那艘船

　　按沈媚的吩咐，录为把在西班牙、希腊的同学寄回来的鲍鱼泡在盆子里浸润着。等深褐色的鲍鱼泡开洗好后，他打开了两百块买来的简易烤箱，把温度调到三十度低温，让泡发的鲍鱼在炉里烘焙着。鲍鱼在时光里慢慢收敛着弹性和水分，重新塑成形。

　　"对了，你和在西班牙、希腊的同学联系过了吗？再多发点鲍鱼过来，外国人不吃，中国人都爱吃。"沈媚说。

　　"知道了。"录为说。

　　"他们说还想去挪威拿鱼胶，直接用大冷冻车运到保加利亚的一个大仓库里，然后再运回来。"说起自己喜欢做的事情，尤其是和鲍鱼及欧洲有关的事情，录为的话会稍微多一点。

　　"鱼胶？鱼胶用来干什么？"沈媚问，生怕录为被他海外的同学骗了。

　　"做布丁、沙拉，美容，都需要鱼胶啊。"录为说。

　　"哦，知道了，你别上当受骗就是了。"沈媚望着窗外轻拂玻璃窗的枝头。

　　"鱼胶从鱼鳔里提取，所以他们去挪威拿鱼鳔。"录为补充了一句，怕沈媚不懂。

　　"哦。"沈媚有点心不在焉地回着话。

　　她没去过挪威，也没去过希腊、西班牙和保加利亚。听着录为的叙述，

123

她仿佛看见了一艘大冷冻船从碧蓝澄澈的大海里驶来，船舷飞溅着咸涩冰冷的海水。她看见了这艘船在深海中捕捞，系着橘红色塑胶围裙的渔夫当场就把鱼鳔洗净处理，再装进了冰冷坚硬的冷冻箱。

"我去给孩子交续班费了，你等会儿在淘宝上多买几个礼品盒。人靠化妆，商品靠包装，散装的十个鲍鱼也许只卖五十元，一包装就可以卖五百元。"沈媚说。

"嗯。"录为应着，他心底里还是觉得，这是欺骗消费者的行为。

沈媚悄悄从橱柜内层夹缝里，拿到了上回田园给她的那叠钱。她觉得那叠暖暖的钱就是一颗颗希望的种子，它能捎着自己的女儿，去创业园里的人经常提到的牛津、斯坦福和 MIT 深造了。她呵护着这些希望的种子，把它塞到了帆布包最安全的夹层里，手臂紧紧箍着袋口子。

骑着小黄车，到孩子读书的培训中心了。培训机构前台沙发上，横七竖八坐满了捧着手机的爸爸们。几个有着肚腩的妈妈斜倚在角落里，八卦着一位妈妈最近晒出的照片。照片上的男主角据说已不是孩子她亲爹，而是一个比她小十岁的年轻人了。女人和女人在一起都不注重站姿，一个妈妈干脆撩起裙摆把脚搭在座位上，和其他妈妈敞开嗓门议论着。肩上一个个棕色蛇皮袋般的路易威登包袋晃荡着。

八卦之后，她们又说起了小升初和幼升小，说最近有些孩子已经"上岸"了。有的学校一个指标卖到了七十万，八十年代建造的斑驳不堪的学区房，都已经十几万一平米了。

沈媚听着"上岸"这些似懂非懂的专有名词，忍不住又捏紧了袋子里的那坨方方正正的钱。

"您是孩子妈妈吧？孩子的春季班马上结束了，接下来要交暑假班和秋季班的学费了。"前台老师认出了她。

"学费？哦，好的，一共多少钱？"沈媚又无意识地捏紧了那坨带着体温的钱。

"暑假班和秋季班连报可以打九折，一共一万五千八。"前台工作人员打了个大大的哈欠。

"一万五千八？"沈媚语气露出了惊讶，接着连忙改口成满不在乎的口气。

"好的，我等会儿就交，先去取一下钱。"说完，她逃一样地乘电梯下楼了。在楼下工商银行自助取款机里摸索了半天，三张卡只有两千元。她只好用两张信用卡各透支了两千，凑齐了要给孩子交的费用。

捧着这有着温热体温的一万五千八，沈媚感觉有点虚脱，她神情恍惚地把钱交给了前台。前台看也不看她，手脚麻利地操作着，然后把一张黄色的三联单塞进了她的手心里："对了，我们这最新针对名校开设了一对一精品课程，一节课两小时，每小时八百元，你要不要看一看？"

"暂时不要，不要！"沈媚很慌张，像飞一般逃离了前台。回到家，那种低落的情绪重新像飞絮一般塞满了胸腔，堵得慌。

她在洗手间里反反复复洗着手，心里默默数着数。她觉得自己非得像蜘蛛一样手舞足蹈、四面织网，才能变成孔雀和凤凰。她不甘心，她必须加油，必须寻找更多的领地，像圣母般坚韧有力地托着女儿这个小天使。

"妈妈怎么发呆了？"小天使仿佛在自言自语。

沈媚即刻装出欢喜雀跃的样子，钻进厨房里给女儿做着又便宜又营养的红枣银耳羹。做好后，她按照自己微信朋友们给她的地址，让快递来把烘干的鲍鱼寄出了。

"我买了很多盒子，看起来不错。"录为忽然主动起来了，他仿佛也明白了买椟还珠的道理。

"欧洲的朋友说鲍鱼和鱼鳔、鱼胶都已经到了保加利亚港口了，只等着装船出发了。"录为仿佛在用心哄沈媚开心。

"好的。"沈媚朝录为笑了，她笑起来很是妩媚。

录为忍不住抚摸着她，低着头沉醉。沈媚也假装投入地感受着录为的抚摸。她心里浮现出许多的希望。迷蒙中，她仿佛看到了保加利亚的索菲亚港口。在那里，停泊着无数满是鲍鱼、鱼鳔和鱼胶的集装箱和冷冻船，赤橙黄绿青蓝紫各色的箱子伸向无边的天际线。当船靠岸时，这些冷冻箱里的鱼鳔、鲍鱼和鱼胶便散发着雾气，载着自己和老公、女儿的梦想，驰向了衣食无忧、开怀大笑的远方。

微信朋友圈、微博和哔哩哔哩等互联网产品仿佛是浩瀚无垠的世界图书馆。无论是大英博物馆的展览，还是哈佛、牛津图书馆的电子书典藏，只需轻轻一触鼠标，世界的大门便开了。

才几个星期，沈媚就通过网上学习和田园手把手、面贴面的教学，把创业园内部的苗圃、孵化器、加速器企业情况了解得一清二楚。发改委、经信委、科委几个关键部门的这些外部关系也画成一览表，成竹在胸了。在田园看来，沈媚似乎装有一肚子的智慧，也就是一肚子的坏主意，这些坏主意让她成为了他拍案叫绝的好助手。

比如，她会在寻常的工作里，建议邀请一个大人物，让寻常工作忽然绽放出不寻常的魅力；她会在普通的一个沙龙里，安插若干主题的分论坛，让沙龙内容目不暇接；她会借部门之间的人员调动，把棘手的工作甩出去，美其名曰是按照工作随人走的原则，让调走的人带回到人家部门去。她的这些做派，让某些人在背后牙齿恨得咯咯响。

沈媚的迷人更是让人欲罢而不能。带着沈媚去参加了一两次饭局，田园更觉得自己被牢牢吸引了。先前找兰朵时，总希望饭局上她能吹吹笛子唱唱小曲，或是和他出双人对，在觥筹交错中应酬各种人。然而兰朵清高有脾气，她只愿意认真地爱着田园这个人，而不愿去哄他身边的其他人。她护卫着自己的笛子和她的身体，说那是她的什么骄傲和高贵。

平凡的沈媚也似乎越来越迷人。每每望着她两只原本内双的眼睛、平淡的鼻子，甚至有着雀斑的面颊，他就忍不住迷乱。这张粉嫩的巴掌脸总是波光流转，散发出摄魂的韵致。

"沈总，苏比特老总苏民到了。"小茵跑过来轻轻说。

"你倒个茶弄杯咖啡，我和田总等会儿再过来。"沈媚漫不经心地翻着文件。尽管她心里很想见见录为公司的老总，然而对于自己来说，总要搭搭架子，迟到几分钟显得更有威严感。

果然，当沈媚陪着田园出现在会议室，苏民激动得紧握着田园的手，说感谢田总百忙中抽出时间来指导。

"可不是？田总是空中飞人，一天到晚国内、国外飞不停！今天他本来还要出席一家重要企业的揭牌，看到您来了，特意翘了另一家！"沈媚故意编着假话说，田园的加持不仅是给苏民面子，更是给自己的分量。

"是啊，我这实在是分身乏术啊，今天这个项目的专家论证会，明天那个项目的开工仪式，真是此起彼伏啰！"田园盯着苏民说。

"感谢田总啊！感谢您百忙之中抽出时间来加持我们，我们以后一定感恩铭记啦，一定会感恩！"苏民似乎也很善于接翎子，他坐下来飞快地打量着沈媚。

沈媚轻轻搅拌着自己的咖啡和奶精，搅好后，还用嘴吹着咖啡上的热气。最后，她特意慢腾腾地和田园交换了杯子。

"苏总啊，市里十分重视创业园和创客空间的发展，我们也在各个部门的支持下，推出了很多支持企业创新创业的好政策。作为人工智能领域的龙头企业之一，您以后要多帮我们出出主意啊，帮助我们一起做好企业服务工作，就像构建好热带雨林各种动植物繁荣生长的生态环境。"田园小眼睛眯成一条缝，一边说着一边打量苏民养尊处优保养过的皮肤。

"我们要多过来向您汇报，这不，今天沈总打电话过来，说要视察我们企业，我马上屁颠屁颠就来向您汇报了。"苏民很是殷勤地说，不惜降低自己的身份。

"你的企业需要什么支持？随时和我说，我们在符合政策、符合原则的前提下，全力以赴做好企业的扶持和帮助工作。"田园滴水不漏地说。

苏总一本正经地汇报了企业发展的情况。苏比特公司看起来纵横驰骋，业务从一开始的 AR、VR 到"互联网+"，再到人工智能，以后还说要和最新的元宇宙和 ChatGPT 搭上关系。只要某个时点什么最时髦最热门，他就投身那个潮流里去搏击。

"田总，改天有空时去我们那儿转转。我们有个枇杷园，正是摘枇杷的好季节，您也过来体验体验乡间的生活。"苏民说，他们在郊区又租了个小院建了个分公司。与其说是分公司，不如说是个接待娱乐中心。田园笑而不语，看了看沈媚。

"苏总，我们加个微信吧，加好了，以后就可以热线联络啦。"沈媚又像个花蝴蝶似的，飞到了田园和苏民间。

"好啊好啊，美丽的沈总啊！上回您在田总那儿帮忙，您的美丽和才华给我留下太美好的印象，真是上得厅堂、下得厨房啦。"苏民说。

沈媚很是妩媚地望着他，没有回复他。

苏总回去了，沈媚回到了自己办公室，想起了孩子入学的事情。她这周刚因为园区人才工作的事情，和中山小学的校长认识了。她试探着给校长打了个电话，提到孩子入学的事宜。没想到校长马上答应了，说太巧了，正好有孩子去美国读书放弃了，腾出来一个名额可以给沈媚。

沈媚捂着胸口一再感恩着，老天对她可真不薄。她很是满足地躺在宽大的皮椅怀抱里，兴奋地转了七八个大圈。没想到这时，苏民的信息闪现了。

"美丽的沈总啊，您的气质可真是迷人啦！我很愿意为美丽的您服务，有什么尽管吩咐啊。"苏民的甜言蜜语放之四海而皆准，无论哪个女孩子都会为这样的蜜语沉醉半宿。

"对了，是不是有个叫录为的在您那儿？他是我老同学。"沈媚说。

"你们是同学？看不出啊，你像是九零后啊？"苏民说。

"哈哈，你和他是八零后，我是九零后。"沈媚俏皮地一笑，巧妙地各自减龄了十周岁，满足了大家心里的愿望。

"您一定有很多青春往事吧？有许多旧情人？"苏民忽然蹿到了这一个话题。沈媚马上明白了苏民话里的意蕴，她开始软糯糯地和苏民聊往事聊感情，只要扯到只可意会、不可言传的男女私情，两人就会捧着手机暧昧地嬉笑。

沈媚盼望着早日再见到苏民，捕捞住又一条人生的大鱼。这是她吃饭的本领，是野心勃勃的事业。只要多捞几条又肥又慷慨的大鱼，她一辈子就有取之不尽的衣食父母和饭票了。

苏民也是迫不及待地渴望见沈媚。第三天晚上，他就在枇杷园自家食堂里，设宴隆重款待田园和沈媚。

田园带着精心涂抹的沈媚出席了。晚宴上，苏民叫上了自己的女秘书来唱吉祥歌。女秘书朱唇轻启，唱着六七十年代出生的男人喜欢的软绵绵的邓丽君的歌。田园很是兴奋地沉醉于其中，身子和手脚不由自主地打节拍，附和着歌声，后面跟着女秘书往走廊上走去。

沈媚在旁边笑而不语注视着，内心里却还是有点酸。男人们就是这样处处都能遇到温柔乡。她心里不舒服却又无可奈何。于是她也艳波荡漾着，吸引着苏民直勾勾的目光。那一晚，苏民色眯眯的眼睛一直萦绕着沈媚。她充满诱惑的身姿在哪里，他就马上跟随着去哪里。

后来，沈媚主要的工作好像就是负责联络和协调，组织一个又一个的聚会，把那些迷人的套话和歌谣一遍又一遍地表演着、朗诵着。一次又一次的聚会后，无数相关企业的老总或身份不明的人会和她很热络，真真假假赞美着。

"沈总啊，您的眼睛婉转流动，眼角弯弯地上翘，形成醉人弧度，一看就是吉祥女伴之相啦，后会有期啊！后会有期！"每次起身道别时，男伴们都会握着她的手，频频回头不忍离去。

"后会有期。"这时，她忽然会垂着自认为高贵的眼睛，浅浅地拥抱着，不带感情色彩地和道别的人挥手。欲擒故纵，这样她才能保持永远的魅力。

总算又结束了一场又一场应酬了，她不知自己喝了多少酒，也不知手上留下了多少指纹了。先前她还会扳着手指记个数；看看自己认识了多少人。后面人数越来越多了，她也写过"正"字来计数；到最后数也懒得数，只要看看本本上送礼的名单，便是清晰可见了。

"没想到你这么会张罗饭局。"田园回头望着她，眼里都是粉红色的光。

沈媚正懒洋洋地躺在沙发上，呼吸带着酒气。

"为什么男人都这样啊？"沈媚眨了眨烟熏眼，点燃了一根烟。

"很多时候，男人通过聚会检验安全感，对吧？"沈媚说。

"男人是没有安全感的动物，男人和女人聚会了有了连接，才会产生安全感，认为这个女人才会死心塌地为他办事情。"田园说。

"女人就是这样被你们利用、被你们带坏的。难怪啊，你们不是经常说，一起下过乡、一起同过窗，一定要一起做过什么坏事，这种关系才是最安全的？"沈媚抛着媚眼说。

"你瞧瞧，男人多简单，安全感最容易找到了，不会像你们女人时不时还要折腾。"田园抢过她的烟长长地吸了一口。

"你们男人所向无敌啊，哪像我们女人，会投入感情，会整个人陷入，去恳求男人还要有承诺，有婚姻，有孩子——"说着说着，沈媚想起兰朵那幽怨的神情了。

"女人就是这样变得被动，变得无趣的。"田园若有所思说。

沈媚望着他笑而不语。她始终要保持男女关系中的主动性，要努力克制着真情流露。她只能把他当作商业伙伴，否则自己又会万劫不复，掉进感情的漩涡。

"女人都想要婚姻，婚姻就像孩子眼里的一颗糖，不得到就誓不罢休。"沈媚还是忍不住感慨了一句。

"其实她们不知道，婚姻无论对男人还是对女人，其实都只是裹着色彩和糖浆的糖衣炮弹！一有婚姻就玩完了，男人只要谈到婚姻和孩子，那些产生性和激情的多巴胺都跑啦！这年头什么都是游戏，哪有那么多责任和归宿？"田园说。

"对了，干脆我们自己搞个聚会的餐厅吧，弄几间风雅的包房，来一场场风花雪月的约会。你说可以吗？"沈媚沉思了一会说。

"你只要眼珠子一转，便是一个谋略。"田园心领神会。

"你是懂我的啦，这个主意怎么样？"沈媚扭过脸来问。

"就按你说的办，我当餐厅董事长，你当餐厅总经理。"田园借着酒气有点乐开怀。

"嗯，交给我来吧。从里面的装修，到服务员的选择、服饰色调的搭配，都看我的啦。"沈媚老谋深算地说。

"好，不过餐厅客人来来往往，要装个那个才行——"田园提醒说。

"还用你说吗？咱们这地方肯定要雁过留痕才能管理好。"沈媚说。

"聪明，不愧是好帮手。"田园说。

"工作人员的名字我都想好了，可以叫橘白、胖三花、玳瑁、狸白、咖橘。"她一口气说了很多猫的名称。田园点点头。

"还可以文雅一点呢，可以去网上找找人家说的什么《诗经》《离骚》里的。"说着，她打开搜索，"你看，可以叫蒹葭、荇菜、狐尾藻、菡萏、香蒲——"

"你的肚子里怎么这么多学问？你是什么做的啊？"田园直直地盯着沈媚问。

"水啊，你是泥啊，我这水一碰到你这泥，就变成浑水了。哈哈哈！"沈媚说着，揪着田园的手指把玩着。

"对了，你的大音乐家兰朵呢？"沈媚问。

"除了音乐会，其他时间天天在家腻着我。"田园叹气说。

"她也是遇人不淑啦，和你这样的人还谈感情？还想有幸福的归宿？太阳从西边出来啰！"沈媚又抽出一支烟点着了。田园正想说什么，这时，他的手机振动了。

"你在哪里啊？怎么还不回家啊？"兰朵狐疑的声音出现了。

"你先睡啊，乖，我应酬完马上就回来，嗯？"田园抱着怀里的沈媚，安慰着兰朵。

"你不回来，人家睡不着啊。"兰朵娇滴滴地缠着他。

"我马上，我尽快，你先睡，乖！"说着，他对着手机"啵"地亲了一大口。

沈媚长长地抽了一口烟。"你们男人啊，哄鬼呢！天天说着假话演着戏，都不知是第几遍念台词了，不累吗？"沈媚不屑地说。

"也累啊，男人天生喜欢游戏啊。女人太当真了，天天缠着要结婚要生孩子就烦了。"田园说。

"那你肯定烦她了。"沈媚故意点火说。田园没吭声。他从沙发上站起来，整顿好领口袖口后，把沈媚毫不犹豫地拽起来。

"该走了，亲爱的！"他很是理性地说，总是叫着沈媚不会叫错的"亲爱的"。

沈媚心里再一次浮现了酸涩，却压抑着情绪不泄露。她和田园的情分还不够深厚，现在太任性也许马上一拍两散了。她要缠住他，和他在时光里盘根错节不分彼此。

到家门口了。沈媚下了车，望着渐渐消失的那辆车。那瞬间，她心里忽然涌现出翻江倒海的苦涩。她很是不甘。她不愿意站在这个男人的身后，让自己做一颗招之即来、挥之即去的棋子。她要做主人，要把田园紧紧地控制在自己掌心里，无论这个男人往后在江湖上如何叱咤风云，他的人生的线一定是牢牢地掌握在自己手里。这样想着，她狠狠地咬着自己的红唇，忽然咬出咸涩的血丝了。

然而过了十来天，田园忽然告诉她，说兰朵悄悄地把药片扔掉了，已经怀孕了！田园看起来很烦躁，已经和远在美国的前妻有了一儿一女，他早已没有勇气筑巢了。他在香烟的雾霭中焦头烂额踱着步，让沈媚帮他出主意。

这件事对沈媚来说，也像是一个炸弹。兰朵如果有了孩子，她几乎就能长期制衡自己，让自己彻底失败。

从古到今，孩子就是宫斗戏里的核心，这些大腕身后的女人竟然又像古代皇宫里的妃子，一个个用怀孕生子去占有男人，控制男人，坐收男人背后的渔利。

她紧锁着眉头，在心里盘算着。

第九章
印度伙计的沙龙

我们曾经深爱过

那些爱在春天的山峦上

岩石缝里

坚韧顽强地生长着

我以为 那便是永恒

——彼得曾写给胥姝的便签

　　朦胧的情愫在潮热的阳光和雨水里跃跃欲试了。

　　胥姝和叶通努力压抑着嫩芽，沉默着、延宕着。然而，他们其实时刻都在同频共振了。白天时时能望见彼此心有灵犀的眼神，一颦一笑都甜蜜润泽。而回到家里，也是各自捧着手机，同步感应着，在共同的微信群里互动着、窃笑着，为群友们发送的信息和图片点着赞。只要半小时没看见彼此在群里的呼应，便会牵挂着。

　　"为什么外国人蒙面是蒙眼睛，中国人是蒙下巴？"群里周末的图片总是轻松诙谐的，幽默的绿青蛙头像群友发了个脑筋急转弯的提问。

这个问题还真的问倒了胥姝，她想了半天怎么也想不明白。而叶通这时候马上出现了，他机灵地回答说，因为中国人可能胡子少一点，外国人胡子多，所以外国人蒙眼睛、中国人蒙下巴。

回答完全正确，连在诸多论坛、沙龙里串场不歇的大经济学家群主也出来点赞了。

然而绿青蛙跳出来否定，说是因为蒙面佐罗为了方便和女主角接吻，所以才蒙眼睛！大家想想很有道理，于是嘻哈成一片。

这时，群里一位印度老总忽然发邀请："明天我在陆家嘴有场人工智能的聚会，你们有兴趣光临吗？"他把聚会的二维码发在群里了。这位老总就是汉科公司即将在印度德里共建联合实验室的小伙伴。

"一起去吗？上回林总提出了四个计划，其中有一个计划需要联合印度实验室一起去推进。"叶通发了个信息。

胥姝心跳如兔，她感觉到叶通有点欣喜，也明白他心中蠢蠢欲动的嫩芽终于找到了初夏的突破口。紧张了好一会儿，也犹豫了好一会儿，胥姝说："可以啊，林总正在考虑两周后启程去印度，商议人工智能联合实验室构建的事项。我们正好借此机会打前站，为林总做好联络协调的工作。"

周末聚会的傍晚，胥姝来到了陆家嘴。玉笋林立的陆家嘴高楼，建筑的尖顶向天际无限地延伸。站在这些高耸入云的建筑前，胥姝谦卑而虔诚，内心充满了对天地万物的感恩，感恩天地间的一切。

阳光是透亮的，一览无余照耀下来。偶尔反射在玻璃幕墙或水晶雕塑上，折射出流光溢彩的霓虹，七彩光映照在行人的发梢上。天地间恢弘壮阔，温暖而润泽。

叶通带着胥姝，来到了丽思卡尔顿酒店37楼。眼前皮肤微黑、体态微胖、有着黝黑胡子的Seri热情洋溢地招呼着他俩，吩咐手下延请他俩马上落座。

叶通轻声耳语着，说印度人Seri是林总和他以前在硅谷认识的老朋友，他还是印度理工学院的PhD，那是世界上比哈佛和牛津更难考的学校，据说每年的录取率只有千分之二。

胥姝点点头，她知道，对印度这样人口稠密、大学不多的国家来说，能上大学的国民确实是凤毛麟角。

"在印度理工学院毕业后，他就直接去了硅谷从事人工智能的行业。"叶通说着，两人来到了沙龙坐下了。

胥姝发现，这个原本平淡无奇的聚会在印度人的精心装点下，宛若一个华美的盛会。平日里穿着西装毫不张扬，过往于大街小巷的印度女生们，这会儿都穿上了节日里才穿的印度纱丽。鲜艳的纱丽裹着一具具丰腴的身体，一个个肚脐眼像盛开的玫瑰，饱满绽放在衣裙的边缘。他们也都是出双入对来参加沙龙的，婀娜多姿的女士都手挽着自己的老公或男朋友，优雅而热情地致意，用带着印度口音的英文大声地打招呼。

看到仿佛有点儿意味深长的场景，叶通也深情热烈地望着胥姝，眼里蕴蓄着汹涌的激情。胥姝不敢看叶通，她的脸滚烫滚烫的，像涂了娇艳的腮红。叶通的脸一定也散发着滚烫的热量，他没敢挽着她的手，乖乖地坐在她旁边，听两颗心"扑通扑通"地跳荡。

"我去给你倒杯茶。"叶通难以承受心跳的节奏，起身去倒水。走到咖啡机和茶壶边，他深吸了一口气，然后缓缓给自己制作了杯清咖，给胥姝倒了杯大吉岭红茶。

他端着两个杯子回到座位时，印度理工学院的老兄朝他微笑致意，沙龙开始了。

"我们是谁？我们为什么为人？人和机器有什么不同？"穿着藏青色印度男士服饰、眉心里也点着朱红的痣的 Seri 望着嘉宾们畅谈了。

"在这个神奇的年代，机器可以仿照人的身体做各种动作，承担各种劳动，那人类会不会有危机？人类会不会灭亡？人类当初是为什么、凭什么成为独特的人？"Seri 连续发出四个疑问，接着便旁征博引地论述，从马斯克到扎克伯格，从李开复到上海的人工智能大会，从最新的算法到算力，一切尽在他掌握，脱口而出地漫谈着。

印度的朋友们品着咖啡，若有所思点着头。

"机器人会对人类有挑战么？人类会灭亡么？"Seri 旋转着灵活的舌头，再次提出这一个问题。他的呼吸很急促，让他的胡子不时往两侧移动。

"会的！机器人会挑战人类。机器人会导致失业，会抢占人的工作，也会泄露人的隐私，还会引发一些伦理问题！"一位有着深深双眼皮的女孩说。她大概刚刚二十岁，灯光在她米色眼皮上画了一道优美的弧线。

"不，机器人替代不了人类！机器人之所以能模仿人的动作，是因为它只是一个木偶玩具，一切都在人的掌控中。世界千变万化、几十亿人的数据特点不能穷尽和悉数采集，因此人工智能只是半能，不是全能！"胥姝也进入了自由论争的状态，毅然反驳着女孩的观点。

叶通侧着脑袋朝她赞许地点着头，帮她把牛奶倒进红茶里轻轻搅拌着。

"人有感情，有知觉，有冲动！这些知觉和冲动无所不在，无时不在变化和运动中。它没有唯一的规律可言，很多时候只可意会不可言传。尽管世界上许多科学家在进行脑科学和类脑研究，然而终究不能穷尽宇宙万物的灵犀变幻。"胥姝进一步阐述自己的观点。

"是的，我赞同。人工智能也是人类的一面镜子，它在模仿人类、研究人类行为的同时，又在反观人类的价值、道德与操守。这种反观更有利于人类的进化和发展，而不是让世界混乱和灭亡。"Seri 很是赞同胥姝的观点。两人说话间，全场响起了掌声。点缀着眉心红痣的 Seri 夫人脸上，洋溢着对老公的骄傲和自豪。

沙龙结束时，叶通和胥姝留下了。叶通和 Seri 商量了印度之行的细节，然后挥手道别了。

天越来越黑了。黑夜的帷幕慢慢拉开了。夜色又是那般深情而绵长，陆家嘴的点点星光投射在眼里，沉淀在心里。胥姝和叶通默默地下了电梯，出了酒店的门。

"不知怎么，这些天有一种情绪在心里生根发芽了，一直缠着我。"叶通望着对面的胥姝，终于用英文表达了。此时此刻，或许英文才能让他拥有足够的勇气，表达着中文无法启齿的冲动。

胥姝假装不明白，也没敢看他。

"我们去江边走走，好吗？"叶通问。

"嗯。"胥姝说。狭窄的空间，已约束不住他们悸动的心。

胥姝跟着叶通，来到了江边。江边无数酒吧鳞次栉比紧挨着，黑眼睛、蓝眼睛的人们深情回眸，流转着爱和蜜意。江对岸，便是曾经见证过无数爱恋的爱情墙，镂刻着岁月，镂刻着深情。水晶宫一般的万国建筑群见证了不寻常的历史，也见证着无数爱与分离的甜蜜与伤感。而江对岸，则展现着高楼大厦象征的繁荣与全球化。

叶通靠近了胥姝，胥姝听见了心跳声。叶通猛然用力把胥姝揽进怀里，贴近胥姝的面颊。两个滚烫的面颊紧贴着，用尽全力缠绵着。

时空在他们身边凝滞了，江鸥轻灵地环绕，翅膀轻盈扑闪着，也像是在喃喃细语着。风吟诵着，耳边掠过轻灵的天籁之音。终于不知道多久，叶通的眼睁开了。"你不知道你有多美，无论哪个角度都勾勒着东方的唯美。"他托着胥姝的腮，冲动赞美着。胥姝羞涩地闭着眼，躲在他的怀抱里。"你是算法天使，是我的二进制天使。"叶通又情不自禁地说。

"你是我的二进制王子、算法王子，我永远的王子。"胥姝抬起头，很是羞涩地说。

"我想了解你，想和你融化在一起。你能告诉我你的全部吗？我想知道你的一切，一切的一切。"叶通充满爱恋，激情地说。

"我告诉你我的所有，你想知道什么，我全和你分享。"胥姝还是很羞涩地说。

"我想知道，在我之前，你有过男朋友吗？我想做你的唯一。"叶通说。

"曾经有过。"胥姝说。

"真的有？"叶通凝视着她的眼睛问。

"有过。"胥姝说，她的眼睛静静凝视着江面上的游艇。窄窄的白色的游艇也像是一羽羽海鸥，飞舞在夜的深沉处。

"他在哪里？"叶通问，有点儿嫉妒的味道。

"他是天使，仰望星空的天使。"胥姝说。

"天使？探月行动的天使？火星计划的天使？"叶通很好奇。

"不是，他不在星球上了，飞向远方，飞翔在苍穹里了。"胥姝有点儿伤感地说。

"哦，很抱歉我不该问。"叶通恍然大悟了。

"没什么，都过去了。你呢？"胥姝问。

"以前有，后来没有了。"叶通说。

"怎么会没有呢？"胥姝望着他。

"虽然彼此在人间，但心与心背离了。你知道吗，自由比勉强凑合更珍贵，纯粹纯洁比苟且一定高尚得多。我一直在等，等能够理解我的那一个人。"叶通紧紧拥着胥姝说。

"我们不苟且，不勉强。有时候发现，现在满世界仿佛都有人在追求你，连散步都可能有人跟在身后说爱你。其实那或许不是因为自己的魅力爆棚，而是因为这世界越来越随意，爱情的沸点越来越低了，自律少了，太容易说爱了。"胥姝深有感触地说。

"真正爱你的、值得爱的，却只有守候在远方的那一个，只有注定的那一个。或许在远方，或许就是咫尺。"叶通说。

"追你的肯定有一长串吧？"胥姝侧过头问。

"是啊，一长串，要给我当红娘的媒婆至少也有一个师那么多了，我都礼貌地拒绝了。"叶通很是认真地说。

"幸好拒绝了，如果不忍拒绝，那要惹下多少桃花债啊？"胥姝哈哈大笑了。

"后来才明白，多情就是无情。挤满了追求者的独木桥上，只容一人通过。"叶通说。

"朱迪让你有感而发吧？"

"谁都比不过你。当你慢慢地成长，就会发现人的境界、胸怀和价值观都是迥异的。"叶通说。

"原来你这么多有感而发啊？原来你是这么有思想的哲学家！"

"你也是啊，那么有哲理，那么有诗性。哲学家兼算法公主姝姝，是谁教会了你这些？"叶通扳过她洁白如玉的脸庞说。

"远在天边，近在眼前啦！就是眼前的这个算法王子，麻省理工高材生啦！"说着，她便醉倒在他温柔宽广的怀抱里。

叶通凝视着胥姝，她眼里那不曾被时光腐蚀的清澈像一个个闪亮的漩涡，引人入胜，让他沉迷。夜渐渐地深了，江边渐渐寂静了，叶通和胥姝一起，朝着自己家驶去。

时光如锦，红尘如绣。蘸几滴露珠为墨，画一幅锦绣人生的清香，绣一幅寻常人生的岁月静好。一路上，两人又是深情缠绵。柔情蜜意中，不知天上宫阙，今夕是何年。胥姝明白，自己再一次真正陷入爱情漩涡了。这些年来，终于有一个男人能让她重生，让她真正放开过往的一切，全心投入另一个怀抱。

到叶通家了。叶通拥着胥姝，轻轻地打开门。没想到拉开灯时，一个黑影忽然出现在窗前，接着快速隐藏到帘子后。

"谁？"叶通很警觉，他马上放了胥姝，转身拾起门后的棍子。

"是我，是我。"竟然是朱迪，她战战兢兢站在窗帘前。

"你怎么在这里？"叶通问。

"你们？那我回家了。"胥姝这时也认出了朱迪，她有点酸酸地想要走。

"不，你不要走，该走的是她。"叶通紧紧抓住胥姝的手。

朱迪这时恢复了平静，挑衅地注视着胥姝。胥姝有点不安地后退。"你不能走，不要怕，有我。"叶通又紧紧地握着胥姝的手，胥姝坦然了，她慢慢地很是淡定地注视着朱迪。

"你是怎么进来的？你来干什么？"叶通连珠炮一样问。

"我，我来找你！看到你的门没关，我就进来了。"话还没说完，朱迪就快速地打开门，转身逃走了！

为了实施天空计划、星空计划、太空计划和陆地计划，胥姝和叶通按照林总的安排，在缠绵眷恋中又步履匆匆，分别飞向了以色列和印度。

登上前往以色列的航班，胥姝忽然觉得心被一种情绪缠绕着，她再一次深切地觉到了诗词里所说的杨柳依依、雨雪霏霏的离愁别绪了。

"小别勿思念。"这时，叶通发来了他的照片，他的惦念。胥姝的航班终于提醒要起飞了，她不舍地关了手机，闭着眼恍惚迷离地忽略着思念。

一路时空交错、似睡非睡，过了十多个小时，前排的同事站起来朝自己打招呼，胥姝才从昼夜不分的混沌中苏醒了。她深呼吸了好几口，整顿好了心绪，即将辗转奔波在地中海橄榄树四周的土地上了。

到了慕名已久的特拉维夫本·古里安机场了。特拉维夫虽然是一座中东的城市，但是建筑、装饰和气息都很欧式。迎面而来的，是久违的欧洲女人惯用的香水味，杂糅着醇郁的咖啡香和面包香。

胥姝忽然觉得有点饿了，她深深地呼吸着机场洁净的空气，呼吸着平凡生活温暖的馨香。迎面而来的是一张张轮廓分明、嘴角上扬的面庞，一个个挺拔的身姿。每一张脸庞都像卢浮宫的希腊雕塑，立体感十足，展现出自信的光彩。

胥姝忍不住拿出手机，拍了段视频，发给了叶通。

"欢迎大家来到以色列。"迎接胥姝一行的小伙子出现了。这是一个典型的以色列犹太人长相的小伙子，有着高大挺拔的身板、深刻如大卫雕像般的双眼皮。

汽车往酒店飞驰的一路上，他欢声笑语介绍自己，介绍着自己的夫人。原来，因为神往传说中的少林功夫，他从以色列前往上海，师从知名大师研习了四五年太极功夫。那几年，他穿行于上海的大街小巷，流连于街头巷尾的小笼包和生煎，也沉醉于颠覆传统生活模式的微信、淘宝和支付宝。返回以色列时，带着对上海的痴迷，他抱得上海美人归，和上海夫人干起了以色列旅游的行当来。

以色列步履匆匆的时光中，不绝的思念缠绕着灵魂。汽车从特拉维夫驱往贝尔谢巴，又从贝尔谢巴驶向耶路撒冷和海法等著名城市。

在希伯来大学、海法大学和本·古里安大学，睿智的教授们为胥姝一行介绍了各种创意涌流的科学新发现和新发明，探讨了今后合作建设人工智能实验室的方向。或许，当年一个苹果落地便能启迪牛顿的灵感，如今各种智慧的点子更是橄榄般缀满以色列的枝头。

"在我们这里，年轻人只要有一个好点子，政府、风投公司和大学便会蜂拥而至帮助他，让这个创意的幼苗长成大树。"负责海法科学园人工智能孵化器的女士骄傲地说。

"明白的，我们一直久仰以色列在科技方面的成就。以色列有比较强的科技策源能力，有先进技术，还有许多自己的专利。我们希望今后能和您密切地合作。今后我们的人工智能联合实验室，希望与以色列的科技园能够在安防和语音识别等方面进一步合作。"胥姝回应说。

"我们欢迎中国的企业来以色列，我们也非常希望以色列的技术能在中国转移转化。中国有巨大的市场，有十几亿的人口，这是科技发展和成果应用最重要的腹地。"海法的女士热切期盼地说。

"我们希望双方尽快对接。今后，我们的联合实验室就是一个合作基地。我们可以充分发挥以色列和中国各自的人才优势、技术优势和资源优势，在人工智能技术研发和应用上取得新突破。不仅仅是在语音识别方面，今后我们还可以在脑科学、类脑研究、人工智能深度学习方面，合力取得更好的成果。"胥姝望着海法女士碧蓝的眼眸说。

海法女士大赞胥姝的回应。接着，胥姝又按照林总的叮嘱，将自己本次出访以色列的缘由娓娓道来。她说，林总希望汉科公司和以色列科技园可以合力建设在安防领域和语音识别领域的联合实验室。他们还将联合以色列和印度，联合上海的科研院所和高校，在大学科技园、研究所和创客空间里建设人工智能实习基地，快速培养人工智能领域急缺的人才。

蓝眼睛女士欣然同意。拜访的当天，胥姝便代表公司和以色列方面签署了合作的框架协议，提出未来合作研究的具体方向和事项。

以色列之行圆满完成任务了，林总也给了他们自由放飞的时间。在后来的几天里，胥姝如同一个人在英国的日子，独自旅行，独自感受，独自绵长地思念。

沿途中总是有这样的场景：远方山坡上一块块岩石裸露着，被海风吹拂成灰白坚硬的色彩。在层峦叠嶂的岩石缝隙里，漫山遍野的橄榄树顽强扎根着，低调焕发着生命的色泽。这是全世界瞩目的土地，多元文化和宗教在这里发祥。

在贫瘠干燥的沙漠地带，以色列人培育出各类鲜花和累累硕果；在一望无垠的大海边，以色列人变魔术般地运用海水淡化技术，让咸涩的海水顿时变得那般可口怡人。在干旱少雨的海法，竟然还坐落着一座恢宏壮观的巴哈伊空中花园，不知名的花草在这里绽放着，引来全世界的游人们驻足停留。

晨曦中来到旧城西墙，阳光里的妇女们虔诚触摸着石墙，把一张张许下祥瑞心愿的纸条塞进墙缝里。而左边西墙的男人们，则敲锣打鼓、喜气洋洋地举办着男孩的成人礼仪式。受人尊敬的拉比用一根根黑皮绳缠绕着孩子的手臂和手指，把美好而智慧的读经小龛放在孩子额头前，赐予孩子一生的智慧与吉祥。

忽然，对叶通的思念喷涌而出了。沉淀着情感的强烈思绪厚积薄发，丝丝缕缕，慢慢喷薄。那种剪不断、理还乱的渴念越来越真实，越来越满溢。

从贝尔谢巴返回特拉维夫的路上，望着底蕴厚重的橄榄山和金顶清真寺以及各大宗教教堂鳞次栉比交织着，她的内心汹涌了。

"我想你。"胥姝终于忍不住，给叶通发了个信息。

"我很想你，一直克制着！"叶通马上就回复了。胥姝捧着手机放在额头前，感受着叶通用灵犀和感应传递的温度。

"你和林总在印度都好吧？"平静了好一会儿，胥姝说。

"都好。"叶通说，他回复的速度是那样迅捷。

"印度好吗？我对这个神秘的国度，充满了好奇！"胥姝想象着叶通在印度的样子。

"很独特的国家，印象很深刻。"叶通说。

"怎样独特啊？"胥姝问。

"我把日记发给你。"说着，叶通马上把这几日在印度写的游记片段发给了胥姝：

抵达德里机场，便感受到天空中无处不在的雾霾。灰蒙蒙的雾霾中，满大街的人行道质朴而陈旧。在城市角落里，一个个黑瘦的身影奔跑着，马路上拖拉机"哒哒哒"开过来，而道路上停满了国内 20 世纪 80 年代小镇常有的三轮车，牛皮纸包着的车厢里挤满了皮肤黝黑的人们。

在去往阿格拉的旅途中，一个个拖着长长纱丽裙裾的女子扭动着肥胖的腰肢，行走在灰尘飞扬、小石子铺成的道路上。偶尔一阵风拂过，纱丽掀起一角，露出了下垂有两个呼啦圈的肚皮。女子身着纱丽自然而富有神韵。有时途经一片田地时，眼前忽然也会出现一个曼妙惊艳的女子。她双手放在头顶，托着一个重重的物体，而身子却轻盈摇曳在干涸的乡间小路上。风中的身姿很是生动唯美。

"不一样的印度啊。"胥姝说。

"是啊，不一样的印度。行程匆匆，没能去恒河之滨，也没能去泰戈尔的故居。"叶通说。

"去印度也挺好，处处是美人。"胥姝在意叶通笔下对印度女子的描绘，于是把缕缕思念转化成戏谑和醋意。

"在我心里你最美。"叶通说。

胥姝又不知说什么了，她再一次心跳如鹿，只是紧紧地捧着手机，贴在自己火热的面颊上。

难忘的以色列。掀起车窗窗帘的一角，天边的红云忽然那般地惊艳，把整个世界映成一片绯红。一轮橙红的太阳就在正前方。

胥姝的思绪飘向了遥远的苍穹，浓烈的激情掺杂着记忆。不时地，叶通的影子和彼得的影子定格在一起，和这一座神圣的古城无缝重叠着。

第十章
朱迪的心机

我在巴拿马咖啡、埃塞俄比亚咖啡剔透清香里

穿越一颗颗金色卷发或黑色直发的脑袋

流连于一间间实验室

我追寻我的科学缪斯

竖耳聆听 她温婉润泽的天籁之声

——胥姝诗作

这阵子，网友们总是习惯了今天爆出这个热点，明天又爆出那个热点。天大的事情翻飞在网络里，也不过是三天的热度。

比特币似乎在变魔术，从众星捧月不断地推高，到忽然被封杀列为非法的炒作，再到提倡区块链，各个研究机构的课题忽然都出现了"区块链"这个关键词。关注点从比特币到区块链，书写着互联网经济和网络时代的不平凡。

群友们更是高谈阔论，话题天马行空，从茅台酒的股价到香港的情况，从楼市的微跌到宏观经济走势的分析。股市这一段时间绿油油很应景，于是网上的笑话又平添新智慧。有人说刚才售楼处打来电话了，有个楼盘绿化率百分之五十五要不要？买房者问在哪里，售楼处说在股市！

段子充满了生活的智慧，有着现实灵敏的触角，让平凡日常里的人们能捧着手机，在同一时间、地球的不同角落里，会心地一笑。

再过了一段时间，忽然网上大家都晒猪肉图片了。群友在群里喊，送女朋友送什么？送猪肉！炫耀财富挂什么？挂猪肉！探亲访友送什么，当然也是送猪肉！说笑间，猪肉价格涨到了一斤四十元。

林总提出"海陆空顶天立地"四个计划以来，来海豚岛参观的人们更是从早排到晚，每半小时一批，一天要接待十几批。听林总说，各个领域的大神都很关注海豚岛的建设，企业一听到"汉科公司人工智能岛"几个字，都说如雷贯耳，恨不得悉数飞来，饱览风采。尤其有的人听说无数领导曾来过海豚岛，领导们都站在某一个位置合过影、指点过江山，他们就更加心驰神往了，希望能站在巨人的足迹上举个大拇指、做个小比心，留下人生珍贵的那一刻。

国内外的订单也纷至沓来了，各种合作邀请纷纷扬扬传过来，让汉科公司一时间应接不暇。市场部一接到订单和需求，马上送到研发部。研发部再按照顾客的需求，进行个性化设计与改造。

在展厅的会议室里，双周的部门负责人会议又召开了，林总很是春风得意。这时，他又用富有感染力的声音铿锵有力地发话了：

"各位好，今天我们在这里举行部门负责人会议，有几方面工作和大家说一下。有个好消息先告诉大家，我们的企业获得了市里两亿元的支持，还给了我们很好的总部退税政策。

"我想，我们不能辜负大家的期盼，不能辜负自己的青春韶华，要始终保持我们汉科公司的气势和干劲，争分夺秒地推动天空计划、星空计划、太空计划和陆地计划的实施！"这真是个拼命三郎一样的理工男。据说，他曾经为了潜心研究，把家里的电饭煲和被褥都拿到了公司，害得他多疑的夫人足足跟踪了一个月。

林总说话后，市场部张总也站起来汇报说："今年我们在国内和国外市场拓展方面，都有很大的进展。我们和许多国家都建立了合作的关系。目前，市场上十分关注我们的产品，最近我们收到了来自四川、湖北、湖南的五十多个大订单。希望研发部的伙计们可以和我们市场部一起，服务好客户，打响我们的品牌，为城市发展作出贡献。"

接着，叶通也向林总汇报了："接下来，我们一定按照客户的要求，潜心模拟场景，突破技术瓶颈问题。前不久，我们也梳理了技术难点和堵点。比如针对送货机器人，机器人如何穿越白天和黑夜，一如既往地服务？现在许多旧厂房改造成街区，在千奇百怪、地形复杂的艺术街区，我们如何让产品正确地扫入地图？机器人不能识别玻璃，该怎样提醒它？多个传感器数据的融合、处理能力，数据同步处理怎样跟上？送快递、送餐，如何上电梯直接送到房间里？如何根据顾客的行踪、特征，随时跟随服务，收拾顾客退房后的凌乱房间？机器人没电了，能自己寻找充电桩吗？"他语速飞快地启发着大家的思维。

"类似问题都是我们下阶段技术攻关的重点。我们会和市场部、综合部全面对接沟通好，形成具体可行的方案，努力提升客户体验感和满足感。"叶通说。

林总点点头，他面带着微笑，总结陈词了："好的，看来大家已经未雨绸缪关注了每一个细节。我们'顶天立地'的几个计划，是我最想做成的事情，也是大家在研发中最有意义的工作，谁让我们是仰望星空的那群人呢？我们是非凡的！"他的话语里有着溢于言表的骄傲。

"下阶段，我想拜托大家，我们要让机器不厌其烦地去认知。对技术方面的每一个细节，我们都要思考得更深入，有时候甚至要反向去思考。比如说，一个简单的概念设定给予圆的、红色的、甜的三个特征时，我们不能轻易下结论这就是苹果。我们要反过来演绎苹果多角度多方面的数据和特征，然后综合起来抽取最本质的特征。

"还有一点，也是我反复叮嘱的，在努力研发的同时，我们要务必记得保密，保密有时候就是企业的生命线。"林总又说起了上次红林公司提到的计划泄密的事情，他吩咐叶通注意查找原因和线索。

会议开完后，叶通捧着电脑回到了办公室。他站在大办公室的中央，一只手叉腰上，一只手从老算书包里偷了块巧克力塞嘴里。老算发现了，大叫着，捂着书包不让他再偷。

"老标，老审，大家都来老算这里集合一下。我们的队伍马上要朝着璀璨的天空计划、星空计划、太空计划、陆地计划攀登了，大家加油啊！我把技术攻关的难点做了个分派，你们按照分工的重点，做好各自的研发。后续我们和市场部一起，再联系耗材和硬件供应商，争取让我们的设计傲立于世界！"说完，叶通打开自己的电脑，把技术难点和具体分工表打印了出来。当仁不让地，这些重任主要落在了老算和他自己的身上。

"万岁！开工啦！"老标、老审、老算和其他伙计们一接到新任务就兴奋，都用英文呼喊着，接着开始了各自的研究。

叶通也回到了自己的房间，开始培育着模型。他在一张图片的人脸庞上标示了许多红绿线条的彩色框，仔细测量着图片人物的身高。他查看着摄像机和人之间的距离，分析着图像和真人之间的倍数。不一会儿，他又打开一个视频，里面有一个人在做俯卧撑。他设计着模型，让机器跟着学习和模拟。他冥思苦想着，发现单纯的跟踪模拟还是不够。他又开始人工设计，做复杂的跟踪与模拟。

"老算，你过来一下，我问个问题啊，你的算法是不是有问题啊？"四十分钟后，王硕扯着嗓子喊。老算似乎沉浸在自己的算法世界里，完全没声音。

"这 hive 运行报错了，很着急啊！"王硕又大声招呼着老算。

"等等，我这边在培育个模型，急得双脚跳了！"老算抓着光亮得像灯泡一般的头顶。

"你怎么搞的，快来啊！再不来就完了！"王硕有点急躁了。

"不听老人言，吃亏在眼前。我时常说，代码千万条，注释第一条；

Bug 千万条，细心第一条啦！你不听我的就别找我！"老算摇摇头叹叹气说。

"算大大，这也许是你的算法有问题，并不是我！"王硕央求说。

"我操，怎么会是我的问题，臭小子！"老算吼起来，王硕也气鼓鼓地不吭声了。

"等我五分钟，等我把这段代码写好。"老算沉浸在自己神秘的代码里，不肯站起来。

"烦死了，也不过来解决一下！"王硕急死了。

叶通听到了，从办公室里出来了。他站在王硕的电脑前，说："你先好好看看这段英文，先推理一下它的意思，也许就能解决问题。"

王硕认真看着那段英文，他仿佛明白了，也不惊慌了，于是对叶通说："老大，只要您一点拨就可以了！我聪明绝顶一点通，大概是 Java 文件输入输出有点异常吧。"

"这就对了嘛，遇到事情不要慌，是从原始路径到创建表的一个路径写入失败，多来几次，就不会有问题了。"叶通拍拍王硕的肩膀说。接着，他又招呼着伙计们，给大家详细讲了讲建表和写入数据的一些步骤以及写漏了再处理的办法。

"大家还有什么问题吗？"叶通问。

"还是有问题，写的脚本多了，运营反应的速度越来越慢了。"王硕说。

"我来看看队列。"叶通说。王硕把电脑让给了叶通。为了保持体形，他刚买了个台式办公架子，像德国人那样每天站着办公。叶通站在电脑前，双手撑着白桌板，认真思考着。

"先看看是否能扩大内存，看看内存设置的参数，看看缓行缓冲区，根据具体的信息调整参数，让任务并行到最高值。"叶通悉心指导着。

"乖乖，老大是算法之神啦，这样一解决，线上任务的并行度至少提高百分之三十啦！我的神啦，可以让我老算的头发多留几根啦！"老算终于从他的电脑前站了起来，端起他早已冷却的咖啡"咕噜咕噜"猛喝了好几口。

"你可别打我的主意！"叶通拍着他的肩膀说。

"老大，我们都听你的！我和伙计们宁可头发全白了，头发全掉了，也要在人工智能领域努力赶超美国和德国。我们不能什么都被卡脖子，什么都跟跑，以前航空和集成电路产业我们布局晚了，就落后了。"

"伙计们确实辛苦了！我看我们团队啊，除了我和姝姝头发比较多比较黑，你们的头发都白了、掉了。我们确实都是靠咖啡续命，用情怀在奋斗。我们这些技术都是需要你追我赶，和世界发达国家去比拼。我们不能总是被动地跟跑，要争取齐头并进，甚至能领跑。前面许多领域我们落后了，以后我们不能再落后。"叶通感慨地说。

"哎，我怎么发现你看我徒弟姝姝时，都是凝视的眼神？"老算忽然发现了新大陆。

"是啊，我也好像发现了！奇怪，你们有故事？"王硕和杨复也忽然凑过来，认真盯着胥姝和叶通说。

胥姝羞涩地低下头，不敢靠近叶通的身子。

那天加班到很晚了，胥姝和叶通又是最后离开办公室。离开时，胥姝惊呼了一声，说怎么门口好像又有个黑影。叶通拥着她安慰着，说怎么可能呢，这种重要研发企业的保密措施都密不透风，连只蚊子也飞不进啦，不可能有纰漏。

黑夜里，枝叶"沙沙"摇曳着。

中美之间的关系就是一个波澜壮阔、起伏不定的大海。清晨时微风习习、波平如镜，中午时分却忽然雷声大作，惊涛骇浪卷起千层浪，掀翻一艘艘原本缓行的小舟。贸易战的一方也像是小孩子过家家、玩游戏，黄昏刚谈妥的事情，到了中国时间半夜里，忽然又生波澜了。

群友们这段时间特别活跃，都在热议着中美之间的局势，谈论中兴、华为和所涉及的集成电路、人工智能产业。议论的主题从华为芯片断供到'华为公主'的被拘押，从美参议院发布的中国人才计划审查报告，到美国联邦机构制定全面战略、打击美国智力资本的转移事件。群主和群友们充满了忧虑，不知这错综复杂的国际局势和关系将延伸到何方，描摹出怎样的图景。

星空计划、太空计划、天空计划、陆地计划这几个朗朗上口的名词，已经成为行业内众所周知的关键词。围绕着这几个计划，林总已经在以色列、印度、波士顿、伦敦布局联合实验室，在上海五家著名的大学科技园建立了研究生和博士生参与的产业实习基地。每周一、三、五的下午，高校朝气蓬勃的学子们就会一路欢歌笑语来这里，和汉科公司的同事们商量着下一步的研究，探讨着技术的更新。叶通、老算经常会在这里，迎接着活力四射的青葱学子们。

林总有空时也会亲自来这里，手把手指导着学生们，就像当年在哥伦比亚大学指导叶通和其他同学们。林总说："人工智能产业的人才全国还有近百万的缺口，我们在其他领域落后了，在人工智能这一类新兴的领域，一定要抢占先机，获取话语权，参与全球标准、规则制定，参与全球这一领域的治理。"

他还说，他最近写了个提案提交有关部门，呼吁上海以理工科见长的高校，要尽快开设人工智能和集成电路等课程，让人才培养迅速跟上产业发展的步伐。

无论是安防方面，还是语音识别、无人驾驶和扫地机器人的研发，汉科公司的技术方案都在紧锣密鼓设计着。叶通也会同市场部老总，在全国各地采购所需的摄像头、芯片等耗材。只要材料和设备采购好，各个项目就可以着手安装和测试。

然而，又一个夜幕降临的黄昏，正当叶通和公安等有关部门对接好赶回来，想把针对模糊照片、背影和动态物体的认知模型再演练一遍时，他忽然发现，自己使用的端口出现了问题，和外界的技术交流、技术支持都有了障碍。

他反复查找着原因，尝试着下载、安装和更新，终究无济于事。他想走出办公室问老算，没想到老算正急匆匆过来找他了。

"老大啊，感觉情况不对啊，我发现我们的设计工具不能升级和打补丁了，以往的技术资料和支持都忽然不见了，和美方一些研究机构合作开发的项目也停了！我还担心，将来我们在开源社区下载的工具，是不是都会被关闭和停用？"老算放连珠炮一般火急火燎地说。

叶通的脸忽然变得灰暗了。胥姝远远地望着他，很是担心他。没想到这时候，市场部老总也慌忙跑到办公室来找叶通："叶总啊，有个情况要和您沟通，美国昨天晚上又发布了禁止中国购买的零部件名录，其中就有整个星空计划、太空计划、天空计划、陆地计划必需的物料和耗材。"

"美国发布的禁令不都是禁止中兴、华为进口高端芯片吗？"杨复很是激动地说。

"是啊，我们用于安防等系统的前端抓取、压缩、传输和后端接收、存储、计算分析的芯片，技术要求都不高，复杂程度和技术集成度都很一般啊，难道还要封杀我们吗？"王硕说。

"叶总您看怎么办？我们的设计方案可能要稍微缓一缓。四大计划的产品提供厂家也在想办法，想尝试用华为海思的芯片替代美国的一些芯片，再从北京君正、富瀚微等企业去采购中低端芯片，争取能以时间换空间，替代对美国产品的依赖。"市场部老总说。

叶通沉默了，双手插在裤袋里。他忽然很沮丧。

"我们不能总是这样被人卡脖子，就像是人的咽喉口被卡住，浑身动弹不得。"杨复愤愤不平地说。

"落后就要挨打嘛，这就是现实。不过要相信我们的企业，国家布局这么大的一盘棋，国内企业都在急起直追，突破技术瓶颈和掣肘，我相信佳音马上会频传。"老算还是很有乐观主义的精神。然而，他眼里也还是有一丝迷惘。

市场部老总回去了，叶通低沉地回到自己的房间。

"振作，一切都会好起来的！"胥姝隔墙传话，鼓励着叶通。叶通没回复。

"我晚上去你那儿，好吗？"胥姝鼓足勇气主动说。

"我今天有点累，你也早点回家休息吧。"叶通婉拒了胥姝的安慰。

"好的，那你要开心点，我先回家了。"胥姝给叶通发了几个亲吻的图标，然后收拾包袋回家了。不一会儿，老算和杨复、王硕他们一群人也灰溜溜地撒了，空荡荡的房间里只留下八盏孤灯陪伴着叶通。

"美国新发布了清单，对你影响很大吧？"这时，手机振动了。是朱迪。叶通没理睬。

"有什么需要我帮助吗？"朱迪头像又闪烁了一下。她几乎每个星期都要换个头像，头像选的都是自己最美时期回眸一笑的侧影。叶通还是懒得回。

"也许我能帮助你。"朱迪说。

"你怎么帮助？"叶通终于拾起了手机。

"你不记得我在美国穿梭于各种高层次聚会了？很多州政府、白宫的官员都曾经和我跳过舞，马萨诸塞州长还邀请我参加过酒会，是我的忠实粉丝，你不记得了？"朱迪反问着。

"有什么直说吧。"叶通没有耐心了。

"我能帮你去美国高层做工作，了解最新的信息。还有，我也许能尝试着通过德国、日本、韩国和中国台湾等地，弄到你想要的东西。"朱迪看起来很有把握。

"噢？"叶通闭着眼沉默了一会儿，回了一个字。

"当然，你知道的，我和许多领事馆、大使馆的人都有一面之缘啦。"

"哦。"叶通说。

"要不见个面，有些联系方式最后当面抄给你比较好。"朱迪说。

"嗯。"沉默了五分钟，叶通又回复了一个字。

"明晚八点，诺努斯酒吧。"朱迪说。

联系完朱迪，叶通摊着腿，眯着眼，浑身无力地坐在椅子里。

"儿子，过一段回来吗？"这时，老妈的信息出现了。

"最近有点忙，老妈。"叶通说。

"上回不是说要带个女朋友回来吗？我想看看啊，人家的孙子都能打酱油啦！"老妈说。

"妈，我在忙，以后有时间我再把她带回来，好吗？"叶通有气无力地说。前一阵他想着最近找时间详细和母亲说胥姝，给母亲一个大大的惊喜。然而此时他像个泄气的皮囊。

"你真的有了吗？要不要老妈再给你介绍个对象？"老妈说。

"不用了老妈，我天天在对象的包围中，放心吧！我现在又要急着去编程。"叶通发完后，老妈没再打扰他了。

喝酒前的我们，肉身克制礼貌；
喝酒后的我们，灵魂迸发魅惑。

终于如愿以偿又见到了叶通，朱迪用细长又富有风情的眼睛盯着叶通放着电，又用朗诵的声音魅惑地低吟。她的眼角处，特意用浓郁的眼线笔勾勒了微翘的眼尾，像京剧花旦和模特的细眼，无比妖媚和迷人。在外国人的眼里，朱迪一直就是迷人的东方美人范本。

叶通静静看着调酒师，什么也没说。这是名列全球最佳酒吧榜的酒吧。店铺有上下两层楼。下层浓烈而热辣，荡漾着布达佩斯地下酒窖的狂野。上层复古而简约，有着纯粹的欧式典雅。每个浪漫诱人的晚上，酒吧会在十点前提供常规的酒单。

夜色越来越浓了，那些闪烁着大胆色彩和古怪气息的酒品在荡漾的灯光下光怪陆离地出现了。

"小姐，您喝点什么？"调酒师据说从日本来。

"先生喝什么，我就喝什么。"朱迪瞄着叶通说。

"这个吧。"不太爱喝酒的叶通忽然想喝酒，他指着朱迪曾经无数次说过的海波鸡尾酒。

"我也要这个，先生喝什么，我就喝什么。"朱迪喃喃地说，装扮成很温顺听话的日本女孩。接着，她又拿着菜单，手指一划，点了有着一个个怪异名称的鸡尾酒"火焰蜗牛""热辣龙虾""舞动凤凰""浮生一日""豌

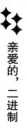

豆射手"……

"都是些什么啊？稀奇古怪的名字？"叶通看着菜单说。

"不知道啊！凡是不知道的就去体验下，要不永远不知道，不是吗？"朱迪想用手触摸叶通的面颊。叶通闪开了她尖尖的指甲，回避着她火热的眼眸。金属感的音乐撞击在时空里，调酒师把苦甜交织的酒端给了叶通。

"我忽然有种时空穿越感！历经千辛万苦，王子和公主终于重逢了！王者归来，电光幻影，外面的世界和我们无关了！我们有彼此，我们有酒有世界！"朱迪说着，抢过叶通的杯子，品了口他杯子里的酒，又把自己细长的杯子和他交换了。

"你说吧，有什么事？"叶通开门见山地说。

"不是你有事求助吗？"朱迪反问。

"你说吧，你有怎样的办法？"叶通问。

"那些事，对我不是手到擒来的事吗？我们先喝酒，先谈风月，谈天说地，不说其他的俗事。"说着，她再次举起剔透的酒杯，大口大口啜饮着。叶通也举起杯，轻轻地抿了下。

"说吧，你想怎样？我的硬件合作企业需要一些摄像头、芯片和其他的材料。"叶通说。

"我说过别急嘛，我和美国能源实验室、橡树岭国家实验室的朋友们都很熟，阿斯麦我也有朋友，他们都能从日本、荷兰、韩国和德国等第三方找到供货商。"朱迪说。

"那拜托帮我去联系，我这边急需。"叶通很是急切地说。

"小事一桩，我明天就联系，一周内搞定！"朱迪妖媚地朝他闪闪眼。

"真的吗？"叶通问。从多年前眼前的女人忽然在荷兰阿姆斯特丹失踪后，他就觉得她是个谜，她就像一潭深不可测的水。之后她也总是忽然间失踪，像蝴蝶一样无法追逐。她会忽然间走远，又倏地走近，出现在他的生活、他的房间里。

"上回你怎么进了我的家，我想听你说实话。"叶通问。自从决定和朱迪分手后，他就换了自己房门的两把锁，把原先的锁统统扔进了垃圾箱。

"真的是你门没关，我想给你一个惊喜。"朱迪说。

叶通沉默了，他知道从朱迪嘴里很难听到真话了。

"来，喝酒，酒逢知己千杯少，我们一醉方休才尽兴！"说着，朱迪仰头喝了一大口。

"你后来这么爱喝酒，是怎么了？"叶通觉得眼前的女人似乎变了许多。以前尽管她爱虚荣、爱炫耀、好表现，但那时的她还有些许青涩和胆怯。

"你不觉得女人喝酒时最美？一个女人醉酒时，在男人眼里就像一朵鲜花怦然绽放了，你不明白吗？

"你不觉得男女间聊天，有了一杯酒做媒介，彼此摇晃着、接触着，即使初见都好像老同学了吗？"朱迪完全不是当年刚进麻省理工的那个稚嫩的女孩了。

"不能酗酒，酒会乱性，一个好女孩会变坏。"叶通说。他眼前滑过胥姝恬静安然的模样。

"不会啦，喝酒多美好啊！你没看到现在全中国都爱酒，你没看茅台炒到多高了？你没看到山崎 12 年已经两千多了，一瓶轻井泽要五六万？我现在就喜欢酒，我还收藏了很多酒，响、山崎、富岳三十六景，一套三十六瓶啦，我都直接把它扔家里了。以后等我和你结婚时，我把那几千瓶酒都拿出来，当喜酒！"朱迪细长的眼睛忽闪忽闪的。

叶通望着她，无言以对了。自从从阿姆斯特丹机场忽然失踪后，她就和他越来越远了，也越来越令人琢磨不透了。

"其实我心里，一直忘不了你。"朱迪用猫一样的眼神，在幽暗的灯光下望着叶通。叶通抬起头看向远方灯光旋转处。

"其实很多时候，一个人不是感情变了，而是迫不得已而为之。"朱迪说。

"迫不得已？怎么个迫不得已？"他脑海里忽然又晃过了她和伊拉克一个领事馆工作人员厮混的情景。他仿佛还记得，曾有新加坡一个集成电路企业老总的夫人打电话到美国告状，说朱迪勾搭她在旧金山出差的老公。

"总之，我一直爱着你，OK？你不理我后，有一晚我连喝了三个Shots 的百加得 151 朗姆酒，最后回家后吐了三个小时。"朱迪说。

"然后呢？你以为你找到了加勒比海的自由、色彩和激情？找到了生活的火热和放纵？"叶通嘲讽说。

"你就这么冷漠，这么无动于衷吗？你忘了我们的日日夜夜啦？我们相爱过，好吗！你和我回美国，行不行？你去美国的国家实验室，去硅谷、圣地亚哥、波士顿的企业，去哪里都可以！你在中国这么混下去，以后美国你都回不了。美国现在每个系统里都在清理和大陆联系密切的人，你不明白吗？"朱迪说。

叶通正想反驳她，这时候手机振动了。是市场部老总。他和朱迪打了个手势，下楼到酒吧外的树荫丛里接电话了。

"叶总，我们的硬件企业打电话过来，说他一个哥们儿想办法从第三国拿回来一批材料，正好可以补缺了！我们的星空计划、天空计划有救了！我们继续按照原路径、原方案进行吧！"市场部老总简直欢喜雀跃了。

"太好了，静候您佳音！"叶通很开心地绕着酒吧走了一圈又一圈。他心情开朗地回到了酒吧，先前心头的雾霾一扫而光了。

"这么开心啊？是上次见到的那个女孩的电话吗？"朱迪很是吃醋地说。

"工作的事情。"叶通淡淡地说，他看了看手表，九点半。"我该回家了，我们走吧。"说着，他招呼侍应生过来买单了。

"不不不，今天我请你。既然我请你，这杯酒你肯定得喝完，对不？无论怎样，也不枉旧情人一场嘛！"说完，她用狐狸般狡猾的眼神斜睨他。

"好！我喝完！"叶通说着，仰头就把酒喝了。朱迪狡黠地笑着，像是深情地痴痴望着他。"原来你喝酒的样子也好帅，颜值确实就是真理啊。"朱迪说。

"我们走吧。"叶通说。

"哪怕我看过了全世界，我还是最爱你。"朱迪很痴迷地望着他。

叶通完全忽视她，招呼着侍应生过来买单了。侍应生捧着夹着账单的黑丝绒文件夹过来了。叶通看了下账单，用手机支付了。"你怎么走？"他站起来，问朱迪。

"你打车送我吧，我有点喝醉了。再送我一次总可以吧，我一个女孩子。"她像小羊羔一样楚楚可怜地望着他。叶通点点头，用手机叫了一辆出租车。他先问了朱迪的住址，然后又告诉司机自己的地址。

汽车行驶在灯影幢幢的城市里。然而没想到还没到朱迪家，他的眼皮子就打架了，接着便沉重地合上了。

"师傅，您先送我的朋友回家，他醉了。"迷糊中，他听见朱迪在对司机说。于是司机掉转头，朝着世纪公园方向叶通的家开去。

二十分钟后，叶通感觉自己被一双手拽着下车了。他像个泄气的皮球，又像是蜕下的蛇皮，耷拉缠绕在另一个身体上。到了家门口时，他感觉到有人在摸自己的口袋和包袋，然后自己就被人拖进屋歪倒在床上。一沾到绵软的枕头，他便什么都不知了。

第二天清晨三点钟，当胥姝还在睡梦里时，就被手机微信的振动惊醒了。是叶通的消息。胥姝马上拿起了手机。没想到，两张触目惊心的照片赫然呈现在她面前：

一张是叶通上半身光着的照片，腹部的人鱼线都清晰可见。还有一张是朱迪伏在他胸前的照片，似乎也是裸着上半身。

胥姝有点呼吸困难了。朱迪给了她太多压迫感：黑夜中她小鼠般从自己跟前逃走；游艇码头聚会时，那白色紧身连衣裙紧裹着峰峦迭起的身影，她端着高脚酒杯投来嫉妒的眼神，瞬间交织摇晃在眼前。

她来不及问为什么，又有两条信息发过来了。

"叶通回到我的怀抱了。"朱迪很是得意洋洋地说。

胥姝没回应。

"叶通是我的，你不要插足好不好？"她又说。

胥姝依然沉默着。

"我和叶通泡了五年了，你想怎样啊？"对面的信息很是冲动地发过来。

胥姝终于沉不住气了，她心里很慌，一种空虚感从云端袭来，冲击着她的心灵。她有点儿难受和冲动，想做点什么，想呐喊，想亲口问叶通为什么。然而电话一打过去，就被朱迪掐断了。

胥姝从床上坐起来，打开灯，围着房间绕了三圈，终于抑制不了情绪地把叶通的微信拉进了黑名单。拉黑了后，想想心里还是很难受，干脆一不做二不休，又把他的帐号删除了。

她睁着眼，思绪混乱地发着呆，一直到了天明才昏沉沉地开始似睡非睡了。等到自己再次睁开眼，阳光已经白花花地透过米色窗帘照进来。看了看手表，已经八点四十了。思量了一会儿，她向林总请了两天假，说自己突然不舒服，想休息。

叶通的微信忽然搅乱了全世界，天地万物忽然都变得虚空和灰蒙，所有的规律和逻辑似乎都被打乱了，在暧昧的状态中量子纠缠着。薛定谔的猫像一只时空的黑匣子，未知量子世界打开了。原本时间的算法从早晨就能承接着到中午，从春天就能自然更迭到盛夏。然而现在一切都乱了，时间算法的矩阵在转移，时间和空间二进制的一切都要重新面对和设计。

漫无目的地去逛了街，买了四件打折的羊绒衫，吃了两大块带着大团奶油的蛋糕。胃里盛不下食物了，心里却还是空落落的，一种浓郁的饥饿感缠绕着胥姝。她又跑到江边的商场，排了一个小时，喝了杯喜茶的芝芝芒芒才算停下来。

熟悉的江边，流浪歌手依然在自顾自地弹唱着：

有些话语我不说，宁可融化在风里。

每当我感觉到你，就听到有花开放的声音。

如果我选择沉默，每当风轻轻吹起，

心里所有的美丽心愿，都早已溶在蓝天里。

每当我感觉你，我心中的花儿就开满世界。

黄浦江水依然缓缓静流着，和远方的苏州河甜蜜交汇着。路人们从眼前轻轻地掠过，穿着婚纱的新娘像《冰雪奇缘》里的仙女般轻灵，闪烁着微笑，辉耀着幸福，在沉醉或憧憬、半梦半醒的兴奋云雾中，进入人生另一个篇章。

　　胥姝捂着脸不愿看任何风景，饥饿感重新来袭了。她干脆回到家，躲进被窝里。一觉睡过去，醒来时沈媚的电话来了。

　　"胥总啊，您下午有没有时间？上回我和您提到过，我女儿学校的校长想邀请科技大师做科普讲坛的事情，您还记得吗？"

　　"记得。"胥姝说。

　　"不知您等会儿下午有空吗？他们今天在举办科技节，本来邀请了位院士，去做人工智能的讲座。现在院士临时要去科技部，您能来帮孩子们讲一课吗？"沈媚的口才非一般地好，每句寻常的话里都蕴含着深意。

　　"好啊，我很愿意去和孩子们一起学习。但是我和院士的层级相差太多了，我只能临时抽时间去和孩子们交流下。"胥姝很明白她的意思。

　　"太好了，那我马上把时间和地址发给您。"沈媚说着，就发来了信息。

　　胥姝看了看校名和地址，离自己家不远。这是上海最好的几个公立学校之一，每年招生校园开放日，无数的孩子和家长拿不到面试资格，一个个半夜里守在大门口，等着老师们让没有入场券的他们冲进去，大家管这个叫"冲考"。

　　按照沈媚提供的地址和时间，胥姝提前了十五分钟到校。在大礼堂外面，当孩子们知道胥姝是过来演讲的嘉宾时，大家都围拢了过来，一双双眼睛中充满了崇拜与敬仰。

　　"您是姝姝老师对吗？"

　　"您是机器人企业家？"

　　"您是大科学家？"

　　越来越多的孩子围住了胥姝，胥姝心里忽然有一股暖流萦绕着。孩子们纯真幼稚的眼眸里，蕴藏着无垠时空和未来新世界。他们也许就把持着开启未来科学大门的数码和密钥，在 0 和 1 之间弹跳，开启一扇扇通往外太空的神秘门。

这时，在教育界负有盛名的美丽女校长把胥姝迎了进去，讲座开始了。孩子们眼眸里的小星球迅速聚焦着，环绕着。姝姝好感动，她忽然好想当老师，日日和纯净无邪的孩子们在一起。

"今天很开心能走进课堂，和可爱的你们在一起。我今天的讲座题目和内容是：漫画算法。什么是算法？算法就是机器人和人工智能里需要用到的变魔术一样的高科技。"

"我先给大家讲一个小故事，大家是不是经常会遇到这样的情景？是不是老师时常会罚你做题目，算出 1+2+3+4+5……一直到 10000 的结果，算不完不许你回家？有聪明的叔叔或阿姨会教给你一个好办法，眨眨眼睛就算完了，告诉老师是 50005000！老师的眼睛一定惊讶得比灯笼还要大？这，就是我们今天要说的算法！"胥姝说着，孩子们呵呵地笑着，充满了好奇。

"原来还真的有精灵般的叔叔或阿姨能够教孩子，让他把 1 到 10000 之间的数字，两两分组再相加，也就是 1+10000 等于 10001，2+9999 等于 10001，密码就这样被破译了，其中的奥秘就是变魔术一般的算法！"

听着来自未知世界的知识，孩子们清澈纯净的眼眸一动不动地注视着胥姝。

"被叔叔阿姨指点过的这个小精灵熊孩子，就是后来著名的犹太数学家约翰·卡尔·弗里德里希·高斯，而他采用的这种办法，就是高斯算法！"

孩子们的眼睛眨巴眨巴的，像夏夜里晶亮的繁星。

"当你使用谷歌、百度在搜索一个关键词时，有没有思考过数据和信息是从哪里得出来的呢？

"比如说，我们有排序的算法，只要输入孩子们的学号，就能找到孩子们的资料。在游戏的迷宫中，我们也可以通过算法，通过 AI 的路径，找到传说中的那扇门和最佳的那条路，这就是我们神奇的 A 星寻路之算法。

"算法以数据结构为基础。在数据结构的基础上，算法这个小天使可以像蝴蝶、像芭蕾舞公主一般，随心所欲地翩然起舞。数据结构有线性结构、有树、有图。其中的树结构大家一定觉得最形象，树总是会分叉，我们就叫它二叉树。

"这些二叉树就像人生，就像人类，世世代代生生不息，传承发展。时间和空间绵延亘永，不断循环和生发——"

胥姝的声音环绕着教室和礼堂。等她出来时，看到叶通给她发了五十条信息，有二十个未接的视频电话。

"我在汾阳路法式餐厅等你。你一定要来，我需要解释。

"你不要删除我，一定不要，我们不能错过。

"你一定要给我解释的机会，哪怕你不和我在一起，我也要解释清楚。

"我们有误会，朱迪在算计我，你一定不要中计啊。

"安娜·昆德兰说过，只要坚信他们能天长地久，他们就能天长地久。你对我一定要有信心，对我们的感情要有信仰！"

叶通又给她发来了许多的语音。胥姝长叹了一口气，在马路上漫无目的地踱着步。在她的心里，她多希望属于自己的一切都是美好的，没有阴影和瑕疵，无论关于这个人，还是关于这一段记忆。

这时，有个群里可能喜欢胥姝已久的男人发了消息过来，说他关注胥姝很久了，他最喜欢有着文艺气质、文理通识的女子了。什么时候能约着琴心剑胆的妹妹见个面，哥哥、妹妹一相逢便胜却人间无数。

她没理他，继续彷徨和犹豫地朝前走。走着走着，她发现自己还是不由自主地，朝着叶通约定的法式餐厅走去。

这是沪上有名的法式小餐厅。这个餐厅的名气不是因菜肴和环境，而是因主人公之间神奇的传说和故事。

这个法式餐厅流传着一对情侣的爱情往事。说是一个法国小伙子爱上了一个上海女孩子，为了梦中的女神不远万里来到上海。人生地不熟的他为了更好地谋生，为了让女朋友的上海朋友们品味地道的法国小食，他在过去的法租界里租了个店铺，做起了法式的薄饼。一家洋溢着浪漫和传说的神秘法式餐厅就这样在网上传颂着。

胥姝以前也很爱来这家店，慕名来过好多次。从英国回到上海工作时，只要累了倦了，欢乐了自由了，或是想念欧洲了，她就会一个人来到这家店，在简朴的空间里感受温情和感动，在静谧的树荫里感受心和心的融合。

在餐厅门口，胥姝徘徊了好几回。没想到左顾右盼的叶通从玻璃窗里看见了她。他灰暗的神情马上振奋了，暗淡的眼睛也马上晶亮了。

"你还是来了！太好了！"叶通的脸庞明亮生动了起来，大卫般的棱角又开始弥散活力了。胥姝没吭声。

"你要相信我，不是你想的那样，我要陈述真实的情景。"叶通说。

"为什么选这里？"胥姝没回应他说的事情。

"从你和我说起这家餐厅起，我就一直想过来，想和你一起来。我无数次憧憬和你来这里，幸福地吃一块薄饼，喝一杯苹果酒，醉在对未来的渴望里，感受着醇厚的爱和深情。"叶通眼睛一如既往地专注和有力。

"有什么要解释的？"胥姝问。

"有，太多了，不是你想的那样。"叶通低着头，抓着自己的黑发。

"那是怎样的？你们不是有照片为证吗？"胥姝情绪有点激动了。

"我知道，你看到照片一定很愤怒，因为你爱我。如果是我，我也会疯了。"叶通很是痛苦地说。

"你们发生过什么？"胥姝嘴角有着不屑的笑意。

叶通嚅动着嘴唇，正想解释。这时，传说中年轻灿烂的男主人公——一位法国小伙子过来了，端上了生蚝、青口、扇贝和法式薄饼。

"厨师虽然换了无数次，但爱的气息、爱的温暖，都浸润在时空里，在食物的光泽和滋味里。用餐好心情，祝你们幸福！"年轻的法国男孩温柔地祝福着，时空里忽然间溢满了柔情。

男孩说完，把一朵玫瑰花放在了叶通的手里。他打开了一瓶白葡萄酒，倒在洁净剔透的杯子里。酒杯映衬着法式薄饼，诉说着深情浪漫和隽永。叶通的手触碰着胥姝的手指，把玫瑰放在她的指尖上。他微笑着向法国男孩致谢，一只手握着胥姝的手，另一只手不断为她夹着生蚝和青口。

胥姝朝法国男孩嫣然一笑，然后面对叶通时，又把笑容锁住了。她低着头，一口口不停地把食物送进了嘴里，几乎没怎么咀嚼，就送进了胃里。

"那天很对不起，但我一定得说清楚。中美贸易战使我们硬件供应商的供应链断了，她说能帮我，然后约我去酒吧。"叶通说。

"然后你们就在一起，想告诉我这个，对吗？"胥姝盯着他反问道。

"我们没有在一起，我很奇怪地忽然喝醉了。"叶通说。胥姝没回答，眼睛望着邻座桌上的泰迪熊。

"我很奇怪我烂醉如泥了，我不应该醉的。你懂我的意思。"叶通说。

"你想暗示我什么？"胥姝说。

"不是暗示，而是我自己在理思路。她在那杯酒里做了手脚，你肯定难以相信，我自己也不愿意相信。"叶通解释说。

"继续说。"胥姝说。

"无数的谜团缠绕在我和她之间。"叶通抓着胥姝的手说。胥姝把眼睛转向了窗外。

"在 MIT 时，我和她是师兄妹，学的都是计算机。我是本专业的学霸，她是华人圈里有名的美人，但成绩很一般。后来我们恋爱了，是她猛烈追求我，一直是她追求我。我不善于拒绝，惯性使然和她生活了两年。"叶通说。

"你们很幸福啊，还有什么谜团呢？"胥姝问。

"无数谜团摧毁了我们的感情。最直接的一次是，有一回我们从阿姆斯特丹机场飞美国，安检后她忽然消失了，之后好几个月没消息。"叶通说。胥姝盯着叶通的嘴，感觉他在编故事。

"我不是在讲故事编谎言。我和她在一起时就觉得她是谜团。她有无数男朋友，都是计算机天才。她追求我之前，大家都知道她早就有了至少一个男朋友。她当时的男朋友之一，是谷歌公司一个印度人。"叶通回忆往事说。

"朱迪魅力无穷啊。"胥姝揶揄说。

"她疯狂追求我，我沦陷了。然而我发现她和我在一起时，却还和印度人有联系。再后来，她忽然不断有桃花，哪怕是回国的飞机上，她甚至会和国外航空公司的机长看上去有私情。去别国领馆面签时，领馆小哥会忽然单独去找她聊——"叶通说。

"朱迪很有魅力啊，你有艳福嘛。"胥姝有点惊讶了，还是忍不住嘲讽着。

"不是我有艳福，我一直在纷纭复杂的谜团中。不是她有魅力，而是她的生活或身份是个谜。"叶通说。

"你们为什么分手？"胥姝问。

"她从阿姆斯特丹机场失踪后，我就打定主意坚决要分手，她没有解释失踪几个月的理由。然而她知道我的住址，再现江湖后又缠着我不放。"叶通说。

"后来呢？"胥姝问。

"后来在美国我们还见过一次。有一回在美国橡树岭国家实验室组织的一次活动中，我见到了她，她和联邦几个要员在一起。"叶通说。

"还有后来吗？"胥姝问。

"后来我们就没联系了。直到林总来波士顿和硅谷挖人，我回来了，一批老总和科学家回来了。这时我竟然看到她也回来了。"叶通说。

"她在国内具体干啥呢？"胥姝问。

"具体不清楚。好像很活跃，一会儿组织个北美同学会的教育沙龙，一会儿又是美国企业家巅峰论坛，穿梭在各种看起来很高端的沙龙里。她的背景、她真实的工作、她的家庭其实我都不是太了解。"叶通说。

胥姝沉默了，眼前出现了麻省理工校友会时那个花蝴蝶般穿梭逢迎的朱迪。

"她知道我回来了，和人工智能、集成电路产业有关联，她就不断地联系我，在我家门口制造着和我的偶遇。你还记得吗？上一回在我家，我们偶遇了她。当时真的不是我给她钥匙进来的，她没有我家的钥匙。她说是我门没关。"叶通说。

"哦。"胥姝说。

"后来我发现，我的笔记本电脑好像被动过，幸好单位的电脑不允许带回家。"

胥姝被他的叙述带入情境了。

"你要看着我，要相信我。她是一个谜，你帮我一起来排除这个谜。"叶通很是恳切地说。

"她没有失踪前，你们幸福吗？"

"几乎就是不断吵架的记忆。

"她充满占有欲和侵略性。她说她是在富裕的家庭里长大的，从小学一年级开始就是学霸。她想得到什么，就一定会有什么。只要见到好玩的好吃的，她就会去占有去侵略。只要她不喜欢的，别人都不允许喜欢。"叶通说。

"做个顶级富贵家庭的上门女婿不是也很好？"胥姝嘲讽着。

"她从小在宠爱中长大，恋爱或许像买玩具一样，见一个爱一个。当我在远处时，她会痴迷地去追求。当我沉迷时，她又马上拔腿就跑，会对新的世界充满渴望。后来，我不知道是她对全世界的渴望，还是人性的放荡或是特殊身份的缘故，让她走向了那里。"叶通说。

"谜一样的女人，真真假假一出热闹的戏啊。"胥姝说。

"是啊，感情之下也许容蓄着家庭文化和价值观。"叶通说。

"嗯。"胥姝共鸣着。

"我想有属于自己的真正的风景，不苟且，不犹疑，无论生死，地老天荒。"叶通说，用脑袋深情地贴近了胥姝的脸。胥姝闭着眼没再回避了。

"我们来一场说走就走的旅行，好吗？"叶通说。

"嗯。"胥姝点点头。

时空和季节切换着。

飞机一抵达，胥姝和叶通这一对美好的人儿就从初秋穿越到初春了。眼前的春天是那么美好，昨日生活中的丝丝涟漪荡然无存了。

时间终于又完整地属于姝姝和叶通。什么都可以想，什么都可以不想；什么都可以做，什么都可以不做。

闹钟彻底关闭了，胥姝的思绪忽然像脱缰的野马，时而飘逸到春天的苍穹和玉般的白云上，时而又呆望着面前那些似曾相识的皮肤微黑的南亚人的面庞。在这座明珠般的小城里，随处是中文标牌。

"初次来墨尔本吗？"坐在从机场到酒店的出租车上，司机向他们热情地打招呼。

"是啊，初次来！仿佛来过无数次了，梦里来过无数次！"胥姝热情地说，司机忍不住回头朝她笑了笑。

"这就是墨尔本，一座让人能迅速感到亲切并融入的城市。我只要抵达墨尔本，它就能迅速地让我找到归宿感。"叶通说。

"让我们慢慢地感受这座城市的气息和温度，它是那般亲切和自然。"在酒店，胥姝在自己的朋友圈里发出了这句话。

和叶通在一起，似乎每一个清晨都是那么甜蜜和幸福。早晨一睁开眼，拂面而来的就是阳光里叶通那张恬静幸福的脸。

懒洋洋地走到街市上，映入眼帘的也是一张张轻松宁静的脸，没有刻意的优雅和热情，没有盛气凌人的架势，一切都是那般正常和自然。悠闲走过的路人，谁也不会多注视谁一眼，谁也不会少看谁一眼，无论迎面而来的是印度人、中东人还是中国人、澳大利亚人。

"我饿啦，我想吃饭啦！"每天从床上爬起来，胥姝就会大声地说想吃饭。

"好啦我的公主！二进制王子马上带你去唐人街吃中国菜！"

这时，叶通便会把胥姝抱在自己的怀里，然后背到自己的背上。等到累了倦了，力气没有了，两个人便往前后左右可能都是说着国语的同胞们的唐人街里钻。

在满大街上海小笼包、北京烤鸭、桂林米粉、中原面条、兰州牛肉面等地道得不能再地道的招牌下，他们怡然自得地张望。青椒炒肉、狮子头和红烧肉，饥肠辘辘的胥姝和叶通看到有肉的字眼，顿时兴奋得不得了。叶通打趣说，是国内猪肉涨价了没吃饱，所以来墨尔本大吃了。

两人点了一份狮子头、一份炒猪肉、一份红烧鳝丝，大快朵颐起来了。开怀大吃着，欢快地说着俏皮话，胥姝和叶通很有种"天涯何处是异乡"的亲切感。

没想到狮子头大餐吃完了，胥姝还说饿，说是看到了攻略，前面还有一家越南河粉店，成龙、甄子丹几个武打明星来过这儿，一定要去捧着大碗吃一顿。于是，叶通又带着看到什么都嘴馋的胥姝，混入了那家越南河粉店，"呼噜呼噜"吞下了传说中有着翠绿百里香、娇嫩鲜豆芽和酥嫩猪肝、牛肉的洁白的河粉。

吃完后，胥姝还嘟囔着，说要去看看对面有着"正宗兰州牛肉面"招牌的面馆。叶通摸了摸她的小肚皮，鼓鼓的，于是硬是拉着她去街市里闲逛了。

通透的阳光从远方苍穹直射下来，洒向无垠万物，心是自由的天空、旷远的海洋，天地万物与灵魂交融着，默默感受着。枝繁叶茂、伸出遒劲双臂的伟岸大树矗立在金色的阳光里，辉映着神圣的光泽，照耀着每一位游人的面庞。

胥姝仰望着春天的玉树，仰望着四周巴洛克的建筑，内心充满了圣洁和虔诚。

无论从东西南北哪一侧仰望，这座城市都是那般神圣和唯美。街市或是掩映着葳蕤的枝叶，或是绽放着春日浪漫的花朵，或是喷泉自由飘洒着洁白的水花。风格华丽的文艺复兴时期的建筑骄傲矗立着，远处教堂高耸的尖塔与棉花般的白云、湛蓝的天空完美交融为一体。

"我有一个心愿，在这座城市里。"叶通说。

"什么心愿，能透露吗？"胥姝俏皮地望着他。

"不告诉你，保密。"叶通很是认真地说。

甜蜜在胥姝心里沉淀着，岁月是那般美好和幸福。她默默地按顺时针方向走着，随着叶通返回了住处。

接下来的每一个早晨，胥姝和叶通都睡到自然醒。懒洋洋地起来后，去维多利亚菜市场买几块钱的鲜虾或目鱼，去柯林斯超市买点面包、牛奶或米饭、辣酱，一天的美味便又有了。公寓里齐全的电磁炉、电磁锅和洁白的杯盘，加上胥姝厨娘的手艺，让来自大自然的纯净食材焕发出不一样的光芒。

这些天，胥姝又有了新花样，说是要把墨尔本传说中的十大咖啡馆都喝一遍。于是叶通带着胥姝按图索骥步行着，去寻找传说中的那一杯杯咖啡和那一份份唯美剔透的小甜点，或者那一份份缀满鲜花和彩色水果的早午餐。

墨尔本是名副其实的有着咖啡文化的都市。文艺范和小清新的咖啡馆在这里很罕见，更多的是不修边幅、不重颜值、有着文化内涵的咖啡馆。它用品质去演绎咖啡的内涵，而不是用气味和摆设去拿腔作调让人欣赏其外表。它让人沉醉其中，去喝去回味，让人痴迷而久久不愿离开。每一间咖啡馆都是质朴的褐色木质桌椅，缀上一朵玫瑰或一束小海棠。有的咖啡馆甚至还是干脆利落的大理石桌子，摆上一朵黄玫瑰。

喝好咖啡后，两人在阳光里乘坐绕城的电车，在绿色免费区域兜上一小时，幸福地晒太阳，眯着眼，望着阳光里来来往往的人们。到了下午两三点，维多利亚图书馆地下室酒吧里人头攒动了。很多人端着白葡萄酒，沉浸在午后阳光里，和朋友们谈天说地话世界。

"好想就这样，和你一辈子。"叶通说着，又情不自禁地把胥姝搂在怀里抱紧了。耳边，他又开始了深情的朗诵：

我想和你生活在一起

在某个小镇

共享无尽的黄昏

和缠绵不绝的钟声

在这古老小镇的旅店里——

时空静谧。两人沉醉缱绻于教堂旁，望着枝丫舒展、散发着金色光泽的那棵大树。湛蓝的天宇下，树的色泽从树干的深褐自然过渡到枝丫的浅褐。而每一枚叶片，更是像镶嵌了金边一样闪闪发光。

第十一章
菌群

　　女人往往是这样，无论一开始是以感情还是利益开始，日子久了便生出感情的野果子来了，想从男人躯体上追寻着生命的归宿与意义。无论沈媚如何精明和理性，她还是未能幸免地去牵挂这个男人，不愿意将到手的猎物拱手送人了。越和田园朝夕相处，沈媚就越觉得田园是她的。田园去征服全世界，她只要征服了田园，世界便完整地在她掌心了。

　　田园忽然说，他这几天有事不能来上班。一个人待在办公室里，她像困兽一般焦躁。担忧、焦虑、不甘，各种情绪复杂糅合在一起。几日不见了，她身体里忽然好像生根了，心里又忽然思念起那份苟且的激情来了，仿佛她和田园有什么根蒂相连了。

　　她觉得莫名其妙，大概这就是创业园他们学生物医药的人嘴里常说的，每一次身体的交换，其实是菌群的渗透。

　　灵犀或许也在微生物和菌群的交换中实现了。想到田园的那一瞬间，田园的信息就来了。

　　"我这两天要去别的企业走走，沃克这边你负责。"田园说。

"是陪你那烦人的小情人吧？"沈媚还是没能管住自己的心，画蛇添足多说了一句。田园没有回信了。

沈媚很是烦躁地坐在办公室。一会儿上上网，一会儿又牵挂着手机的微信，盼望着田园能够再来点什么信息。一上午都没收到他的微信，她有点茶饭不思，心神不宁。

她把会议室几个女孩子轮流叫过来谈话，问她们最近在干什么，然后给每个人布置了一堆材料和表格。不管这些数据和材料是否有用处，她都要让她们忙碌着，不能让她们闲下来张家长李家短。她也把小茵帮她买回的三个电风扇"呼呼呼"开着，空调加风扇，她还直喊热，不断差使着小茵。

折腾够了办公室的女孩们，她想起了自己的老公。尽管录为很卑微很沉默，那毕竟是她的家园。她想起那晚录为说的挪威鱼胶和海产品的事情了，于是忍不住发个信息去问他。

没想到，录为半天不回复。等到再追问时，他含含糊糊不肯说。

"到底怎么啦？你是不是把那几万块钱又打水漂了？"沈媚恨铁不成钢，准备河东狮吼了。

"没想到欧洲有些人也挺坏的，拿三文鱼的骨头冒充鱼皮给我们。车开到保加利亚仓库了，才发现，又重新开车回去换。"录为吞吐着挤牙膏似的说。

"那然后呢？"沈媚逼问着，很是恨铁不成钢。

"到底怎么了？你快说！"沈媚关着办公室的门，直接打电话过去问了。

"没想到，没想到，好不容易换到了，俄罗斯出口到中国的猪肉出状况了，所有动植物的进口都停滞了，几万元的鱼胶生意就——"录为说。

"就怎样了？你说呀？怎样了？"沈媚几乎想拍桌子了。

"就泡汤了。"录为轻轻地很清晰地说着。

沈媚忽然觉得自己被抽空似的，所有的脾气都虚空无力了。她把电话挂断了，闭着眼静静地歇了会儿，平息会儿。等她再次蓄满气力时，她想起了录为的老总。

"苏总啊，那天见到您之后，我就深深地被您的才华和魄力所震撼啊，以后您多多指导我啊。"沈媚调整好了心情，恢复了娇媚和软糯。果然，苏比特的苏总马上回信了："哪天有空您来视察我们企业？或者我们一起喝咖啡？"

"好啊！"沈媚说。

苏总一瞬间受到了很大的鼓舞，马上发过来几个红唇和拥抱的表情，于是两个人一来一回开始聊起来了。四五天之后一个黄昏，苏总发来信息说："你陪我去参加一个应酬，好么？"

"好啊，我当然愿意啦。"沈媚满含柔情地说。

于是苏总发来了地址。沈媚欣然赴约了。

约会的厅堂闪着金黄色的光，金黄的光晕从不同的角度交织折射，如同一颗熠熠生辉的黄水晶，一股暖热迎面而来。

她看到了许多人热烈而潮湿的目光。那些目光里有欣赏和爱慕，有贪婪和攫取，有潮热的渴望和阴郁的嫉妒。她像一只黑夜里夺目的红蜘蛛，目光交织着经纬纵横的丝线，它们形成了一个幽深莫测的漩涡。

沈媚被这种似曾相识的潮热气息唤醒了。她想起了觥筹交错、夜夜笙歌的自己曾经在外地的生活了。她忽然像喝了酒一般兴奋起来了。她甩开了孩子、录为等一个个让人压抑和束缚的符号，仿佛找回了熟悉的众星捧月的感觉。当年那种让人激动的各式各样的目光，夹杂醉酒呕吐物和烟雾的封闭的空间，蒙太奇般叠印在她的脑海中。

苏比特老总迎面走来了。他的皮肤有点粗糙，像小时候从树上捉下来的知了或是蝗虫那一类昆虫的红褐色。那些知了、蝗虫和蚱蜢是那些夏天里沈媚和小伙伴觉得最好玩的小宠物。他们用绳子拴住知了一只脚，用力把它甩在半空中。知了细长有力的脚爪忽然钩住染了黑泥的线，"呼啦啦"地在空中旋转，发出森林里特有的蝉噪声。苏总递给了她一杯粉红的酒。

"终于又见到了。那天一见到您，就仿佛上辈子在哪里相逢过。"沈媚斜睨着他。苏比特老总笑了，那笑容就像太阳的辉泽忽然照射在坚硬深褐的甲虫身上。他原本褐色的肌肤忽然晃漾着温柔的粉红，他捉住了她的手。

"我能帮你做点什么吗？"她无限风情地问着他。

"你和我一起奋斗吧！我们一起做中介，搞产业和项目的扶持。这年头，研发的风险太大了，海量的投入最后往往都是颗粒无收。"苏总说。

"是吗？"沈媚不置可否。

"你懂的，现在各路神仙都有扶持的经费。我们只要有一个重磅的项目，网罗一个高层次的人才，就可以改头换面到处去申请项目。

"东家有项目，我们可以按东家的方式包装，西家有项目，我们又马上按西家的方式包装。不就有了吗？我们还可以利用有资源的人，去帮需要项目扶持的人做桥梁。管项目的人喜欢看唱的、看跳的、看跑的，我们就给他来唱的、跳的和跑的，这样不就可以了吗？"老苏熟门熟路地说。

"这样不行吧，现在市里、区里和科技园的资金主管部门、审计部门、纪检监察部门对各种项目的审计和监察都非常严格，这样做不行吧？会出事啊！"沈媚低着头看手指，有点担忧地说。

"没问题，我们有技术，也有研发啊。我们去山寨几个技术的版本。等我们赚得盆满钵满了，我们就送孩子出去，去国外买房子定居，想起来真是前程似锦啦。"老苏怂恿着沈媚说。他还说，在国外他也有许多的关系，孩子留学、移民什么的，他都能搞定。

"你可不要挖坑让我跳啊，我胆子很小啊。"沈媚妩媚地笑了。

"对了，你还要帮我搞点技术啊。"老苏说。

"怎么搞？"沈媚不解地问。

"你在沃克这边，了解信息很方便。你帮我关注汉科和其他一些人工智能龙头企业的技术和动向，有什么我能共享的，你及时发给我。"老苏说。

"要我当特务啊？女特务？"沈媚扳过他的脑袋，捏着他的脸。

"是啊，女特务，为了我们共同的事业啊。"老苏说。

沈媚抬着头，将信将疑地望着他。

"你不相信吗？我明天就开个会，把公司一些股票分给你那个书呆子

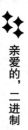

老公录为。"老苏拍着胸脯说。

"要不还是直接分给我吧，谁知道他以后是不是我老公呢！"沈媚半真半假地说。她害怕那个需要蓝色药片支撑的男人。万一这些股份伤着了他的自尊和他的多疑，战争的阴翳便又会笼罩着她整个家庭。

"也好，你那个老公没法调教，做技术不行，做售后更不行，好像每天都发呆，睡觉睡不醒似的。"老苏摇摇头说。

"嗯。"沈媚无可奈何点点头，心里觉得没面子。

"要不是看在你的面子上，我也许——"老苏为沈媚还是留了一丝颜面。

在沈媚心里，她打定主意了，一定要捉着这几个男人，他们是自己一辈子的衣食父母。不仅苏民是，田园更是。

然而她越来越觉得，兰朵是个定时炸弹。不能让兰朵的肚子一天天长大了。她要想出个法子，去除这个核反应堆，让田园永远妥妥地在自己的手掌之间。

要对付简单、文艺、清高的兰朵其实并不难。对深谙俗世人性的她来说，简直就是分分秒秒能搞定的事情。兰朵的单纯、骄傲、感性是男人和她初见时与众不同的迷人外表，却也正是她致命的弱点。这也是但凡清高骄傲的文艺女神，往往都有的特点。她想玩弄一下兰朵，试试她的承受力。她决定，就采用女人最常用最简单的一招捣个乱。

那一天兰朵正好又有演出不回来，她便和往常一样，去田园家。她故意把内衣留下了，趁田园去洗手间时，塞进了兰朵的抽屉里。兰朵的抽屉一定是房间里最敏感最容易忽视的部位，也是粗心忙碌的田园不可能去打开的，沈媚断定这一点。

扔好后她躲在被子里，足足笑了两分钟，直到田园从盥洗室出来，很是迷惑地望着她，注视着她一个人偷乐的样子。她仿佛看见了兰朵柳眉竖立、暴跳如雷的模样，那种吃醋的母夜叉模样足以颠覆初见时的形象。

兰朵果然上当了。当她拖着疲惫的身子回家，希望洗个澡之后能在田园这儿感受自己渴望的拥抱，当她拉开了有着金色雕花的抽屉把手时，惊呆了！沈媚的内衣，躺在她的抽屉里！

兰朵狭窄的喉咙里发出了一声尖叫，接着便变成了吼叫。她当着田园的面，把那一片布头直接从楼上扔了出去。她的情绪彻底乱了。

她大声质问着、呵斥着田园，把所有的用于卑劣无耻男人身上的词语统统用在了田园的身上。她也很想爆个粗，然而从小长在书香门第的她实在爆不出，最后只能依然用文绉绉的书面语言狠骂着。

那块布片慢悠悠地飞向了半空，接着可能挂在楼下的树丫上，或是掉在谁家的汽车顶棚上。它飞走了，然而却整晚在她脑海里旋转。她不由自主去想象，去猜测，仿佛见到了当时的场景。

田园低着头，任由她训斥。看着那块似曾相识的布头，他很惊愕，在心里骂着沈媚这个什么招数都有的坏女人。他甚至不敢表达自己的惊愕，只是假装惶惑地问着："这是什么？你竟然买了这样的内衣？这也太难看了吧，别穿了吧？"他的语言虚弱得像是一张纸，轻飘飘不着陆。

兰朵发泄了好一阵，见田园一副不解的神态。她也有点摸不着头脑，沉默了下来。然而没过几秒钟，女人的本能马上让她又飞舞着想象的翅膀，化作了让男人心烦的尖刻的喋喋不休："你一定是趁我不在，又去带了别的女人回来！你怎么可以这样，我的青春都糟蹋在你这儿，你还和哪个低贱的女人去厮混，你不怕掉价，不怕辱没自己名誉吗！"

"我发誓，我用自己父母和自己的生命、人格发誓，肯定没有这样的事情。"田园满脸演出来的真诚。

"难怪和你同居三四年，你就是不肯结婚，原来一切都是假的！"兰朵恍然大悟了。

"我对你是真的。"田园很是真诚表达着，说得让自己都感动了。其实无论是和兰朵还是和沈媚，或是和过去的阿猫阿狗，他都感觉自己当时很入戏，很真心，很投入。

"你怎么可以这样？你竟然趁我不在家就把别的下贱的女人带回家。"

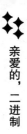

兰朵望着他的眼，还是哭哭啼啼，不依不饶地继续说。

田园又发誓了一番。兰朵止不住哭泣，继续和他争吵着，嚷嚷着要分手，两个人从此一刀两断、相忘于江湖了。

这时，田园终于觉得疲惫了。他打了个哈欠，随口说了句："好啊，分手吧！我也累了倦了。是你说要分手的，那我们就分开吧！"田园也说出了自己的心声。

他的态度激怒了兰朵。兰朵马上提着还带有国际航班行李托运条的行李箱，冲出了房间。她一边跑着，一边吼着："我不会饶过你，我绝不会饶过你！你等着瞧，我一定不会让你好受的！"

田园这才意识到事情的严重性，兰朵偏激的性格让他有点不安了。然而话语脱口而出了，他没办法挽回。从兰朵冲出房间那一刻起，他至少发了五十个"我爱你"给她，她都没回复，不像往常一样，给个台阶然后半推半就折回来了。他知道，冰冻三尺非一日之寒，他和兰朵的分手是注定的，迟早的。

他也曾经想过要给兰朵婚姻，然而他害怕。他喜欢光鲜迷人的演艺圈的女人，喜欢她们激情来临时的蜜语和甜言，喜欢各种新鲜的不同的女人。然而他害怕和她们生活，尤其是在婚姻状态里生活。他喜欢女人，又害怕女人。

记得他和前妻刚结婚时，他像猪八戒娶媳妇一样兴奋，带着老婆得意忘形地衣锦还乡。然而无论是在老家吃猪蹄还是吃小龙虾，城市里长大的老婆都在众乡亲面前吵着要手套，说不习惯乡里的环境，更不习惯把渣滓吐到地上，她做不到用手抓着猪蹄、龙虾就这样吃。在家里好不容易待了一周，到了要回城时，母亲把几包新鲜的玉米、小米放进自己行李里，新婚老婆半路上就扔了，说这种土特产谁要啊，带回去都要被人笑话的！

想起了往事，他忍不住颤抖了一下。兰朵消失在电梯里，电梯呼啸而下的声音让他心里有点慌。

"你怎么可以这样！你想故意捣乱找我的茬是吗？"田园打电话给沈媚，大声吼叫。

"什么呀？"沈媚一开始还装疯卖傻。

"你还装蒜！你如果这样，明天就不要去上班了！"田园吼得天花板都震动了。

"好了好了，人家只是开个玩笑嘛！我知道错了，好吗？人家不是喜欢你，控制不住情绪吗？"沈媚放下身段道歉。

"再说，人家也是想帮你培养培养兰朵嘛。她那么感性，怎么能当田太太啊？她这样地脆弱，怎能经得起马上要鲲鹏展翅的你的波澜壮阔啊？"沈媚在电话里一唱三咏，温柔地说。

"这下好了，你帮我把她培养走了。"见沈媚楚楚动人地示弱，又巧舌如簧地说到了点子上，田园的口气缓和了许多。

"其实，她走了，你也许还甩掉了一个包袱呢。她这样感性，以后迟早给你找麻烦啊！你既不缺女人，又不缺孩子啊，干吗吊死在这一个女人身上啊？"沈媚继续话里带话，忍着心里的欢喜。

田园沉默不语了。沈媚也停顿了一会儿，叹了一口气。"其实留着她确实没什么用，以前她除了在你面前娇滴滴地耳语几句，给你吹个笛子，其他能给你什么呢？我估计，现在她也不会愿意为你吹笛子，你也懒得听她吹笛子了。"沈媚说的话似乎总是那么有道理。

"好啦，你总是有那么多歪理，我服了你啦。"田园说。

"是实事求是的真理，我是为了你的前途啦。"沈媚尽量掩藏着自己的小心眼。

"是吗？"田园反问着。

"好啦好啦！你还有我啦，以后还可以有别的战友和情人二合一！凡是她能做的，我沈媚都能做。凡是她不能做的，我沈媚也能做！"沈媚终于喜笑颜开了。

"你啊，就不是个什么好鸟！你还有什么要说吗？"田园说。

"没有啦！我才不会缠着你啦！在我的眼睛里，有一个好大好大的世界，里面有好多好多优秀的男人和女人啦！"沈媚在电话里故意"扑哧"地

笑着。

田园被她哄得喜笑颜开了。"么么哒！"她果断挂掉了。

兰朵终于被赶走了。

这些天上班时，沈媚几乎每天都在心里哼着小曲儿。手下的姑娘们看到她面容柔和了许多，都在心里暗自纳闷着。

沈媚终于找到了做公主和女王的感觉，在她的 35 岁生日即将来临的时刻。生日那一天，她完全找回了当年在歌舞厅当领班时众星捧月的感受。大清早，她就在朋友圈里钓鱼，发了一段自己关于岁月和生日的领悟，说非同寻常的日子该怎样度过呢，今后的人生如何规划才有意思呢。翎子发出去了，一时间私信像春天的鸟雀般纷纷飞来了。

"宝贝，今天是你的生日，我正好在国外出差啊，等我回来后，我要好好地给亲爱的你补过生日啊！"老苏马上来消息了，甜蜜地叫着"宝贝"和"亲爱的"这些梦魇时放之四海不会叫错的名称。

沈媚在心里还是满足地笑了笑，明明知道老苏是真真假假一场游戏，她还是醉心于其中。人生就是逢场作戏嘛，她也刚从别的男人怀抱里钻出来，很是痴情地叫着老苏"亲爱的老公"。"好啊，亲爱的老公，你想怎样帮我过生日啊？"沈媚娇滴滴地说。

"你想要我怎样给你过生日？等我从圣地亚哥回来后！"苏总说。

"亲爱的，我想去日本，去韩国！"沈媚想起来很多家长在日本海淘的场景，他们晒在朋友圈里，无数次让自己羡慕嫉妒恨。

"好啊，小菜一碟啦！下个月我正好要参加日本的一场人才招聘会，我让手下具体去招聘，到时候我就带你去东京、去大阪、去名古屋好好享受慢生活！"老苏毫不犹豫地说。

人生竟是如此多姿多彩，沈媚的眼眶忍不住湿了。她为自己而感动，从不会为男人为真情而惆怅。

田园也看到了她的朋友圈，马上领悟了她的暗示。他马上拿出实际行动，假装把她宠上天。他为她在香格里拉顶层的餐厅，点了个沈媚从来连想都不敢想的九道式大餐。

鹅肝棒棒糖、芦笋蟹肉卷、海胆脆香米、扇贝番茄冻等，平日里罕见的菜肴点了一桌子，呈现在她生日的餐桌上。大餐结束时，田园还真的捧出了九十九朵玫瑰，送给了沈媚。那一瞬，沈媚世俗的脸庞上晕染了难得的娇羞和幸福。

还没等大餐吃完，沈媚就在微信朋友圈里发了九宫格图片，渲染着自己人生中最成功的巅峰和高光时刻。她把九道式菜肴一一描绘了，把九十九朵玫瑰做了个美图秀秀的特写，仿佛自己从此就是那位登上峰顶的女王。

在沈媚的引导和暗示下，田园仿佛也迅速遗忘了兰朵。一开始几天，兰朵忽然从他的生活里消失，从此再无瓜葛，田园心里还是有点不踏实。有时候半夜醒来时，他会忽然颤动着身体。在睡梦中，他梦见了兰朵那张涂抹成京剧脸谱的戏子脸。在她的脸上，书写的是凄凉、愤慨和阴森。然而，后来只要沈媚在他的房间里，在他的身边，说着粗俗而充满烟火气的笑话，她浓郁的香水带着她独特的女人气息晕染在周围，他就觉得充实而亢奋，兰朵的磁场渐渐消散了。

平凡的沈媚华丽转身，轻松完成了她从麻雀到孔雀的凤凰涅槃。她成为田园身边的代言人，代表着田园的观点和身份。当沈媚世俗运作的智慧让田园越来越感到安全和舒展时，他向她敞开了整个的自己，带她进入了自己完整的社交圈。

一个团队里需要打造核心的男神和女神，才能吸引一圈真真假假的追随者，为了共同利益而卖力。女神是核心里至关重要的明珠，她需要有媚人的容颜，还要有让人浮想联翩的背景和故事。于是沈媚虚构了自己的硕士学历和父母的高知背景，也编造着关于自己驰骋职场的传奇故事。

沈媚越来越觉得，她不仅贪恋田园的权威和资源，也贪恋田园的空间和磁场。这是在这个城市里，仅有的几个她可以忘情嬉戏的空间。她完整地拥有这个空间，拥有这个空间里这位戴着金丝眼镜、很会社交很会说笑话的男人。

在这个城市里，这个男人领着她走向城市的中心，纵情在城市的漩涡里，让她回想起当年那些夜夜笙歌的日子。她有点不愿意回到录为身边了。录为得了抑郁症之后，他绵软的身体和焦躁的心灵，让她像困兽般挣扎和不甘。

这一天，又到田园为她编织的金丝鸟笼里和他言欢后，她有点走神了。想着自己又要一无所有地回家了，她很不情愿。田园喜欢她的野性，她也喜欢田园的野性和力量。

她讨厌那个吃药片的书呆子，一刻也不愿意和他在一起。她也忍不住把多年来的压抑都告诉了田园。

"为什么会和他在一起？"田园问。

"很奇怪？我自己也奇怪。"沈媚说。

"她选择了他，是选择了通向城市的桥梁。他选择了她，她是象牙塔之外的鲜活和俗世红尘。他们彼此需要，在人生的某一个时候。"沈媚若有所思地说。

"你为什么选择了兰朵？你们也不配。"沈媚好奇地问。

"她是演员，有名啊！男人的虚荣和面子，你不懂吗？"田园说。

"没救了，你们男人！她不就一个吹笛子的吗？那也算什么明星啊！"沈媚很不屑地贬低着兰朵。

"理工男平时很少能接触到鲜艳的艺术女嘛！一见到兰朵，就以为她是全天下最美最有风情的女人啦！"田园说。

"还是缺乏在社会里跌打摸爬的经验啦，没经验太单纯多可怕啦！"沈媚说。

当田园牵着她的手抵达楼下车库时，没想到车库里停着一辆崭新的奥迪车。正在纳闷时，田园径直把车门打开了。他把纹路锃亮的车钥匙甩到了沈媚的手心里。

"这辆车是你的啦！我的女人，怎么能自己没辆车呢？就奥迪吧，低调的奢华，你去试试哦！"田园说。

"天啦，真的给我的？这么好的车噫！"沈媚简直不敢相信自己的眼睛。

"是啊，以后就给你啦，不过是使用权哦。你不跟我了，这车就要收回啦！"田园很现实地说。

沈媚冲上去抱着他，在他胖乎乎的脸颊上印上了两个朱红的嘴唇印。

"试试吧，开着车兜兜风，看看这个不一样的城市啊！"田园说。

"好啊，开着我的坐骑，去看看这个不一样的城市啊！"沈媚说着，朝田园又飞了个吻，然后驾着新车朝南浦大桥、卢浦大桥方向驶去了。

她心里激动得想掉眼泪，好多回她都渴望着有自己的新车子，带着女儿和录为，自由驰骋在外滩、陆家嘴和几座大桥上，那该是多么拉风的时刻！那瞬间，她一定就是上海这座城市的主人了！如今，她不仅是这座城市的主人，还是这座城市的公主和女王了。这样想着，她的眼泪把黑色的睫毛膏打湿了。

她停下了车，在一个僻静处号啕大哭着。哭过后，她用镜子照了照自己的妆容，掀起眼皮看了看自己眼角，眼角隐约的皱纹仿佛突出了。她想着等下次有钱了，一定要去韩国，做个干细胞换肤，从头到脚彻底地美一回。

"人人都被推向同一个方向，我们的命运在缸里转动，迟早会从里面跃出。上了船，带往不归路。"贺拉斯如是说。

这几个月以来，录为就像贺拉斯偈语里说的，他心里像猫抓一般，很慌张。然而，他不知道为什么会如此慌张。

这些天，他会反复侧耳倾听门外风儿的声响，视线一次次滑过家里所有的缝隙。好多次，他都幻想着在沈媚的手机里装个窃听器，在她办公室装个摄像头，让她分分秒秒的行踪轨迹都有传感器跟踪，他才会放下心头那块石头来。

这一段时间，自己同床共枕那么多年的女人忽然有了反常的举动和气息。她竟然开着辆崭新的奥迪回来。回来时，还总是会带着最新潮的蛋糕、甜点和玩具。听女儿说，妈妈带回来的千层蛋糕是纽约街头最好的，一小块就要将近一百人民币，都是她特意跑到市中心商务区，精挑细选带回来分享的。

对于沈媚带回来的食物，录为似乎有种本能的排斥。他甚至不肯尝一口，也不愿意女儿尝一口。不知为什么，他感觉那些蛋糕上有指纹，有发丝，有无数看不见的病毒和细菌，似乎还有肮脏的绿头苍蝇的影子。

他默默地卖着从西班牙、希腊运回来的鲍鱼。每包装好一颗鲍鱼，他就感觉离他辞职的梦想更近了。从沈媚认识苏总以来，他就感觉工作像一个牢笼和枷锁，把自己绵密地套牢，纹丝不能动弹。公司里的同事也仿佛用诡异的眼神斜视他，仿佛他做了什么见不得人的事情。只有和女儿在一起埋头冲洗着鲍鱼和海参的时刻，他才会宁静而踏实。

这些天沈媚给了他很多联系人，他们都需要很多鲍鱼。然而他并不欣喜，而是带着敌意地去揣摩，去感知谁和沈媚有不寻常的蛛丝。看着这些人的地址，怕他们的联系方式上有病毒，不洁净。然而最终他又无奈妥协了，给他们打去了电话，把他们要的鲍鱼用快递发走了。他从淘宝上买来了许多丝绒包装盒，让这些鲍鱼看起来富丽堂皇的，价格也从一百元涨到了八百八十八。

他捧着自己的手机，想搜索一下淘宝网店怎么开。没想到，手机真是一个百宝箱，很是细致地教给他开网店的流程：提交申请、审批、装修店铺、日常运营、市场推广——一切仿佛都那么简单，创新创业时代的梦想似乎都近在咫尺。他很想念自由的感觉，很期盼通过创业来彻底摆脱沈媚和感情给自己带来的压迫。他迫不及待地想摆脱沈媚的抱怨，摆脱不自由不畅快的生活状态。

然而，剪不断理还乱，他满脑子、满屋子里萦绕着的还是沈媚，就像地板上飞舞着的无处不在的头发丝。

他很是烦躁，走到厨房里倒了一杯水，吞了五颗蓝色的药片。他想下楼去走走，顺便把女儿从幼儿园里接回来。然而接到女儿往小区方向走时，他看到身后一辆车做贼一般开过来。

他呆了，那辆车竟是那般熟悉。他再停住脚步定睛看，确实就是那辆车，自己老板每天停在公司门口的那辆车。他本能地侧过身，不让车里的人看到他。这辆车给他带来过太多压迫感。每天进公司大门前，只要看到这辆灰色的车停在那儿，他就会蹑手蹑脚进大厅乘电梯，飞一般地逃进去。

然而也就在这时，一股熟悉的香水味从车里飘出来。这股香水味这些天让他很不安。几个月前沈媚忽然说小姐妹送给她这瓶法国的香水，以后就天天洒在手腕上、衣服上。他闻着这股气味就总觉得不对劲。

循着香水的味道，他忍不住悄悄地抬起眼看了看。没想到，车里两个脑袋正在交缠着，自己熟悉的一头黑发被自己的老大抱在车里乱啃着。他踮起脚张望，看了个一清二楚。

他握紧了拳头，怒不可遏地想冲上去。他想捡起个石头，砸了那辆熟悉的车。他的手松开了紧握着的女儿的手。女儿很是慌张地自己穿过了马路，一辆摩拜单车疾驰而过，骑车的人尖叫着把车停在孩子的身边。

录为马上惊醒了。他放弃了砸车的念头，牵着女儿一路狂躁地往回走。他在家里愤懑地捏着遥控器，凌乱地调着各个电视台，终于找到了女儿喜欢看的英文动画片。他让孩子独自看着。自己穿着鞋，抱着枕头，躺在床上深呼吸。

等了十几分钟，熟悉的高跟鞋"叮当"声出现在走廊里，在房门口。没等门外钥匙声响起，门就"哐当"甩开了，录为叉着腰，气冲冲地站在了门口。

沈媚的脸颊红晕还未退，她努力让自己变得很正常。她很是温柔地对眼前的男人说："怎么了，知道我回来，主动给我开门啦？"

"你还有脸回来，你回来干什么？你天天说上班，原来干的就是这勾当！"录为劈头盖脸发泄着不满。

沈媚有点惊讶，一脸无辜地问怎么了。录为更是愤怒了，他把她用力往台阶边推，一边推一边吼："你还假惺惺地问怎么了？刚才马路边不是你们这对狗男女吗？难怪最近上班他忽然给了我比平时多两倍的奖金，原来是给我戴上一顶光鲜的绿帽子了！"

说着"绿帽子"这三个字，他更是怒不可遏了，身子颤抖着把沈媚一把推向门外台阶边。沈媚的高跟鞋脱落了，身子摇晃着倒向了台阶下。她接着连打了三个滚，跌向了水门汀楼梯拐角处。

沈媚很是酣畅地随着地心引力向下滑，她有一种飞翔的轻松和愉悦。当身子停下来时，她躺在生硬的地板上一动不动了。录为吓坏了，连忙过来抱着她，揉着她的手臂和脚踝。沈媚依然躺在地上一动不动，听凭录为惊恐地呼唤她，问她行不行，要不要去医院。当看到沈媚还是一动不动时，他焦躁地跺着脚，拿出电话要拨打120。

这时，沈媚才从地上爬起来，夺下了他的电话。

那天晚上，沈媚一声不吭。录为很是不安，在房间里捂着头踱了十几圈。实在控制不了情绪了，他连忙从床头倒出一把蓝色的药片，如获至宝地塞进自己嘴巴里。

他的眼前仿佛望见了北欧的森林，他一丝不挂地站在森林入口处，用尽全身气力呐喊着。他在黑夜里捧着自己的小手机，查看着自己曾经和同学一起的照片。看着那些从北欧到南欧的照片，父亲的训斥、母亲的冷漠、沈媚的背叛，都烟消云散了。

他挺想念现在已经从北欧飞驰到南欧的那个同学。他们算是一起下过乡、一起扛过枪、一起同过窗的哥们儿了，那是岁月里挥之不去、萦绕心头的隽永深情。

在北欧时，他俩谁有好吃的，都要给另一位留一口。无论是西班牙的烈酒，还是自己去便宜肉店买来的猪蹄、猪耳朵，卤好后一定会给另一位送过去。后来，漫长的冬季诱发了录为的抑郁症时，他的哥们儿时常会过来看望他，给他送来最温暖的烩面和牛肉汤。

想想那些日子多美好。他俩还一起干过架。记得当时一起去塞浦路斯西餐厅里当厨师，一个当地人对他们鄙夷地吐口水。他俩一不做二不休，等看好了逃跑的路线后，便闪个眼神心有灵犀地把那人狠狠揍了一顿。

那是录为从小到大唯一的一次干仗，也是身处异国他乡谨慎低调的中国人在当地最勇敢的举动。据说，那是中国人头一次在那里干仗。

没想到，田园这边也后院失火了。晚上九点了，田园气急败坏地打电话过来。

他说兰朵沉寂了几天，终于想出各种歪点子去唤起他的注意。兰朵先是不停地在他们熟悉的朋友圈里晒着自己和其他男人喝酒作乐的照片，试图唤起田园的关注。田园没有反应，她就直接到田园朋友圈里留言，说自己喝醉了，要自杀。田园气急败坏去见她，要她删除朋友圈的留言。结果她不肯，发生了争执，兰朵摔倒在地上，孩子没有了！

孩子没有了。沈媚心中浮起了一丝窃喜。一颗种子在时光里发芽生根，不可逆转，田园从此就是套中人，是兰朵永远的老公。而孩子没有了，他们不过就是多了一段感情，多谈了段恋爱，什么后遗症都没有。沈媚捂着嘴笑了，仿佛看见了兰朵怨恨地走了，从此消失在时空中。

"我送她去医院，我有点害怕，心里空落落的，我担心会发生什么。"田园像孩子似的六神无主地诉说着，不管沈媚身边的录为是不是在家。

录为冷冷地斜视着沈媚。看到沈媚不断地看手机，他堵在咽喉中的那口痰似乎一下子下不去，呼吸就瞬间急促了。家里永远有那股海水的腥味。地板上堆着纸板箱，躺着烘干的鲍鱼和海参。在他们的床头，又摆了一大瓶未开封的蓝色药片。这是刚通过朋友从挪威海淘回来的。最近他的剂量加大了，原本一次吃六颗，现在一次吞十颗。

田园和兰朵毫无瓜葛了。沈媚躲在房间里，静静地思考着未来。

她心里忽然升腾起一种强烈的冲动，她想抓住些什么，想彻底改变些什么，让自己的人生从此翻开焕然一新的篇章。兰朵分手前，她静静地蜷缩在自己狭小的世界里，没有更多的欲望，没敢浓墨重彩构思新篇章。她也觉得现在比以前富裕多了，录为在家里做家务带孩子，她能有时间周旋在男人的世界里。

然而日复一日，尤其是此时此刻，她越来越受不了和录为共处的空间。

她觉得她不应该住在这样简陋狭窄的密室，而应该是田园家那种有着两部私人电梯的豪宅。她从心底里，也很想去掉录为那个卑微的老公和婚姻的记号。

她觉得，她和录为不是一个世界、一个高度的人，自由和进化再一次在远处山巅上飞扬着，朝她招着手。如果摆脱了和录为这段卑微的婚姻，她便是创业园里永远的金凤凰。别人不会在议论她老公时，浮现出眼前这个懦弱灰暗、佝偻着背的录为来。

无论你愿不愿意，喜不喜欢，命运就是把这样的男人安放在她的生命旅途中。

一如往常，在安静的时候，录为蜷缩在沙发上捧着黑色的手机，冷漠阴郁，没声音。如果刺激他，他会忽然间动起来，异常狂躁和焦虑。他会像笨熊一般在房间里摇摆，长期服用的药片已经让他的肢体和动作不协调。

没想到就在沈媚想要改变时，录为察觉了她的心思。他忽然从沙发上站起来，异常暴躁地高喊："我要离婚！我要离婚！我没法和一个不守妇道的女人过下去！我要离婚！"

录为狂乱地扭动着身子，愤怒地嘶喊着。

沈媚不敢吭声了。和一个有着抑郁症的男人争论，最后不知会发生什么。

她关着门，却不敢锁住，怕他一抬腿把门锁踢爆。她也很想逃出去，然而她不敢逃，逃跑的举动也会彻底激怒失控的录为。她害怕录为在房间里大声地叫喊，害怕他把110报警，害怕楼道间、马路上的人们听见了，以后再也看不见邻居带着尊敬和友好的满脸笑容了。

一晚上总算相安无事过去了。没想到第二天，他竟然不去上班了，给人事部发了条信息，说老子不干了。老苏把这条信息转发给沈媚，说自己已经仁至义尽了。

沈媚很是没面子，她恨不得钻地洞，马上逃离那个家，逃离那个贫穷卑微不正常的男人。离婚要成本，而这个婚姻是零成本。对于破茧成蝶蜕变为凤凰的沈媚来说，离开这个男人，无疑是做加法，是赢利。

她在办公室里踱着步，谋划着让录为离开的方式。忽然，她想起了有一回偷看田园手机时，他下载了一个软件叫"陌陌"。她在网上搜索着，才知道那就是个男女社交的桥梁。她横下心来生一计，在网上寻找着她想要的猎物。

年轻，学历本科，知性，相貌清秀，录为老乡，微胖。她按照这样的关键词搜索着，找到了一百多个适合的猎物。她像在从事一桩大买卖似的，从这一百多个女孩中遴选出一位。她反复端详着女孩的照片，从那女孩的脸上，她似乎看到了当年自己初见录为时那伪装出来的青春气息和堆出来的笑脸。

就是她。沈媚锁定了一位女子，她准备行动了。

"你好，很高兴有缘认识你。"女孩说。

"你好，我也很高兴有缘认识你。不过，我是女生。"沈媚开门见山地说。

"我不是那种人，我对女生没兴趣，你找错了。"女孩说。

"我也不是那种人，你别误会。我是受人之托，要帮一位男士介绍女朋友。你和他成功后，我不仅不会收你的钱，反而会送你一个大红包。"沈媚说。

"我不认识你，我怎么知道你是不是骗子、色狼或抢劫犯？"女孩说。

"我可以先付给你一万元定金，怎样？我也不会和你见面，我们就当从来不认识，好吗？"沈媚说。说着，她就从微信里，转了一万块现金给女孩。女孩犹豫了好一会儿，最后收下了。

"我试试吧。我只是寂寞，想找个合适的男朋友，才下载的软件。"女孩说。

"我知道你是好女孩，对方也是不错的男人，好好相处吧。"沈媚仿佛就是在帮自己的兄弟做红娘，推心置腹地去说动对方。

和女孩商量好后，沈媚给了她录为的微信。沈媚告诉她，要她添加好友时备注，她是录为的老乡和学妹。

那天下班后，她按时回到了家里。像往常一样蜗居在卧室里，她静静地等候，静静地观察，注视着客厅里录为的变化。

果然，客厅里"叮咚"的声音开始绵延不断了，那是录为手机来信息时发出的声音。沈媚和他抱怨过多次，要他关闭声音别影响孩子，然而他不听。他活在自己的世界里，形成了习惯就不会去改变。

这晚连绵起伏的"叮咚"让她心里又高兴又失落。她看到录为捧着手机沉思着，动作着，不一会儿，食指和拇指便快速地码着字。在他暗褐色的面颊上，忽然浮现了笑容。那笑容让录为的面庞上浮现出一道道漩涡，整张脸看起来也如一只褐色的大鲍鱼。

沈媚是一个总导演。设计着自己的人生，也设计着录为的人生，勾勒着他们婚姻的走向。

一天一天地，她真实地感觉着录为的变化。恋爱中的男女总是会捧着手机笑。好多次，她在卧室里，远远地看见录为咬着嘴唇笑。有时候，笑容仿佛控制不住了，他就干脆摘掉了眼镜，捧着手机靠在沙发靠垫上笑。

这些天，海参和鲍鱼的生意他也很是认真地经营着。只要是有人买，哪怕两三个，他都会像国外的售货员，用精致的纸张包装着，再粘个贴花，送去浪漫的爱心和情怀。

总是在微信朋友群里卖，在沈媚的创业园圈子里卖，录为觉得自己像一个风筝，随风游曳着，那根白色的绳子总是握在沈媚的手中。他不知从哪里来的力量和勇气，蠢蠢欲动要逃亡了。

终于有一天晚上，他煮了一盆花椒盐水花生，又包了几个白菜肉馅加十三香的饺子。炖好了一锅小米粥后，他不动声色地对沈媚说："把我的身份证还给我。"为了掌管录为的收入，也控制他不在外面胡来，沈媚一直牢牢掌控着他的银行卡和身份证。

"把我身份证和银行卡还给我。"见沈媚不吭声，录为又开口冷冷地说。

"要身份证干吗？"沈媚问。尽管她导演着录为的感情和命运，然而真的要放手，她的心里忽然又空落落的。

"我要开个网店，需要身份证和银行卡。"录为看也不看她。

"拿去吧。"沈媚用指甲尖尖的手指递过去身份证和卡片。她以为录为会用手来接。

"放椅子上。"没想到,录为冷冷地命令她,往昔的依赖、担忧和焦躁仿佛都没有了。

沈媚没吭声,心里堵堵的,然而一切都是自己设计的。她走到厨房里,去给自己泡了一杯咖啡。她意外地发现,录为最近一周的药片似乎都没动。而在他的茶杯里,却泡着一把养肾的枸杞和黄芪。

她有点不舒服了,想发作,却终究还是忍住了。天要下雨,树叶要飘零,花儿要凋零,世间万物都遵循因果循环,顺势而为。

那一晚,录为就躺在沙发上,盖着自己的白衬衫。整晚上,沈媚都看到客厅里他手机亮着。她明白,他一直在和她指派的女主角上演着故事中的情节。她忍不住和女主角联系了:

"你们怎样了?"

"还行。"

"他怎样?"

"还行。"

女主角的台词似乎很淡漠很精练。

"对了,等到你们离婚了,你就把我的另外四万元转给我。"女主角公事公办地说。

"嗯。"沈媚沉默了。那一晚,她睁着眼似睡非睡不安心。眼前一会儿掠过前男友打架喝酒的场景,一会儿又出现了歌舞厅男人的毛手毛脚。忽然间,录为的沉默也叠加在画面上。

大概一个月以后,有一晚沈媚正在创业园老总群里学习老总们的讲话。大家由中美贸易战谈到经香港开展的机电产品进出口,然后又开始聊起国际货币基金组织 IMF 的报告,说是美国将世界第二大经济体中国列为汇率操纵国。这时,录为冷冷的声音忽然出现在卧室里。

"我们离婚吧。你走你的阳关道,我走我的独木桥。"这是这个月以来,他初次打破沉默发声。

"你怎么了，没什么事吧？"沈媚假装疑惑地问。

"我们都在浪费彼此的时间，我们不合适。"录为说。看样子，他已经深思熟虑、言出必行了。

真的狼来了，自己导演的剧情的高潮到来了。沈媚忽然觉得自己高兴不起来，兴奋不起来。她觉得录为要缠着她，和她吵，骂她、抱怨她，才够劲。没想到台词就是这样淡漠这般言简意赅。一阵阵的失落像漩涡般袭击着沈媚的胸口，然而，她必须要淡定。无数天的攻心运筹，就为了他今天平淡理性的要求。

"那孩子怎么办？"沈媚问。

"孩子归我，我需要孩子，也会照顾好她。"录为说。

"我不放心孩子。"沈媚忽然心口有点绞痛了。

"孩子跟谁都一样，孩子自有孩子的命运。你能管她十八岁，管不了她六十八、七十八。"录为说，他的口齿忽然很是伶俐了。

沈媚沉默了。

"你还年轻，一个女人带着孩子不方便。"录为说。

"我会经常来看她，她的生活费和学费，我都会付一半。"沈媚说，几乎是冲动地脱口而出。

"没关系，穷一点儿没事。只要快乐，孩子也会开心的。"录为说。

沈媚沉默了，心里空落落的。仿佛一缕缕的棉絮在自己眼前飘忽，想抓住，忽然又缥缈不存在。想忽略，翩然游离的它又袭来了。

两天后的周末，录为和沈媚去了民政局。一路上，大家都低着头。到了民政局，填写了协议书，一个家从此就这样毁灭了。

那一刻，沈媚的心头有点流血的感觉。她忽然对录为生出了留恋。她留恋在录为的面前可以为所欲地挑剔和抱怨，习惯了录为在她面前点头哈腰、百般讨好。从此，这个男人和自己毫无瓜葛了，等时日久了，孩子长大了，或许彼此记忆中都未曾记得是否曾经共同生活过。路归路，桥归桥，从此康庄大道和羊肠小路分道扬镳了。他们的人生只有那一个交点，一旦分岔了，便渐行渐远、南辕北辙了。

离婚的那一晚，录为带着女儿搬走了。

沈媚没想到一切都来得这么快，这么突然。一室一厅狭小的房间忽然变得那样空荡荡。平日里，房屋的每一个缝隙中、每一根纤维里，都荡漾着孩子和录为的体温，充盈着孩子的欢声和笑语。想着想着，她的泪珠"哗啦啦"地涌出来。

这时，手机振动了。她心里一激动，以为是录为像往常一样，又向自己赔礼道歉了。她连忙捧着手机打开了微信。

"我的四万块呢？"是女主角。

"你行啊。"沈媚说。

"把钱给我。"女主角说。

愿赌服输。沈媚擦干了眼泪，把微信零钱包的四万块转给了女主角。转好后，女主角立马拉黑了她微信。

她奶奶的！世界上竟然还有比自己翻脸还快的人，她狠狠地骂着这个没见过面的女人。她重新坐在镜子前，用粉扑刷了层粉底，把睫毛刷好了。

"老苏啊，我看中了一个包，你给我买呀。"沈媚发了条信息给苏总。

接着，她又把称呼改了下，说："老田哦，最近有个私人定制的服装店开张了，我想去买哦。"

两个男人心领神会，每人转了三万块给她。

终于自由了，从此沈媚就是沈媚，而不是录为的老婆了。她是沈总，是田总身边不可或缺的左膀右臂，是老苏需要依靠的女人。

沈媚把手放在有纹路感的红木家具上，触摸着自己的本子、电脑和钢笔。她很是沉醉地看着部门的小秘书小茵帮自己削好、摆放得整整齐齐的铅笔，还有灰色扉页上印有"经济论坛"字样的笔记本和为各种节日准备随着购物券寄出的精美卡片。

看看手上新买的手表，快十点了。她打电话叫负责下午培训会的几个小姑娘过来了："下午的培训会怎样？邀请的专家、企业和负责报道的主流媒体、自媒体都确定会出席？这种时候千万不能掉链子！"

说话时，她懒得看自己的手下，手下也不敢看她的眼。等手下汇报说，通知都分别用微信、邮件和传真发送了，各企业和各路神仙都书面回信反馈了，所有的细节都按沈总的指示准备好，她才冷漠森严地"哦"了一声，让大家走了。

培训会借用了市中心一个研究所免费的场地，宽敞的会议室足够容纳五百人。国资、科技、税务、工商各部门的工作人员都出席，为大家认真讲解着企业相关的利好政策。专门负责科技政策制订的部门也介绍了针对创业园的新政策，说是要进一步优化创新创业环境，培育战略性新兴产业，培育一批在全球叫得响、有地位的独角兽企业和瞪羚企业。新政策接下来几天就会公布在网上，各个企业报到各个创业园，各个创业园再汇总到区里，区里再汇总到市里。

"沈总啊，这样的培训会很好啊，以后有机会多让我们企业来参与，我们都很需要第一时间了解政策和信息。"培训会结束后，创业园各位老总围住了沈媚。

"沈总啊，我们的企业发展很迅速，现在在园区里发展受局限，不知您这边有没有空间再为我们考虑考虑啊？"一个做基因测序和生物工程的企业老总说。

"估计很难的，我去呼吁呼吁，看看是否有什么空间能腾出来，现在这种资源真是稀缺啦。我们也在呼吁企业厂房的容积率调整和空间的弹性利用、混合利用啦，但是解决起来不容易啊！"沈媚说。

"好的，那麻烦您了。"生物工程企业的老总说。

看见大伙儿渐渐地散去了，她悄悄把沈媚拉到一旁说："沈总啊，您帮我们多去市里跑跑项目啊！您一辈子美容的事情就交给我们了！不过您这么美，岁月不留痕啦。我们这里有运用干细胞技术和基因技术的美容方法，您有空每个季度可以来做一次哦！"

"是吗？有时间我去调研一下啊。"沈媚不动声色地说。

老总们都走了，沈媚拿着手机上了车。她发现，手机里刚添加微信的老总们都留言了，说创业园各项工作很到位，服务工作做得好，沈总有水平有能力。

沈媚乐了，得意得脸蛋红扑扑的。她马上把企业的赞美都截屏，发给了田园和苏总。在兴奋和满足的雾霭里遐思了一番，她想起了苏民托她的事情。

"谢总啊，很久不见了，很想念啊！我过来见见您好吗？"她给生产力服务中心的小谢打了个电话。

"我们见一下吧。你在我楼下等我吧。"小谢心领神会说。

于是沈媚开着车，朝小谢办公室方向开去。沈媚和他在楼下见面了。沈媚又是那般温暖煽情地说："谢总啊，您真是日理万机啊，我这还要您百忙之中抽出时间来接见我，真是不知道怎么感激才好啦。"她一边说着，一边扭动着腰肢。

"为企业服务，是我们的工作，您是阿姐啊，阿姐。"小谢看到沈媚扭过来的腰肢，马上侧到一边说。

没想到沈媚依旧凑过来说："谢总啊，我们创业园项目资金的事情，你和乔总要多多关心啊。我们的企业都是创新型中小企业，后续潜能不得了，只要您在它们初创期给它们施施肥、浇浇水，给它们阳光和雨露，它们就一定会反哺社会的！"沈媚振振有词地说。说着，她把厚厚一个信封塞给了他。

"您是我阿姐，我自然会帮您和乔总说。您等我的好消息。"小谢捏了捏信封的厚度，眉开眼笑地说。

之后的周末，小谢就帮沈媚邀来了退休老神仙乔总。据说乔总的关系遍布全中国。

宴请乔总的酒会还是在田园那个餐厅里。沈媚真的请了十几个水汪汪的女孩过来，她还真的用植物为她们命名，叫荇菜、蒹葭、狐尾藻和香蒲等。餐厅很是典雅，服务员在洁白的桌布上撒满了朱红的玫瑰花瓣，一个欧式烛

193

台闪烁在桌中央。还没等客人全到齐，四瓶茅台便打开了，平均分配给了每个人。

"乔总啊，难得今天能有您大驾光临啦，真是蓬荜生辉啦。"沈媚字字珠玑、口吐莲花。

"荣幸，荣幸，能和创业园里一枝花沈总一起同台欢聚，乔某感觉自己春光明媚啦。"乔总眼睛闪闪烁烁地盯着沈媚。

"乔总，我今天知道您要来喝酒，我们特意准备了很多好酒。您想喝茅台还是威士忌，还是特制的老坛纪念酒？"沈媚问。她随口唤着荇菜、蒹葭、狐尾藻过来倒酒。

"沈总真是有水平，怎么服务员的名字像是从《离骚》里找出来的？"喜欢古典文化的乔总的眼珠子似乎从镜框里要弹出来。

"是啊乔总，您真的明察秋毫。我们的服务员本来想用珍贵的猫系列命名，比如胖三花、玳瑁、狸白和咖橘……但后面觉得不够高贵，不够郑重，就选用了《诗经》《楚辞》和《离骚》几部典籍里的花草名，这样显得很是文气高贵。"沈媚竭尽所能地说着典雅的言辞。

"你可真是有品味，有品味啦。"乔总大加赞美着，眼睛迅速地打量着眼前的女孩们。

"要不要让我们最漂亮的女孩子陪您喝一盏？"沈媚小心优雅地问。

"算了算了，老头子啦，已经退休啦。"乔总摆摆手说。

"看不出啊，乔总看上去最多四十五的样子，完全就是年富力强的样子。"沈媚说着，亲手为乔总斟上了好酒。

"哪里哪里啊，我儿子都马上大学毕业啦。等儿子读研究生，马上就在家带孙子啰。"乔总举杯和沈媚、田园碰了碰。一屋子人欢声笑语，频频举杯。喝到正酣时，田园把乔总叫出去抽烟了。

"乔总啊，您孩子有没有留学计划啊？我们正好在国外有关系，熟悉一些机构和大学。"田园不失时机说。

"真的吗？那真是太好了！"乔总说。

"是啊，要不我帮您去处理吧，您把孩子的在校证明、护照信息、成绩单等现有的材料交给我，我和沈媚马上想办法去帮您办，波士顿和旧金山的大学都不错哦。"田园说。

乔总沉默了一会，和田园碰了一盏。

"不过啊，成绩要及格哦，还要有托福和SAT成绩哦，还要有什么运动队证明。您看，孩子成绩行不行，社会活动能力怎么样啊？"田园望着乔总说。

"就是成绩不行啦，去考托福考SAT肯定过不了，否则我也不会四处想办法。我和他妈四十岁了才生了他，退休了也管不了他啰。"乔总摇摇头说。

"那确实是个麻烦事啦。要去想办法搞SAT成绩，还要搞托福成绩，那可是要付出很大代价的。光是一个球队、运动队的证明，人家都要花五六十万啦。"田园叹叹气说。

"是啊，确实是。"乔总说。

"这样吧，这件事我们去想办法。对了，那个项目的事情，还麻烦您费心啊。"田园端着酒杯凑到乔总耳边说。

"这项目的事情，不容易啊，上亿的项目，还要配套其他经费，不容易啊。"乔总说。

"乔总您看这样怎么样，我去找圣地亚哥或旧金山的朋友试试。如果有华人中介也许能帮上忙，我们就通过捐赠或者干脆——你懂的，我想办法搞定。"田园说。

"真的能搞定吗？那拜托了。"乔总仿佛如释重负地说。

"哪里哪里啊。您看我帮您儿子安排下半年入学，怎么样？以后孩子的学费，我也通过一个基金会帮您办过去，怎么样？"田园说。

"妥当吗？"乔总将信将疑地说。

"妥当，肯定妥当，那个项目就拜托您了。"说完，田园举杯和他一饮而尽了。

两人一起涌进了包房里，大家端着杯子热热闹闹地喝起酒来了。"大家只管喝，只管喝，我来给乔总端三杯，再敬三杯。"田园说，热闹的气氛比酒还热辣。

　　"我也来给乔总端三杯，再敬三杯，乔总可真是我们创业园的大福星啦。"沈媚说。

　　大家哈哈大笑着，声浪一阵比一阵高。

第十二章
海德堡的春天

在广袤的空间和无限的时间中，能与你共享同一颗行星和同一段时光，是我的荣幸。

——卡尔·萨根 天体物理学家

彼得博士毕业那一年，那是多么甜蜜芳馥的时光。

彼得只要一有空就会来找胥姝，和她一起谈科学谈趣事。他说他小时候和自己的哥哥做实验，有一次差点苯中毒，还有一次把玻璃器皿炸飞了，幸好没伤到眼睛。彼得还和胥姝一起学中文，他学中文的速度堪比火箭发射的速度，超人的记忆力和触类旁通的悟性让胥姝很吃惊。然而彼得轻描淡写地说，音乐和算法是最有灵性的语言，是通往未知世界的密钥。他能游刃有余地行走在音乐和算法世界里，他当然能学会世界上最难学、最神奇的汉语。

彼得十分向往神圣的东方，无数次他痴迷地看着图片上的西藏、新疆和云南香格里拉的照片，他就想毕业后和胥姝来一场说走就走的旅行，策马天涯，纵横驰骋，放飞青春。他想尝尝新疆甘甜的哈密瓜，饱览古丝绸之路的要塞的

197

风光，看天山鬼斧神工的地质地貌。他憧憬着胥姝出生的那个世界里所有的辽阔、壮丽、灵秀、奇峻和悠远。他很骄傲自己出生的国家和胥姝的国家一样，是历史上的文明古国。

"你知道吗，中国人和埃及人很早就一直有往来。从公元4世纪开始，中国的丝织品、瓷器、造纸术、火药、指南针等就相继传入埃及，也有许多埃及人在中国侨居和访问。"彼得说。

胥姝望着阳光里的彼得，十分痴迷地幻想着他的国家，他曾经生活的地方，大漠飞扬处坚韧顽强的金字塔就矗立在那里。

"说说你小时候对家乡的记忆，埃及是怎样的国家？"胥姝爱屋及乌，对他的世界充满了好奇。

"给你说说埃及的父母们？埃及的父母都很好玩、很幽默！"最后六个字，彼得用胥姝教他的最纯正的普通话发音。

"你知道吗，埃及人的父母取名字都是妙手偶得的，就像你们中国人，会叫李国庆、张建国。我们的很多爷爷奶奶出生在二战时，他们的父母就叫他们丘吉尔、华盛顿——"

"还会这样取名字？"胥姝瞪大了双眼。

"他们如果喜欢茶就把孩子的名字叫做茶，喜欢巧克力和咖啡，他就可能让孩子取名为巧克力和咖啡——"彼得很是认真地说，胥姝很不相信地望着他。

"如果父母向往英国、法国和瑞士，那他的孩子们就可能取名为英国、法国和瑞士——"彼得说。

"我的天啦！"胥姝惊讶地大叫。

"不过，所有的取名中，带宗教色彩的名字还是最常见。你懂的。"彼得说。

"是的，我明白。"胥姝知道，埃及人大部分都信奉伊斯兰教。

"我想，我想什么时候带你去见我的父母，不过，他们是很严肃而老派的埃及人，你会习惯吗？他们在家时，会穿着很民族的服装。"彼得沉思了很久，忽然说出了这句话。

胥姝有点不解地望着他。

"我想和你在一起，永远在一起，我迫不及待想要你成为我的新娘，我们生生死死一辈子不分离。"彼得忽然像求婚似的单膝跪着了。胥姝笑着把他扶起来，缩进了他的怀抱里。彼得温暖的怀抱里就是她幸福宁馨的全世界。

胥姝真的被邀请去了彼得的另外一个家。那一天氛围很凝重，彼得看起来很紧张，他换上了一件白色长袍子，让胥姝也换了一条掩盖到脚踝的长裙。在胥姝的头顶，他为她遮盖着花丝巾，围住了玉一般的容颜。

胥姝不记得自己是怎样进的彼得家的庄园。那是她这辈子见过的最难忘的豪宅，古埃及的艺术元素和现代设计低调交织着。平静而克制的基调中，主人家的审美品味渗透在建筑内外材料的选择中。硬朗开阔的大理石地板连接着松软奢华的地毯，柔润和韧性、时尚和先锋，都得到了完美融合。

一群穿着纱裙、蒙着头巾的佣人，分别领着胥姝和彼得，从东西不同的厅门进了不同的客厅。听彼得说起过，埃及人家里的女主人一般不见客，男主人也很少会晤女宾。彼得准备去和父亲正式谈他和胥姝的事情，而母亲则和胥姝一起聊聊天。

彼得的母亲坐在正对门的沙发上，胥姝从没见过这样美丽的女人。眼前的女人四十岁出头，虽然面纱遮住了大半个脸庞，然而眉宇和鼻梁间粉雕玉砌、肤如凝脂的美丽容颜已可窥见。也许正因她的面纱，半遮半掩的容颜更神秘，更引人入胜。胥姝近乎痴迷地望着她，用彼得告诉她的那只手去握手，和她亲热地去贴面。

坐定后，胥姝终于敢端正地环顾四方了。她坐在侧面沙发上，彼得母亲坐在正面沙发最尊贵的位置。她发现彼得家的沙发足足有寻常人家沙发长度的五倍。房间东西南北各方位，都有着古典和新潮相结合的家具和饰物，埃及文明和英式文明张弛有度、兼容并蓄结合着。叫不出名字的各种石雕、埃及金属挂件错落有致摆在各种架子和橱柜上。

　　"彼得和我说起过你们的事情。"没想到，彼得的母亲用流利的英文，开门见山和胥姝聊起来。胥姝点点头，很温顺的样子。

　　"但是很难。你明白吗，虽然我和他父亲已经来了英国十几年，然而他是一个墨守传统的人，他的家族也是固守成规的家族，他会坚持自己的观点，不为其他人所改变。"彼得的母亲有点怜爱地看着她。

　　胥姝有点不理解，她迷惑地看着彼得的母亲。

　　"彼得的父亲对他的婚事已经做了安排。我们和埃及一位好朋友一起来英国，我们做化工，他做金融，彼得的父亲答应与他合作，于是——"彼得母亲终于说出了谜底。

　　"那彼得答应吗？"胥姝问。

　　"不答应。其实今天他带你回我们家，他父亲也不同意，彼得执意要回来。"彼得的母亲凝视着她的眼眸。

　　胥姝心头滑过一些失落的思绪，她有点坐不住了，想走出这个充满压迫感的大厅。

　　"你知道吗，也许你能嫁给彼得，但是他父亲一定会让他娶四个老婆，你是四个中的一个。你能接受吗？我也是他父亲四个太太之一。"彼得母亲说。

　　胥姝思绪有点迷离了，眼前的客厅似乎在旋转，时间的节奏在喘气。她很想见彼得，很想和他一起逃出去。她竖起耳朵聆听着彼得的声息，聆听着另一头厅堂里的动静。

　　没想到，彼得果然和她是心有灵犀的。只见另一头的房间里发生了激烈的争吵，是彼得和另一个男人的声音。"我会坚持的！我不可能回埃及，也不可能在英国继承你的化工企业！"声音越来越近了，脚步声也越来越近了。"胥姝，我们走，该回布里斯托尔了！"彼得在门口大喊着。

　　胥姝和他母亲贴面、握手，然后风一样随着彼得逃离了这座大别墅。从此后，胥姝再也没来过彼得家，彼得也没再提起过他父母。

　　时间如白驹过隙，飞快度过了最美好的阶段。

胥姝和彼得不顾家庭的阻挠，飞向彼此的磁场，痴迷彼此正向的能量。量子世界柳絮漫天舞动着，物理比特和逻辑比特缠绕融合着。在两个正向美好的磁场量子纠缠中，你在这儿，我在这儿；你在远方，我也在远方。年轻的心灵里，世界中的一切都是那么美好无瑕，那般纯洁和崇高。

"我喜欢你永远孩子般清澈的笑容，孩子般纯真的笑脸。"彼得总是这样热烈地表白。博士毕业时，他不顾父亲的暴怒，放弃了回到埃及，放弃了留在英国，放弃了他要迎娶的埃及新娘和家族企业，去了从未去过的德国，抵达了迷人的海德堡。

在那里，他找到了一份自己喜欢的望星空的科研工作，从此可以蜷缩在散发着熟悉和心安的气息的实验室里发着呆。在那里，他离阿尔卑斯山附近的音乐之乡更近了。在孩子般欢蹦乱跳的韵脚和旋律中，他无比欣喜、宁静和幸福。从此他与心爱的女神灵魂相依伴，缠绵在科学和音乐的绿洲里。

还是要短离别。离开布里斯托尔前往海德堡工作时，彼得和胥姝执手相看泪眼，无语凝噎。那晚上，他送给了胥姝一本简·奥斯汀的书，在扉页上写着天体物理学家的一句话：在广袤的空间和无限的时间中，能与你共享同一颗行星和同一段时光，是我的荣幸。他又拿出一个小小的首饰盒，和书装进了一个米色的纸袋里。

"这是很久前在英国巴斯时买回的礼物，我一直在寻找属于我的那个女孩，陪着我慢慢走下去的女孩。"彼得说。

"我时常梦想去巴斯，静立在简·奥斯汀的塑像前，望着远方的梧桐树叶生长，看城市的鸽子飞掠过碧蓝的天宇。以前我以为在巴斯，只有充满历史印记的古罗马大浴场博物馆。没想到后来才知道，还有简·奥斯汀的故居。"胥姝抚摸着书的扉页深情说。

"她在巴斯居住过，在那里写下了《傲慢与偏见》这本书。"彼得轻轻耳语着。

胥姝打开丝绒盒，是一副别致的项链和耳环。吊坠和耳环坠都是巴洛克雕花银，裹着朱红深邃的玛瑙。彼得告诉她，据说那是简·奥斯汀最爱的耳环和项链的样子，于是博物馆便制作了这样经典的款式，让全世界汇聚而来身怀爱和圣洁之情的人们珍藏一生。

"我会珍藏一生，无论在哪里，无论地老天荒。"胥姝说。

"我会珍藏你，怀揣你，无论在哪里，直到地老和天荒。"彼得说。

欧洲之星列车飞驰而去，从此胥姝和彼得相隔两地，不断用视频和邮件沟通。彼得实验室的工作比较忙。听说，他正专心地研究人工智能在医学上的运用，他为此也没日没夜加班着。他还渴望着量子计算机有一天能应用于人工智能的研究。

他说，一台量子计算机就像一台大冰箱，储存着无尽的能量和无穷的秘密。在量子世界里，一个人在月球上划火柴，地球上就能观测到那一个光点。他向胥姝无数次幽默而形象地描述着他的实验室和实验，在胥姝的心里播撒着科学的种子和科学的精神。胥姝仿佛看见他工作的场景，也仿佛望见了他描述中那成片成片的实验室。

胥姝仿佛看见，在实验室洁净的廊桥上，彼得忘情追寻着科学的缪斯，聆听她温婉润泽的来自天籁的声音。胥姝很是迫不及待了，她想飞向彼得的时空，和他一起凝视科学彩蝶的翩飞，遥望科学苍穹一望无垠的天际线。

第一个月的月底终于来到了。春天的海德堡用最圣洁的清丽拥抱着胥姝，迎接着远方的佳人。清澈的阳光挥洒在大地上，山峦和青草地上闪烁着金色的光晕。草地间，夜明珠般的湖泊映照着天地间的神秀。成群的野鸭在露水青草间嬉戏。见到远方的人儿走近了，它们便很是顽皮地扑扇着翅膀，朝澄碧的天空飞远了。

"真想亲吻露水折射后有着霓虹般光晕的青草地，诉说对远方人儿满怀的深情。"一路上，胥姝不断地给彼得发信息，不管他是否在实验室，能否第一时间看到。

终于来到彼得上班的地方了。见到彼得时，胥姝简直大吃了一惊。工作中的彼得原来是如此痴迷于科学的伙计。

那一天，阳光如水般照在彼得那有着透明顶棚的实验室。只见眼前的彼得脱下了自己的衣服，光着上身躺在一张小床上。他用一个金属定位器不断在自己身上移动着，让机器识别着身体的每一个部位。在他的身旁，围着研究团队的几个伙计。大家和他一起，查看着定位仪识别的情况。每到研究的技术关键点，彼得便陷入了沉思，仿佛在发呆，在思考。

"我的天啦，你们在干什么？为了科学而献身吗？"胥姝突然冲进办公室，开怀大笑地和初次相逢的伙计们打招呼。

"Hi，远方的女神！今天彼得告诉我们你要来，然而很抱歉因为做实验，彼得没能迎接你！"伙计们都用暖心的话语迎接着胥姝。他们的眼睛却依然全神贯注地注视着电脑。

胥姝笑了，也静静地站在他们的身边，观察着实验的情况。她发现，这群瘦脸庞高鼻子的德国佬似乎和浪漫的英国人、法国人不同，他们更痴迷于科学和事业，而对眼前的仙女似乎完全熟视无睹了。

"我们在研究医学的定位问题，你知道，如果能让人工智能技术得到充分地运用，将定位具体到身体的某一个点，那对治疗和麻醉来说都是个飞跃，会使对身体的伤害减弱到无限小。"彼得躺在实验的小床上，继续移动着定位器。

实验终于结束了。彼得很是羞涩地穿好衣服下了床，整理好稍微凌乱的头发，回头朝伙计们挥挥手就和胥姝出去了。

"原来你工作时会这样入定和发呆？为什么会这样痴迷沉湎于工作，不能稍微注意休息、注意身体吗？你那样会着凉的！"胥姝很是担心地抗议着。

"你知道，我很热爱科学！我想为科学做点什么，我也想为欧盟、为地球、为人类做点什么。如果欧盟不奋力追赶，就会失去在世界上的话语权，美国就会远远超前，中国也会把欧盟远远地甩在身后。"彼得沉醉地吻着她娇美的唇，喃喃地说。

"中国远远地在前面，多好啊！那是我的国度！"胥姝回吻着他。

"是啊，我的艺术天使的国度。"彼得说，他沉醉地闭上了长长睫毛的双眼。胥姝也甜蜜地闭着眼，沉醉于春光中。春天用惊鸿之笔，描绘着她东方美人凝脂般润滑的鼻翼和圆滑动人的下巴。

在德国的日子也像在英国时一样，彼得开着那辆胥姝熟悉得不能再熟悉的水果绿奔驰车，一路穿行于春天的原野、光影婆娑的树林。海阔天空、漫无目的地行驶着，他们来到了游客罕至的爱因斯坦的故乡乌尔姆。

沿着城外的小河漫步着，城里很少有游人，没有喧嚣和嘈杂。来往的人们认真注视着胥姝和彼得，绽放出古老欧洲熟悉的优雅友好的笑容。多瑙河绕着城堡悠然地流着，小河边几棵伟岸的橡树书写着历史。橡树旁边的地上，掉下来一些饱满的栗子样的果子。

"栗子！我想吃一个！"胥姝兴奋地捡起来一个，剥开来想要吃，想尝尝是否和家乡的栗子是同一个味道。

"不，这种栗子不能吃！你不是松鼠！"彼得哈哈大笑了。胥姝很是迷惑地看着他。

"它无比生涩热辣。"彼得从胥姝细嫩的手指里拿过了栗子，剥开来给胥姝看。胥姝发现，这应该还是上一年秋天落在草地上的野果子。

"刚来德国时，我也捡起来品味，结果深深感受了一把。我把栗子吃下去后，胃里像有一团火在燃烧，让人忍不住地躁动。"彼得做了个很是滑稽的狗熊的模样。

胥姝开怀大笑起来了。彼得见胥姝笑靥如花，又忍不住把她抱在怀里亲吻着。蝉鸣花香荡漾中，胥姝干脆吊挂在他脖子上，痴迷闻着他唇齿间的气息——一丝丝圣洁清新的月桂香。

远远的，世界上最高的乌尔姆教堂矗立着。胥姝和彼得虔诚地遥望着浩瀚的宇宙，遥望着科学的星空。

"Hi，我的二进制天使。每当我对着一朵莲花叫你时，满池莲花都笑了。"

生活就是这么美好。每当彼得在实验室里研究得疲惫时，他就会放下手机，用中国的微信给远在英国的胥姝发个信息。距离不是问题，量子世界里你在这里，又在那里，灵魂常相伴舞翩翩。

"你的研究成果怎样啦？"胥姝关心着有着望星空情怀的彼得。他为欧盟、为地球进行科研的精神让她感动，她也喜欢听他讲美国能源实验室、英国伦敦实验室和德国海德堡实验室的故事。在她文艺的心灵里，因彼得而播种了一颗颗饱满的科学金种子。

"快了，我们的超声波和人工智能的结合马上能产生准确的定位，无论是治疗、麻醉还是手术，都可以为人类带来轻松，减少繁冗和痛苦。"彼得欢喜雀跃地说。

"太好了，我的二进制王子！"胥姝痴迷地表达着爱恋。她爱彼得。彼得引领着她，让她热爱科学，热爱科学精神和科学情怀。她觉得科学的世界是一个充满奇幻想象、变化莫测的艺术世界。在浩瀚宇宙中，科学有着无数神秘的密码，一丝丝，一串串，像天使，像精灵，俏皮地浮现在宇宙里。你仿佛见到它就在这里，它倏地忽然又出现在那里。

"我要为我的二进制天使举办一场钢琴独奏会，就在海德堡。"彼得很是认真、无比深情地说。

胥姝知道，他说到就一定会做到。他六岁时，就跟随俄罗斯最著名的首席钢琴家学钢琴，还在埃及和伦敦举办过钢琴演奏会。他用生命在爱科学、做研究，用生命在弹钢琴、爱音乐，用生命在爱她、呵护她。彼得像热爱科学一般炽烈地迷恋着音乐，他对音乐有着遗传的天赋和兴趣。据说，他那个古板的父亲竟然既是商人，又是钢琴家。在移民英国之前，埃及许多的国家级音乐会，都由他父亲担任钢琴演奏者。

胥姝喜欢彼得这个科学家讲音乐，也喜欢这个音乐家讲科学。一谈起音乐和科学来，彼得就会痴迷入定，到达发呆的境地。他仿佛对人生、对世界一切美好的事物，都充满着神圣和虔诚的挚爱。

钢琴演奏会真的开幕了。那一天，童话世界里才有的铺满鲜花的舞台搭设在海德堡。海德堡的城堡里，深秋的阳光静静照耀着，暖暖地、温柔地呵护着内心和灵魂。

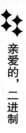

秋意盎然的阳光里，胥姝心情激荡地站在城堡桥头眺望着对面连绵起伏的群山。山峦深浅不一，深黄与浅黄唯美地晕染浸润着，那是天地间最浑然天成的深情典雅的画卷。

秋的深邃里，这座在历史里浸润着古希腊、罗马的文化，日耳曼文化，穆斯林文化影响的小城愈加高贵和纯净。康德、黑格尔等一大批改变世界、影响人类灵魂的哲学家、思想家的身影仿佛矗立在深黄的树林里，走在伟大的哲学家之路上。而浅黄的树木上，飘荡着银铃般的音符，传递着欧洲狂飙突进的浪漫主义运动的乐章，歌德等一批炽烈火热的浪漫主义文学家仿佛随着树影婆娑而细语。

一架洁白的三角钢琴架设在城堡的小河边。在钢琴的盖板上，掩映着朱红炙热的法兰西玫瑰，还有海德堡随处可见、漫山遍野开放的小野花。

彼得为胥姝举办的音乐会马上就要在这里举行了。从伦敦和欧洲其他城市赶来的伙计们、同学们都穿着缤纷多彩的节日的盛装，从各地赶到海德堡。

"伙计们，欢迎大家的到来。在这里，我一个现在已经从事二进制和科学研究的男孩，要为我爱的天使、我的二进制天使胥姝演奏我人生中最惊艳的乐章。首先，请允许我阐述我的思想，阐述二进制和音乐的关系。

"我认为，数学和音乐都是人类抽象思维皇冠上的明珠，在时空之中具有不老的永恒之美。"彼得遥望着远方，眼眸专注地说。

"你知道吗，在音乐与数学之间，人类千年来关于美的追寻就一直没有间断过。"彼得望着远处金黄和浅黄完美融合的山巅。山林深邃深情，浅黄的树木如精灵和天使，偎依在深黄树木的怀抱里。

"探讨数学与音乐的关系自古有之：如古希腊的毕达哥拉斯，他认为宇宙是由声音与数字组成的；又如莱布尼茨认为，音乐的基础是数学。就像在中国，有人一直认为圆周率也有着美妙的数字之声。音乐是形象化的数学，数学是抽象化的音乐。

"我们都要感谢数学巨匠——傅立叶，如果没有他提出的变换与级数理论，人类恐怕还无法理解那美妙的乐声到底是怎么发出来的。

"声音是若干简单正弦函数的叠加。就单一的声音元素来说，音量与该函数的振幅有关，音调与该函数的频率有关，音色则与该函数的形状有关。如果是单一的声音元素，发出来的声音必然单调乏味，只有很多种元素融合在一起，才能形成美妙动听的旋律，这就是复合波。数字音乐正是按照该原理设计的。"

理论深邃而严谨，充满着彼得独到的见解。钢琴演奏会的曲目也都是彼得精选的、能打动胥姝心扉的。温柔的《小夜曲》，梦幻般的《月光奏鸣曲》《d小调幻想曲》，行云流水般在他的指尖跳荡着。德国著名音乐家巴赫、施特劳斯、勃拉姆斯等创作的紧扣心弦的音符此起彼伏摇曳在键盘上。彼得如痴如醉地演奏着，眼神如梦如幻像入定一般幸福而执着。

在最后一个篇章，他除了演奏中国荡气回肠的曲子《梁祝》外，还给了胥姝一个巨大的未知的惊喜。

"除了演奏中国人最耳熟能详的乐章《梁祝》，我还自己作词作曲，为中国古老的文化谱写了一首曲子。大家都知道圆周率 $\pi \approx 3.14$，那无人不知的无限不循环小数3.141592653……就是我对胥姝天长地久的爱与深情。我想用数字的形式，抒发我对我的二进制天使永远不绝于心的热爱！请听 Song for π——"

彼得的表白和乐章感染着每一个人。他的手指如飞檐走壁的春燕，跳荡着春天欢愉灵动的音符，轻拂着台下年轻的灵魂。他用音乐的语言，去演说无限的深情，去勾勒人生无限宽广绵长的画卷，谱写出最隽永最美妙的人生旋律。

钢琴演奏会接近尾声时，彼得向大家宣布说，他要在不久的将来，再在这里举办演奏会。他要迎娶他美好的新娘，他心爱的二进制天使！

说完，他把自己刚从海德堡山上亲手采摘的花环挂在了胥姝洁白无瑕的脖颈上。花环由一串串绽放激情的花朵编织而成，在金色如鳞的阳光里，满是甜蜜和喜悦。

　　彼得大声告诉所有人，那是阿尔卑斯山圣洁的雪绒花，也是从秋到冬乐章里深情吟颂的雪绒花！那是充满爱的生命的状态，恣意、自由、灿烂而纯真！

　　沿着地上铺的松软橘黄的树叶，沿着海德堡城堡通往山上的路，他们情意绵绵地牵着手，频频回眸相望着，一路往山上走着。

第十三章

暗夜搜索

1958 年 9 月 12 日。美国德州仪器公司工程师杰克·基尔比研制出世界上第一块集成电路,成功实现了把电子器件集成在一块半导体材料上的构想。2000 年,杰克·基尔比因发明集成电路而获诺贝尔物理奖。从此,集成电路工程师如魔法师,把原本占据半个篮球场、重达 30 吨的电子计算机,变成了指甲盖大小、性能提升 109 倍的 CPU。

——科技史如是说

"早上好! Guys（伙计们）！"将近二十天之后,胥姝神采奕奕出现在办公室里了。

"Hello,伙计们,我想死你们了!"叶通也焕然一新出现在办公室。

"你们可终于回来了!你们不在这儿,我们可像没有归宿感的小鸟、小猫和小狗,成天心急火燎的不自在啊!"老算很是夸张地说。

"你瞧瞧,你不对啊,是患上相思病了吗?对胥姝,还是对叶通?"王硕盯着老算问。

"你小子,尽把事情往沟里想,这是纯洁的友谊、纯洁的感情,你懂不懂啊？"老算鼓起眼睛说。

"噫，我还真的发现不对了，叶总你俩怎么一起休假，一起回来，还成双成对地一起上班呀？"老算的小眼睛忽然贼溜贼溜地转。

"你去体会吧，哈哈！"没想到，叶通大大方方地启发了。

"天啦，还真的是这样了！我早说嘛，综合部和研发部就可以结为友好联盟了，没想到以后真的要联姻了！胥总那边江琳、小夏、小汪都没结婚啊，你们都可以多去走动走动啊。"王硕对着老算和杨复说。

"你想干啥啊，你一个人去就可以了，还想拉老算下水啊？老算可是家有娇妻的人啦。"胥姝大声抗议说。

"多一个也不嫌多啦，红颜知己也不是不可以啦。"老算又在油嘴滑舌了。没想到这时，他的手机正好响起来，是老婆的电话，大概是要他帮她买什么。他小心翼翼地接听着，不断地点头哈腰，声音都低了八度。

大家哈哈大笑起来，说这才是老算呢，一听到河东狮吼，马上就魂飞魄散啦。老算呵呵傻笑着，也不嘴硬了，油嘴滑舌的笑话暂时都吞进肚子里了。

这时，叶通从包里掏出三袋咖啡豆，说这是墨尔本街头最好的咖啡。老算一听说有咖啡新货了，脸上顿时又笑容荡漾了。他一不做二不休，直接撕开了咖啡袋，捏出来几颗放进嘴巴里嚼，一边嚼着一边"啧啧"称赞着。"对了，老实交代啊，你们都到哪一步了啊？"老算说。

"这还用说吗？蜜月都去过了，还问哪一步了？"王硕笑出声，差点喷咖啡了。

叶通笑而不语，看着胥姝笑。胥姝脸红了，她迅速从包里拿出了好几个盒子的米饭，说是尝试着自己做的希腊葡萄叶包饭。米饭外面裹着清香的葡萄叶，里面包着微干的烤肉，夹杂着希腊的羊奶酪。她说着，就展开了葡萄叶，米汁和烤肉的芳香扑鼻而来。

"想堵住我们的嘴啊？"老算说着，用手抓了一坨饭。

"我想起了小时候奶奶做的荷叶包肉了。奶奶会从春天的荷塘里采回来粉嫩的小荷叶，包裹着糯米、红枣和桂圆，或是裹进去胡椒和鲜肉。"王硕说着，也直接从抽屉里拿出加班用的玻璃碗和不锈钢叉子，猛地把米饭叉进了嘴巴里，一边吃着，一边连声赞叹说，"怎么那么像我儿时的滋味。那时候奶奶给我做过好多类似的米饭，我无数次梦见过——"

"开工啦，我定个闹钟，两小时！现在材料什么都能搞到了，算法工具和端口我们也想办法搞定了，一切都可以按计划进行了！我们都要继续修道练功啦，王硕和杨复你们具体向两位老大报告吧！"老算吃完了直接用手抹抹嘴，然后用有油星子的手指按着手机调了个闹钟。他像山间高人一般缩进了实验室，一堆黑色代码跳动在他屏幕上，工工整整的，像一座座需要攻克的堡垒。

"老算有觉悟！我们现在马上都开工，星空计划、太空计划和天空计划、陆地计划的实施时不我待了。我们最近的重点，是聚焦语音识别星空计划。我们要联合以色列那边实验室的专家，争取通过星空计划的实施，使语音识别率从 97% 提升到 98%。"叶通说。

"我们还要再一次强化语音，争取一分钟识别达到 400 字。对了，大家注意啊，开源社区里一些免费使用的工具不可过度依赖，那些工具随着中美关系的变化，说没有就没有了。"叶通提醒着。

"老大您放心，在您回来前，老算和我们就和印度、以色列联合实验室的同行保持合作研究和探讨。语音输入和语音识别最重要的依然是数据和算法，我们会同印度、以色列联合实验室一起，从人脑神经科学入手，对人类记忆进行仿生，实现用大量无监督的数据去辅助有人工标注的数据。"王硕说。

"我们正在研发深度全序列卷积神经网络语音识别框架，使用大量的卷积层直接将语谱图作为输入。这二十天里，实验已经取得初步成功了，有效降低了信息的损失，出色表达了语音的长时相关性。"王硕接着说。

"我们还借鉴了图像识别中效果最好的网络配置，每个卷积层使用 3×3 的小卷积核训练更深的模型，输出单元直接与最终的识别结果关联，从而使识别准确率显著地提升。开源社区的工具嘛，我们都在想办法替代和研究。"杨复补充说。

"还有一项秘密成果是老大和林总最关注的！上回启动星空计划时，林总和老大在会上就提出噪声和方言识别的问题。受制于复杂的环境，像含糊不清的口音、噪声环境、多人对话场所等都给语音识别造成不良的影响，一旦识别错误就可能改变整句话的意思。"老算说。

"对于口音和方言识别的难题，我们已经提出方言语音输入方案来解决。估计到月底，我们就能解决星空计划很大一部分技术的难点！"老算亲自从电脑后钻出了个大灯泡脑袋。

"太好了伙计们，你们趁着我和胥姝不在时，几乎要将诺贝尔物理奖都收获囊中了！"叶通喜出望外地说。

"对了老大，那个孙露好像辞职不干了。"老算想起了这件事，又从实验室的鸽子笼里探出了光溜溜的脑袋。

"噢？他去哪里了？"叶通问。

"具体去哪儿了不清楚，这小子不是什么好鸟，要提防。"老算说。

"对了，以前他离开研发部去战略部，门禁卡有没有还过来？"叶通忽然想起了。

"我们问他要过了，当时说没找到，过了一周说是找到了，拿过来了。"老算说。

"好。"叶通点点头，没再说什么。他吩咐着几个小伙子，在旁边实验室开始装家伙。

实验室里，陈列着这些天硬件公司运来的元器件，缠绕的线路像蜘蛛网一样经纬纵横着。叶通拿起了几个摄像头，点点头说不错。然后他又低着头，潜心查看着电脑上跳荡的彩色模型图。远远望去，他像算法世界的魔法师，引导把握着每个方块和字节的跳荡。

秋天的树枝遒劲而张扬。经过了春夏阳光雨露的沐浴，收获悬挂在枝叶间。大树痴情地触碰着蓝天，触碰着白云。枝叶与枝叶间，充满着默契和温情。

汉科公司的星空计划璀璨面世了。按照林总的安排，胥姝筹备了一场声势浩大的新闻发布会，并担任了新闻发言人的角色。那一天，胥姝和自己的团队大清早便来到了花团锦簇的会场。胥姝镇定自若地迎接着来自全国各地的媒体和嘉宾。

新闻发布会开始了，那瞬间，舞台上、屏幕上、全国各大主要媒体和自媒体上跳荡的字符、图片和视频，都是激荡人心的汉科公司星空计划累累的硕果和胥姝唯美动人的鞚笑。

她落落大方，侃侃而谈，仿佛对所有的情况和数据早已了然于心。面对着一群群美女、帅哥记者的围堵，胥姝充满激情和憧憬地谈着汉科公司已有的成果和未来的设想。喜鹊般的记者们抢着话筒叽叽喳喳追问着，胥姝面带优雅的微笑，逐一详尽回应着。

胥姝说，随着汉科公司对 AI 技术及语言深度研究的积累，他们采用语言建模，通过多方言数据共享方式训练，辅以全球音素集，从声学层面的相似性统一各方言的音素定义，对方言"语图谱"模型做进一步精进，从而有针对性地提升对方言语种的识别能力。

她说，目前汉科公司输入法支持 20 种方言，其中粤语、四川话、东北话的识别率均已超过 90%。下一步汉科公司的输入法将以自然语言交互方式——语音修改来解决令当前技术束手无策的其他不准确之处。同时，汉科公司还将独创自己的算法，支持一次修改就能自动记忆修正结果，再次输入相同内容将精准识别。

胥姝又向美女、帅哥记者们表达着自己镂刻于心的望星空的情怀和境界。她说，经济、文化活动的全球化现状以及区域经济的迅速发展，导致主流语言或通用语言更加强势，同时也使得弱势语言的交际功能不断衰弱，甚至濒临消亡。目前世界上的语言有 6000~10000 多种，据语言学家预测，大部分语言将于 21 世纪末消失。因此，濒危语言保护已经成为了一项极重要而迫切的工作。汉科公司也将为此作出努力。

会场上喜气洋洋、风光无限。叶通陪着林总几个人坐在第一排，默默地注视着自己的偶像和女神，为她洛神般的韵致和骄傲的一颦一笑而自豪。胥姝也盈盈深情地注视着远处的叶通。

作为特邀的长三角地区的嘉宾代表，苏州恒业银行的悦永行长当天也出席了新闻发布会。悦永那一天似乎也格外唯美和娇柔。

新闻发布会圆满结束了，胥姝和叶通喜气洋洋地回到办公室。胥姝想起老算的咖啡，于是又返回去给老算他们买了几杯摩卡和榛果味红茶拿铁。

"今天不喝咖啡，今天喝成功的喜悦喝甜蜜！"胥姝满心喜悦捧回了咖啡。

"好啊，今天不喝咖啡，今天喝喜悦喝甜蜜！今天电视里、手机里，全是汉科公司和我们女神的镜头，我们真的欢欣鼓舞了！"老算和几个小伙子簇拥着叶通和胥姝，举着纸杯子高呼着"万岁"。

"感恩老算和大家，还有我们的头儿！"胥姝很是虔诚衷心地向大家表达着感恩。叶通深情凝视着胥姝。胥姝娇媚回应着，很有着"垆边人似月，皓腕凝霜雪"的诗境神韵。

终于能回到自己办公室放松了。她习惯性地刷一下微信和微博，看看地球上其他板块的政治和经济资讯。她关心着地球上的每一个区域，关心着中国的地理和生态。和一般女生关注化妆品和美容、减肥相比，她把时间都放在学习新知识和放眼看世界上。她会担忧如果喜马拉雅的冰盖都没有了，可能会造成黄河之类的河流断流；亚马逊丛林和澳洲的大火，会引起疾病流行。她也会关注，万一未来某个时候，地球上的人们连粮食都吃不上了，地球人该怎么办。没想到这时，电话铃又响了，是自己的高中老同学。

"辽和体育场的智能化方案我们最终决定给其他的公司，你们公司这回落选了。"老同学潇潇说。

"为什么？"胥姝很惊讶，尽管是一个不大的项目，但只要是汉科公司去竞标，专家都不可能打低分。

"我也不清楚，专家评定的。"潇潇吞吞吐吐地说。

"是不是有内幕？你懂的，专家都是你们老总设定条件，在专家库里遴选的。"胥姝说。

"另外一家企业的方案确实很不错，甚至还超过了你们的。"潇潇说。

"是哪家企业？"胥姝追问着。

"嗯，本来不能告诉你，是苏比特，你迟早会知道。"潇潇说。

"怎么可能呢？苏比特，我们甩它两条街呢！它除了会模仿别人的技术，完全没有自己研发的技术！"胥姝很是惊讶。

"我们老总和苏民好像过去有交集。再说，他们这回的方案确实比你们还先进，比如在接待、翻译、会议用的语音机器人方面，他们的方案就比你们超前。"潇潇说。

"你能发给我方案吗？"胥姝问，心里很蹊跷。

"不能啊，这是企业的操守。要不这样吧，我截屏发给你一段，便于你了解。"潇潇说。说着，她发过来一段节选的方案。

看到潇潇发过来的节选，胥姝大吃一惊了。只见苏比特方案中写着："目前苏比特语音输入法支持 21 种方言，其中粤语、四川话、东北话的识别率均已超过 90%。同时，苏比特还将发起输入法"方言保护计划"，建立"中国方言库"，用智能语音留存、发展承载传统文化积淀的方言，积累海量方言数据。今年年底，苏比特公司还将增加对苏州话、上海话的识别……"

胥姝把这段话发了叶通。她想起了好几个深夜，办公室外无边无际黑夜中，那一个忽闪忽闪的黑影。

"一双无形的眼睛在监控着我们。"叶通马上来到了胥姝办公室。

"是啊，这里面肯定有鬼！苏比特这个招投标方案里的描述，正是我们今天新闻发布会上的内容。那时候我们的方案还不成熟，没有写进招投标方案中，而苏比特，他们怎么可能知道这一切？"胥姝坐在椅子上，百思不得其解。

"一定是他们拿到了我们的方案，但是怎么可能呢？我们的方案都在我和你、老算电脑里，他们怎么会知道？"叶通在房间里踱着圈。

"会不会是苏比特自己研究的成果？"胥姝问。

"不可能，苏比特没有语音研究的基础，它不可能走在国内技术最前端。这明显就是抄袭剽窃我们的成果。"叶通说着，拽着胥姝出了办公室，来到了公司法律顾问汪总的办公室。

"汪总，您看我们该怎么办？我们的研究成果还没宣布，为什么会有其他人模仿？而且技术方案和措辞表述几乎一模一样了！我们可以去告他们吗？"叶通很是气愤地说，他对知识产权看得比命还重要。看到叶通气呼呼的样子，胥姝悄悄地笑了。她站在汪总旁，慢慢地把事情的原委都告诉了汪总。

"你们没有证据，怎能起诉苏比特公司，告他们侵权？"汪总推了推鼻梁上的眼镜说。

"我们取证很难吗？"胥姝问。

"科学和技术研发方面的取证都很难。哪怕拿到了证据，这些案子做起来也很复杂。现在虽然有专门的知识产权法院，然而真正判决执行起来都前路漫漫。"汪总说。

"不是说按照《中华人民共和国反不正当竞争法》，以盗窃、贿赂、欺诈、胁迫、电子侵入或者其他不正当手段获取权利人的商业秘密，没收违法所得，处十万元以上、一百万元以下罚款；情节严重的处五十万元以上、五百万元以下的罚款。有这样的规定，对吗？"胥姝顺口说出了这条法律条款。

"有这样的规定，但是要有充分的证据去起诉。"汪总说。

"我们要起诉，首先要提供具体的研发人和财物条件，提供成果不为公众知悉的独家性，还要提供明确的成果的市场经济价值，提供公司为了研发采取的保密性措施等等。此外，成果还没投入市场前，起诉时很难精确主张具体的金额，要由法院选定一家知识产权机构进行鉴定和评估，才能做出准确的行业市场分析。这个过程往往很漫长，后续赔偿金额也往往很不尽人意。"汪总又推了推暗红色的镜框补充说。

胥姝和叶通垂头丧气地回到了办公室。胥姝也不怎么开心。她很想追踪那些缥缈迷离的蛛丝马迹，去定格黑夜中的那只魔爪。

"下班后我们留一下，先自己去核查些证据。"叶通思索了片刻说。

"好！我们去查看一下保卫部的打卡记录，再检查一下办公室！"胥姝说。

保卫部里，整整一堵墙的监控摄像头视频里面切换着各个实验室、办公室和楼道里的情况。有时候图像闪烁着，过几秒又清晰定格了。胥姝、叶通和保卫部的老总站在屏幕前，调取着近三个月的监控记录和打卡记录。胥姝屏住呼吸，旁边叶通的呼吸声也清晰可听见。保卫部的老总则见多不怪，依然神色淡然地注视着屏幕。

近三个月的打卡记录回放着，闪烁着。胥姝惊讶地发现，孙露居然好几次在晚上十一点的时候回来过。

"他来过，果然如我预料的。"胥姝说。

"他那时已经去了战略部，说是退回了研发部的门禁卡。他怎么又来我们实验室？"叶通说。

"我们再去查看下实验室，不能轻易下断论。他那时还在市场部挂着，关系没转走，研发部的东西他也没拿走，来研发部他可以说是理所当然的。"胥姝深思熟虑地说。

叶通和胥姝回到自己办公室。果然，在研发部的门禁记录中，孙露半夜里也回来过多次。

"这也不能说明他偷了技术，给了苏比特。这几回他回来的时候，我们的研发项目才刚开始，并没有成果。"叶通说。

"除非？"胥姝忽然想到了什么。

"除非，他装了黑客软件在机器上，并且装了摄像头在实验室和办公室，否则他怎么可能知道我们任何的进展和细节？"叶通说。

"再次检查办公室电脑。"胥姝当机立断地说。叶通伏在实验室电脑前，把每周核查过的电脑系统再一次仔细地查验。胥姝的电脑没问题，叶通自己的电脑没问题，老算的也没问题。到底问题出在哪里呢？叶通陷入了沉思。

"会不会是后门植入了软件？"胥姝忽然想起来。

"是啊！你真是冰雪聪明啊！"叶通马上检查着后门，查看着实验室系统的配置管理服务器。果然，一个木马软件赫然呈现在胥姝和叶通的眼前：在存放开发产品的配置管理服务器中，被人恶意植入了程序。

"熄灯，再查看一下办公室！"叶通说着，胥姝已经麻利地把灯光都关掉了。为了防止户外的灯光漏进来，叶通把窗帘也紧紧地垂下来，不让一丝白色的灯光渗入。他打开了手机照相机，在黑夜里探寻着房间里的每一个角落。

手机黑色的屏幕扫视着巨大的黑色的空间，屏幕上是深不见底的黑。偶尔，那些黑会摇晃着深浅不一的暗色的光影，将黢黑的夜渲染得幽深诡异。

好不容易都扫视了一遍，没有发现什么异样。胥姝看叶通已经疲惫不堪了，于是她也拿起自己手机，打开照相机功能，像叶通那样扫视着他和老算座位四周的空间。扫视了十几分钟，也看不到任何异样的动静。

"我们回去吧。"叶通说。

"我们再坚持一会儿，不要半途而废好吗？"胥姝很是坚定地说。她望着黑色的悄无声息的空间，继续探寻着。她感觉，这个黑色的偌大的空间里，一定潜藏着黑色的蝙蝠，在吞噬着叶通和老算的胜利果实。

她反反复复开灯和熄灯，查找着可能有秘密的关键部位。这时，她看到了叶通的那只布谷鸟钟。那只钟静立在他身后的书柜里，正好正对着他前面的电脑屏。她兴奋了，用黑色的镜头上下晃动着，搜索着可能潜藏于布谷鸟钟里的秘密。

"找到了，我终于找到了！"黑暗中，胥姝激动地尖叫。

她和叶通发现，在布谷鸟钟雕花的夹层里，潜藏着一个只有一毫米大的微型摄像头。她打开灯，想去拆那个摄像头。

"等等！"叶通阻止了她。他取出了一个塑料袋，直接用塑料袋把摄像头包了起来。在摄像头内侧，还有一厘米长的碎发！

"我们这几天再查看一下办公室和楼道里的安防摄像机，看看有谁一起来过了。我再去请朋友看看这个摄像头上留存的手指指纹和碎发。"叶通说。

"头发有什么用？"胥姝问。

"我送去日本朋友的实验室。人工智能和生物技术相结合，只要一根头发、一点儿唾沫或者一点皮屑，就能显影出这个人的真实模样和定位。"叶通说。

"我正好要去日本出差，顺道送去日本，你还要和林总商量其他计划的实施。"胥姝自告奋勇说。

东京湾多摩的创业园。

一幢幢简洁的房子矗立在眼前，灰白的底色，拼装的墙壁和设施。这是日本许多园区常见的房子，如同欧洲的小木屋一般朴素和轻灵。据说这样一座楼，拼装起来只需一星期。如果需要疏通下水道和沟渠，也只要一个月时间。

海外人才招聘会在这里举办。在这些别致低调的屋子里，展示着日本和中国的文化产品，各种手工艺品和小吃琳琅满目、引人入胜。中国驻日本大使馆、各地领事馆和教育界、文化界、企业界人士济济一堂，谈笑风生，把酒话桑麻。

胥姝白鸽般飘逸飞旋在中日友人之间，弯弯的月牙儿般的眼眸总是会说话、会笑，蓄满了一汪动人的秋水。

一个人来日本参加人才招聘会，她挽起袖管拿出了女汉子的气魄来。一个人设计着汉科公司的展台，指挥着国内伙伴们在汉科公司网页和公众号上同步播报海外人才招聘会情况。擅长书法和绘画的她亲自泼墨，在展台、网页和公众号上制作了汉科公司独树一帜的小牛形状的图标，辅以浮雕般的质感。她手执iPad，几个小时便制作出了有着日本风格的人才招聘动漫杂志。

动漫杂志里，汉科公司如风一般行走在世界版图上的少年，舞墨书写着扩张与布局，展示着硬核磅礴的研发力量。大块红黄绿色彩滚动渲染着，彰显着一个年轻企业的大境界、大视野和硬实力，也展示着时尚、大气、国

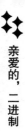

际化的汉科人的素养、魅力和品味。

五十几个人提交了报名表，如银河系的星辰般慢慢汇聚过来了。胥姝选取了有名校学习背景、知名企业工作经历的三十份表格，邀请他们来展台面谈。

一个个青春灿烂的身影过来了，运动衫、运动鞋、双肩包，无论在上海还是在多摩和硅谷，年轻的人工智能"程序猿"都有着同样的标配。即使是女生，也是大大方方一副女汉子的模样。

来到站台交谈的第一位，像极了老算，他的头顶上也点着大灯泡，额角四周盘旋着"秋草"。

"人不可貌相，算法这个行业不是相亲，不用相貌好，不用能言善辩，也许茶壶里煮饺子更好，知识产权不外露。"他一进来，就用带着四川口音的普通话"叽里咕噜"表达着观点。

胥姝喜欢这样自由率性的人才，有才情便一定有个性、有思想。只有百花齐放，才能创意涌流；只有多元宽容，才能自由创新；也只有不拘细节，才能立于金字塔顶端。胥姝一直这样坚定地认为。

"为什么你在这个单位只待了两年，就要跳槽？"胥姝问。

"很简单，我的老大走了，技术移民去美国了。"叫韦韬的男孩说。

"老大走了，你也可以留下来。"胥姝说。

"我要跟能做成事业的、愿意干事业的人在一起。全世界的'程序猿'都久仰林总和叶通的才华和情怀。他们就像技术巅峰的宗师，大家都愿意投奔，就是所谓的良禽择木而栖吧。三国时期哪个帅才不想投奔诸葛亮？"韦韬说道。

"我们企业的情况你了解吗？有什么问题要问？"胥姝说。

"几个老问题。我的户口一直在深圳，能转到上海吗？"

"这个要按照办理居住证满七年才能落户的规定了，不过我们行业五年就可以。由公司去办理，上海有优惠的人才政策。"

"上海的房价高，租金贵，是否有人才公寓可以提供？"

"我们在上海和苏州都会有人才公寓，两室一厅、两人共享，拎包入住。公寓提供三年，三年后自行买房。另外，公司也鼓励员工自己去租房和买房；自己租房的，补贴两千块人民币一个月；买房子的员工，视工作年限和考核业绩，可以拿到十万至一百万不等的补贴。"胥姝说。

"不错，如果有机会，我愿意投奔汉科公司。"直率的韦韬马上定夺说。

"好的，若有缘，就能再相见。"胥姝赞许地看着他。然而因为是第一个面试者，她也在犹豫着，不知下一个是不是更好。

没想到眼前的伙计深谙面试官心理，他马上说服胥姝说："企业面试往往是一个算法的过程，也是一个硬核的过程。你们会列出许多的参数，力求找到最完美的对象，严谨程度不亚于在太空中寻找一颗小行星。你们也许都在想，或许下一个，再下一个更优秀，现在才是第一个，也许第十一个或第二十一个更优秀？

"我非常自信地告诉面试官，我肯定是最优秀的那一位！"眼前学识渊博的伙计一脸骄傲与豪气。

"要的就是你！"胥姝当场拍板说。

"好的！我就喜欢这么干脆的！青山常在，绿水长流，我静候佳音，后会有期！"说完，韦韬便又一阵风一样地走了。

海外人才招聘会圆满结束了，胥姝感觉自己喜获一麻袋的葫芦娃。她迫不及待把这些招聘的场景描述给叶通，并且配上了图片。叶通也很是高兴，说今后兵肥马壮了，他就要厉兵秣马，向着人工智能行业的巅峰攀登了，人工智能哲学研究院、生物实验室等项目都可以先期规划了。"对了，你能找到东京湾那家研究所吗？"叶通想起了要去检测头发和指纹的事情。

"放心！竹杖芒鞋行走世界，足迹留在四五十个国家的胥姝还能有机会迷路吗？"说着，她像花木兰一般豪放地一甩手，把谷歌地图上显示的定位发给了叶通。

原来研究所也在这个创业园里，只需步行半小时。胥姝一路上看看花赏赏草，便来到了叶通说的人工智能生物研究所。听叶通说，这个研究所几

乎是上天下地无所不能了，它能运用基因破译，去发现人类绚丽多姿的秘密。它只需一根短短的发尾、一块薄薄的皮屑，就能显影出人像，绘制出人的行踪图和当前的定位。

"咚咚咚。"胥姝敲响了研究所的门。

一个文弱礼貌的女孩鞠着躬，用日语问她要找谁。胥姝好像没听懂。女孩羞涩地笑了，用带着口音的英文说："请问您找谁？"说完捂着嘴清纯地笑。

胥姝说："我找松原一太郎。"

女孩用力地点着头，带着她进了办公室。胥姝坐在灰色的沙发上等候。这时，一位头发有点发白、谦谦君子般的研究员过来了，他将近六十岁的样子，岁月在他的身上沉淀出儒雅和淡定。

"请问是松原一太郎先生？"胥姝问，鞠着躬。

"是的，我就是。"男士弯腰回鞠着躬。

"我是叶通的同事，他要我过来帮他送东西。"胥姝说。

"哦，叶桑，他打过电话给我的，我好久没见他了，叶先生都好吗？"松原一太郎问。

"都好，他刚从美国回亚洲，现在和我是同事。"胥姝说着，递给他一个文件包。叶通告诉她松原一太郎是他在硅谷实验室时的同事。他三年前离开美国回日本，在这家实验室里做研究。"这是叶总托我带来的东西，他需要您的帮助。"胥姝说着，递过去自己携带的文件包。

"好的，叶桑一再叮嘱过我的，我会尽快分析出结果，需要两三天的时间。"穿着条纹若隐若现的藏青西装的长者说。

"真的这么神奇，通过人工智能和生物基因技术的结合，就能找出指纹和头发的主人？"胥姝还是觉得人工智能和基因技术神奇得不真实。

"我们会努力地去获取答案，相信我。每个人的头发都可以显示它的主人的人种和模样、饮食和习惯、爱好和行踪。我们还能运用对头发的分析，绘制当地的地图。头发里蕴含着人生的、环境的所有密码——"长者说。

胥姝吃惊地睁大了双眼，感觉自己是在和太空人交流。

"相信我，三天之后你过来拿，我会找到叶桑需要的答案。"长者说。

胥姝还在发着愣，领悟着老人刚才一番话。

"叶桑是很优秀的人，也是很好的人，和他做同事很有趣，我很想念他，想念一起在硅谷做研究的时光。"老先生一边送着胥姝出门，一边赞美着。

"叶通也非常想念您。如果有机会，我想也许将来您和我们汉科公司可以一起合建人工智能生物技术实验室。"胥姝发出邀请说。

"那是很令人期盼的，叶桑正在和我谋划这件事，有机会我们一定去！"长者谦恭地说，鞠着躬。胥姝再次鞠躬致谢，消失在他的视线中。

等候的时间很漫长。去镰仓，漫长的时间里让自己再次插上彩凤双飞翼。去镰仓，那也是混入理工男队伍的文科生胥姝潜藏心底多年的夙愿。

第二天，胥姝便抵达了镰仓。从极乐寺出发，前往川端康成故居，远远地凝望故居紧闭的大门。在镰仓文学馆里，伫立在三岛由纪夫和川端康成的手稿前，想象着当年的光景。遥想时，仿佛远处走来了田汉、郭沫若、郁达夫的身影。

终于可以慢下来，好好地从各个角度感受镰仓这一座宗教和文学之城。无数圣洁的庙宇藏匿在古朴的山林间，大半天的时间就这样悠然地滑过了。

在镰仓安静的生活里，进入了另一种日常。阳光从城市建筑的各个角度洒下来，斑驳和古朴杂糅着。空气里弥漫着海水的气息。城市匆忙的步履忽然无影无踪了，时间的韵律忽然如水流潺潺般流淌。迎面而来的，是一双双会笑的眼睛。

会笑的眼睛，那是曾经彼得对她的眼睛的形容。

去海边的沿途，一簇簇无名的粉色花儿娇艳绽放着，那浅嫩欲滴的粉接近了无垠的天际线。胥姝心头很是安宁和超脱。松针透出顽强的葱郁，努力向天际伸展。天地万物描摹出一副清淡恬静的日本山水静物画。夕阳将天空一抹抹地染红了，海风拂动着，胥姝奔跑着，在天地万物间——

三天后，胥姝再次来到多摩的研究所门口。还是那位美丽灵秀的小女孩，还是那位谦逊恭敬的长者。这位儒雅的头发微白的先生马上把她迎进去，从实验柜里拿出来一个文件包。"这是您和叶总需要的材料，我们通过研究和分析，已经为您描绘出摄像头上头发和指纹的来源。"长者说。

"真的可以就这样检测？"胥姝还是难以相信科技的力量，仿佛自己的面前有着无数的宇宙奥秘和科技密码。

"是的，我们利用先进的科技研究分析了，是一位男子。男子的头像机器上也已经显示了，我打印和拷贝给了您。"说着，他拿着文件袋朝胥姝示意着。

胥姝打开了文件包，翻开了影印的资料。她忍不住惊呼了，真的是他！黑夜里镜头里泛着红光的摄像头，真的是他安装的。出了门，她马上打电话给叶通。

"我们报案吧。"胥姝说。

"暂时先不要，不能打草惊蛇，我们需要更多的证据。"叶通说。

她把文件仔细地放进包袋里，本想买当天的票赶回去。没想到返程机票最近几天都卖光了，她只好预订了晚几天的航班，飞返上海浦东国际机场。

第十四章
东京机场

记忆的屋子像蒙太奇的影片

过往的情节

穿梭的身影

透明的阳光

不时从洁白窗棂里渗漏

——胥姝呓语

东京、大阪、神户。

打着参加海外人才招聘会的借口，沈媚和苏民出双入对来到了日本。田园其实心知肚明是怎么回事，他也睁一只眼闭一只眼，随眼前这个女人四处寻触角、拉关系。

匆匆三天，沈媚终于游历了传说中的日本。她见到了之前地图册上才见过的城市，也拍下了家长们在手机里轮番轰炸的美图。她曾经是带着多么憧憬和艳羡、多么嫉妒和不平的神情去翻看，很多图她至今还收藏在手机里，发给了家乡小城里没去过日本的姐妹们。终于，这回她也可以用自己的手机，

拍下终生难忘的图片。

本来她也想拍一桌美食，再发个九宫格美食图。然而她似乎没能完全填充心里荡漾着的欲望。她的图片里，只有一小份一小份的食物，没有什么家乡人喜欢的丰盛大餐。

她实在理解不了日本，每一份料理都那么少那么贵，简直不够塞牙缝。苏民那个死鬼竟然还说那就是品味，在她对美食、零食垂涎欲滴时，他居然还带着她去什么有名的米其林餐厅吃豆腐，每个人面前就是摆个锅，说是吃传说中最有名的豆腐锅。豆腐锅先从豆腐皮吃起，然后吃豆腐喝汤，吃来喝去就是那一小把黄豆做成的汤羹。

带着没吃饱的遗憾，抵达机场时，她把行李甩给了老苏，自己花枝摇曳去逛免税店。看见店里有传说中的白色恋人巧克力和网红小饼干，她冲动地各买二十盒。这些小饼干回去分分也没多少，毕竟自己是出国一趟回来了。没想到回来找老苏时，她远远地看见了一个人，像是她认识的。定睛一看，果然是！

"我以为前面是哪一位荷花仙子啊，原来是胥总胥姝啊！真的是有缘千里来相会！"沈媚娇脆的声音在机场里响起。

胥姝很是惊讶地张望着，寻找着这个朝着自己说国语的声音。

"在这儿呢，亲爱的妹妹，是我呢！"沈媚的声音娇嗲嗲地像糯米裹着黑洋酥。

胥姝还在左顾右盼。沈媚马上跑过去，把一只涂着金色指甲油的尖手指搭上了胥姝的肩膀。手指上依然散发着那畅销全球的浓烈香水味。

"原来是媚姐姐啊！真是太巧了，人生何处不相逢啊！"胥姝说着，打量着沈媚周围。只见她周围，没看见有什么同伴。她背着一个古驰暗纹包，大波浪卷发用了定型的发泥刻意造型过，发卷的线条像是巴洛克风格的浮雕。

"真是有缘啦，没想到这么巧。世界上凡是有缘人，上辈子一定是亲人，是亲姐妹。"沈媚说出来的话总是那么让每个人舒坦。

"是啊是啊，太巧了。"胥姝一下还缓不过神来，沈媚总是这般自来熟。

"我正好从这里起飞回上海，是下午三点的航班，没想到正好遇见亲爱的妹妹，可以和妹妹好好地聊一聊！"沈媚说着，帮胥姝把背后的头发丝轻轻扯掉了。

"是啊，遇到姐姐真是很惊喜啊。"胥姝说。

"为什么一个人来呢，白马王子还没出现啊？"沈媚说。

"正好来东京拿一份文件，匆匆来回啊。"胥姝说。

"女孩子啊，还是要趁着年轻时找一个好老公，不要自己一个人出来闯。女孩子嘛，就是要把自己打扮得漂漂亮亮的，生活得无忧无虑的。你看，现在没有个好老公怎能有美丽和幸福啊？做一次基因测序，大概十万美元；去做一个疗程的干细胞美容，大概就要几百万。"沈媚眼睛睁得大大的。

"你不知道，做过护理后，那皮肤真的是如婴儿般娇嫩，岁月无痕啦！"她沉醉地抚摸着自己的面颊，搔首弄姿地描述着，消磨着机场里等候的时光。

"听姐姐的，姐姐说的话真的是真理。"胥姝半真半假地赞美着。

她觉得眼前这个女人确实不寻常。她仿佛能上天入地，她嘴里世俗的理论并不会让人感觉到讨厌和低俗。她在人生的缝隙里游刃有余，任何纷纭复杂的头绪一到了她的嘴里，便是那般抽丝剥茧的浅显和易懂。她如庖丁解牛的大厨，教着胥姝去梳理那些剪不断理还乱的人生中的千头万绪。

"女人嘛，最终的选择一定要看金钱，看地位，当然也要看人品。人品的体现则是为我所用，要对你好才是真的好，要舍得帮你，舍得花钱。贫贱夫妻百事哀，破屋子里的爱情肯定没有诗意。琴棋书画、风花雪月，哪一样不是金钱在背后润物细无声地滋养着？"机场里，沈媚像一个专门研究爱情婚姻的大博导在悉心教诲着。

沈媚饱蘸人间烟火气的爱情理论虽有些粗糙直白，然而细思却仿佛很有些道理。胥姝虽然为人冰清玉洁很超然，却也并不排斥人间烟火，她觉得文化就是在交融碰撞时升华的。她深感眼前这个女人很有智慧和谋略，对她渐渐产生兴趣了。

聊了很久很久，胥姝看了看手表，只有四十分钟登机了。她想去盥洗室，

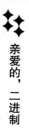

然而身上的背包太重了。

"你要去洗手？去吧去吧！你放在这儿吧，我帮你看着，你放心。"沈媚像是看透了胥姝内心的想法。胥姝想了想，觉得没什么。于是她把包裹放在了沈媚旁边的座位上。

没想到，盥洗室的人特别多，大家排着队，缓慢移动着。大约过了十五六分钟，胥姝才从里边奔出来。

沈媚一如既往地倩笑着，嘴角的酒窝形成一个甜蜜的漩涡，让人像尝到甜酒酿一般不由自主地沉醉。"对了，我帮你订了个车，等会儿直接到浦东机场来接你。接好后，司机再去我公司里办事情。"沈媚很是贴心地说。

"那怎么好意思呢？"胥姝摇着头说。

"我这边派车很方便的。你要派个车，报销个吃饭打车的发票，沈媚姐我都能帮你搞妥当。"沈媚说。

到那边已是夜幕降临了，正好是下班高峰时。胥姝也担心临时没车子，于是点点头致谢了。

抵达浦东机场时，一条陌生信息在胥姝的手机中弹出来。

"我是来接的司机，你到出发的平台上来，我在那边等你。"一个陌生的电话号码给她发了这条短信息。

"好。"胥姝回复着。她熟门熟路地搭乘着电梯，来到了出发层的大门口。站在指定的九号门外，在夜色霓虹灯里张望着。这时，一辆黑色奥迪车停在她面前。

"是胥总吧，我是司机。"司机戴着口罩和墨镜，身材魁梧，动作麻利，有着广东或香港的口音。

胥姝说了声"谢谢"，就上了车，低头看自己的手机。司机像是见多识广的老总的司机，一路无语，很是安静。

胥姝捧着自己的手机，翻看着微信读书和微博，看看最新的热点新闻，看看朋友都在读什么书。这时，群主又在群里发信息，说自己在伦敦，最近想念大家了，大家晚八点用视频会议软件在群里聚会哦。

胥姝没想到群主还有这创意，于是也在里面欢呼着、吵闹着。接着群友们又开始天马行空谈吃的。有的说以前买过英国的地瓜，30多元一公斤；有的说吃地瓜还用去英国吗，福建的地瓜到处是，随便找块地，挖下去，一箩筐！有的说瑞典好像不长这东西，瑞典有土豆、玉米和南瓜。

　　然后不一会儿，有人又开始蒙太奇跳跃式谈猪肉谈西红柿，说是伙计们一起去香港弄块空地放猪吧。有人争论着是俄罗斯的西红柿好吃，还是阿塞拜疆和土耳其的西红柿好吃？最后一致得出结论说，俄罗斯的西红柿原来是阿塞拜疆和土耳其生产的！

　　群里活蹦乱跳的，叶通似乎没发消息，她觉得很奇怪。

　　"王硕啊，我回来啦，你们都很忙吧？"胥姝说。

　　"您在找叶总吧，哈哈，他刚才被林总叫去了，说是在商量和日本朋友合建联合实验室的事情，另外还有一个很大的项目要去招投标。"王硕说。

　　胥姝笑了笑，把手机电话挂掉了。奥迪车在夜色里飞快穿行着。灯光似乎越来越昏暗。车子行驶到哪里了，胥姝完全不知道了。

　　"请问到哪里了？"胥姝询问着戴口罩的司机。司机没吭声。

　　胥姝想摇下车窗玻璃，看看到哪里了。没想到这时，司机把车停下来，说是坏了要修一下，要胥姝下来看一下。胥姝下车后，还来不及说什么，就被当头一棒打晕了。

　　迷糊中，她看见戴口罩的男人夺走了她的包，开着车逃窜在夜色里。她挣扎着想站起来，然而脑袋上似乎有什么热乎乎的东西一直往下流。她凭着顽强的生命力找到了在裤兜没被抢走的手机，拨通了"110"。然而当她想用尽全身气力张开嘴，对着手机里的警方接线员说点什么时，嘴巴却连嚅动都不会了，成了北冰洋上那一团凝固的冰块。

　　接着，她便如溺水的人儿，沉入了意识的海底。记忆的碎片交织着，碰撞着，似乎眼前晃动着叶通的面庞，想靠拢，忽然间又成了彼得的肩膀。靠着不知是彼得还是叶通厚实的肩膀，她深沉地睡了。

胥姝沉睡的这些天，天色似乎特别阴沉。朵朵浓云堆积在天际，像压在人的头顶，让人喘不过气来。

国际形势似乎一直在跌宕起伏、变幻不定。群里这些天有点群情激愤了，说是很多商品又征了高额的关税，很多元器件又被进一步封锁。几个老总发出了自己的公众号文章，担忧集成电路和芯片企业的前途。不少人更是扫盲了一把，把集成电路的晶圆、芯片、流片和刻蚀机、光刻机等名词做了形象的解释，原本云里雾里的文科女们顿时恍然大悟，对这些科普者竖起了大拇指。

美元和人民币汇率始终在博弈。很多人惊心动魄地买卖美元，在 6.8 和 7 的悬崖上走着钢丝。群友们每天都有人充满期待地买入 A 股，说是已经到底了，可以卖了房子去买股票了。

群里看起来每天是简单的信息展示，实则暗流涌动。不少人原本就是亲戚或朋友，很多女生也各自被男神们吸引，分成了不同的圈子。群友们很快分成了两派，在群里开始斗争起来。而群主这时候会十分睿智地打圆场，或者另外建小群，让情绪激动的伙计们有块原野可以嚎一场、打一架。然而真的到了小群里，大家又变成相亲相爱的兄弟握手言和了，各自言辞也温和起来了。后来只要涉及敏感问题的讨论，群主都会拉个群，让大家去消消气、撒撒野。实在太过分，满腹智慧的群主就暂时把他们踢出去，让他们吹吹风，清醒片刻。

睡眠是思想和灵魂短暂逃逸的闲暇，就像忙碌都市中的人们，忽然翘个班，休个长假，隐入世外桃源芳菲地，似乎从此逃离了尘世间的一切。灵魂深呼吸，思想终于能浅吟低唱，随心所至了。群里发生的这一切，暂时都和胥姝无关了。

她静静地躺在那儿，一睡就是半个月。在她的脑海里，大海和原野在交织，赤橙黄绿青蓝紫的色块在跳跃。她仿佛看见了金色的秋天，望见了一望无垠的田野，金灿灿的一片。微风吹过，此起彼伏。在起伏荡漾的草浪中，熟悉的场景总是一再闪烁着。远远地，她好像看见了彼得。她想呼唤，彼得却忽然又消失。迷蒙中，好像叶通走来了——

　　每天医生和警察守护在她的身边，他们都在担忧着她的状态。按常理，脑部受了冲击，如果再这样睡眠下去，很可能永远不会苏醒了，或者，就可能成为植物人了。

　　这些天，叶通一下班就过来。一开始，警察不让他进房间。后来在他的恳请下，在林总的承诺下，警察查验了他的身份和履历，探寻了他身后所有的蛛丝和马迹。警察终于让他和他们一起，守护在胥姝外面的房间里。

　　胥姝，你怎样？胥姝，你一定要挺过去！叶通的心在呼唤，在隐痛。他很想进入里面的房间，去守护去拥抱他的女神。好几次他试图突破封锁线，然而医生和警察固若金汤，守护着不可逾越的防线。

　　终于，在第十六天时，胥姝的手指动了，心脏的曲线图也有了新变化。医生很是惊喜地告诉了警察和叶通这一好消息，叶通激动得热泪盈眶，握着拳头，用力甩胳膊。

　　终于，胥姝的眼睛睁开了，她的嘴唇嚅动了起来。干枯缺血的嘴唇像两片秋日的落叶，褐色的叶脉纹理细致而清晰。

　　奇迹终于出现了。接下来，胥姝会发声了。她嚅动着褐色叶片般的嘴唇，轻轻地告诉医生说："水，想喝水。"

　　医生和警察欣喜若狂，叶通也激动极了。等胥姝的情况似乎稳定起来了，警察进去询问着胥姝当时的情形：

　　"你当时怎么会遇到袭击？"

　　"不知道啊。"

　　"你当时携带了许多贵重物品吗？"

　　"没有，只有随身的日常用品。"胥姝声轻如丝说。

　　"司机你以前认识吗？是司机袭击你的吗？"

　　"我不认识，是沈媚帮我叫的车。"

　　"沈媚叫的车，你有证据吗？"

　　"没有。"

"那你还能认出那个司机吗？"

"不能，感觉他不太像个司机，戴着墨镜和口罩，有点广东的口音，像香港片里的男演员。"

"你和沈媚有交往、有过节吗？"

"我和她不熟悉，只是工作原因接触过一两次，但感觉她像是个很热情的人。"

"你回忆一下，你当时除了现金和首饰，还携带了什么贵重的物品或资料吗？"

"一件通过人工智能技术画出的人脸图和定位图。"胥姝轻声地、缓慢地把去日本的缘由告诉了警察。

"在办公室里，我们发现了一个摄像头，镜头正对着叶通和老算的座位。在这个摄像头上，留存了指纹和头发丝。我们把皮屑和指纹送到了日本实验室。实验室用先进的生物技术和人工智能新技术，显影了当时安装摄像头的人。"胥姝叙述着。

警察详细做了笔录，问胥姝要到了日本研究所的地址。胥姝在所有的材料上签好字确认了。

"怪我不好，让你一个人去日本。"叶通坐回了胥姝的床头，十分懊恼。

"你是算法王子大忙人啊。"胥姝温柔地嫣然一笑。

"你的眼睛终于又会笑了。"叶通说。

"永远要微笑。"胥姝说。

"嗯，永远要微笑。"叶通说。

经历了生与死的挣扎，胥姝对人生和生命有了更多的领悟。爱自己，爱人类，爱自然，爱世界，一切都会美好与和谐。胥姝想张开嘴更加开心地大笑，然而却发现，她的脑袋还是像灌了铅一般沉。她想挪动整个身子，发现左边的身子有点僵硬不灵活。

"你别动，医生说还要过一段时间才能慢慢地恢复。"叶通疼爱地抚摸着她的秀发，秀发仍然如云般柔顺。

"如果我不能动了，怎么办？"胥姝说。

"不会的，有我在，永远会阳光漫天。"叶通说。

"那如果呢？"胥姝俏皮地追问着。

"没有如果。"叶通还是不上当。

"那如果呢？"胥姝不依不饶。

"那我就是你，我的生命就是你的生命，我的肢体就是你的肢体。"叶通很是深情地说。

胥姝笑了，眼睛弯弯的，像月牙儿在湛蓝澄碧的天空中高高地、纯净地悬挂着。

国内几家科技园联合举办了盛况空前的人工智能技术和基因技术相结合的产业论坛。贵宾室外的海报上，印着大会演讲的主题"基因与人工智能结合研究将走向何方"。分论坛是"基因研究中的伦理道德探讨""出入境检验检疫绿色通道研究""高层次人才引进和培养的路径分析"。恢弘气派的屏幕滚动播放着这一年来全球生物医药和人工智能研究的成果以及科技园近年来日新月异的发展情况。

蓝色松软的地毯宛若一望无垠的大海，踩上去软软的，让人有种面朝大海、春暖花开，遥望浩瀚海洋、星空的感觉。

很多年轻的研究者提前来到了会场。大家抬起头张望着，寻找着闻名已久的同行，共同探讨学术研究的问题。聊天中，中文里不时夹杂着生物医药和芯片领域生涩难懂的英文学术名词。

穿着西装打着条纹领带的营销人员和风投经理也不时出现在旁边。他们敏捷伶俐地捧着手机礼貌耳语着，希望和嘉宾们加微信。如果与会嘉宾不同意，他们马上退而求其次，很会变通、妥协地递过去自己的名片，笑容可掬地去和下一位老总搭讪。他们如同科技投资领域的猎豹，嗅觉十分灵敏地寻找着创新创业时代新鲜的猎物。

在林总和叶通邀请下，多摩科技园的松原一太郎先生也来到了上海，共赴人工智能和基因技术相结合的盛会。松原一太郎也作为特别邀请的嘉宾，在论坛上发表了主旨演讲"基因研究中的伦理道德探讨"。演讲中，他也透露了日本实验室将与汉科公司合作建立人工智能哲学研究院的设想。

作为新任的汉科公司副总裁，叶通自然是众星捧月的大咖。他在会上也淡定自若、信手拈来地发表了演讲"基因与人工智能结合研究将走向何方"。接着松原一太郎的话，他提出了今后和松原一太郎的东京研究所以及美国圣地亚哥研究所在上海共建联合实验室和人工智能哲学研究院的计划。

灯光如浩瀚星光一般汇聚在他的脸庞上。星光里，叶通微笑着对全场嘉宾说，人工智能和生物技术相结合的研究，是未来产业发展的新方向。如今无数生物技术和人工智能小企业雨后春笋般冒出，然而它们没有充裕的资金去建立实验室，去购买实验所需的昂贵的器材。如果汉科公司联合日、美建立了这一共享实验室，无数闪烁着创新创意的点子，就可能孵化、萌芽为行业的独角兽。这些企业就可以心无旁骛地沉浸在实验室领域，把融资来的几千万、几亿元的资金，全部用于十年二十年持续不懈的研究。

叶通还详细介绍了这个共享实验室规划中的模块和模样。叶通说，在未来的这个联合共享实验室里，将会叠加窗口效应、集聚效应、链接效应、加速效应和溢出效应。在这里，有着最先进的联合实验室空间，世界各国行业巨头将为模块化的实验室提供最先进的仪器，给予最前沿最科学的信息化管理，从而减少企业创新的风险，节约成本和时间，让涌动着创新激情的企业马上可以启动自己的项目。

叶通演讲完之后，全场响起了雷鸣般的掌声。

"叶总啊，您大驾光临，这个论坛是蓬荜生辉啊。"论坛结束后，沈媚站在酒店出口处，像春天山谷里的花蝴蝶，舞动在退场企业家当中。她和叶通搭讪着，眉眼里漫溢着妖媚的笑意。

有些女性虽然只是苔藓，却在生活和时代的岩石缝里，自顾自地生长，有种对旁人眼光毫不在意的笃定。叶通想起了胥姝对沈媚的评价，她确实如此。

见叶通只是淡淡地一笑以示回复，马上便沉默了。她也不去烦他，又像泥鳅一样钻到其他企业家身旁。

她游刃有余地游走在这个世界里，把世俗生活运作得活色生香却毫不顾忌别人的眼神，这也是一种难得的"超越"了。"沈总，这几位警官来找您。"沈媚正在眉飞色舞地和老总们聊着，负责迎宾工作的小姐过来了，身边站着三位严肃的警官。

沈媚皱了皱眉头。她想起那天从东京回来，苏民要她以后无论遇到谁，都不要提有人从机场接胥姝的事情。她不知道发生了什么，有一种惶恐和担忧，然而容不得她多想了。

沈媚面不改色地微笑着向前走，很不以为意的样子。她想起了田园，回头和田园打了声招呼，就跟着他们出去了。

"你叫什么名字？"沈媚被请进了警署里。

"沈媚。"沈媚微笑着淡然地说。

"我们有一起故意伤害案，想找你来协助调查。"警察说。

"哦？什么伤害案？我能为你做什么？"沈媚伸伸手臂说。

"你前一段在东京机场见到了胥姝？"警察深邃犀利的眼神十分警惕地审视着她。

"前一阵？"沈媚转动着眼珠，思考了一会儿，"哦，我想起来了，我见到了她，和她在机场闲聊了一会儿，后来她匆忙赶飞机走了。"

"你和谁一起？"警察问。

"我一个人，田总让我去参加一场海外人才招聘会。"沈媚说。

"你是不是和胥姝说，你派了个司机在浦东机场等候她？"警察问。

"没有啊，我自己都打车回去的，哪有车接她？创业园人多车少，派不出车去接胥姝的。"沈媚说。"如果不相信，您可以去核实创业园用车的记录。"沈媚补充说，当天确实也是老苏说他可以派车接胥姝。

"你再回想一下，是不是当时有你的朋友，顺便把胥姝带走了？"警官盯着她的眼睛问。

"没有，胥姝当时很匆忙，我们几乎没聊什么就分开了。你可以去查创业园的用车登记。"沈媚依然一口否认说。

警官再次审视着她，她镇定的眼神透不出任何破绽。不一会儿，小警官把协助调查的口供放在她面前。她拿起警署的黑色签字笔，忍不住问了句："胥姝怎么了？"

警察说："她在从机场回家的路上，被人抢劫伤害了。"

"啊？怎么会这样？"她捏紧了拳头。

"签个字吧。"警察说。她努力让自己镇定，在纸上流畅地签上了"沈媚"两个字。

沈媚驾车朝着论坛的酒店再次开过去。一路上，她有点儿分神了。和录为开始平凡的生活以来，她许多年没有经历过这样惊心动魄的场景了。

思绪和记忆像风中的飞絮一般丝丝缕缕缠绞着。风从车窗外涌进来，时光里她仿佛闻到了她的第一个男朋友喝醉呕吐的味道，眼前闪现出他借钱不还，她总要替他打圆场的情景。一会儿，又有电影镜头一般的画面出现在眼前，她想起了第二个男朋友打架杀人后，她帮他做伪证，让他想办法逃跑的往事。

这样想着，她走神得更厉害了。好几次，后面的车子风一样驰过来，她都没反应过来，自己的车差点要和旁边的车亲密接触了。她忍不住了，用很久前在小摊上买来的电话卡给苏民打了个电话："是不是你找人伤害了胥姝？你怎么可以这样害我啊？"

苏总说："这事和我们都无关，我怎么知道怎么了？你不是没有派车去接她吗？那辆车和你有什么关系呢？完全没有的事！"沈媚知道苏民在引导着自己。她不知说什么好，长长叹了一口气。

"对了，我们公司的股份你来办一下，用你亲戚的名义吧，最近可以有二十万块的分红了。"苏民说。

"嗯。"沈媚说。

"我的就是你的。"苏民加了句。

沈媚挂断了电话，继续朝着酒店的方向开着。临近酒店铺设红地毯的大门时，她定了定神，重新挂上波澜不惊的表情了。

"怎么了，怎么警察找你了？和我们创业园没什么关系吧？"田园很是担心她和自己，把她拉进贵宾室里悄悄问。

"没事，汉科公司的胥姝大概被人抢劫了。我在东京机场里见过她，所以警察叫我去了解情况。"

"那就好，你要注意啊。最近审计要来单位进行大核查，所有的账本都要一清二楚、自圆其说才行啊。"田园欲言又止地说。

"还有什么吩咐啊？"沈媚侧着头笑问他。

"以后有什么事还是当面说，尽量不要打电话、不要发微信，微信记录都保存好几个月呢，你懂了吧？"

"懂啦，你老了，老年痴呆啦！你早已经说过一遍啦，语音和视频电话不容易被窃听，我都铭记在心啦！"沈媚点点他笔挺的鼻子说。

"你这个小妖精。"田园说。

离开录为两个月了，录为忽然像消失了似的。天天灯红酒绿、游戏人生的沈媚忽然觉得厌倦了。她有点空虚，她想他，也想孩子了。

离婚时，沈媚以为，按照录为的性格，他一定会三天两头打电话来骂自己，诉说孩子的可怜，找着无数的借口向她请教针线在哪里、盐油酱醋在哪里、孩子秋冬天的衣服在哪里……然而，他和孩子竟然忽然就悄无声息了，仿佛消失在世界的另一边。他好像完全不再需要她，和她再无瓜葛了。

她非常冲动地想念孩子了。只有孩子才是永恒的皈依。田园和苏民都那样，只要试探着去提及天长地久的字眼，这些男人都像泥鳅一样滑，马上插科打诨，转移话题了。没有了孩子的萦绕，没有了录为的抱怨和依赖，没有了录为的赌气和约束，沈媚感觉心里空落落的。很久很久以来，她竟然头一次感觉到空虚和慌张。她很想拥抱着孩子，让怀抱温暖而充实。

她很想给录为发一个信息，告诉他她想孩子了，然而她不能。她知道

驴子一样倔强的录为是不会给她回信息的，也不会再掉进同一条河流，被她的糖衣炮弹迷惑了。

　　她不由自主朝录为家附近走去。在那里，有她比较熟悉的公园，公园里有着他们一家子曾经无数次散步和遛娃的草地。

　　围着草地心神不宁地走动着，她想给女儿买点什么，或是给录为一个红包，让女儿跟着他不至于太寒酸和受气。这样想着，她坐在长条木凳上，打开包清点着自己的现金：零散的纸币五千元，还有厚厚一叠购物卡。她想去录为那儿，把这叠钱塞进他的鞋柜或者是门缝里。

　　然而，就在这时，她看见了一对熟悉的身影，听见了熟悉的声音。

　　"我来教你啊。"似曾相识的女子坐在草地上，脑袋贴住脑袋和旁边的男人说。

　　"嗯，你好好教我吧。"男人温顺地应着她。

　　"你看啊，我们的淘宝店铺申请已经通过了，只需要再缴纳店铺保证金，等待淘宝官方的审批了。"女子很有把握地说。

　　"那然后呢？"男人问。

　　"然后我们等审批后，就在网上做店铺的设计和装修。"女子说。

　　"怎么和真实的店铺设立是一样的啊？"男人小学生一般虚心请教。

　　"是啊，模拟现实，虚拟现实和场景，到后面我们都不知道现实是真实，还是虚拟是真实了，真的要进入元宇宙时代了。"女子说着，忽然很是感慨。

　　"再然后呢？"男人乖乖地问。

　　"再然后，就是寻找货源以及商品上架了。后面再开始店铺日常运营、招聘客服、人员培训、销售接待和发货，进行市场推广、售后处理等。"女子说。

　　沈媚惊呆了，离她五米外的两个黑色的脑袋，竟然是录为和她在网上寻找的契约女子。她抑制不了内心的冲动。她想冲到那个女子面前去，向她甩几个响亮的巴掌。她的脚步急促地向他们靠近着。

　　这时候，录为和女子也看到了沈媚的身影，他们也惊呆了，愣愣地注视着越来越近的沈媚。女子这时忽然挡在录为前面了，像是来对决。

沈媚的眼睛变成三角形，面颊上的颧骨也因为愤怒而凸起了。她正要迎上前挥舞着手臂痛骂时，女儿的声音忽然出现在耳边。

"爸爸，阿姨，你们来看，我同学的这个风筝飞得好高好高啊！"女儿稚嫩的双眼快乐地闪烁着，花草的影子荡漾在波光间。

"哇，好啊，我们一起去看风筝啊！"女子完全旁若无人的样子，牵着女儿的手就往旁边同学那儿走。沈媚着急了，冲过去抢着抓过女儿的手。

"妈妈，妈妈，你怎么回来啦？"女儿稚嫩的声音忽然变得沉稳和懂事了，她没有扑进沈媚的怀抱，而是转身又回到了录为和那个女子身边。

沈媚看着女儿的眼，眼泪唰唰流下来。她紧紧地抱住了女儿，望着女儿粉扑扑的脸蛋。录为和女子闪到了旁边。"宝宝你好吗？妈妈可想死你了！你想妈妈吗？"沈媚问。

"想妈妈。妈妈，我们去看风筝啊，多好看。"女儿羞涩地说，抬头仰望着白云飘浮的天空，眼里满是憧憬和幸福。沈媚忽然觉得女儿和自己陌生了许多。

"他们对你好吗？"沈媚说。

"好啊，很好的，我很喜欢爸爸和阿姨！"女儿说，眼睛随着摇曳生姿的风筝闪耀着。

"他们是不是一直在一起？"沈媚问。

"是啊，阿姨对爸爸可好呢。我觉得爸爸现在好幸福的样子，好像也不用吃药了。告诉妈妈一个秘密啊，我最讨厌爸爸那些蓝色药片了，昨天我把它偷偷扔进马桶里了！"女儿说。

沈媚的眼眸忽然灰暗了，描着眼线的眼睛在真实明媚的阳光里，忽然是那般滑稽。一种失败感朝自己涌来，真是机关算尽太聪明，该是你的才是你的。自己苦心经营的一切，忽然觉得毫无意义了，变成了别人生命中注定拥有的了。

"过一阵，等妈妈有了自己的房子，我就把你接过去。妈妈还要送你去留学，去美国、去英国，去读牛津和剑桥，去成为美国华人圈里最上流的那些人！"沈媚的失落和屈辱，都变成了对女儿的期盼和渴望。

"爸爸，阿姨，你们过来呀，和我妈妈聊聊天啊！"孩子童真无邪地召唤着，希望全天下都相亲相爱。录为和女子听到了，回头来温柔地望着女儿笑。

沈媚看了录为一眼。她发现他的眼睛忽然充满力量地上扬着。他的眼睛很不相同了，垂下来的时候是温柔地垂下，上扬时是充满力量地上扬和绽放。和她在一起时，他总是坐在床边上，在堆满杂乱的衣物，满是螨虫、灰尘的屋子里，眼睛耷拉着，神情暗淡地抱怨着。

"要不我们去喝咖啡或者上楼去坐坐？"没想到，那个女子反客为主地过来了，像太太一样招呼着自己。

她的脸又变成了三角形，想发作。然而女儿的眼睛一眨不眨地看着自己，她马上缓和了脸色，让脸蛋变成规则的椭圆。"不了，不了，谢谢你啊，对我女儿这么好。"沈媚马上很是虚弱地说。

"这么客气干吗啊，她也是我们的孩子嘛。以后等我和录为的小宝宝出来了，他们就是亲人啦。茉莉是可爱的姐姐啦，对不对？"女子望着茉莉说，眼睛里都是母爱的光芒。她不由自主地摸了摸自己的肚子。

"是啊是啊，我好想有个小弟弟、小妹妹啊，那样我就有玩伴了！阿姨你和爸爸快点结婚、快点生吧。"茉莉摇着女子的胳膊说。沈媚的脸有点瑟缩了，她很神经质地望着契约女的下腹。

"我和录为考虑下个月结婚了。"女子若无其事地说。

"啊？"沈媚简直不相信自己的耳朵。

"你们不用互相再了解，再考虑成熟吗？"沈媚说。

"我们早就情投意合啦，谢谢你的成全啊。"女子意味深长地说。

沈媚不知说什么了。她当着孩子的面只好笑着。那笑容像是孩子的手工史莱姆，笑着笑着就变了形，收不回去了。她就这样变形地笑着，往自己车的方向走。等孩子和录为他们的身影看不见了，她像逃跑一般上了车，伏在方向盘上大哭着。

哭过后，她擦擦泪，打开了广播。没想到，广播里正在朗诵着散文，字字句句扣心弦：

过去两年零三个月，赢过，输过，笑过，哭过。

被质疑，被绯闻，被黑幕。今夜华筵终散去，功成名遂，满目荒唐。

她听不下去了，觉得这些散文的词句，仿佛就是自己的写照。啪的一声，她把广播关掉了。

第十五章
云泽会展中心

看，那海浪轻轻荡漾，心中荡起无限欢笑，旖旎风光令人奢望，花坡春水路漫香；看，这果园一片金黄，蜜橘长满在山坡上，传来一阵阵的芳香，心中充满了阳光——

——《重归苏莲托》

创业园外的草地上，阳光灿烂，百草丰茂，展现出一派生机盎然的景象。彩蝶自由飞翔在清涧上，仰望星空的人们继续行走、奔跑在草地上。他们或许刚从安大略湖畔、硅谷和班加罗尔抵达上海，或者即将从上海去往特拉维夫、慕尼黑和苏格兰——

阔别多日，胥姝的身影终于又出现在办公楼前的草地上了。她的心跳得紧张，仿佛青葱的少年在盛夏清晨露珠澄澈的阳光里，抵达了久别重逢的故土。她仿佛闻到了久违的月桂香。终于，来到了阔别许久的大楼前，她久久凝望着园子里的花草树木。阳光里的枇杷树骄傲饱满地旁逸斜出着，绒绒的枝头上缀满一颗颗饱满的盛夏果实。

"胥总回来啦，胥总回来啦！"还没等胥姝进大堂门，门卫便朝她激动地敬礼,大堂小姐兴奋得大喊。胥姝一路微笑着,感恩着关爱她的每一个人。

叶通跟在她身后,小心翼翼呵护着。从生与死的缝隙中逃出来,胥姝对生命有着更深的领悟和热爱。来到办公室门口,她更加有点心跳如鹿不敢进。深呼吸了好几口,才敢大步流星进了门。

二进制的办公室里顿时掀起了热浪。欢声笑语传递着无比兴奋的情绪,迎面而来的拥抱像一阵阵盛夏的海风,带着炽烈的温度和强劲的张力。

"姝姝!你终于来了,我们想死你啦!"老算张开大大的怀抱说。

胥姝马上奔过去,给了老算一个热烈的拥抱。"我又活过来啦!老算,我也想死你们啦!"胥姝大喊着。

"你来了,你不知道你对我们有多重要。"王硕说。

"你知道吗?没有你,我们的团队就像是山谷里修行的和尚,是一片片枯干的树叶。你一来,春风就来了,我们就仿佛面朝大海,春暖花开了!"王硕文绉绉地说。

"咦,你们是不是都去叶通的诗社培训过了?怎么一个个出口成章、文理通识了?"胥姝说着,有点害羞地偷偷扫了叶通一眼。

叶通一直在旁边傻笑着,竖起两个手指做了个胜利的标志。

"哎,你们什么时候那个呀?"老算忽然想到了关键点。

"哪个呀?"王硕明知故问。

"你这小子,明明知道还来问。我说二进制情侣,虽然我们活在机器人的代码世界里,我们也是血肉之躯,我们有思想有感情,要欢笑、怕孤独。你们哪怕凑在一起吵架,也比一个人好吧?"老算说。

"老算啊,你自从娶了老婆后,整个人就不一样了,理论一套一套的,被人家影响的吧?"胥姝说。

"被人家影响才能进化啊!两个人带着不同的性格,不同的视角,不同的家庭背景和文化底蕴,然后生活在一起,多好啊!这就是多元文化融合。我每天都在感受在体验,都在思考和升华啊。"老算说。

"我发现,老算可以去做导师。这样吧,过一阵咱们几个联合实验室申请到博士点，我们就让老算带徒弟吧。企业界的企业家、科学家、金融家不去言传身教，真是太可惜了！现在高校人工智能专业跟不上需求，人才缺口都是几十万、上百万，我们的企业家和科学家都是一流的教授和博导，大家如果能把实战中的经验用于人才的培养，在另一个战场上传道授业解惑，那是多有意义的一件事！"叶通说。

"好主意，我当仁不让，以后传道授业解惑的事，都交给我老算了！"老算一吹牛就来劲儿。

"没问题！二进制教育要从孩子抓起，现在小学生就开始学编程，是件好事情！"叶通踌躇满志地说。

"欢声笑语、锣鼓喧天啊，我怎么感觉像是新年的氛围了？"这时，办公室外传来了一个洪亮的声音。

"天王来了，林总来了！"老算俏皮地鼓着掌。

"欢迎天王。"胥姝和王硕也顽皮地鼓着掌。叶通则正式地道了声："林总好！"

"怎么样，恢复得怎样了？"林总很是关切地看着胥姝的脸。

"报告天王林总，已经完全恢复了，马上可以加班了。"胥姝说着，朝叶通吐了吐舌头。叶通疼爱地看着她。

"好的，既然可以上班了，我们就要马不停蹄了！你们和我马上去云泽会展中心开视频会议，研究已经中标的云泽会展中心布展的职能化方案！大家马上集合出发！"林总说。

"Yes, Sir！"大家敬礼大喊着。

云泽会展中心如一片浅绿的四叶草，躺在闪耀着金边的高楼的怀抱中。会展中心又如温柔灵秀的女子，在男子玉树临风的身姿的护卫下。玻璃幕墙的外部框架刚刚落成了，内部装修所需的木料、粉刷桶、瓷砖、装饰画、地毯都堆砌在西面的物料仓库里。

门口，林总带着各部门的老总到来了，会展中心的朱总下来迎接了。朱总饱满的脸充满慈爱，像是弥勒佛的脸。未见其人，便先闻其声。

"林总大驾光临，欢迎欢迎！"朱总洪钟般的声音回荡在未曾装修的展览场馆中。说话间，他带着林总一行沿着主路上的一个个场馆参观着。

"我们的展览馆建筑面积有九十万平方米，由展览区、商业区办公楼和酒店三部分组成，每一个展厅都能自由穿梭，车辆也可直接抵达。各个展厅附近还配有充足的会议室和贵宾休息室，供中场休息和茶歇。其中展览区我们分为'锦绣山河''物华天宝''花开富贵''春华秋实'四个主题区，集中展示中华传统文化和现代文明。"尽管是在未经整饰的毛坯建筑里，解说的女孩还是身着典雅高贵的银灰色连衣裙。

"我们在办公楼五楼建了展览馆建设办公室。我们现在移步去附近的一幢办公楼，召开视频工作会。"朱总说，他领着林总，去了隔壁一幢二十层楼的办公室。

视频会议开始了，建设方、运营方、安保方和人工智能技术方案设计方相关部门三十余人都出现在会议室前方的屏幕上。有的人微笑着，有的人看手机，有的人缄默而严肃。戴着大盖帽、佩着警衔的警官们也出现在屏幕上。

"今天召集大家来，是为了研究我们的人工智能技术方案的制订。本次技术方案由汉科公司通过公开公平公正的招投标形式取得。我们招投标的经费是九千万，其中分成硬件购买、软件研发、运营调试三部分，项目时间是两个月。

"云泽会展中心也是本省和邻近几个省市最大的会展中心之一，建成后几乎所有的文化类展览，都将在这里举办。由于四个月之后就要举办文博会，估计本次展览会，我们的境内外注册观众会超过三十万，采购商将有两千五百户，涉及的国家会有四十五个。因此时间紧、任务重、责任大。先请运营部老总详细地谈需求，后续汉科公司每周和我们召开例会，沟通方案设计和进展方面的情况。我也恳请公安、消防等各部门鼎力支持，在安保这一块，需要你们提需求。"朱总说。

"我先来介绍一下云泽会展中心人工智能技术方案的五方面需求。我们希望充分利用云计算、大数据、物流网、5G、人工智能等高科技，把我们的会展场馆建设成国际化、智能化、人性化、品味化的'四化'新场馆，展示海派文化的温度、深度、广度、高度、精度和力度。我们需要在做好全方位、无死角的安防体系建设的基础上，对办公区、公共展览区、酒店区和商业区都进行智能化、人性化、便捷化的管理。"运营部宋总说。

"其中安防系统里，要做好一卡通和刷脸进入，各部位、重要展品区域摄像头安装联结，报警联网系统，可视化人员和资产实时定位等方面的工作。具体可以在第一次分组研讨时，公安相关部门再结合天网工程提出意见和建议。我们在安防体系建设基础上，还要做好无线定位客流分析系统的建设。

"在我们的商业中心里，也要体现人工智能对生活品质的提高，提升顾客的体验感。在办公区域和酒店也是如此，要让参展的商家、参会的观众感觉到人工智能的魅力、人工智能的震撼以及人工智能带来的科技感。"宋总说。其他部门的人员都提出了建设性的意见和建议，林总频频点着头，胥姝和叶通及其他几位老总都用电脑当场记录着，手指鸡啄米一般弹跳着。

"以上就是我们的总体目标和需求，我想这样啊，一周后提出总体方案和智能化安防分方案，林总您看时间是否来得及？"朱总说。

"我们会按照您的进度目标和要求，一周内提出会展中心智能化建设总体方案和安保单项方案。时间紧，但我们会争分夺秒，不负韶华，不负您企业的信任。"林总对项目的进度从来不含糊。

"好，那今天的会议就到这里，我们下周见。"说着，朱总起身走到对面，和林总握着手道别了。

马不停蹄回到办公室，林总便召集原班人马开会了。叶通把老算也一起叫过来，老算带着电脑、抓挠着脑袋上来了。

林总把会上的要求再次强调了，然后说这两个月以项目为单位，各部门打统仗，总指挥由他亲自担任，副总指挥是张总和叶总。其中张总具体负责协调、运营和采购，叶通仍然负责项目方案的研发、设计、测试和集成。

"有什么问题吗？"林总问。

"没问题，我们研发组一周后交出总体方案和安防分方案。"叶通说。

"好，那长话短说，一场硬仗又要开始了！我们是战斗的团队，是不断进步夺取胜利的团队！"林总说。

回到研发部办公室，老算吐出嘴里的一口气，大喊着："又来硬仗啦，怎么办？我家里也有硬仗啦！"

"你家里怎么啦？和老婆干仗要离婚？"王硕很是担心地望着他。

"臭小子，你就见不得我好是吗？我老婆怀上二娃啦，反应大，我本来想照顾她。"老算说。

"原来这样啊，那嫂子我就不帮你照顾了。你每天早点走，响应国家号召促生产，我这个徒弟来帮你。"王硕说。

"算你有良心，养兵千日，用兵一时，这时候该你上了！"叶通说。

"是，没问题！"王硕说。

这时，胥姝想起了新录用的韦韬和其他六个小伙子。她马上打电话给林总，建议他省去原先繁冗的程序，直接通知七个伙计来上班。

林总同意了。胥姝马上让江琳帮七个男生安排好人才公寓，通知他们第二天报到上班了。

四季酒店里，创新创业松鼠会在这里举行着。江浙沪和粤港澳充满创新创业金点子的年轻人都云集在这里，风投和天使投资的老总们也驻足在这里，他们像敏锐的老鹰一般，捕捉着来自这些年轻人头脑里的金点子。只要一闻到新鲜的气息，他们马上像山鹰一般，叼走猎物便飞走。

路演的项目缤纷多彩。各路伙计们侃侃而谈像是演说家，阐述着5G、人工智能、大数据时代的新模式新理念的变更，强调这是一个进化重组的时代，正如乔布斯有了苹果，从此颠覆了录音机、照相机、手电筒甚至现金纸币。几乎所有的项目都结合了互联网时代的特征，描述着自己即将建设的数据平台和项目。有的项目提供地下停车场导航服务，为方位感弱的人寻车提供便利；有的项目将人工智能技术运用到中小学教育，为全中国焦躁乖戾的母亲们提供"拔苗助长"、快速成才的秘方和家教；有的则是陪伴机器人、康复机器人和美容机器人等项目。

胥姝百忙中还是抽出时间，来担任了评委和嘉宾。她遴选了几个年轻人喜欢的项目去观摩，去感受这些活力泉涌的年轻人的团队合作能力和创新思维能力。

项目评选的形式往往像在欧盟和波士顿的创新项目展示的形式。他们会让几个年轻人待在一个空荡荡的房间里，除去手机，没有电脑，遗忘周围的现实世界。眼前只有一堆木工材料或是需要拼装的儿童军舰和乐高玩具。在这样忘却俗世世界、回归童真的空间里，培育和发现一个人、一支创业团队的专注力、创造力。而最忘我投入的那一个，就是路演会和风投们最关注的那一个！

没想到四季酒店旁就是会展中心所在区域的公安局。想着即将开展的云泽会展中心人工智能化项目，胥姝前往公安局拜访了，和几个警务人员聊了聊。聊好后，她掌握了会展中心周围道路、公园、绿化和居民的情况，甚至连宠物狗和猫的情况，都胸有成竹了。安防是根基，服务和体验是花蕊。没有根基和主干，花朵将焉附？

出了公安局便是酒吧步行街。眼前的一切都是那般时尚和生动，无数酒吧藏匿在夕阳暮霭中。她随便逛了逛，在日式小店里买了几只松竹梅花纹的茶杯，又去德国瓷器店买了几个咖啡杯。坐在竹林掩映的马路旁，在缀着蓝色满天星的桌子旁，她张望着，遐想着，生活就是这般幸福和美好。

没想到这时，一个熟悉的身影出现在眼前。她注视了好久，感觉是常言，但他的穿着和发型，却完全两样了。没想到正在疑惑时，前面的身影察觉了，也回过头来望了她一眼。

"是你啊，常言。"胥姝说，还是有点惊喜的。

"哈哈，只因在人群中多看了你一眼，没想到又狭路相逢了。"常言说，俏皮话的水准更高一层了。

"你可以啊，整个人鸟枪换炮啦！我以为从此相忘于江湖啦！"胥姝说着，端详着常言的脑袋。

她发现，她一直觉得土气的常言的发型，竟然理成了颇具时尚感的造型。脖颈后面的头发剪短刮净了，露出青色纯头皮。额角上的刘海稍长点，用发泥梳了上去造型。原来男人只要这么一打扮，顿时也都能人模狗样的。他的袖口处，似乎散发着阿玛尼的男用香水气息。那是玛雅曾经和胥姝说起过的香水，说她最爱的香水是阿玛尼的男款和祖马龙的蓝风铃女款。

　　"摇身一变，变成金领阶层了。"胥姝还是忍不住赞美、打趣着。

　　"没想到有一天也能得到你的赞美。"常言有点不好意思了。

　　"对了，你后来去哪儿呢？中间发生什么故事了，遇到什么女主角了？"胥姝问。

　　"没什么，平平无奇啊，我后来因为忙着去全国各地出差，没能及时和你联系了。"常言为自己这些天的失踪辩解着。

　　"哈哈哈，你和我本来就没什么，有事就联系，没事就不一定联系啊。"胥姝依然像江湖女侠一般，毫不在乎地摆摆手。

　　"是啊，本来嘛，你就没在意过我。"常言言辞中还是有不甘。

　　"对了，是不是你的公司在这里？"胥姝说。她知道，常言以前不是那种会在酒吧、咖啡馆闲逛的人。他一直很节约，说是白菜加豆腐省着钱，利滚利一辈子的复利加起来也能存个几百万。

　　"我开了个宠物公司。"常言欲言又止。

　　"你开了宠物公司？你的公司在这儿？"胥姝很是惊讶地说。

　　常言笑了笑。

　　"快快快，带我去欣赏欣赏嘛，我能更好地认识你、赞美你噢！"胥姝说。

　　常言想了想，答应了。于是他带着胥姝，穿越了太古广场星巴克四周繁华的街市，来到陕西北路小巷里。

　　"不错啊，看样子有富婆或富姐给了你很大的加持啊！"胥姝打趣说。

　　"你想哪儿去了？"常言反驳着，脸红了。

　　进到了办公室，一只眼睛莹亮的黑泰迪飞奔着过来朝胥姝示好。

　　胥姝马上蹲下来，抱着泰迪狗抚摸着。正想和狗狗多说几句话，这时，几只小猫踱着步高冷地出来了，其中一只莹白如雪，浑身的毛色像极了洁白无瑕的冬雪；一只黑黄花纹的，有点骄傲地瞄了人一眼。

"白的是什么猫？好可爱！"胥姝问。

"白的就是耳熟能详的波斯猫，是以阿富汗的土种长毛猫和土耳其的安哥拉长毛猫为基础，在英国经过一百多年的选种繁殖，于 1860 年诞生的一个品种，是猫中王妃。"常言像是在对客户做着流利的解说。

"这只黄黑花纹的，就是传说中的加菲猫？"胥姝问。

"是啊，就是看起来有点威严骄傲的加菲猫，有着华丽而高贵的豹纹。1960 年左右美国育种专家将美国短毛猫和波斯猫进行交配繁殖，而诞生了今天常见的这种加菲猫。"常言说。

"这只是短毛矮脚猫，学名曼基康猫，看起来很丰满，有结实的臀部和胸部。"他又指着另一只矮脚猫对胥姝说。

"好想来这里上班啊，和猫猫狗狗在一起多好啊。"胥姝由衷地说。

"来这里上班了，就没有美感了，就像情人做了老婆了，就没有神秘感了。"常言意味深长地说。胥姝惊讶地发现，他似乎多了很多深刻的底蕴，还有很多睿智的领悟。

"进步很大啊！你还有什么领悟啊？"胥姝竖起大拇指说。

"好多领悟，现在才发现，以前自己羡慕的，或许还不如自己曾经拥有的。"常言说。

"哦？"胥姝很奇怪地看着他。

"是啊，微信上他的头像也许戴着头盔像一个旅行者，其实他是送快递的；朋友眼中的她仿佛天天各种美食吃香的、喝辣的，其实也许生活中一地鸡毛……"常言说。

"你是不是生活有了变化了？恋爱了，结婚？女主角是谁呢？"胥姝说，她感觉常言的生活一定发生了改变。

常言没回答，只是笑了笑。胥姝忽然想起了玛雅借常言看电影的事。

她笑而不语，不想再问了。她慢慢打量着他的办公室。他的办公室分成好几格，达摩院、桃花山庄、孔雀岛、鹿鼎山、碧狼城，熟悉的武侠小说中高人的隐居地都成为办公室的铭牌，挂在员工座位上。

这时，她闻到了熟悉的气息，看到了一些熟悉的物件。那些物件有的是她曾经在英国时买过的。那些物件上，蕴藏着她熟悉的人儿与她共同的经历，还有她个人独特的审美观。每一张卡片、每一幅油画和花瓶里花朵的点缀和摆放，都渗漏着她熟悉的女人的精明理性的审美观和价值观。

她还发现，智能音箱、天猫精灵、智能茶杯，只要在网上能看到的新概念，在常言的办公室里都能看得到。那是常言的特点，是常言敏锐的商业洞察力的痕迹。

"这就是宠物网计划的现实版？"胥姝问。

"是啊，就是从出生到最终的宠物网一条龙服务平台，收集有关宠物和商家的信息。目前有五十多家宠物商店、七十多家宠物粮食店加入了我的平台，还有投资商、保险商、美容店等等，可以为猫猫狗狗提供细致入微的服务。我希望，能有一天像马云的阿里，成为宠物世界里的航母。"常言说。

"大鹏展翅，未来可期啊！"胥姝点点头，参观了一会儿，然后微笑着告辞了。

会展中心办公楼里，视频会议的镜头再次切入了。

大概超过预定时间三四分钟，镜头前的每个人都坐定了。视频会议镜头也用上了美颜的效果，原本皮肤粗糙黝黑的几个人，在画面里很是白皙斯文了，难怪说一白遮百丑。

叶通和胥姝、老算出现在会议室里，对面坐着运营公司的宋总。视频里，穿着制服的警察和其他身份的参与者一起亮相了。

"下面，请汉科叶总向大家介绍一下会展中心智能化安防的方案，大家有意见和建议，可以随时插话，可以思想碰撞火花，展开头脑风暴。"宋总说。

"好，下面我来向大家介绍一下我们的智能化安防技术方案。总的来说，

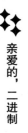

会展中心的安防工作，是一切展览开展的前提和保障，四十多个国家几千户商家参展，我们要用智能化的系统，保障生命安全、财产安全，流通有序，展览便捷，确保参展人员的满意度、体验感。

"会展中心的安防方案，就是物理防线与人力防线相结合。物理和技术防线主要在我们，人力的保障要拜托公安、消防和在座的各位。"叶通望着视频里出现的大家。

"最起码的，是防盗和报警，尤其是周边防范、人员防控和室内的防盗。我们在室外出入口、对外接待区、保安岗哨区、办公区、室内出入口，都进行了智能化方案的统筹，确保做好刷脸识别方案、室内视频监控、人员辨识与跟踪、语音记录等各方面工作。"叶通说。

"我想问一下，对于夜间防盗和安全，你们有什么考虑吗？"视频里公安方面的人士打断了叶通的介绍。

"针对白天和夜间防盗系统的设计，我们都做了全面统一的安排。无论是公共区域还是观展禁区，我们都会安排无死角、防破坏的视频监控，贵重物品保管室都会启动实时监听和震动报警装置。我们设计的视频检测跟踪系统会很好地进行质量自我检测和分析、出入对象面部信息采集和自动识别，确保准确率。

"尤其是针对夜间的方案，我们会提升夜间辨识清晰度，针对模糊背影、被遮挡的背影、乔装打扮的背影，均能采取人工智能技术，去识别、去防控。我们设计了防止夜间入侵的装置和展品柜实时防护的装置，确保万无一失。"叶通胸有成竹地说。公安方面的人士点点头，大家也点点头，叶通继续说下去。老算在一旁，亲自帮他翻动着PPT。

"具体硬件方面，你们会提出方案吗？"宋总问。

"具体硬件上，我们都会根据方案提出建议的配置。我们会建议使用当前国内外最先进的高清摄像机产品线、网络视频录制服务器产品线、编解码器产品线，让硬件切实有效地支撑、保障我们的技术设计方案。"

宋总点点头，说："希望你们不仅能做好软件、技术支撑的方案，也能和我们一起，做好硬件采购与保障工作，确保整个安防系统百密无一疏。"

"我们已经对整个方案进行了统筹和安排。从最初的门禁系统，到停车系统、消费系统、展览系统、楼控系统、支付系统等，我们都已经有了周全而完备的方案。"叶通说。

"太好了！叶总您看，还有什么需要其他部门支持的？"宋总说。

"安防系统是否能百分之百地保障，和公安、消防部门的人防保障分不开。我恳请公安、消防部门在展览会开幕前和开幕间，和我们无缝链接，共同做好展会的安防保障工作。"叶通说。

"保一方平安，保障重要赛事和重大展览的平安有序，是我们的职责。"公安方面的人士说。

视频会议结束后，伙计们又开始伏案研究了。华灯初上时，办公楼在夜色里，宛若一座银色的水晶宫。无数的灯管都不知疲倦地亮着，为了那魔术般的二进制。它们呵护着它们的二进制天使，守护着他们作为研发人员的使命和情怀。

胥姝从座位上站起来伸了个懒腰，然后瞄了一眼自己的手机。只见群主还是在和大家聊着全球投资的事情。有的群友说人民币汇率下滑、比特币投机性太强，还是建议买黄金。黄金十年没涨了，1900是上一轮的高点。还有的人戏谑着，说终极避险资产是土地和黄金，不过黄金和土地持有太多不安全，将来变成土豪也麻烦。最后一致达成共识：还是买猪肉，去香港养猪，肉铺和金铺一起开。

这时老算也从座位上站起来，抱怨着办公室里空调不给力，说是中秋了怎么天气还是这么热，简直和火炉长沙有得一拼了。这时，叶通也从办公室走过来，闲聊了起来。

"要说热啊，我们福建的天气现在和你们长沙也差不多啦！"叶通说。

"尤其是福州，那里夏天时简直就是个火炉，比长沙、武汉还要热。"胥姝也走出来说。

"福州就是个歪嘴的葫芦，嘴通过细长的颈脖连着肚子，闽江就是顶，嘴是三面环山的海峡，风只能从闽江口进入。"叶通补充说。

于是大家七嘴八舌聊起来，韦韬和新来的男孩们都站着围观。老算就扯着他在长沙的趣事和童年回忆，回忆着臭豆腐和米豆腐、常德米粉和邵阳米粉之间味道的区别。

办公室如一个池塘。池塘里不时会有蛙鸣的共振，有蝉鸣的清趣，仿佛能听见大海的潮涌。这里有客家人郁郁葱葱山林的灵秀，有三湘四水百转千回的婉转。

第十六章
兰朵告密

下班时间了，王兰才回到公司。

她把车停下来，发现那边沈媚的车位已经空着了。她像往常一样，很是鄙夷地望着沈媚和田园的车位，接着吐了口口水。

她想念在波士顿挂职的谭总了。如果谭总在上海，创业园的一切都会有条不紊、规规矩矩，无论是项目申报、项目监管还是项目评估和审计，她都会按照谭总的要求，一丝不苟地做好相关的工作。

怀念着过去，她叹了一口气，忍不住打开手机看了看谭总的微信。谭总刚发了一张和当年 Skype 发明者爱沙尼亚团队合影的照片，配文说他们把 Skype 卖给 eBay（易见）和微软后，又依托爱沙尼亚本土科研的力量抢占美国的市场，开始进行 AI 领域的新研发。

她给谭总的朋友圈动态点了个大大的赞，然后来到大堂门口。她看见，门口有一个披散着头发的女人正在和接待小姐吵。

"我要上去找田园。"女人说。

"田总今天没来，您有什么事，我们可以转告他。"接待小姐说。

"不行，我要上去，他肯定在楼上。我是他未婚妻。"女人号叫着说。

王兰见状把车停下了。她下了车，看到一个三十几岁的女人，五官原本很精致，然而缺乏血色而苍白的面容，让她看起来很虚弱。她随便穿了条

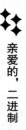

麻织裙，一棱一棱的褶皱像干枯的稻草。

"你是田园未婚妻，音乐家兰朵？"王兰不经意地扫了她几眼。

"我就是兰朵，我是田园的未婚妻。"兰朵再次强调着"未婚妻"三个字。

"我知道啊，久仰大名呢，著名的笛子演奏家！田总也是，这么美的未婚妻，也不带给我们看看。"王兰盯着女人的眼睛说。

"谢谢。"兰朵的情绪好像有点失控了，她眼睛红红的。无论在音乐事业上她曾经是怎样的众星捧月，只要作为情人来到田园的身边，她就是卸下光环、拭去雕饰、简单直白的女人。在失恋和屈辱的阴影中，嫉妒和冲动会如蒸汽熏开的毛孔，无助地翕动着，放大了她脸上的暗纹和雀斑。

"田园不在办公室，要不你到我办公室坐坐，我是田总的老部下。"王兰像个老大姐一般摸摸她的发丝，扶着她往电梯口走去。兰朵很是顺从地随着她去了办公区。

"你在这儿等一下，我屋里的咖啡机没豆子了，我去旁边公共咖啡机给你磨咖啡。"到了自己办公室，王兰端着咖啡杯去了旁边的咖啡吧里。公共咖啡机旁边的抽屉里，收藏着几大包刚买的豆子。拿好豆子那瞬间，她忽然想起了什么。她把手机藏在裤兜里，打开了录音的按钮。

"不好意思啊，让你久等了，我们这种创业园，大家都把咖啡当饭了。什么胶囊咖啡、手冲咖啡、意式浓缩咖啡，只要一进办公室就是咖啡香。"王兰笑着说。

兰朵很是感激地捧着咖啡杯，用力喝了一小口。她把杯子紧紧攒在手心里，生怕掉落了。

"你好瘦啊，就是个骨感天鹅啊。平时是不是工作太忙了，没时间照顾好自己啊？"王兰眼睛里充满了暖人的关心。

"嗯。"兰朵说，她的嘴唇嚅动着，却说不出话来，眼眶明显地红了。

"田总最近很忙，好像都看不到他影子，他和沈总每天在外面忙事情。"王兰不经意地说。

"沈媚不是个好东西，她——"一听到沈媚的名字，兰朵忍不住冲动了，脱口而出。手中的杯子摇晃着，随时会坠地的样子。她的泪珠如水晶一般悬挂在睫毛上。

"她好像经常和田总在一起，田总有什么事都带着她。"王兰不经意地又加了句。

"她是个坏女人，她是个狐狸精，她经常来我们的家鬼混！"压抑太久的兰朵终于发泄出来了。只有找个人倾诉，才能舒缓被失恋折磨的女人的痛苦。

"不会吧，沈媚是田总最信任的人，怎么可能呢？"王兰观察着兰朵的脸色说。

"田园怎么会不信任她？她都包饺子包到我们卧室里来了！"激动中的女人不会考虑言辞带来的后果。

"不会吧？"王兰装作很不相信地问。

"沈媚就像她的名字一样，是个狐狸精！她会处心积虑地在楼下和我们偶遇，会假装可怜巴巴地来我们家包饺子，这个女人的心机和城府太吓人了！"兰朵十分无助地望着王兰说。

"还有这些事？"王兰镜框里的眼睛睁得占满了镜框。

"我也是体面人，她怎能和我比？然而就是这样的女人，她还偏偏就迎合了田园的癖好！现在田园不理我，发信息也不回，说什么都不理，我……我还为他怀孕过！"兰朵说着，把偶遇沈媚、包饺子、发现内衣的事情都一股脑地告诉了王兰。

"那你没证据，没当场抓住他们，也不能乱说。"王兰假装维护着他们，很是怜悯地看着兰朵这个可怜的女人。女人如果为情所困、情绪崩溃了，她就不再是那个受人尊重、有着光鲜外表的什么家了。

"还没有证据？我要怎样才有证据？我去找了私家侦探，他们说两个人的手机定位经常定格在田园家或是另外一个固定的别墅区。"兰朵说。

王兰沉默了。

过了好一会儿，她从包里拿出来一条包装精致的小丝巾，送给兰朵说：

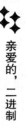

"这是以前牛津大学创业园来中国时送给我的，我一直珍藏着。一般人我没舍得送，这样国际化、全球化的礼物最配你了！好好爱自己，男人靠不住，女人一定要靠自己！"

说着，她把咖啡色丝巾折叠好放回盒子里，扎好蝴蝶结，放到兰朵手心里。兰朵摆摆手说不出话来。她从包里摸索了半天，拿出一支造型别致的口红，放进了王兰手心里。

"这是今年巴黎限量版的口红，全球只有五百支。上回我去法国巡演时，法国歌剧院赠送的。"兰朵说。王兰也没推辞，把限量版口红放在桌子上。

"你消消气，也许没什么。你等会儿和田园好好谈一谈，也许你们只是赌气呢。男人嘛，只要你和他好好说，他是不会放弃自己旧爱的。"王兰说。

"嗯。"兰朵说。

"有什么我们多联系。我也是过来人，都吵吵闹闹过来的，理解男女间的这些恩怨情仇。一辈子这么长，一段好的婚姻、好的感情，一辈子没花絮太难了。"王兰说。

"嗯。"兰朵看起来很是疲惫了，多日来心里的焦虑和担忧，让她看起来憔悴了，一道道细纹重叠在眼角，原本饱满得像剥了壳的鸡蛋白的脸庞全然无存了。

兰朵出了门，心情忽然轻松了许多。多日来缠绕着自己的思念、不甘和屈辱暂时被放下了。在门口往车库去的小径上，她摘取了一朵灿烂的荷兰水仙戴在了头上。

她渴望演出了，两个月以来，她放弃了所有国内外的巡演。仿佛田园是她精神的支柱和灵感的源泉，只有田园依伴在身边，她才有演出的激情和力量。"你是我的树根，我的枝丫。没有你，那些花朵都是无根之花，瞬间零落成泥。"她忍不住又给田园发信息了。田园依然没回信。

"我想你！"田园还是没回信。

"我好想你！"田园那头悄无声息的。

屈辱和愤怒重新燃烧在心头。原来对失恋的人来说，诉说和聆听其实都是无力的，暂时的倾诉消解不了冰冻三尺的积怨。她举起了手机，拨打着田园的电话。然而田园一次次按掉了。她暴怒了："我一定会让你付出代价的！你等着瞧！"

发完，她把田园的手机和微信号码从手机里彻底删除了。她给自己在网上联系过的私家侦探打了个电话。"继续按我说的去办。"兰朵说。

"收到。"私家侦探回复说。

高尔夫球场。大片大片丝绒般的碧绿，让人有着从秋天再次进入春天的错觉。沈媚扛着杆子走回来，倒了一杯白葡萄酒。

她娴熟地摇晃着酒杯，望着远处还在挥杆流汗的老总们。每打一次球，她都会换一套不同颜色的衣服，记得最初是粉红短袖衫，后来是水果绿和橙色，这回穿了件浅蓝色上衣。

"每次都有一件不同颜色漂亮的上装，打球姿势也真漂亮。你运动挥杆的样子在草地上就是一道风景啦！"田园很懂得女人的心思，甜言蜜语及时送上来。

"一个个棕色的胳膊晒在艳阳里，很美哦。"她瞥着田园的眼睛。田园脉脉含情地握着她的手。

"打破的手套有十双了。"沈媚说。

"发现你有一个特点，就是肯学习。"田园仔细端详着身边满肚子主意的女人，不由得很是崇拜她。

"是啊，我以前唱歌走调，后来硬是逼着自己学唱歌，偶尔也能在舞台上唱一曲《青藏高原》和《天路》。不会打网球、游泳和打高尔夫，我就会去体育馆找教练一对一刻苦地训练。"沈媚很是得意地说。

"是啊，你确实有一种发自内心的顽强和努力，所以到今天才能令无数男人竞折腰啊。"田园有些感叹。

"田总的嘴总是那么甜。"沈媚沉醉而魅惑地看着他。

"对了，乔总这个老狐狸的项目没问题了，过一段就能到账了。你看看，

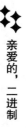

该怎么用这笔钱？朝什么方向呢？"田园说。

"当然是朝着重要产业的方向啦。领导都很关注这些产业发展，我们卡脖子技术的突破都靠他们啦，总是投向人工智能、生物医药和集成电路三大产业啦。"沈媚脑子总是很清醒。

"你这小狐狸，现在行话、套话一套一套的啊。"田园说，往杯子里加了一半透明的酒。

"我们一半公一半私，肯定要有一批当家的、撑门面的。等各大产业都发展壮大了，还愁这些个池子里没有鱼吃吗？"沈媚扔了一个黄球到远方。

"你脑袋瓜子转得真是快，我田园还真是需要你辅佐。这样吧，等谭总调走升迁了，我水涨船高了，你就接替我当创业园副总，怎样？"田园说。

"妥妥的，我肯定能胜任！我可记住你的话啦，将帅无戏言啊！"沈媚很认真地望着他的眼。

"军中无戏言，哪个当老大的，不是一朝天子一朝臣？谁都要用自己熟悉的让自己舒坦的人啦！"田园很认真地回复她。

"对了，苏比特还是要重点支持的。老苏很懂事，该怎样，他都少不了。再说乔总孩子读书的事，都是苏民这边资助的。与其广撒网，不如聚焦两三家企业啦。"沈媚晓之以理。

"嗯，你对苏比特很关照啊。"田园斜着眼看了一眼她。

"那还不是苏民俯首称臣，很听你的话？可靠又听话，不就是我们喜欢和可用的？"沈媚水汪汪的眼望着田园说。

"对了，把你那个中介公司30%的股份给我吧。"沈媚说。

"我的就是你的，这有什么问题？不过，中介公司的股份都不能以我和你的名义。"田园推托过几次，终于同意了。

"你说怎么办就怎么办。"沈媚仰着脸仿佛很崇拜地望着他。

打完球，田园接到电话了，是沃克创业园上面的科技园老总打来的。他说市领导过几天要听几个创业园的汇报。他要田园马上去开会，讨论看看后续人工智能、生物医药和集成电路产业领域孵化器、加速器、创客空间怎么弄。田园马上整理好衣装出发了。

沈媚回家了，又是一个人了。一个人的状态，节假日可能会孤独，不过在沈媚看来，更多的是轻松和自在。家里几十平米的空间里，她不用伺候谁，不用刻意打扮取悦谁，也不会有指责的噪声。想吃就做一点，不想干啥就懒洋洋睡一觉，爱怎样就怎样。一个人的自由和飞扬，远比两个人在一起的腻味和约束更好。

她在家里胡乱调了牛奶、花瓣和精油做了个SPA，沉浸在玫瑰花瓣和精油的呵护中。浑身懒洋洋地躺床上后，她给苏民打了个电话。

"老苏啊，又有羊肉吃啦。"

"有这好事？"苏民说。

"我们这儿又拿到了一批新疆羊肉呢。这样吧，可以留一部分给你啊，你用上回的包装盒再好好包装一下吧。"沈媚打着暗语说，怕手机里有监听。她知道"包装盒包装"这样巧立名目的事情苏民马上能领悟。

"上回你已经让我们把羊肉包装出售过啦，还要包装这一块羊肉出售给其他买主啊？"苏民有点犹豫了。

"当然还可以包装，你呀，一点做大事的魄力都没有！"沈媚说。

"这样一菜多吃可以吗？"苏民说。

"怎么不可以？这哪叫一菜多吃啦，肉不是可以做红烧肉、咕咾肉、辣椒炒肉丝嘛，看起来食材都一样，实际上做法不一样，就是不同的菜、不同的项目嘛。"沈媚很会振振有词地找依据和说法。

"好啊好啊，那就是不同的菜，实实在在不同的项目了。我去想想啊，看加一些什么新元素和新模式比较好。"苏民说。

"要不干脆见面聊？"苏民说。

"求之不得啊！"沈媚说。于是苏民开车过来了，两人靠着床头聊天了。

"你也该多去挖点人，把团队捡起来，总不能总是骗,总是模仿抄袭吧？对了，你挖过来那个孙露到底犯了什么事？"沈媚眯着眼吐着烟圈说。

"孙露被抓了。这小子成事不足，败事有余。"苏民说。

"是不是你伙同孙露干了什么坏事？上回的文件袋里为什么有孙露？后来胥姝为什么被打了？"沈媚说。

"孙露不就是把技术带到我们公司来了吗？技术有点雷同而已啦。"苏民撇得很干净。

"那在浦东机场到底发生了什么事？你们让人打胥姝了？"沈媚盯着他的眼睛问。

"东京机场你又没见到胥姝，浦东机场到底发生了什么，我们怎么知道啊？"苏民依然咬紧口风。沈媚没吭声。

"虽然孙露的事情和我们无关，但他毕竟是公司员工，过一阵我会找人把他捞出来。"苏民若无其事地说。

"随你们啦。战争让女人走开，我也不知道，我什么都没听见。"沈媚说。

"你们女人啊，就好好地买衣服、逛街、做美容吧，其他的事都交给男人吧。"苏民说。

"对了，乔总孩子办留学的事，你要及时到位啊。"沈媚说。

"姓乔的靠谱吗？"苏民说。

"羊肉不都送过来了吗？"沈媚说。

"嗯。"苏民点点头。

"你那边可靠吗？"沈媚说。

"只要肯花钱，那边都有人一条龙运作，搞捐赠，搞 SAT 和托福成绩，搞社会活动证明，等等，都是熟门熟路的啦。老美自己的富豪们也在这么干。"苏民气魄很足地说。

"好吧，真是贫穷制约了我的想象力，以后别忘了我女儿。"沈媚说。

忽然间，一个黑影从窗台上闪开了，跳到了对面的窗台，然后逃之夭夭了。

窗台上那个纵身一跃的黑影，让沈媚心里很慌张。她忽然多愁善感起来了。前几天还觉得一个人好，这几天忽然孤单得害怕了。她害怕出什么事情，害怕没有依靠，孤身一人去面对动荡的生活。她很想有个真正属于自己的男人，有个真正的靠山。她想到了田园，然而马上又否定了自己的想法。

田园不可靠。在心底，沈媚有这样一个判断。从田园对待兰朵的态度，沈媚就更加明白这个男人很冷酷。在他的心里，女人如衣服，他承载不了女人的幻想。她只能利用他，而不能把他当作感情归宿而深陷其中。她想念女儿，想念录为了。她闭着眼，回想着女儿刚出生时，录为带着她们去野生动物园、世纪公园和东方明珠玩的幸福的时光。她这阵子会翻出手机里曾经的一家三口的照片，抚摸着女儿脸上飞扬的笑容。他们的感情和人生曾经真实感人。他对她有爱，她也爱过他，尽管日常生活中不停地指责他、抱怨他、挑剔他。

她也想过，去赶走那一个女人，重新回到录为的身边。然而思念归思念，那是距离产生的虚幻的美好。一想到和录为在一起的日子，她就没勇气继续去面对。当年怀着对他身后挪威和上海的想象和憧憬，她和那个会说笑话、会喝酒、会劈腿也会无数次发自肺腑地说着"我爱你"的男人分手，来到上海寄人篱下和录为生活时，她才发现，有着抑郁症指征的录为淡漠如坚冰。那种彻骨的冷漠让热情的她窒息，让她心头的烈焰被打湿。

他的童年和少年时光一无所知地藏在黑暗中，他的未来淡漠平静地延伸到永远。需要怎样的耐心和淡定，才能承受录为那种压抑人性、让火焰熄灭的冰冷。他对沈媚的热情仅限于刚和沈媚相见时，他曾经亢奋激动了两三天，说这辈子沈媚比他妈对他还好，他要好好地对她一辈子。

那时候，他会偶尔和她讲在挪威的故事，说大冬天里宿舍里只有一个人，那种寂静让人害怕也让人兴奋，人回归到了极致的自己。在夏季的森林里，旷远寂寥的森林散发着各种树叶潮湿的气息，他会奔跑在森林里，酣畅淋漓地释放着自己，构想着自己的诗和远方——

一切都物是人非了，现实打湿了想象的翅膀，她再也没有勇气颠覆现有的一切，舍弃一个人天马行空的自由，去重归原有的枯燥嘈杂的时光的轨道。

还是苏民更可靠。和田园比起来，苏民或许更豪爽、更舍得付出。"老苏，我怎么又想你了。"沈媚给苏民发了条微信，想肆意骚扰他。

苏民没回信。

"我想你了！"她又给苏民发了条信息。平时她不会这么干，她知道自己的尺度和定位，对有婚姻的苏民来说，星期天蹦出来的暧昧微信对两个人来说，都是有风险的。

苏民还是没回信。

沈媚心慌了。她想起了在东京机场从胥姝包里偷看到的头像。她担心多米诺骨牌忽然哪个环节掉链子，整副骨牌都坍塌。越是这样想着，她就越来越害怕了。这时候，她多想回到过去，做个贤淑纯良的小人物。做小人物多踏实啊，一块钱的打火机能点一千块钱的香烟，几万块一桌的菜离不开两块钱的盐。一个小人物在一个有儿有女的家庭里，就是天一样的脊梁、地一样的支柱。

不安越来越胀鼓鼓的，她有点发疯一样想念女儿了。自从那天在草坪上见了女儿后，她的心里就忽然很慌张，像有一只无头苍蝇在胸腔里，不停地嗡嗡萦绕着，让她无端焦虑，让她气喘和心虚。

"今天我去接孩子，吃完中饭后，我把她送给你。"沈媚给录为发了条信息。在录为的面前，她变得礼貌谦逊了。自从录为和她离婚后，尤其是陌陌里的那个女人在他身边护卫着，她就不敢像以往一般在录为面前去折腾，去吵闹，去嚣张。

"你来吧，我让她把孩子送到小区门口，你在她上完课后准时送回来。"录为说。

失落感继续袭来，沈媚知道录为在防备她，躲避她，不让她和他有任何破镜重圆的机会。

"好的，你让你的女人送下来，我准时送回到你的楼下。"沈媚也公事公办、内心波澜不惊地说。

孩子过来了，一路上巧笑倩兮，却不再牵着妈妈的手。只有趁她不注意时，才忽闪忽闪偷看妈妈的眼。

"妈妈以后要送你去牛津、去哈佛。妈妈赚了很多钱以后，就要让你像公主一样地生活！"沈媚主动去抓紧女儿的手。一路上，她不停地说话，她把自己这几个月在新群体里积累的愿望，一股脑向女儿倾诉着。只有在女儿面前，她是真实的，无欲而安全的。

孩子到教室了，朝妈妈挥挥手。沈媚一如以前的样子，坐在孩子的补课教室旁，听身边妈妈们叽叽喳喳地八卦。透过狭窄的窗户，她呆呆地望着马路上银行和商场的广告牌。

一如既往的周末，繁琐的生活周而复始。人生就是银河系，每一个成员都围着孩子这个轴心运转。那时候的周末，录为总是留守在家里洗衣服、做饭、叠衣服，沈媚则正好趁录为休息，自己出来透透风逛逛街，和妈妈们、老师们沟通着学习情况，接触一下外面的世界。

"现在每个学生的家庭好像都不再吵架了，大家哪有时间吵？老婆老公都是合作伙伴呢！只要是有关孩子的学习，夫妻俩就是统一战线了！"身边两个妈妈大声地谈论着。

沈媚看了看四周，眼前的爸爸妈妈们都成了油腻的中年人。大家都懒得不修边幅，每个人似乎比上班还忙。有的妈妈特别要强，孩子像要猴戏的猴子，被牵着赶四五家场子。

"是啊，家家户户都是连轴转，一个当车夫，一个当钟点工洗衣服做饭，哪有时间来吵架？"另一个妈妈说。

"孩子学习是个吸金的无底洞，全上海的家长、孩子都被这个无底洞卷进去了！"家长们说。

听着家长们的对话，沈媚想起来前些个月陪孩子的感受。那时候，偶尔几个有思想、有定力的家长在班级群里发出各种文章，强调快乐教育、自由成长的重要性。美国、以色列、德国的家长们是怎样做父母的各类文章铺天盖地，让大家都明白个性的重要，明白如果引领着孩子宛若在森林里采蘑菇一般轻灵徜徉在人生之旅中，那是多美好幸福的一种图景。

然而，现实是骨感的。与各种小升初、幼升小自主招生的奥数题赤裸

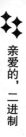

裸地短兵相接时，家长们的定力疲软了，无可奈何地加入了学习远征军的行列。他们无一例外地逼迫着孩子放弃爱好，面对着怎么刷也刷不完的各种趣味数学题。普通市民阶层的工资也许还没被捂热，马上又源源不断被吸进培训机构的 POS 机里了。

"你在干啥呀？"沈媚又想起了苏民。苏民依然没回微信。

"老苏进去了。"到了晚上十点钟，收到了田园的消息。

科技创业园的清晨依然莺歌燕舞般灵动。沃克中心楼下新开了一家北欧咖啡馆。圣诞节快到了，咖啡馆里铺上一层松软洁白的地毯，寓意着地球北端的雪花。纯净绵软的地毯上，矗立着一棵一人高的苍翠圣诞树，无数节日的蝴蝶结和红蓝色闪亮的礼品盒缀满了枝头。一头打着红领结的小麋鹿，正深情而骄傲地仰望着远方，憧憬着远方的雪山和雪橇，遐思北欧的森林和峡湾。

静谧无声的空间仿佛让人瞬间就能触摸到生活的本真，丝丝绵延的咖啡香，则宛若挪威格里格春夏秋冬不同篇章的乐曲，回旋在墨玉般的山水间。

一辆车牌号陌生的面包车停在了清晨沾染露珠的草地上。车上急匆匆下来了四个人，神情很是严峻。来到沃克中心大门口，王兰马上迎过来，和领头的一个高个子男人悄悄耳语着。接着她领着两个高个子男人去往电梯口，其他两个人则守在了大门口。

像在主持一场郑重的仪式，王兰的神态非同寻常地严肃和紧张。她静悄悄地领着几个人来到电梯口，按动了电梯按钮。她的手指有点抖，似乎喘不过气来。

抵达五楼后，她和身材高大魁梧的两个人朝着田园办公室走去。平时穿着中跟皮鞋的她忽然换了一双简朴的老布鞋，急速前行，没发出一丝的声响。到了田园办公室门口，王兰稍微停顿了一会儿，深呼吸了几口。然后，她像平时一样轻轻地敲着门。"田总，是我，王兰。"她轻声细语地说。

田园开门了，那一瞬间，两个高个子男人架住他，不让他动弹。他放弃了反抗，眼睛看了看案头边的手机。高个子男人循着他的视线，把他的手机收缴了。他淡淡地一笑，若无其事地随着两个男人下楼去。其他人马上关紧田园房间的门，在房间里"叮叮当当"搜寻着。

打开田园的抽屉。最上层的格子里，放着一个丰腴的妇女和两个孩子的照片。在照片的背后写着一行钢笔字：婷婷和荣荣 2013 年合影。

在黑色皮椅子后面的橱柜里，放着一箱箱磁带和碟片。"70 后"田园看样子是个顶级的音乐发烧友。柜子里，他收藏了许多几乎绝版的磁带和唱片，还有十多年前盛行的 DVD。碟片和磁带是表象。像啄木鸟一般锐利的纪委人很有经验。他们善于查出蛛丝马迹，发现树桩暗处的蛀洞。他们核查着一张张光碟，几百张黑胶碟片堆砌在眼前。

大约半个小时后，大家惊奇地发现，在几十盒黑胶碟片的夹层里，藏着一叠叠购物卡和信用卡。在书橱和墙壁的连接处，田园做了许多贴墙的布袋子。布袋子里面，放着三本朱红的护照、四张不同头像和名字的身份证。掩藏在黑胶唱片和黑暗空间里的秘密暴露于阳光下。

按照王兰事先的吩咐，小茵带着其他三个人兵分两路来到沈媚的门口。小茵像往常一样，轻轻敲着她的门，房间里好像没声音。

"沈总，是我，我来向您汇报一下有关的工作。"小茵用往常一样怯生生的声音说。门内还是没声音。

小茵继续敲着门，手指重重地用力，敲门声大了很多。她也开始大声叫唤着。房间里还是没动静，楼梯口窗户传来阵阵的风声。

"她会不会没进来？"纪委的人四处张望着。他们发现，楼里进出只有一个门，仅有的门口也都有人把守着。

"她一般七点钟就来了。"小茵说着，透过楼道里的玻璃窗俯瞰着，指着沈媚停在最显眼位置的奥迪。"你看，那是她的车，她每天都把车停在那儿。"小茵说。纪委的人点点头。

"我去拿钥匙，您几位稍等下，前台小姐那有备用的钥匙。"小茵说着，就飞快地下到一楼了。

钥匙拿来了，门推开了，里面没有人。这时，王兰回来了。她示意纪委的人进去。她轻轻地掩好门，和小茵站在门外等。这时，她的电话振动了，是谭总从美国打回的。

"你这边情况怎样？你和兰朵反映的情况，上面都非常重视。纪委、审计、检察院不久后都会来查证，你吩咐小茵把所有账本、文件准备好。"谭总说。

"好的。您放心，小茵是我招进来的人，人品、能力都靠谱，前一阵为了审计的事情，她已经留心了。您尽量早日回国，创业园大局需要您回来主持，不少优秀的企业嗷嗷待哺了，不少大项目都要竞相开工了。"王兰充满期盼地说。

"你再坚持一两周，我会提前回国的。"谭总说。

"好，盼望您早日归来主持创业园大局。"王兰说。谭总又叮嘱了几句，王兰点点头，把电话挂了。

两个高个子男人关着门，在沈媚房间里搜查着。沈媚办公室整整齐齐的，一看就是精明干练的女人的房间。一叠叠资料都用粉色文件包整理好，放在书橱和文件柜子里，看起来有条不紊。破译密码进了她的电脑系统，电脑里的文件夹也一个个整整齐齐的，没有什么值得怀疑的信息。

"要不你再给沈媚打电话看看？"纪委的小伙子吩咐王兰说。王兰点点头，拨打了沈媚的手机，结果还是没人接。

高个子男人打电话给在单位的同事，要他们核查一下沈媚的手机定位和出行的记录。定位显示，沈媚在离单位五公里外的高档小区里。于是，几个大个子男人又乘着面包车，悄悄来到了沈媚家。

在沈媚家门口，敲了三四次门，依然没回声。几个人拿出了开门的工具，直接把门打开了。房间里静悄悄的，一个人也没有。无论是厨房还是卧室、阳台上，都是整整齐齐的样子，没有丝毫的凌乱。在卧室的被子里，找到了沈媚的手机。

"再查一下沈媚的名下是否有其他的手机号码？"高个子男人打电话给其他留守在单位的手下。

"好的，我们马上查好了告诉您！"几个人戴着白手套，查看着沈媚的房间。书房的书橱、书桌、椅子，卧室的大床、床头柜、大橱和墙壁的缝隙里，几个人都搜遍了。客厅的沙发他们也拆卸了，仍旧没有查出可疑的物品。一行人又敲敲厨房和卫生间的隔板，看看是否有异样的声响。结果什么异常情况都没有。

这时，纪委办公室的人也传来了信息："我查过沈媚出行的记录，没有离开上海的记录。"

"有没有近日购买的车票和机票？"

"也没有。火车票、轮船票和机票的记录都一一核实过，没发现行踪。"

"你再仔细核查一下田园和沈媚的账户，包括他们的父母、配偶、子女的账户。"高个子男人说。

"好的，我们马上查。"

沈媚去哪儿了，大家都在纳闷着、追踪着。两天后，沈媚还是没有出现在单位和家里。

沈媚失踪了。关于她的追逃令，悄悄发放给各个要害部门了。

沈媚悄悄地潜回了老家乡下，在一座座大山矗立的山窝窝里，沈媚大口大口地啃着久违的红豆沙粗馒头，"咕噜咕噜"喝着碗里的鸡蛋小米粥。好几次，粗糙的豆沙皮都卷在了牙龈上，她干脆用手指把它抠出来。

眼前山间的小屋是和录为结婚前，她和那个爱打架的男朋友犯了事之后同居的地方。依然是米黄色的的确良窗帘，重重的要把人压趴的厚棉被。这几床棉被，都是沈媚母亲当年为她出嫁准备的，找弹棉花的师傅特意多加了几斤新棉花。

那个爱打架的男人后来和一些女人厮混，泥牛入海不知去哪儿了。她依然留存着那一串沉甸甸的铁钥匙，准备在有需要时解解急。

"可靠吧？你要保证万无一失啊。"沈媚用捡来的手机卡和网络那头的神秘人士接头着。这是帮老乔的孩子联系去美国读书时，她在网络上认识的另一位大咖。这个人当时在群里吹牛，说他什么事都能搞定。谁如果犯了事，要跑路去英国、越南、黑山、土耳其躲一躲的，他都能想办法去运作。

"你放心啊，你这算什么事！我联系偷偷去美国、英国的那些事，样样都能办得妥妥的！每年光是去英国的就不知有多少呢！大家到了那边哪怕被移民局抓了，只要不承认自己的国籍，销毁护照和身份证，那边一点办法都没有。最后以难民的身份，领着救济金，住着救济房，比当地居民还舒服！"网络那头的人吹牛说。

"嗯。"沈媚没有底气地应着。

给田园和苏民的信息始终没回音，她知道自己是时候该开拔了。然而她英文不太好，对外国也不了解，除了上回和苏民出国去了趟日本，她对国外的版图和风土人情完全没概念。她实在没勇气做决定，去某一个一无所知的地方。

"你是去英国还是去美国？当然，便宜点可以去黑山和越南。快回个准信，我事情多着呢！"网络那头不停催促着。

"去美国、英国都要乘飞机，去越南可以坐汽车对吧？"沈媚怯生生地问。

"是的，我已经说得很清楚了，你快点定吧！"对方明显不耐烦了。

她犹豫了一会儿，看看手里的钱好像也不够。她也害怕乘飞机出边境，万一自己英文不好被移民局揪住了。犹豫再三，她还是勉强作出了决定。

"去越南，乘汽车。"沈媚说。

"那就定了，你把二十万块钱在网上购买比特币，然后我会收取数字货币。"网络那头说。

"哦。"她始终怯怯的，不敢反驳和多问。以前曾经听田园他们说起过的看不见、摸不着的比特币，现在自己竟然需要亲自支付了。

按照网络那头的吩咐，她按时支付了货币。那头马上给她发送了时间和地址，一条龙服务的路径安排了。

收拾了简单的行李，沈媚按照指定的地点，在山坳里上了车牌为广西牌照的一辆货柜冷藏车。一起上车的还有互不认识的一男一女。大家都有敌意地瞄了彼此一眼，互相很不屑。

车子呼啸着向前，一路上静默无声。一个个都在心里嘀咕着揣摩着对方的来历，推测着对方的身份，没有开口问，眼睛里流露出的都是闯荡江湖的傲慢。

从河南到湖北，再从湖北到湖南，汽车一路疾行着，高速公路也一路很畅通。坐在驾驶室里的他们仨没有被盘问，神情自若地便穿越湖南到广西了。

"你们准备准备，等会儿要进货柜车了。"在广西境内穿行了四五个小时，这时候五大三粗、叼着香烟的司机停车吩咐了。大家都很顺从，从驾驶室来到了冷藏柜。

"哐当！"一声巨响，还没等沈媚他们明白过来，货柜车的大铁门就关闭了，一个漆黑的世界突然停顿在眼前。看不见彼此，却听到人们大口大口的喘气声。冷藏车大铁皮车厢经过特殊的改造，给他们带来了仅能活命的氧气。大约过了十分钟，他们适应了。然而这时候，一阵阵窒息的寒意朝沈媚袭来。关于英国冷藏车货柜里藏有几十具尸体的新闻报道，声音盘旋在她耳鼓，画面始终旋转在她眼前。

她不时假装无意地触碰着一起躲在货柜车里的其他两个人，看看他们是否还活着，身体是否还热着。然而当触摸到他们或温暖或冰冷的躯体，她又惊吓得想跳起来，瑟缩着身体不让他们接触到。

渐渐地，她昏睡过去了，也不知睡了多久了。梦境中，她忽然梦见了女儿，她伸出手，去抓着她温暖稚嫩的手指，这时候，她惊醒了。

她非常非常想念女儿。上一回把孩子送到录为家门口时，她心里就浮现出一股浓烈的离愁和慌张。她害怕自己从此见不到女儿，也害怕女儿不要她、嘲讽她、冷落她，害怕将来女儿的婚礼上没有她。

忽然间，车好像停下了，剧烈的刹车让车身摇晃着。

"查证件，打开车厢我们要检查！"外面传来一个粗粗的男中音。

"抽根烟，我车里都是冷藏的海鲜，运到河内去，不能打开啊。"司机说。

"打开，车辆一律要检查。"男中音坚持说。

沈媚本能抱紧了双膝，恨不得自己忽然间隐身。

"打开！这是必须遵守的命令！"男中音有点咆哮了。

"好吧。"司机打开了车厢。车厢分为两部分，后面能打开的部分是鱼虾和海鲜，而前面改装的半段是沈媚几个人。

"您看，就是这一车鱼虾，这下可以了吧？"说着，司机就要关闭车厢了。

"等等，我们要上车仔细地检查，每一辆车都不能例外！"男中音毋庸置疑地命令。

不一会儿，车厢门全部敞开了。鱼、虾、海参、乌贼，一件件海鲜水产品都被检查的男中音搬动着，几个人搬动了十几箱，这时有人建议下车了。男中音没吭声，等到一个男人跳下车，他阻止了其他人。

"慢着！你们看看后面的鱼虾，为什么冰块都化了？有情况！"他说着，自己爬上了车，把融化的鱼虾一箱箱扔下车。

沈媚的心几乎要跳出了喉咙，几个人互相紧紧抓着彼此的手，示意不要发出声。然而，和海鲜水产邻近的夹层的门闩"腾"的一声被男人打开了。几个人吆喝着，一起向上举，沈媚和其他两个人暴露在光天化日之下了。强烈的阳光像利剑般向眼睛射来，沈媚立刻紧紧地闭着眼，忍受着刚才强光映照的刺痛。

"走！都下车！"男中音吆喝着，几个粗壮的胳膊夹着沈媚和其他人，强迫他们离开鱼腥臭满厢的货柜车。不一会儿，边防检查站的车辆就来了，把沈媚几个人一起带走了。

在边防检查站的车上，沈媚还是无法睁开眼。一路上抱着头，半梦半醒、蓬头垢面地跟随着武警。

审讯室里空荡荡的。三十平方米的房子里，只摆放着一张原木的桌子。在桌子的两边，摆着几张椅子和简单的办公用品。一盏明晃晃的日光灯，吊挂在头顶上，光与影晃漾着。

"你叫什么名字？"审讯人员严肃地问。

"沈媚。"

"你在沃克创业园工作？"审讯人员问。

"嗯。"

"你负责哪方面工作？"

"领导说干啥我们就干啥，都是领导交办的。"

"沃克创业园项目申报工作是你负责吧？"审讯人员盯着沈媚的眼睛说。

"我这边有一些，其他部门也负责一些。其实哪是什么负责啦，只是帮各个部门做做二传手，发发项目申报通知而已啦。"沈媚瞥了审讯人员一眼。

"苏比特公司最近申报的项目，是你负责的？"

"我只是帮他们把表格汇总一下而已，具体申报、专家评审和资金流转我都不接触。"沈媚深知里面的深浅。

"苏比特公司老总苏民说，你帮他找了有关部门要项目，这回要到的项目一共有三个亿，对吧？"审讯人员说。

"我只帮他把表格汇总到有关的部门，至于项目经费最终是多少，我这边不清楚。"沈媚摇摇头，一脸不知情。

"你、田园分别拿了5%的回扣，老乔拿了10%的回扣，有这回事吗？"审讯人员逼问着。

"我拿5%？真是好笑啊！那我发财了！我自己怎么都不知道啊？我完全没经手他们的项目，也没参与具体的过程！所有项目都有严格的专家论证会和答辩会，都是公平、公开、公正进行的。"沈媚振振有词地反驳。

"老乔已经交代了，你在帮老乔的儿子办留学，找的是美国的华翠汇帮忙，对吧？"说着，审讯人员拿出了老乔的口供。

沈媚依然否认着，说自己不知情，完全不清楚。

"我完全不清楚他儿子留学的事情，是田园交给我去办的。我也只是履行手下的职责，为园区和关心园区发展的人提供基本的衣食住行的便利。"沈媚的言辞几乎天衣无缝了。

"你不用狡辩了。美国华翠汇已经出事了，联邦调查局在调查这件事。好些中国人都在里面，其中作为联系人的你也在他们的名单里。"审讯人员说。

"我不清楚，肯定是冤枉我的，不是我联系的。"沈媚继续狡辩着。

"你不用狡辩了。田园和直接与你联系的人已经交代了。另外，我在田园的会所里，找到了你们安设的监控摄像头。这里有你们的摄像头设备里储存的音频和视频，要不要再看一看？"说完，高个子男人把录音和视频都放给了她看。视频里，还有许多光天化日下让人难堪的镜头。

沈媚扭过头，不看那些熟悉的画面。

"我只是完成老总交办的任务，具体我都不清楚。再说，以前项目工作都是王兰负责的，乔总也是谭总和王兰的老客户。"沈媚故意扰乱视线。

"你提到王兰，我正要告诉你。我们还收到王兰和兰朵实名的联名举报，说你长期与田园一起非法同居，并伙同他收受项目回扣和验收费，基本上是雁过拔毛，不放过任何企业。"审讯人员说。

"怎么可能呢？她们是诬告！兰朵和田园感情破裂分手了，她就来单位找茬。我说了她几句，她就怀恨在心了！"沈媚煞有介事地说。

"那王兰呢？也是对你怀恨在心吗？"审讯员说。

"她认为我抢了她的风头，夺走了她的权，自然也怀恨在心。她们说话要有证据啊，怎么可以血口喷人冤枉好人呢？我天天第一个去中心，最后一个出中心，为沃克中心的发展付出了心血，她们怎么可以这样造谣毁谤呢？"沈媚一把眼泪一把鼻涕哭起来。

"你既然没犯事，为什么要逃跑？"审讯人员问。

"越南大发展，我想去那边开拓市场啊！"沈媚仍然一脸淡定的模样。

"你还要狡辩、否认吗？王兰和兰朵也提供了你在田园家里的视频。"

沈媚仍然不吭声，头也不抬。

"顺便说一句，我们查过你母亲的账户。你母亲有张在河南开户的银行卡，最近一个月分两批打进去五百万。这些经费你能说清楚源头吗？"

"怎么会？我母亲一直在河南，她每天连买豆腐都舍不得，哪来的五百万？"沈媚抬起头来说。

"我们查过你母亲的账户，你还不肯承认吗？"审讯员说。

"怎么可能呢？你们是诬陷！"沈媚争辩说。

"既然不可能，那我们马上打电话向你母亲去了解，看看最近她和谁联系，谁会给她账上打一大笔资金，当面核实怎么样？"审讯者盯着沈媚的眼睛一动不动地说。

沈媚的眼神终于逃避了，尽管嘴里仍旧坚持不承认。这时候，审讯员拿出电话本，拨打着电话。他把手机免提打开了。

"喂，是哪里啊？"沈媚母亲的声音从电话里传出来。

"我是您女儿的朋友，您女儿要和您说话。"审讯员说着，把电话递给了沈媚。

沈媚很激动地把电话按掉了，然后伏在桌子上痛哭。审讯员递过去一张纸，让她擦干了眼泪。

"另外，你在东京机场偶遇胥姝的事情，你不会否认了吧？我只想求证一下。你和苏民有私情，去了趟日本，在东京机场偶遇胥姝。你趁胥姝不注意偷看了她的包袋，把证据文件的内容告诉了孙露，有这么回事吧？"审讯员又说。

"怎么可能啊？怎么会是我啊？我连孙露的电话都没打过！这件事我完全不知情！"沈媚叫嚷着。

"你对警察说你们没碰到过，而苏比特研发部老总孙露却说是你提供的情报，然后他去找人替换了司机，暴打了胥姝，并销毁了从日本拿回的证据。"

沈媚情绪失控了，伏在桌上"哇哇"地大哭。"苏民、田园，你们这些个王八蛋、窝囊废！你们怎么可以一被抓就交代，还要诬陷我，让我来背锅！男人真没一个好东西，都是卑鄙无耻的王八蛋，我凭什么替你们承担这些罪名！"沈媚在审讯室里大喊大叫着，控诉着田园、苏民和孙露这些男人。

审讯员递过来记录单，要她在上面签字和画押。沈媚无力地抬起头，眼睛里灰蒙蒙的。她看也不看记录单，就直接签了个名字，按了个手印。

第十七章
实验室爆炸

柏拉图失去了美，所以发明了记忆。我将失去记忆，因为我找到了美。如果你在我身边，未来和过去都一文不值。

——马丁·瓦尔泽

胥姝仿佛看见，那些天的彼得像一只不断充气膨大的彩球，内心弥漫着研究成功的喜悦。他一定忙碌在那个交叉实验室里，在各种透明罐、药水、气瓶堆放的实验室里。他一定每天都自告奋勇地当医学模特，自己手持定位仪，让感应器从自己的手臂移到自己的胸前和腹部。他一定像一个魔术师，不断地发现研究领域金黄色的麦穗，像疯子一样为自己的研究成果而欢欣鼓舞，不能自拔。

"亲爱的，你知道吗？我终于要有自己的研究成果了！我的超声波、人工智能与医学定位研究成功了！我马上要和德国几家医院合作，进而推广到欧洲，很多地方都会采用我的研究成果了！"彼得很是激动地说。

"祝贺我的科学白马王子，我好想此时此刻能陪伴在你的身边，见证

276

你的成功和喜悦！"

　　胥姝也欢喜雀跃着，恨不得马上就来到彼得那个狭小的公共实验室。因为彼得，她也已经沉湎在科学的神秘世界里，聆听着科学与文艺的对话，沉醉在科学女神和艺术女神协奏的天籁之音里。一到了周末，她就迫不及待想要来到彼得和伙计们的实验室，看他们的瓶瓶罐罐，闻那些平时未曾嗅过的古怪的气息。

　　"你快来吧！我的实验室欢迎你！我的二进制天使！"彼得也迫不及待地说。

　　胥姝再一次乘坐欧洲之星夜车，在集聚着一群蒙着黑纱的美丽中东女子的车厢里，凌晨赶到了海德堡。

　　清晨的海德堡像一个新生的婴儿，它有着洁净的气息、娇嫩的肌肤和丝绸般光润的色泽。古色古香的街巷里没有人，只能聆听到透明的雨滴静静地"滴答"在灰青色的弹格路上。海德堡卡·铁欧德古桥沉浸在绵长岁月里，演绎着永恒。高处的奥登山随着秋冬的交替，更加深邃凝重了。

　　"猴子左手里拿着一面圆镜子，右手自然垂在身前，食指和小指向外指着。据说猴子照镜子有自我反省的含义，而伸出的两根手指头则被认为是避邪。摸一摸猴子手里的铜镜就会带来财富，摸一摸猴子右手向外指的手指，代表会再次回到海德堡。"彼得在晨曦中，曾轻声耳语着告诉胥姝。

　　"重回海德堡，我愿意一生伫立在海德堡，在海德堡温暖博大的怀抱里。"胥姝幸福地闭着眼，内心澎湃着。她的睫毛在晨曦柔美的微光里卷曲着。

　　那一天，胥姝穿着连体的工作服，穿戴着防护手套和专用鞋，静坐在彼得的公共实验室里。彼得正在实验室隔壁，用他的超声波定位技术，去缓解人类的痛苦，提高医生的准确率。胥姝静静地等候着，像等候着凯旋的将军。她充满敬仰和圣洁之情地凝视着实验室的一切。在这间实验室的隔壁，是一个医药企业的化学实验室。

　　她悄悄地伫立在门口，充满好奇地张望着隔壁的实验室。洁净的工作台，散发着消毒药水的气息。生化微生物的培养箱里，培育着各种微生物和介质。

在这些奇妙未知的微生物里，有着千千万万未知的触角，蕴藏着人世间和人体里无穷无尽的密码和电波。

彼得说，他要和他的伙计们，做一个探寻二进制密码、探寻生命和灵魂通道的冒险者，打开一个个未知世界的门扉，让一缕缕新世界的阳光突然闪现在未知的领域。他还说，他喜欢这样交叉融合的实验室，科学精灵的乍现，总是在森林灌木、大树、百花交会的地带。

彼得说，他要试图打开一扇扇科学殿堂的大门，迎接苹果落地的欣喜。等这一个成果完全成熟后，他会和化学实验室的伙计们一起，去探索人工智能和生物技术、基因技术融合的领域。

他说，将来他还会参与脑科学计划，让人工智能和脑科学更加紧密地连接在一起。他深信，人工智能是璀璨的烟花和光束，它在夜空中、在苍穹里，会怦然迸发出绚烂夺目的光环，改变世界、历史和人类。

他还说等有时间了，他想带胥姝一起去牛津大学化学实验室。那是一个神奇的实验室，在那间公共实验室里，无数影响人类的科学奇迹在那里萌芽，同位素、胰岛素等科学的精灵都诞生在那里。

他向往那个充满灵性的科学的殿堂。他想用二进制的方法，去和这些神秘的化学符号靠近和融合，让这些科学精灵在白莲花盛开的殿堂里欢乐忘情地起舞。

听着彼得的描述，胥姝无数次幻想着那间有着八角透明顶棚的神奇化学实验室。她仿佛在那间透明实验室里，望见了未来的彼得。或许终于有一天，彼得的照片、研究成果都将和诺贝尔大师的照片并列着，在这间高尚神圣的化学实验室中熠熠生辉。

"一定要注意安全啊！伙计们也是！"眼前的各种仪器和瓶罐杂陈的化学实验室呈现在眼前，她心里忽然涌现了一丝担忧。

她知道实验室都有严格的规定，每天怎样洗手、怎样穿防护服、那些元素在什么温度下储存、是否需要轻拿轻放、废弃物怎么处理，等等，都有既定的必须执行的流程和规定。然而，她就是担忧。这种担忧像一团被雨水打湿的越来越沉重的棉花，堵塞在喉咙里。无论怎样去挣脱，都无济于事。她只能像受惊的小兔一般聆听着，等候着。

就在这时，隔壁的实验室就爆发了两声巨响，胥姝惊呆了。

是实验室的试管容器发生了爆炸。透过彼得的实验室的玻璃墙，胥姝见到了隔壁房间里发生了戏剧中的情景："浓浓的烟雾飘然而起，氟气和三碘化氮喷射着彩色的火焰，粉状的物体像雨滴般撒落在空中——"

后来，胥姝在日记中写下了这几句，记述了当日真实难忘的光景。

彼得晕倒在实验室旁边。还有几个研究员都横七竖八倒下了。不一会儿，楼里的警钟尖叫着，急救人员呼啸而来。彼得和几个研究员都被救护车送走了，去了刚才他做实验的医院里。

胥姝等候在重症监护室的门外，焦灼惊恐地来回走动着。终于，四个小时过去了，彼得苏醒了，胥姝心头的石头终于放下了。

"我们都是天使，一定没事的。你不是和我一起触摸了海德堡古桥上的两只老鼠吗？用你们中国的话来说，是会多子多福、天长地久的。"彼得从重症监护室出来，就若无其事地开始打趣了。他说，医生说他没事了，只是刚才呼吸进去了一点化学药粉中毒昏迷了，但一切都没事了。

胥姝亲吻着他的面颊，温柔地触摸着他天使般的肌肤。她祈祷着海德堡的圣灵能够护佑他，护佑她美好善良睿智的天使。

你只需轻抬皓腕，
束起长发，发出一声叹息，
便会让所有人的心为之一动。
冲上沙滩的浪花好似纯净的蜡烛，
繁星爬上沾着露珠的夜空。

每个周末的清晨，胥姝都会写一首诗歌，或者抄一首叶芝献给爱人的诗歌给彼得。

　　时空里弥漫着别离的气味，她心里恐慌，心里的担忧就像秋天的飞蛾一般绵密萦绕着。只要睁开眼，她就会思念着、担忧着彼得，会把一首首诗歌、一句句"我爱你"发到彼得手机上。打视频电话时，她也会深情吟诵着这些话。

　　从那天实验室发生爆炸后，所有女孩子的羞涩和骄傲，曾经父母关于女子要高贵矜持的教诲，中国传统文化中女子要含蓄内敛的熏陶，统统已经被她抛到了九霄云外。她迫不及待地想抓住时光，分分秒秒都和彼得在一起。她不要离别，无论生老病死。她要时光永恒亘久，为她和彼得而定格，生生不息岁月绵长。

　　然而，彼得渐渐发生了变化。他似乎给自己回信没有以前及时了。他也不再提未来，不说要娶她为妻、办一场盛大的音乐婚礼的事情了，甚至，他在回避胥姝深情的表白。

　　"我想和你一起，举办那场执子之手、与子偕老的音乐会。"在又一个冬雨飘零的周末，胥姝忍不住直白恳求了。

　　"给我一个月时间，好吗？"彼得终于回信了。

　　一个月时间白驹过隙飞驰而过了。胥姝再一次乘坐欧洲之星列车来到了德国海德堡。在车上，她的心里忽然像有许多忐忑不安的小虫，四处蠕动着。她恨不得火车快点再快点，让她能争分夺秒地拥抱她的二进制王子彼得。

　　终于抵达海德堡了。万圣节的海德堡寒风瑟瑟，层林尽染。豪普特街的街巷里，低矮可爱的哥特式小屋矗立着，洁白的外立面用木框勾勒着。楼层线条和层次清晰和谐，像《格林童话》中的精灵屋。酒吧和咖啡馆高矮不一、错落有致伫立着。在它们的门口，装点了金黄的南瓜和顽皮的毛绒小玩偶。沉甸甸圆滚滚的金黄瓜果诠释着秋冬的丰硕与厚重。在海德堡，无论是在咖啡馆门口，还是在田野里堆放的累累南瓜，人们都可以随意地拿去装点万圣节 Party，只需在旁边的小存钱罐里放下一个硬币就可以了。

　　忽然，有雪花婀娜飘舞了。接着，大雪漫天飞舞。

　　"心与雪花一起在飞舞。恨不得变成一朵雪花，和你一起共缠绵。"

胥姝用中文和英文把这句话发给了彼得。

"我在河边那家咖啡馆等你。"彼得说，又不肯接胥姝的话茬。

胥姝满心欢喜地迎着雪花往前走。沿河的街巷安静而优美。虽然已是寒冬腊月了，勾勒着彩色窗棂的窗台上仍然开满了温暖的花蕊。她怀着渴望和喜悦，朝着他的方向走去了。

在那家他们常去的咖啡馆里，孤零零地站立着彼得一个人。见到刚从布里斯托尔抵达的亲爱的，他犹豫了片刻，终于把她冲动地拥抱在怀里，给她最甜蜜、最持久的亲吻。

"他们呢？"胥姝放开了彼得。外面的微光透过窗户漏进来，摇曳在彼得米色的脸庞上。

"时空属于我们，只有你和我，永远。"彼得又把她抱在了怀里，回避着胥姝的疑惑。他的眼睛里，闪烁着婴儿般纯净的光芒。

"今天要弹奏的音乐，是一个流浪者的音乐，也是一个浪漫主义者的音乐。"彼得用哲学家的语言表述说。

胥姝点点头，她明白。彼得无数次告诉她，他的内心跳荡着浪漫主义者勃拉姆斯的音符。

"一个浪漫主义者的一生，都是从漫游和流浪开始。他们注定了要不断地流浪，不断地放逐，不断地追求。他们的一生，注定了就是一种风铃飘荡时的絮语，是时间尽头神秘的偈语，是无穷量子世界的纠缠，或是一个宇宙太空里永远不能实现的神话——"彼得望着窗外漫天飞雪说。

胥姝有点迷惑，没能完全明白彼得的所思。她也朝窗外望去。窗棂上、大桥上、远方山巅上，都飘舞着迷蒙的雪花。然而，一种浓烈的不安的情绪，缠绕着她的灵魂。窗外寒风冰冷刺骨，径直渗漏在她的心底。

勃拉姆斯的第一篇章开始了，那是他年轻时的写照，激情而动荡。彼得弹奏着他的《F小调第三号钢琴奏鸣曲》，厚实的和声、磅礴的旋律回旋在冬日的小屋里。那是他在浪漫里奔跑和追逐的日子，是徜徉在一米阳光里日日憧憬梦幻的日子。

不一会儿，《女低音狂想曲》响起在耳边了。彼得仰望着胥姝，胥姝坐定，像女神般慈爱地注视着彼得，呵护着彼得。她灵魂的羽翼在扑朔，她用她心灵的翅膀拂过彼得所有的阴翳。她希望她的彼得永远像一棵香樟树，挺拔而清新，伟岸而安宁，在人生的小径上不屈不挠，不卑不亢。

《圆号三重奏》浮起了。胥姝眼前仿佛出现了初见时的彼得，在迷雾浮游的森林里，在清晨有着月桂香的芳香空气里。彼得弹奏着孤独者的这首曲，幻想着远方给他慰藉的沙漠故土和英伦田园。他不断漫步着，不停独行着——

胥姝入迷地聆听着，在音乐的梦幻中沉湎。她渴望着琴键在人生的键盘上，欢乐地跳荡着，深情款款地永无休止，直至生命的终结。

然而就在这时，音符忽然走调了。接着，彼得的左手耷拉在琴键上。

"怎么了？你的手怎么了？"胥姝着急地问。彼得脸上浮现出痛苦的神情。

"怎么了？"胥姝很是担忧地说。

"没什么，大概是昨晚做实验太晚了，我有点累了吧。"彼得淡淡地说。

钢琴独奏会就这样结束了。胥姝送彼得回到房间后，彼得有点焦躁了。他挥舞着无力的那只手，要胥姝回英国。他说他害怕噪声，他想静一静，想一个人去感受时空。

胥姝不肯走。没想到彼得伸出另一只胳膊，推着胥姝往外走。门在胥姝的眼前关闭了。任凭胥姝在寒风与雪花中敲打着门扉哭喊着，彼得就是不开门。

无可奈何地，胥姝在漫天大雪里重回了火车站，搭乘着冰冷的列车，失魂落魄地回到了布里斯托尔。

回到英国的那些寒冬的冰冷的时光里，胥姝每天都发着呆，伫立在只有六平米的宿舍里，遥望着窗外寒风中萧瑟的树枝，她的眼神飘忽又迷离。恍惚中，她眼前又浮现了海德堡那条寒冬里冰冷凄清的深巷；老鼠雕塑依然清冷地矗立在桥头，守护着诺言，守护着岁月。不时，会有晶莹的雪花轻舞飞扬，抚慰着孤独的守护神，给它披上严冬的盛装。

后来，彼得干脆不给胥姝打电话和发信息了。任凭她怎样呐喊和呼唤，他忽然就消失在冬夜里。从此没有给过胥姝任何的信息，没有告诉她现状，没有未来的指向。

胥姝不甘心。她在布里斯托尔的街头思念着，担忧着。

最后一年的课程安排得很紧。每天课程结束后，她就飞奔出布里斯托尔大学那幢建设得和教堂一样恢弘华丽的教学楼。她拨打着微信、Skype、推特，凡是自己知道的、彼得可能用的社交软件，她都拨打了一遍。然而，除了圆规般瘦弱单调的铃声，那边没有其他的回应。

彼得，你在哪儿？彼得，我担心！她觉得自己有点声嘶力竭了，几乎耗尽了全身的力气。

无尽的思念和担忧充斥在时光里。那些天，胥姝时时守候着手机，等候着彼得，等待可能即将姗姗来迟的只言片语。然而，彼得那头永远是沉默，无声无息。

胥姝的世界完全颠倒了。她焦躁、失眠，去海边和树林里大哭。为了转移自己的情绪，她每晚捧着书发呆，视线游离着，直到眼皮子打架了，才衣服也不脱直接趴到床上了。

思念和痛苦的能量慢慢消耗着，她仿佛逐渐地让自己超脱了些许。然而只要一望见彼得送给自己的书和耳坠，她又会止不住担忧和眷恋。

圣诞节假期一到，她还是像以往那般冲动，订了张夜行列车的火车票，第二天清晨再次赶到了海德堡。

实验室里依然是她熟悉的那几个伙计，弥漫着熟悉的实验室气息。吸取了上一回爆炸的教训，科技园的实验室重新布局分块了：一块是装有随时可以喷淋、灭火和消毒的化学和生物医药实验室，一块是集成电路和软件行业实验室，其他保密性、风险性评估等级低的实验室则在科技园入口处。

见到胥姝过来了，彼得的伙计们像春天的雀儿般开心，用言语和肢体欢迎着胥姝。他们给胥姝递着实验室专用的格子防护服，拿过来洁净的实验室拖鞋。而到了最里端的芯片和人工智能实验室，则需要再换一次新拖鞋，确保实验室的洁净和无菌。

"不一样了，你们的实验室。"胥姝努力绽放着花朵般的笑靥，掩藏内心的焦虑。她的眼睛寻找着彼得。身边人七嘴八舌向她介绍着，说上次事故后，科技园主管感觉安全比交叉融合更重要，于是重新布局了区域。

"彼得呢？他今天来了吗？"胥姝探寻了一番，没看到熟悉的身影，她的心一阵阵收紧。

大家噤若寒蝉了，一张张神情灿烂的笑脸马上像受冷的热包子，表皮灰暗瑟缩了。

"彼得呢？"胥姝从他们的拥抱中抬起头，望着他们的眼睛。伙计们依然如寒冬般沉默。

"彼得呢？"胥姝又问，她的声音颤抖了。还是没有人回答。

"彼得呢？他怎么了？他怎么了？"胥姝爆发在泪海里。

"他离开这里了。"彼得在实验室里最亲密的伙伴告诉了胥姝，描绘了彼得离开前的场景，说他的脑部出现了问题，引起了肢体的失衡。

迷蒙泪光中，胥姝仿佛清晰地看见，彼得的双手忽然像干枯的树枝，吊挂在褐色的树干上。从此他的手臂萎缩了，再也无法举上去。她仿佛也看见了当时零星的情景，原本井井有条的笔记本电脑、鼠标和资料瞬间掉落在地上，七零八落，一地鸡毛。他痛苦地跪在地板上，面庞沮丧而绝望，头沉下去再也起不来。他的手臂离开了大脑的控制，终于无力回天了。

在彼得的桌子前，胥姝久久地呆立着。在这里，她发现了彼得的纸条，也许是留给自己的：

如果把数据比作活生生的人，那么物理结构就是人可以触摸的外形和躯体，是看得见摸得着的物质。而在物质的人体上，还有着形而上的精神和思想，它们看不见摸不着却引领着人的躯体。承载思想的躯体会改变，而灵魂和精神却是永恒的。如果把物理层面的人体，比作数据存储的物理结构，那么精神层面的灵魂，则是数据存储的逻辑结构。

含着滚烫的泪水，离开了彼得的实验室，留下身后伙计们一声声热切关爱的呼唤。雪花飞舞中，胥姝再次来到海德堡的城堡。

呆坐在海德堡大桥上，望着山上镂刻着沧桑历史年轮和岁月轨迹的城堡。她发疯一般祈求着山巅上、教堂里无处不在的神灵，护佑着彼得，让他一生吉祥无忧，平安喜乐，让他内心永远美好纯良，永不忘自由、信仰和热爱。

雪花渐渐地在身上融化，一滴滴清澈冰冷的水珠渗进了脖颈口，沾湿了前胸和脊背。她全然不能感知了，朝着大桥和城堡声嘶力竭地祷告着、哭泣着。

回到了布里斯托尔，胥姝整个人似乎都变了。后来，她每天都躲在学校图书馆，疏远了喜欢逛街买东西的玛雅这群姐妹。像一个患有自闭症的儿童，她抗拒着外界的一切，抗拒着接触陌生人。每隔好几个星期，她才会蓬头垢面地去一次超市。

站在路边超市的门口，她就会呆滞、思绪恍惚地把目光投向路尽头。远远地，似乎又望见了晨雾中清新明澈的少年。微风里，似乎传来了熟悉的口哨声。隐约地，她望见了站在超市角落一边等候一边吹着欢快口哨的彼得。她只想好好地静一静，好好怀念着彼得，那个不知在哪里、已经怎样了的彼得。她开始独自旅行了，寻找着过去留下过彼得足迹的地方，感受那些场景的温度。

她一个人去了巴斯，循着彼得曾经描述过的奥斯汀故居的路线，品味着故居三楼有着高贵陈设和暖热气氛的咖啡屋里的苦咖啡。她追寻着彼得以前生活过的城市卡迪夫，在威尔士卡迪夫略显陈旧苍凉的大海边久久徘徊着，怅惘着。她无数次踌躇在伦敦，像无头苍蝇一般围绕着泰晤士河奔跑。脚磨出茧、磨破皮了，她依然无怨无悔地执着往前走，泰晤士河的河水照出了她瘦弱的身姿。

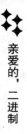

最后，她一个人重回了布里斯托尔的那座吊桥上，远远地静静地注视着温暖的书店中那位红光满面、宛若神仙的老人。

沿着那条去往白色天文台、长满荆棘和野花的小路，她上了山。在山巅上荒无人烟的天文台，在小楼没有一丝阳光漏进的金字塔顶尖，她躲在小黑屋里，像当年和彼得在一起时一样，转动着天文望远镜的把手，摇晃着望远镜的镜头和视野，遥望着远在天涯海角未知世界版图上的海市蜃楼和伊人。

大概半年后，胥姝正在写作自己的硕士论文。她意外收到了彼得的信息：

"不要问我为什么，不要问我会去哪儿，我会一直守护你，我的心。"

收到信息那一刻，胥姝简直欣喜欲狂。她捧着手机在胸口，生怕信息会忽然间消失，生怕彼得又会消失在时空的尽头。

"你在哪儿？怎么了？你好吗？"胥姝激动得喘不过气来。

"我都好，你要平静。没有我的日子里，你要学会好好生活。"彼得叮嘱着。

接着，他发来了十几张冰天雪地的照片。只见图片上拍摄的是一望无际、洁白无瑕的雪地。那里的雪，有着只有人间仙境才有的清透和澄碧。那里的水，湛蓝得仿佛天堂之水在人间。星星点点的蚂蚁般大小的地球人，正朝着白雪皑皑的世外桃源行走着，朝着外太空漫步着。震撼灵魂的极致的蓝和纯净的白彰显着天地之间的圣洁和无邪。阳光从云丛里漏出，如圣洁之眼深情的凝视。

"在欧洲时，我站在地球北端的版图上，注视着遥不可及的地球的南端。世界那么大，世界那么远，我向往遥远的地方，向往地球南端的世界。我想看看那里的不同。我去了如同仙境的库夫维尔岛海湾，去了著名的天堂湾，我也看到了杰拉许海峡的拉美儿水道。

"从地球的最北端来到最南端，我从北到南穿越了世界，穿越了人生。我看见了全世界，看见了整个的人生。

"我的身后是地球、是全世界，一个不一样的纯净无瑕的新世界。我

286

的身后也是时光，绵延不绝、万古流传的时空。或许，这就是一个科学家的星空，我们仰望星空的初衷和情怀。"彼得说。

"什么时候回来？"胥姝问，她完全不能安心地听彼得谈情怀了。

"我想在无垠的时空中永恒。世界那么大，我还要去南美，去巴西、阿根廷，我要看看不一样的世界。

"北半球冬季很多冰雪融化了，北极熊、海豹、海象的栖息地都在消融，南极北端西摩岛的温度持续在上升，我都想去了解，去看看。"

"能照顾自己吗？"胥姝理解他，却不能理解这时候的他还会继续在无垠的时空里忘我探索和流浪。

"我都好。"彼得说。

胥姝叮嘱了许多，短信密密麻麻排列在手机里。

"每个冬天的句号，都是春暖花开。以后无论遇到什么事，都一定要眼睛含笑，灵魂充满快乐和微笑。"胥姝收到了彼得的这一条信息。

没想到，这是彼得给胥姝发回的最后一条信息。此后，无论是中国的微信，还是脸书和推特，胥姝再也没收到过来自彼得的只言片语了。

彼得消失在太空中，在孤独星球上。

思念和担忧占据着胥姝后来一年的时光。那一年的时光不知自己是怎样混沌度过的。为了毕业和就业，胥姝被迫奔波着，奋笔疾书着。然而，时间里永远蕴蓄着饱满的担忧，灵魂里渗透着深邃旷远的思念。那些思念和深情就像一颗颗浓烈的方糖，挣扎在时间的流水中，一点点缓解和稀释。

我用整个冬季去沉淀，去冬眠，在春季里唤醒和啜饮。深的痛，纯的天，流淌在往日平淡无奇的日子里。当阳光照在丝绸般的湖面上，当迷蒙的月色洒在泉水上，带来深深的眷恋和惆怅。遥望着窗外，如果树枝在风中轻轻地摇曳，发出轻灵的声音，那是散发月桂香的彼得的絮语。

胥姝在孤独的日记本上胡乱书写着。

　　和彼得的爱恋就像一首歌，歌里所有的情绪和情感随着时间的声波慢慢地飘浮，慢慢融进空气中，渗入灵魂里，融进时空的纹理中。渐渐地，胥姝忽然明白了，彼得属于无限的世界与太空。他为了人类注定会不断地行走，不断去求知和探索。哪怕他飞翔到天堂，他永远还是用一个科学者探寻的姿势，去追寻宇宙太空的规律，沉淀珍珠般丰润的思索。

　　彼得的声音和形象丝丝缕缕，萦绕着胥姝的生命。胥姝将彼得深藏在自己的身体里，在灵魂的箱子里。

　　沿着通向天文台望星空的那条悠远的芳菲的小径，胥姝想用一生走下去，伴着永藏于心的彼得的叮嘱。她去参加了伦敦的人才招聘会，和前往英国招聘的汉科公司签了约，然后缩回到了布里斯托尔的小窝里。

　　这时，她收到了来自伦敦的快递。打开来，是一张卡片，还有一些如羊脂玉一般的小石子。是彼得的！胥姝用最快的速度胡乱撕开了卡片。一张是彼得写给自己的，一张是彼得的父亲留给自己的。

　　"这或许，是我最后一次给我挚爱的胥姝写卡片。请珍藏人生里的每一个瞬间，或者就超然地忘却。或许我将永远栖息于南极天堂般的土地上，然而我的心无处不在、永远萦绕着。不要伤感，超越情感。

　　"你知道地球为什么会转动吗？因为它不希望每个人停留在原处，它希望每个人向前看，世界向前进。时间空间生生不息，天地万物生生不息，宇宙星球旷远无垠！"

　　看着彼得的卡片，仿佛触摸着他灵魂的纹路。胥姝泪流满面，泣不成声。然而她知道，为了彼得，她要忘却和超然，要更好地去生活，沿着天文台的那条长满荆棘和鲜花的小路攀登。

　　平静了好一会儿，她拆开了彼得父亲的卡片：

　　"这是一份迟来的歉意，希望你谅解。我很后悔，六岁时逼着彼得学钢琴。我也很后悔，后来强迫他做了许多他不愿意的事情。我更后悔，那一天阻止你们在一起。请接受我深深的歉意。彼得在南极突然栽倒在地上，同伴把他救起来送医院时，他已经昏迷十天了。也许，他就永远栖息于南极澄澈的冰天雪地里了。"

彼得的声音变成吹拂她的风，糅合着果香和花香的欧罗巴的海风。胥妹的眼前，浮现了那座欧洲巴洛克风格和埃及风格交融的庄园。在红黄蓝间隔辉映的玻璃窗旁边，晃动着散发着月桂清香的、永远的彼得。

人生从此波澜不惊，就像彼得还在她身边。彼得始终在，他肯定在。

第十八章
机器人家族

科学女神终于掀起惊艳的盖头

科学诗篇工笔描摹洛神灵韵

科学长卷呈现于巍峨殿堂

神秘宇宙铺设了无限的科学舞台——

——胥姝随手草稿

"伙计们，一切问题看样子都迎刃而解了，我们要的器材总算凑齐了，微视公司帮我们辗转从新加坡、韩国等地买来了我们最需要的先进摄像头和其他所有的硬件。一周后，他们就能交货啦！"叶通望着十几个脑袋说。新进来的几个小伙子还修炼不够，头顶上还没有灯泡放光芒。

"太好了！我们工具升级的问题，也已经解决了。我们自己设计了方案，用自己的系统，用自己的端口，尽量去减少约束和依赖。这些瓶颈迟早要被突破，现在我们还能从台积电等企业买到芯片和设备，然而半年后、一年后，情况会怎样，都是未可预知的。"老算说，他还是担心着整个集成电路封装、测试、设计和制造的全链条。

"一步一个脚印慢慢来，国家和长三角、珠三角各个省市都在布局和关注整条产业链，很多大项目投入都是几十亿。有耕耘就会有收获，我深信不疑。"叶通鼓励说。

"下面，我和叶通要请大家说说整体方案里一些技术点问题。可以说，这一回是检验我们星空计划、天空计划、太空计划和陆地计划的时候。我们正好利用云泽中心的平台，把我们的语音机器人、售货机器人、安防机器人和无人驾驶车等集中亮相于会展中心，让五湖四海各大洲的来宾们感受中国设计、中国制造的魅力！"胥姝说。

"前一阶段市场部和我们综合部去和会展中心继续深入对接了，收集了他们在安防、酒店服务、商场服务和支付、场馆清洁、无人车接送、接待机器人等方面的情况。老算也都带领团队在研究了。"王硕说。

"我们的数据收集、技术研发都集中突破着这些关键点，比如安防的问题，如何用好静止的摄像头自动报警与识别，识别颜色，感知环境的高低温、湿度、烟感，我们对此拥有自己的解决方案。比如接待机器人的语音识别问题，如何识别最常见的普通话、上海话、四川话、湖南话、广东话等，我们会像对孩子进行语言训练一样，不断地重复记忆，加强机器训练，提升模型的辨识度。在声音模糊或有噪声的情况下，努力还原规律，提升辨别能力。"杨复说。

"我们还针对如下问题进行了技术路径的设计：比如扫地机器人如何分类处理垃圾、水渍，我们仿照新加坡机场里的清洁机器人，设计了方案。比如送货机器人和购物机器人在白天和黑夜，分别应该怎样地去服务，提升顾客的满意度和服务的准确度？遇到不同性格和行为方式的人，如何设计不同的服务？

"此外，会展中心里地形复杂，标识多元，我们如何扫入地图，让机器人能够不迷失方向？机器人不能识别玻璃，我们用什么方式去提醒和规避？送快递、送餐，如何上电梯直接送到房间里？每一个商场如何根据顾客的行踪、特征，相应跟随，收拾顾客退房后的凌乱房间？机器人没电了，能自己寻找充电桩吗？"老算说。

"比如会展中心送外卖，快递小哥送餐都只送到门口，其余交给机器人小哥就可以了；机器人可以输入酒店或会展中心房间号或手机号，拨打顾客的手机号码。顾客和机器人对接时，只要语音密码或输入密码，一切都OK了。所有这些技术的问题，我们都逐一去研究，去设计了解决的方案。"新来的韦韬说。

"不求所有，但求所用。我们可以在场馆里把目前全球和国内人工智能的先进技术和模式统统运用起来。我们运用一流的自主定位导航系统和SLAM系统，完美融合前方采集和后台的汇总分析与整合工作，让会展中心里所有的传感器融为一体，让我们的技术方案实现统一高效的数据融合和同步处理能力，满足现代化智能化展览场馆的需求。"杨复和王硕几个一个接一个汇报说。

"我们的扫地机器人有着自己的核心技术。以前我们都是用的国外的技术，像识别技术用的是英特尔的技术，雷达是德国的，深度摄像头是德国的。现在不是这样了。我们扫入地图可以解决玻璃和障碍物的识别，显示白色的区域是无障碍处，黑色区域是有障碍处。我们的清扫面积、清扫宽度和速度是5000平方米每小时，当电量只有1%时，可以马上自己去寻找充电桩充电。"韦韬说。

"不错嘛，我们后继有人啦，老算。过几个月你可以好好休个假陪老婆遛娃啦。"叶通说。

老算挠挠头，很是得意地笑着，忽然他鬼鬼祟祟地说："过几个月我的二娃革命果实收获了，你和胥姝也该筑巢孵蛋了吧？"老算费了半天的功夫，才勇敢地憋出了这句话。

"哈哈哈！"大家一阵诡异的笑声。

"老算，你的咖啡呢？"胥姝故意转换着话题。

"来来来，我都已经为我们的二进制女神磨好了！"老算变魔法般端出一杯拉出巧克力爱心的咖啡，递过来给胥姝。

胥姝正要接过杯子时，爱开玩笑的老算突然把杯子一倾斜，假装要倒地。胥姝惊呼着要闪开，老算却敏捷地把杯子重心调整好，稳稳地把杯子抓在掌心里。

　　"老算坏透了！开工啦，不理你们了！"胥姝叫喊着说。

　　"胥姝说得对，伙计们，开工啦！"叶通对着胥姝幸福地笑着。胥姝仿佛就是叶通的阳光，只要胥姝和叶通在一起，所有的艰难险阻瞬间变成坦荡的通途。

　　"对了伙计们，我们真的要加油了！我们是为了有意义的事业而战，为了有意义的人生而奋斗！会展中心是本市重要的标志性建筑，大咖们接下来会一级一级来视察。

　　"我们要有汉科人的荣誉感，做好每一个项目！我们不曾荒废人生！一路走来，我们都留下了自己的作品与足迹。城市里曾经的那些标志性建筑，都曾承载了我们的汗水、我们的智慧和我们的付出！"胥姝很是深情地说。

　　"听胥姝的，开工！"大家马上坐回自己的坑里，脑袋深深埋进去。每一次研发注定是一次奇妙的旅行，伙计们要穿越幽暗的丛林和贫瘠的沙漠，翻过鬼斧神工的峡谷，去寻找那条若隐若现的路，寻找那一束或许存在的光。

　　会展中心的门口，巨幅的广告已经陈列了出来。一夜间，门口的道路上像变戏法似的，摆放了一盆盆粉红和淡紫色的三角梅。一束束杜鹃花围成了一个圆，给会展中心带来了吉祥和喜乐。

　　马路上，这些天轿车一辆接一辆停靠着。锃亮的轿车彰显着乘客的身份，凸显着会展中心的地位。据说是有大领导要来视察了，在大领导到来前，一级一级的老总和领导都先行踏勘着，对会展中心的整体布局和细节提出精益求精的意见。指挥部里的灯火彻夜未灭。为了这次展览专门成立的指挥部吸纳了相关部门的人员。大家夜以继日，在会展中心这个航空母舰里奋战着。

　　"我们的智能化系统演练正式开始了！各系统注意，第一批客人即将抵达会展中心的门口。我们要完美无瑕地展示我们天空计划、太空计划、星空计划和陆地计划的成果，让我们汉科公司设计的各类机器人浓墨重彩呈现于云泽会展中心场馆里！"林总站在入口处亲自指挥着。叶通也像统帅旁的大将军，运筹帷幄、指挥若定。

不一会儿，演练正式开始了。只见眼前一辆无人驾驶车驶来了，车上坐着五个模拟参观者。这辆车从地铁口驰来，接送着从地铁口到会展中心短驳往返的客人。全透明玻璃结构的无人车感应到站后，车门自动打开了，几个假扮乘客的工作人员微笑着走下来，谈笑风生地往展馆入场口走去。

工作证、人脸识别，他们顺利通过了芯片加刷脸的认证。其中一个故意化着浓妆的女孩朝镜头做了个鬼脸，智能化系统成功辨认了。大家通过了安检，来到了第一个场馆前，一个挂着红绸的接待机器人过来了。

"尊敬的女士、先生，我是机器人小乐，跟着我来吧，我能指引方向。展览区我们分为锦绣山河、物华天宝、花开富贵、春华秋实几个主题区，集中展示中华传统文化和现代文明。无论您要去哪里，我都可以准确无误带您去。别忘了，我们除了能让您好好地参观，您还可以在这里美美地购物，还可以去酒店暖暖地休息。无论您需要什么帮助，我都很高兴能为您服务。"胥姝和叶通的面前，站着这个小小的机灵的机器人。

"当然，除了我小乐，我们还有很多很多的机器人可以为大家服务。我们是快乐幸福、吉祥如意的机器人大家族。"机器人继续说。

"每个机器人都有一个祥瑞的名字，小快、小乐、小幸、小福，多好的名字，都是胥姝的智慧。"叶通望着胥姝和大家说。

"我想要一杯咖啡，她想要一杯果汁，您看可以吗？"叶通俯身和机器人对话了。

"当然可以啦，我们很乐意为各位尊贵来宾服务啦！我们这里有咖啡机器人，可以调制各款香醇的咖啡。这边有果汁机器人，可以为您提供芳香的橙汁。"机器人小乐说。

"我想去酒店。"叶通又说。

"好的，那我领着您去酒店。请问您的房间号？"机器人准确无误应对着。

"1808。"叶通说。

"好！"于是机器人小乐带领着大家，乘坐电梯去了酒店房间里。一路上，无论是敦实的柱子还是锃亮的玻璃展示柜，它都能娴熟地避开。

一行四人来到了酒店，胥姝对机器人说："我的快递快到了。"正说着，胥姝的手机就响了。

"您好，我是机器人小福，您有一件快递抵达了，请问您住在几楼？"机器人小福说。

"1808。"胥姝说。

"好的，您静候片刻，我马上就到了。"小福说。

大约五分钟，机器人小福就按响了门铃，送来了一袋新鲜的蔬果。叶通和胥姝忍俊不禁。

其他场馆里，测试人员都在兵分几路演练着。无人驾驶车、快递机器人、门禁和支付系统等，一群群假扮参展商的伙计们饶有兴趣地体验着、赞叹着，真是科技改变生活，科技让生活更美好、更便捷。

在整个展馆的后台，技术人员和安保人员正在严肃紧张地集成着数据，聆听着是否哪里有报警声。报警声响起，他们就冲出去，按照摄像头指定的位置，去把可疑的人员抓住了。

五路调试人员都回到了大厅，大家都汇总了体验感，一切都是那么圆满和顺畅。林总和朱总终于轻松地长吁一口气。

"兄弟们，我们准备迎接下周的大考。下周市里各级负责人都会接踵而至，考察调研我们的会展中心。我们要把每一次测试和模拟，都当作真正的大考，只有确保99.9%的准确率，我们接下来的首次会展才会是圆满无误的！"朱总说。

"是，一定圆满完成任务。"朱总的团队大声答应着，很有军人的气魄和作风。

朱总和林总以及所有的伙计都开怀鼓掌着，笑靥荡漾在每一张脸上。

在回家的路上，王硕又开始逗着叶通和胥姝、老算开心。

"请问，右撇子的寿命平均比左撇子长几年？"王硕问。

"九年。"胥姝抢着说。

"人一年呼吸大概有多少次？"

"一亿次。"胥姝又抢着说。

"请问，人体有多少条肌肉，微笑只需要几条，皱眉需要几条？人体最有力的肌肉是哪里？"王硕问。

"人体有六百条以上的肌肉，微笑只需要十七条，皱眉需要二十四条。人体最有力的肌肉是舌头。"胥姝又抢着说。

"你怎么都知道？不行不行，接下来你不要回答。"王硕说。

"好啊，接下来由老算回答！"叶通说。

"手指甲的生长速度是脚趾甲的几倍？哪个手指的指甲长得最慢？哪个手指指甲长得最快？抢答开始！"王硕说。

"手指甲的生长速度是脚趾甲的四倍，大拇指的指甲长得最慢，中指指甲长得最快！回答完毕！"老算回答的速度也是飞快的，一个个学霸太猛了，这些科学冷知识都倒背如流。

王硕黔驴技穷了，大家于是嘻嘻哈哈地各自回家了。

"去我那儿？"叶通说。

"不！"胥姝俏皮地望着他笑。

"还这么骄傲、这么矜持？"叶通忍不住刮着胥姝的鼻子。

"那当然，二进制公主嘛，等你八抬大轿、明媒正娶啦！"胥姝说。

"好啊，等这个项目结束后，我的八抬大轿就来了，你时刻准备哦！"叶通说。

"我等着，哈哈哈！"胥姝说着，转身就走了。

会展中心的门口渲染着颇不寻常的氛围。保安比平时多了两三位，一辆接一辆的小车开过来，一位位身着夹克衫的男士相继从车里下来了。九点钟左右，大门口铺上了红地毯。为了防止地毯被踩脏，保洁人员用旧报纸铺盖着；一等领导到来时，便"呼啦"一下揭开所有的报纸，露出新嫁娘的盛装来。

一号展厅入口处，自动包鞋机陈列着，塑料加热后特有的气息淡淡飘荡在空气中。来宾一光临，只需双脚踏进包鞋机"吱吱"两声，一层暖热的保鲜膜就裹上了双脚上的鞋子，鞋上原本可能有的尘埃被紧紧裹住了。不仅如此，在重要展品场馆的门口，还有风淋间。站在风淋间，风凉飕飕地从四面漏出来，头屑、尘埃顿时无影踪。据说，这些都是量子实验室和集成电路车间门口的标配。

十点钟左右，市里各相关部门委、办、局的领导，区里的区长们都来了。大家身着整洁的正装，齐刷刷站在门口迎接市领导身边的秘书长们等的到来。秘书长们视察了一番，提出了一些需微调的问题，然后钻进车里回去了。下午两点钟，他们会再次莅临展览馆，陪同主要领导一起来视察。

午饭后，黑轿车、门口大红色的长方块地毯、各种鲜花和盆景都已就位，各色彩条挂上了，大屏幕滚动播放了，大块大块的色彩交相辉映在场馆中，给会展中心增添了无限的喜庆氛围和仪式感。

胥姝、老算和叶通这一天也难得地换上了正装，端坐在会议室里待命。所有的程序都就绪了，漫长的时间和巨大的空间里只剩下等候，老算几个人忽然觉得有点紧张了。指挥室里静悄悄的，几个人一动不动坐在屏幕前，心与眼反复穿越在现实世界和算法世界里，科学精灵的火花在闪耀，他们的心跳得快极了。电脑上的模型的数据不断跳动着，那是他们这群算法师心里最美的图画。

每到一个重大项目需要启动时，胥姝就会给大家出脑筋急转弯或冷门科学题目。这一刻，她的这一招又来了。

"我再来出题目考考大家啊。"胥姝像老师一样站在会议室里说。

"人吃得太饱了听力会怎样？"胥姝问。

"人吃得太饱了听力会变差。"老算说。

"戴一小时耳机，耳朵里的细菌可以增加多少倍？"胥姝问。

"七百倍。"老算说。

"男性和女性谁的视力好，谁的听力好？"

"男性比女性的视力好，女性较男性的听力好。"韦韬说。

"尿液在显微镜下是怎样的？"

"尿液在显微镜下非常漂亮，是七彩的。"杨复说。

"怎么连这个都知道？"老算白了他一眼。

"蚊子有没有牙齿？如果有，有多少颗？"胥姝问。

"蚊子有牙齿，有 22 颗！"王硕十分自信地说。

"真是学霸扎堆啦，我服了你们啦！"胥姝总是很善于鼓励和表扬，在关键时刻凝聚鼓励着士气。看到大家的心情都振奋而放松，她就保留着更多的趣味科学小知识，准备下次重要事件启动时再暖场。

大家准备拿着饭票去会展中心的餐厅吃饭了，据说那里有一排穿着红旗袍、有着模特般身材的服务员，老算和王硕、杨复早就垂涎三尺了。

然而就在节骨眼上，展览馆外面似乎传来了嘈杂声，似乎还有人在叫嚷。在会议室等候的工作人员们马上冲出去，看看究竟怎么了。只见三四十人举着纸板在门口聚集吵闹着。他们的身上，都穿着红黄绿不同颜色的马甲。

"我们是快递小哥，我们要吃饭，我们不要机器人。"一个穿着快递公司黄马甲的年轻人站在门口大声喊。

"我们是清洁工，我们也反对机器人，我们要吃饭。"一个穿着绿色保洁服的阿姨也用外地口音说。其他好像还有三四位穿着红马甲的司机，也说是反对无人驾驶车，他们要吃饭。

大家七嘴八舌地议论着，说现在保洁公司、快递公司都希望购买机器人，可以省去大量的人员工资和社保金等人力成本。

"怎么办？朱总和林总都不在，我们出去应付吧！"关键时刻，胥姝花木兰般英姿飒爽地冲出来，想立马去解围。运营公司经理宋总也在和叶通商量着。

"这样吧，兵分几路。老算马上集合这里的保安，连线公安局的警察，派人过来维持好秩序。宋总打电话给朱总，要你们的人马上赶过来。我打电话给林总，汇报这里的情况。"叶通临危不乱地指挥道。

"好，但是目前这个情况很紧急，搞不好等会儿领导来了他们还在这儿。"宋总很是焦急。

"不会的。要不我来吧，我来向他们解释！"叶通说着，自己脱下西装出了云泽会展中心的大门，和几个工人站在了会展中心广场上。

"兄弟们，大家有什么想法和我说，有什么好点子也向我们提！我们很需要你们的建议，我也很理解你们的心情！"叶通带着如沐春风般的微笑，注视着眼前纷乱的人群。

"你懂什么啊？你怎么会理解我们的处境？你们的机器人要夺走的是我们的饭碗，你们就能端着机器人做的银饭碗、金饭碗吃着山珍海味啦！"穿着红马甲的一位司机说。

"您误解了，其实我们研发机器人，是为了你们能有更好的工作，更好地去生活。人工智能的发展、机器人的运用，和你们的工作完全不冲突！"叶通解释说。

"为什么不冲突？你说不冲突就不冲突啊？我们才不相信呢！"穿着保洁马甲的阿姨对着后面的姐妹们喊。

"先耐心听我说，你们一定会同意！我们开发和运用机器人，其实是为了使你们的工作更安全。机器人和你们各有各的优点和特长，比如说，现在保洁工人去上百层楼的高空擦玻璃，是不是很危险？在这种情况下，我们如果使用机器人，是不是可以保护好保洁员，保护好建筑工人啊？比如说，以后你们老了没有人照顾了，有个又便宜又听话的机器人陪着你，是不是你就不用天天给儿子打电话，不会孤单了？"叶通微笑地看着眼前的阿姨。

阿姨点点头，说听起来道理还是有的。"但是我不会用，怎么办？"阿姨说。

"怎么不会用？以后的机器人只要你说话吩咐它，它马上就帮你服务

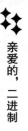

了！"叶通说。

"真的会这样？"阿姨还是不相信。

"肯定会！"叶通说。

阿姨终于点点头，若有所思了。叶通见自己说服了一个，马上把眼神投向了快递小伙。

"兄弟啊，现在很多大学生都不愿意找工作，愿意骑车送快递，又自由又赚钱。我们的机器人一点儿都不会抢占你们的饭碗。你看现在，你照样可以把货物送到大门口，机器人只是帮你去把货物送到保密的、不方便的或者有危险物的地区，对不对？完全不会取代你的工作！

"再说，如果十年后机器人技术真的发展了，人类也可以做更高级的工作，可以去指挥它、命令它。你可以购买多种多样的机器人，让你的家庭更干净，让你的生活更方便，让你的休息日更惬意，对不对？社会发展了，对每个人来说，都一定是一件好事，对不对？"叶通专注地望着快递小伙的眼睛说。小伙子点点头，没说话。

"我们之所以在云泽会展中心集中展示我们研发的机器人项目，这并不是要挑战你们的饭碗。我们只是想展示中国的实力，展示中国的技术，展示中国人工智能行业和机器人事业的进步。你们也愿意看到这样骄傲的展示，对吗？"叶通的视线真诚温暖地洒向了大家。

"至于人工智能驾驶的车辆是不是能取代我们有司机的公交车，那是更遥远的事情了！"叶通说。

"中国人口有十几亿，每个城市的交通和道路复杂多样，每个市民的乘车习惯和行人的行走习惯都变化莫测，我们的无人驾驶车目前还很难达到百分之百的安全率。只要存在着一定的安全风险，无人驾驶车就暂时不会在城市里大面积推广，所以也完全不会对你们的工作带来任何的威胁，你们说对吗？

"等我们老了，我们有医疗机器人和康复机器人，我们还有陪伴你说话聊天的机器人，这不是很好吗？大家的生活会更幸福、更丰富！"叶通看着几十个聚集的人说。

"我信你说的，但是你是不是这个领域的研究者？"快递小伙望着叶通说。

"他啊，不仅是这个领域的研究者，而且是这个行业的大专家和领头羊！"运营老总说。

"我叫叶通，你现在就可以百度一下。"叶通第一次主动而高调地自报家门。快递小伙马上在手机上搜索，十几个人都盯着他碎成蛛网一样的手机屏幕，手机大概摔过很多回。果然，屏幕上出现了叶通，关于他的新闻和介绍似乎四五分钟还翻不完。

小伙子抬起头，再看了看叶通的眼睛，仔细核对着。叶通这时候掏出工作证，在会展中心门禁处刷了下，机器马上把对他头像和姓名的识别信息显示在屏上。

小伙子笑了，说今天没想到遇到大神了。接着，他朝身后的阿姨和其他人挥挥手，说："我们回去吧，机器人和我们没有可比性。我们是人，我们有自己的思想，能发挥自己的作用，我们是机器人的主人。"

阿姨们和其他小伙子都跟着他，往会展中心外面撤退了。走了很远了，小伙子们还频频回头，朝大神叶通恋恋不舍地招着手。

这时候，老算和胥姝一群人终于如释重负地放下了双手。胥姝发现自己掌心里居然渗出丝丝缕缕的汗液来。"你在关键时刻怎么那么淡定啊？"王硕很是崇拜地望着叶通说。胥姝也在一旁充满爱意地凝视着他。叶通看到了胥姝崇拜而深情的凝视，他的英雄气概爆棚了。

"这是小菜一碟啦！以前在美国我也遇到过类似的情景。我们有一回在马萨诸塞州政府里面召开机器人企业家峰会，没想到一群人蜂拥而来抗议，也是我和几个企业家、科学家一起力挽狂澜，说服公众。"叶通很是骄傲自豪地说。

这时，朱总和林总跑来了，他们额头上都闪烁着晶亮的汗珠。

"怎样？"朱总说。

"发生什么了？他们人呢？"林总说。

"没事啦！叶总已经风轻云淡地解决啦！"老算和运营老总说。

"Good job（干得好）！解决了就好，我们马上各就各位，准备迎接市长的到来！"

于是，叶通带着胥姝和其他人，一起回到了各自的岗位上，准备随时迎接市长一行人的到来，为他们做好演示和介绍。

九十万平方米的云泽会展中心如一片幸福的四叶草，绽放在蔚蓝的天宇下，四周景象一片火热。四叶草伸展出暖意融融的绵软的翅膀，迎接着来自世界各地的嘉宾们。对于上海和其他长三角的城市来说，会展中心的展览宛若一个盛大的节日，一场隆重上演的剧目。帷幕徐展，场景呈现，无数华章在时间里静静地充满力量地演绎。

偌大无比的会展中心里，锦绣山河、物华天宝、花开富贵、春华秋实四个主题展览区气定神闲地伫立着。四个展览区陈列着来自世界各地的传统瑰宝和创意硕果，集中展示了传统文化和现代文明交织缠绕的博大无垠的张力和神秘。无论是历史长河中的中华文明，还是海纳百川、兼容并蓄的现代文化，都一一容蓄在恢弘开阔的空间里了。

时空中，人们仿佛可以纵情恣肆地仰望星空，遥望历史，展望未来新世界。不少人忍不住对未来新世界充满好奇与憧憬，他们流转着眼眸，驻足停留在代表信息化时代和未来世界的咖啡和果汁机器人四周，用带着各自方言口音的语言和机器人交流着。几个老外也心驰神往地立于一旁，热切注视着眼前的机器人宝宝们。

"你好，我要一杯拿铁和一杯卡布奇诺，半糖的。"一个头发微卷、有着俏皮眼神的女孩过来了，她充满喜悦地和机器人对话着，期盼着机器人发出天籁之音，给自己捧上一杯杯令人流连忘返的甘泉和琼浆。

"美丽的小姐姐您好，请稍等片刻，我马上就为您端来芳香四溢的拿铁和卡布奇诺。"机器人宝贝很是灵动地回应着。

不一会儿，机器开始旋转起来，冲调咖啡的旋转声如美妙的乐器演奏声，响起在人们的耳旁。大家眼睛一眨不眨地注视着，生怕错过了最精彩纷呈的瞬间。

"这是您要的半糖的拿铁和卡布奇诺，祝您天天好心情！"大约二十秒之后，穿着格子袖套的机器人就捧过来两杯醇郁的咖啡，递给了被惊艳得不知说什么的美丽小姐姐。旁边几个有着黄卷发的老外忍不住鼓掌表示赞叹了。

大家都纷纷走上前，为自己点上一杯美式咖啡、意式浓缩或"夏威夷烈焰"芒果汁、"孔雀开屏"凤梨西瓜汁。机器人指挥的咖啡机、果汁机则不时运转着，一杯接一杯生产出醇香可口的咖啡和果汁。

端一杯咖啡，静静地欣赏着展品。展品有来自五大洲博物馆的珍品，很多展品都是首次离开自己的国度来到异国他乡，让热爱艺术的人们惊讶于绘画、雕塑的精湛。

徜徉在大厅里，可以流连于塞内加尔的橄榄枝花环前，悠缓地阅读塞万提斯《堂·吉诃德》最初的原稿，慢慢地观赏智利的马普切银器、汤加的树皮画。一张张奇妙的树皮画有着黄金分割比例的构图、网格织物的结构，紧密环绕的黄色花冠和黑白相间的文化图腾，舒展着明亮与缤纷，彰显着强烈震撼的视觉冲击力。

民族和世界交融着，过去、现在和未来糅合着。在充满五大洲各民族特点的艺术瑰宝展品旁，汉科公司的天空计划、太空计划、星空计划和陆地计划研究成果集中运用着，机器人小快、小乐、小幸、小福都如迎宾小天使一般伫立在各自的服务区模块。它们宛若星空中最耀眼、最闪亮的星星，炫闪着、烁耀着、照亮着通向未来的生活场景，给生活勾勒出一幅幅唯美的画卷。

天空计划、太空计划、星空计划和陆地计划的机器人们随时准备听候游览者的差遣。在每个小小机器人宝贝的肩上，工作人员都给它们优雅地斜挂着缎面的彩条。彩条上恰到好处点缀着图案和色块，精致的苏绣镂刻着机器人名字和服务种类的 Logo（标志），艺术和科学在这里完美交织着。一个个有着不同本领的机器人宝宝像极了仪态婀娜的礼仪小姐。

来自四十多个国家的嘉宾和国内各省市游客们、老总们饶有兴趣地观看着，对人工智能时代、5G时代、大数据时代的场景"啧啧"赞叹。不少人拿出手机频频拍照留念，有的老总则向旁边的工作人员打探着生产企业的情况。工作人员很是周全地为他们呈上联系电话和名片，双方互换通信方式和地址。有的老总还当场和工作人员建立了联系，迫不及待地想去汉科等公司考察和对接。

等一行西装革履的嘉宾站成一条长龙，开幕式正式开始了。开幕式主持人声音洪亮地宣布，博览会正式开始！那一刻，只见门外抬来了十门古铜色的大礼炮。各国嘉宾正在纳闷时，这瞬间就听见"轰轰轰"十声震耳欲聋的巨响，十门礼炮里喷出了十条赤橙黄绿青蓝紫的长幅彩条。长彩条随着炮筒的力量徐徐向前，飞扬、上升着，最后径直悬挂在高高的主厅天花板上。透明的天花板像是雨后澄澈得一碧如洗的长空，忽然悬挂上了赤橙黄绿青蓝紫的七彩霓虹，渲染着祥瑞和气势。

众人惊呆了，大家齐刷刷朝悬挂着彩虹的长空仰望，欢呼声、鼓掌声震撼了整个展厅会场。

久违社交舞台的王兰再次出现了，她仪态大方地陪同着谭总前来出席开幕典礼。一群企业家围住了谭总，和他握手拥抱着，王兰带着温和的微笑注视着大家。听王兰说，谭总为了创业园下一步的规划和发展，提前结束了挂职，从波士顿凯旋了。

在谭总的身边，站着气宇轩昂的林总。他们热烈地握着手，拥抱着。谭总和久违的林总说着创业园接下来要出台的重磅举措。他说他要争取支持，打造一个百花齐放的有温度、有广度、有情怀的创业园和产业公地；在这里，无论是老虎还是小兔、羚羊，都能自得其乐地生活着；在这里，无论是大树、鲜花、灌木丛还是苔藓，都能在一流的创新生态里怡然自乐地生长着，阳光、雨露、土壤、清风都会一视同仁地滋养着、润泽着它们。

谭总说，他还将持续推动筑巢引凤计划，吸引国内外三大产业领域的领军人物和独角兽企业集聚，为他们申请便利的人才出入境绿色通道，为人才子女入学入托、居住证转户籍等提供一条龙全方位的服务。

林总竖起大拇指，不断赞美着谭总的理念，很有高山流水遇知己的默契。林总一边和谭总交谈着，也不时回眸温柔注视着自己身边的女士。

让人意想不到的是，在林总的身边，竟然站着江苏恒业银行行长悦永女士。她和林总神情亲昵而默契，举手投足间，两人有着一种需要长期熏陶才有的和谐与一致，仿佛他们就是一家人。大家睁大了双眼，寻思着原因。叶通他们好几个人嚅动着嘴唇，想要问什么，都没问出来。

没想到这时，林总大大方方将悦永行长介绍给站在他身后的叶通——新提任的汉科公司副总、人工智能算法王子叶通。

"这是你见过的悦永总，也是你现在的师母。"林总春风满面，深情凝视着自己的女神。他的女神悦永也无限温柔地望着他，粼粼秋波里溢满幸福和深情。叶通和胥姝愣住了，一时没反应过来，眼睛里充满了惊奇和疑惑。

"大家一定在心里充满了疑惑，对吧？我和林总一直是好朋友，我们当年在美国就认识了。"悦永行长很是得体地补充说。

终于听明白了，原来早就是初恋情人和红颜知己了。尽管如此，叶通和胥姝的嘴巴还是惊讶得张成了圆形，半天合不拢，脑子转得再快也跟不上人间世事运转的神速。

胥姝想起来在苏州支行夜间演练时，悦永行长妩媚生动的眼眸，还想起她一路热心扶持汉科公司、给公司投融资提供便利的情形。原来真的是每一个成功的男人和女人背后，都有一个相濡以沫、全力支持的爱人。

"原来这样啊！太惊艳了！长三角联姻了，苏州和上海密不可分了！"胥姝反应很是机敏，美好的祝福言辞瞬间脱口而出了。她还忍不住夹杂着英文，表达着自己呼之欲出的惊讶。

"是啊，这也是我们工作的成果，不仅仅是企业和企业、产品和产品的合作，更重要的是人和人的交融！"林总很是兴奋地说。

"对了，你们呢？你们也该考虑了！你们是科学和艺术的完美结合啊！"

林总忽然想起了什么，他温暖注视着叶通和胥姝，悦永也很有神韵地望着他俩。

"快了，快了，等下周松原一太郎和我们合建的实验室和人工智能哲学研究院正式开工，我们马上就休假，我和胥姝早已商量好！"叶通满脸幸福地望着林总说。胥姝也是满眼娇羞和笑意。

"哦，那很好啊，人工智能最终走向哲学，生活和婚姻也走向哲学，意味深长啊！"悦永行长俏皮而深邃地点评道。

"是啊，无论是研发还是婚姻和生活，都最终走向哲学的维度。两个深度、高度、宽度、广度的人在一起相依相伴地奋斗、生活，人生才有活力、共鸣和意义。"林总握着悦永绵软的手，眉目含情地注视她。

当着众人的面，悦永红了脸。胥姝和叶通连忙挥挥手，说他们想去别的场馆看看整个智能化系统运行的情况。

沿着长长的走廊，走向一个又一个博览会展馆。无论是在充满国学美学底蕴的文创书签和茶具摊位前，还是在做政策研究、书写诗歌和小说的人工智能机器人面前，胥姝和叶通都充满了好奇和求知的兴趣，逐一欣赏着、研究着。

展览馆的水晶灯像东海龙宫里的宝物一般晕染着和谐而迷人的光泽，它们自身的剔透角度和透明顶棚上的光束汇聚着，不时在天花板、墙壁和游人身上投射出一环环七彩的光，像百花园中姹紫嫣红的春光。

走累了，胥姝便依偎着叶通，往展览馆人工智能指挥中心走去。璀璨的吊灯照亮着伸向远方的绵延的通道。一张张喜悦或恬静的笑脸从眼前飘拂而过。没想到在快要接近指挥中心的西边临江大厅里，胥姝看见了一个人。

"你看看，那个人是不是朱迪，侧影像极了！"胥姝拉着叶通的衣袖说。

"噢，是吗？"叶通还是对朱迪这个名字很敏感。

"我们去看看，好吗？"胥姝说。见叶通有点惶惑的神情，她自己加快了脚步往前走，想看个究竟，顺便和她打个招呼。

"你好，请问有什么能帮你？"没想到站在她面前俨然是朱迪的这个人，仿佛很迷惘。她和身边的法国人咬着耳朵轻轻地耳语，然后用英文问着眼前的胥姝，完全不曾认识的模样。

"你是朱迪吗？我是胥姝。"胥姝很奇怪。

"你能说英文吗？我完全不明白你在说什么。"像朱迪的女人洁白的双手舞动了一下，满脸惊奇和莫名地说着英文。

"你不是朱迪吗？奇怪了！"胥姝的声音像游丝一般，渐渐消散了。她望着眼前这个女人的脸，眼前这个女人微笑时腮边的纹路、眼角浅浅的皱纹和眼睛里的波光，都确认无疑就是和叶通有过交集的朱迪。

这时，叶通也过来了，他保持着距离，静静地观赏着眼前的朱迪的表演。她继续很真诚地否认着，就好像真的不认识胥姝和叶通。胥姝不解地摇摇头，叹息了一声。

"一个人的皱纹、掌纹和肌肉的纹路，就像葡萄酒在不同气候土壤和橡木桶里晕染的色泽和气味。它是一个漫长沉淀和影响的过程，那些痕迹是独一无二，也是无可否认的。"叶通若有所思。

"她是不是已经不重要了，就让朱迪永远成为一个谜吧。"胥姝也深沉地说。

"无为有时有还无，假作真来真亦假，不知她是谁，不知未来的她还会去哪里，干什么。"叶通说。胥姝没吭声，只是嫣然一笑。两人继续朝指挥中心走去。

人工智能指挥中心里，汉科公司新提拔的研发部老总老算正运筹帷幄指挥着人工智能的团队，密切关注着会展中心每一个楼梯拐角处、每一个展台的动静。

展览馆各个角度传送的监控画面里，世界各地的人工智能产品都把云泽中心当作了气势恢弘的大秀场。文创企业会打乒乓的机器人、陪伴聊天机器人、语音翻译机器人等都集中亮相于此，神奇的算法密码跳荡在时空中，渗进机器人的身躯里。数据、算法、算力如彩色魔方的三维，共同驱动着机器算法时代的更迭。

云泽中心的这一周消耗着胥姝的综合部和叶通、老算团队极大的能量。

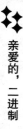
从清晨到深夜，每分每秒，每双眼眸都像猫头鹰一般警觉。好多次，叶通、老算和伙计们大概都撑不住了，于是他们又说着冷知识：

两个拳头的周长是脖子的周长；

臀部的作用是压舱石，维持我们奔跑时的稳定性；

人体胚胎在三个月大时，就有指纹了；

人睡觉时比坐着看电视时所消耗的卡路里还多；

一个人血管的长度可以绕地球两周；

猪无法看到天空；

人不睡觉大概十天就会死亡；

如果月亮正好在头顶上方，那么你的体重会稍微地减轻。

黑夜里一阵阵的欢笑，都会减轻身体和精神上的压力和疲乏。

在会展中心的日日夜夜里，胥姝时常感觉自己能量耗尽。然而每当这时，彼得的天籁之音就会从远方山巅上传来：

你知道地球为什么会转吗？因为它不希望每一个人停留在原地，它希望人往前看。

永远，朝前看！